DAWN RAE MILLER

Eistochter

Buch

Die Zukunft der 17-jährigen Lark ist bereits geplant – vom übermächtigen Staat, der die Leben aller Bürger bis ins kleinste Detail bestimmt: An ihrem achtzehnten Geburtstag wird sie an Beck »gebunden« werden, den Jungen, mit dem sie von klein auf ein Zimmer im Internat geteilt hat. Lark kann es kaum erwarten, endlich eine vollwertige Bürgerin zu sein und ihr Leben an der Seite von Beck zu verbringen.
Aber es kommt alles anders als erwartet! Beck wird als einer der vom Staat unbarmherzig verfolgten magiekundigen »Empfindsamen« enttarnt – und verschwindet spurlos. In ihrer Verzweiflung flieht Lark aus der streng bewachten Schule, um Beck zu suchen und seine Unschuld zu beweisen. Plötzlich wird alles, an das sie je glaubte, auf den Kopf gestellt: Denn auch sie selbst ist eine Empfindsame. Und es ist ihr Schicksal, den Mann, den sie liebt, zu töten – wenn Beck ihr nicht zuvorkommt …

Autorin

Dawn Rae Miller lebte lange Zeit in San Francisco und Paris, bis sie schließlich mit ihrer Familie nach Virginia zog. Neben ihren eigenen Romanen schreibt sie zusätzlich als Ghostwriter für eine erfolgreiche Young-Adult-Reihe. Sie verbringt viel zu viel Zeit mit twittern und liebt schöne Kleider und Teeblatt-Salat.

DAWN RAE MILLER

EISTOCHTER

ROMAN

Übersetzt von
Maike Claußnitzer

blanvalet

Die amerikanische Originalausgabe erschien unter dem Titel
»Larkstorm« bei FinnStar Publishing, San Francisco.

Verlagsgruppe Random House FSC® N001967
Das FSC®-zertifizierte Papier *Holmen Book Cream*
für dieses Buch liefert Holmen Paper, Hallstavik, Schweden.

1. Auflage
Deutsche Erstausgabe März 2014 bei Blanvalet, einem
Unternehmen der Verlagsgruppe Random House GmbH, München.

Dieses Werk wurde vermittelt durch die Literarische
Agentur Thomas Schlück GmbH, 30827 Garbsen.

Umschlaggestaltung: Isabelle Hirtz, Inkcraft, München
Umschlagillustration: © Isabelle Hirtz, unter Verwendung
eines Motivs von mimagephotography/Shutterstock
Redaktion: Alexander Groß
HJ · Herstellung: sam
Satz: DTP Service Apel, Hannover
Druck und Einband: GGP Media GmbH, Pößneck
Printed in Germany
ISBN: 978-3-442-26945-7

www.blanvalet.de

Für meine Jungs Keegan, Finn und Boone.
Und für Bug – alles Gute kommt von dir.

1

»Komm schon, Beck. Es wird Zeit aufzustehen.«

Nichts.

Ich werfe einen Blick auf mein Armband. Wir werden zu spät kommen.

»Beck«, flüstere ich und beuge mich über sein Gesicht.

Eine warme, gebräunte Hand greift nach meinem Arm, als wollte sie mich ins Bett ziehen, sinkt dann aber wieder schlaff herunter. Sonst geschieht nichts. Beck liegt zusammengerollt da, und seine wilde Mähne blonder Locken lugt unter der gestreiften Bettdecke hervor. Den anderen Arm hat er sich übers Gesicht geworfen und hält damit die Decke fest. Wenn er schläft, sieht er noch aus wie mit acht Jahren, nicht wie ein fast achtzehnjähriger Mann.

»Beck!« Ich werde laut.

»Lark? Hmmm.« Seine Augenlider zucken unverbindlich.

Ich reibe seine warme Hand. »Bitte steh auf, sonst bist du schuld, wenn wir zu spät zur Schule kommen.«

Er gähnt und grinst mich an. »In Ordnung.«

Jetzt ist er hellwach, befördert die Bettdecke mit einem Tritt beiseite und steht auf. Sein Fuß trifft auf sein Geschichtsbuch und lässt es unter das Bett gleiten. Ich verlagere mein Gewicht und achte darauf, die neben Becks Bett verstreuten Zettel nicht zu zerknittern.

»Deine Ecke ist ekelhaft.« Ich rümpfe die Nase.

Er grinst, zeigt mir die Zähne und zieht mir das Umschlagtuch enger um die Schultern. »Ich weiß. Es gefällt mir so.«

Von den sechsundzwanzig Schülern, die in unserem Haus leben, sind Beck und ich die Einzigen, die sich als Junge und Mädchen ein Zimmer teilen. Mein Blick huscht durch seine Zimmerhälfte. Der Kontrast zwischen seiner und meiner könnte hinsichtlich der Ordnung nicht größer sein. Auf seiner Seite – der gegenüber – herrscht Chaos. Seine Lacrosse-Ausrüstung hängt von seinem Schreibtisch, und der Schläger dient als behelfsmäßiger Garderobenhaken. Der Boden ist mit Haufen sauberer und schmutziger Kleidung übersät.

Obwohl Beck so unordentlich ist, macht es mir nur etwas aus, mir das Zimmer mit einem Jungen zu teilen, wenn die anderen Schüler uns deswegen aufziehen. Es ist ja nicht so, dass wir uns hätten frei entscheiden können: Meine Mutter hat veranlasst, dass wir schon als Säuglinge zusammengelegt wurden, da wir beide Nachkommen der Gründer sind. Laut Mutter, dem Staat und allen anderen auf der Welt heißt das, dass wir zusammengehören.

Nicht dass ich anderer Meinung wäre. Selbst wenn wir nicht die Greenes und die Channings wären, hätte ich Beck gern als Partner. Niemand sonst versteht mich so wie er – und wie könnten sie auch? Beck und ich sind zwei der bekanntesten Mitglieder unserer Gesellschaft. Jede unserer Bewegungen wird aufgezeichnet, analysiert und kommentiert.

Obwohl ich es so eilig habe, zur Schule zu kommen, bin ich also nicht gerade begeistert darüber, dieses Zimmer verlassen zu müssen. Jedes Mal, wenn ich es tue, lasse ich meine Privatsphäre zurück und muss zu Lark Greene werden, der perfekten, verantwortungsvollen Schülerin, dem prominenten Mitglied der Westlichen Gesellschaft.

Ich verabscheue es.

Ich greife um Beck herum und schalte seine Leselampe aus. Er muss noch gebüffelt haben, lange nachdem ich gestern Abend eingeschlafen war. Ich beginne die Stirn zu runzeln. Ich bin Beck im Kampf um den ersten Platz in unserer Klassenwertung knapp voraus, aber wenn er länger gelernt hat …

Er legt mir die Hände auf die Wangen. »He, warum so traurig?« Sein Blick wird unstet vor Besorgnis.

Ich blinzle. »Bin ich nicht – es sind nur die Nerven.«

»Hast du Angst, dass du nicht deinen Traumpartner bekommen wirst?«, zieht er mich auf. Ich verdrehe die Augen. Anders als neunundneunzig Komma neun Prozent der Bevölkerung sind Beck und ich einander von Geburt an versprochen. Partner von Geburt an. Wir müssen an der Partnerwahl und der Einstufungsprüfung nicht teilnehmen, nur an den Arbeitsplatzprüfungen.

Vor Anspannung bildet sich ein harter Knoten in meinem Magen. Ich wünsche mir einen guten Arbeitsplatz beim Staat mehr als alles andere, vorzugsweise in der Landwirtschaftsabteilung. Ich muss gut abschneiden. Und das heißt, dass ich nicht zu spät kommen darf.

Beck stupst mit der Nase meine an und lässt die Augenbrauen spielen. Als ich mir ein halbherziges Lächeln abringe, lässt er mich los.

»Wir werden heute prima abschneiden, das weiß ich.« Er lächelt mich an, und mit seinem Strahlen kann nur das seiner lebendigen dunkelgrünen Augen mithalten. Bis auf unseren Geburtstag sind diese Augen das Einzige, was wir miteinander gemein haben – sogar die Pünktchen darin sind exakt spiegelbildlich, wenn wir einander ansehen. Bethina, unsere Hausmutter, behauptet, das sei ein Zeichen, dass wir füreinander bestimmt sind.

Aber um das zu wissen, brauche ich keine Pünktchen in den Augen. Der Staat will, dass wir zusammen sind. Und der Staat macht keine Fehler.

»Das hoffe ich.« Ich stelle mich auf die Zehenspitzen und streiche Beck die Haare aus den Augen. Mein schwaches Lächeln kann seinem Optimismus nicht das Wasser reichen. Beck lacht viel und ist immer ausgeglichen. Manchmal komme ich mir wie ein verlorener kleiner Mond vor, der in einer Umlaufbahn um ihn kreist. Aber unsere gegensätzlichen Naturen ergänzen sich gut. Er sorgt dafür, dass ich mich nicht sozial isoliere, sondern mein unermüdliches Lernen auch einmal unterbreche, und ich bringe ihn im Gegenzug dazu, sich ernsthaft auf die Schule zu konzentrieren und seine Hausaufgaben zu erledigen.

Da ich mir um die Zeit Sorgen mache, werfe ich erneut einen Blick auf mein blaues Armband, bevor ich es neben meine Haarbürste werfe. Wir haben dreißig Minuten, um uns anzuziehen, zu frühstücken und loszukommen.

Ich ziehe eine von Becks Schubladen auf und durchwühle das Kleidergewirr, bis ich ein Hemd und eine Hose für ihn finde.

Während er duscht, mustere ich die Jeans, die meine beste Freundin Kyra mir gekauft hat, und entscheide mich sofort dagegen. Ich will nicht so unbequem und seltsam gekleidet zu meiner Prüfung gehen.

Während ich mich hinter einem Wandschirm umziehe – mein schwacher Versuch, Privatsphäre herzustellen –, kommt Beck aus der Dusche. Der Geruch nach Seife, Becks Seife, kitzelt mich in der Nase, und ich muss grinsen. Zum Glück bin ich verborgen, und er kann meine Reaktion nicht sehen. Ich muss ihn ja nicht auch noch ermuntern. Alles ist ohnehin schon schwierig genug.

»Wie passt du überhaupt da hinein?«, fragt er.

Ich werfe einen Blick am Wandschirm vorbei. Er steht angezogen neben meinem Einbauschrank, aber seine Haare sind feucht und ungekämmt. Er hält meine Jeans von sich, als wäre sie irgendein fremdartiger Gegenstand, obwohl ich weiß, dass er schon einmal eine gesehen hat – *so* altmodisch ist sie nun auch wieder nicht.

»Sie ist so klein. Sieh doch!« Er schiebt die Füße in die Hosenbeine, und sie bleiben an seinen Knöcheln hängen. Er hüpft zu meinem Bett, stolpert dabei beinahe und versucht, die Jeans wieder auszuziehen.

Ich knöpfe mir die Bluse zu und gehe um den Wandschirm herum zum Spiegel. »Sie ist eben authentisch, Beck. Es ist keine schlaue Technik darin verarbeitet, um sie auf die richtige Größe zu dehnen, und selbst wenn sie darüber verfügen würde, wäre sie immer noch nicht dazu gedacht, von einem eins neunzig großen Riesen getragen zu werden.«

Während er sich mühsam wieder von der Jeans zu befreien versucht, streiche ich mir das kastanienbraune Haar zu einem lockeren Pferdeschwanz zurecht. Ordentlich und gepflegt, ganz die künftige Staatsfrau. Im Spiegel sehe ich, dass Beck aufgehört hat, gegen meine Jeans zu kämpfen, und mich beobachtet. Ich bekomme Herzflattern. Seine Augen stehen eine Sekunde lang in Flammen, aber dann ist er wieder ganz der Alte.

Eine seltsame Anspannung hängt zwischen uns in der Luft. Das geschieht in letzter Zeit immer häufiger. Wenn ich Beck dabei ertappe, mich anzustarren, wendet er den Blick ab oder tut, als wäre er mit etwas anderem beschäftigt, und dann gehen wir einander für eine Weile aus dem Weg, bis die Verlegenheit vorüber ist.

Aber dafür haben wir heute Morgen keine Zeit, und

so strecke ich ihm in der Hoffnung, dass es ihn ablenken wird, die Zunge heraus.

»Jetzt reicht's aber!«, knurrt er scherzhaft.

Ich werde vom Boden hochgerissen und durch die Luft gewirbelt. Von dem unerwarteten Gefühl wird mir schwindlig, und ich bin nicht auf das vorbereitet, was als Nächstes kommt. Ich lande so auf meinem Bett, dass meine Beine über die Kante hängen. Beck stürzt sich auf mich und setzt sich rittlings auf meine Taille. Er hält mich entschlossen fest, indem er mir beide Hände mit seiner rechten Hand über den Kopf zieht.

Ich sehe zu ihm hoch und unterdrücke den Drang, gleichzeitig zu lachen und zu kreischen. »Wir kommen zu …«

Das Feuer kehrt in seine Augen zurück.

Es lässt mich verstummen.

»Zu spät«, sagt er und nimmt mit der freien Hand meinen Anhänger – einen aufsteigenden Vogel – zwischen zwei Finger. »Magst du ihn wirklich?« Er dreht den patinierten Vogel um, den er mir letztes Jahr zu unserem siebzehnten Geburtstag geschenkt hat, mustert ihn und legt ihn sanft wieder auf meiner Brust ab. Seine Finger streifen mein Schlüsselbein, und er zieht ruckartig die Hand weg. Ein Schauer läuft mir über den Rücken.

»Natürlich mag ich ihn.«

Er runzelt die Stirn, als ob meine Antwort nicht die sei, auf die er gehofft hat. Ich bin mir nicht sicher, was Beck von mir hören wollte. Es ist schließlich eine Kette, die er mir geschenkt hat. Ich mag sie – sie ist hübsch.

Ich sehe ihm in die Augen und hole zittrig Luft. Zum ersten Mal in meinem Leben sind mir die staatlichen Vorschriften egal. Ich will, dass Beck mich küsst.

Er beugt sich dicht über mich, so dass unsere Münder nur noch Zentimeter voneinander entfernt sind. Sein warmer Atem breitet sich fächerförmig auf meinem Gesicht aus. »Er steht dir.«

Mein Herz rast und pumpt das Blut immer schneller durch meinen Körper, so dass es eine Hitzespur hinter sich herzieht. Ich schließe die Augen, warte darauf, dass seine Lippen meine berühren, freue mich auf das Gefühl. Warte auf alles, was wir, wie ich weiß, nicht tun dürfen, ohne dass ich mich davon abhalten könnte, mir zu wünschen, wir würden es tun.

In letzter Sekunde, als sich zwischen uns schon elektrische Spannung aufbaut, drehe ich den Kopf weg.

Meine Augenlider flattern, und ich erhasche einen Hauch von Enttäuschung in Becks Blick, bevor er sein übliches strahlendes Lächeln wieder aufsetzt.

»Kannst du dich befreien?«, fragt er mit einem Anflug von Schalk, während er mir weiter die Hände über dem Kopf festhält.

Ich verdrehe die Handgelenke, stoße ihn mit einem kräftigen Ruck von mir und werfe mich auf seinen Rücken. Anders als alle anderen ist Beck nie überrascht über meine Kraft und Sportlichkeit.

»Natürlich kann ich das.« Ich vergrabe mein Gesicht in seinem Haar.

»Nicht schlecht, Vögelchen.« Er steht auf, während ich mich noch an seinen Rücken klammere. Er zögert, und eine Sekunde lang glaube ich, dass er mich auf den Boden fallen lassen wird, aber dann packt er meine Oberschenkel und hält mich fest. »Wir sollten frühstücken.«

Ich bin dankbar, dass er die Röte nicht sehen kann, die sich, wie ich weiß, in meinen Wangen ausbreitet, und bete, dass er nicht spürt, wie mein Herz an seinem Rücken pocht.

Die Türen der anderen Schüler, die sich jeweils zu vier Jungen oder vier Mädchen ein Zimmer teilen, stehen offen, und es sind keine Stimmen zu hören. Alle müssen bereits beim Frühstück sein, und das heißt, dass Beck und ich zu spät kommen.

Als wir die Küchentür erreichen, starren uns von den Tischen vierundzwanzig Augenpaare an. Zum Glück hat uns Bethina den Rücken zugewandt.

Beck lässt meine Beine los, und ich gleite von seinem Rücken und streiche mir den Rock glatt. Es ist mein schwacher Versuch, so zu tun, als ob es völlig normal wäre, auf seinem Rücken zu reiten, und nicht an einen Regelverstoß grenzen würde.

Regel Nummer eins: Schüler dürfen vor ihrer Bindung keinerlei Intimitäten austauschen.

»Hört ihr beiden wohl auf, Quatsch zu machen, und beeilt euch gefälligst?« Bethina dreht sich um und reicht Beck einen Teller. Sie hat das dunkle Haar zu einem Knoten hochgesteckt, und im schwachen Licht der Küche wirkt ihre sonst olivfarbene Haut aschfahl. »Ihr sorgt noch dafür, dass alle zu spät zur Schule kommen.«

Beck nimmt den Teller. »Ach, komm schon, Bethina. Nun sei doch nicht böse! Ich habe nur versucht, Lark zu helfen, ihre Nervosität abzuschütteln. Deswegen kannst du doch nicht sauer auf mich sein, oder?«

Bethina schlägt mit einem Geschirrhandtuch nach ihm. »Beck Channing, mir ist noch nie jemand begegnet, dem man so schwer böse sein kann!« Er grinst und zieht in gespielter Verlegenheit den Kopf ein. »Jetzt setz dich hin und iss, bevor deinetwegen wirklich noch alle zu spät kommen.«

Ich zwänge mich zwischen Ryker und Lina. Oder besser gesagt: Lina rückt widerwillig ein Stück beiseite, so dass ich mich hinsetzen kann. Beck nimmt den Platz gegenüber von mir und häuft sich Essen auf den Teller.

»Ist das alles, was du isst?« Er zeigt auf meinen Teller voller Erdbeeren. »Kein Wunder, dass du so winzig bist.« Er nimmt einen Bissen Pfannkuchen und spült ihn mit Orangensaft hinunter.

»Ich ernähre mich eben gern gesund.«

Beck denkt nie darüber nach, was er isst. Wenn man ihm etwas vor die Nase stellt, verschlingt er es widerspruchslos. Er verlagert seine Aufmerksamkeit auf seinen besten Freund, Maz, und ist bald mit ihm ins Gespräch vertieft. Hinter ihnen laufen auf dem Wandbildschirm die neuesten Nachrichten – noch mehr Prozesse gegen Empfindsame, wie üblich mit einem Bericht über die von der Gesellschaft geplanten Verbesserungen der bestehenden Sicherheitssysteme.

Ich sollte mich auf die Nachrichten konzentrieren, aber meine Gedanken schweifen zu der Art ab, wie Beck mich vorhin angesehen hat, zu seiner enttäuschten Miene. Einen Moment lang habe ich gedacht … Na gut, ich habe *gehofft*, dass er mich küssen würde.

Klebrige Feuchtigkeit tröpfelt zwischen meinen Fingern hervor. Eine zerquetschte Erdbeere.

Beck neigt den Kopf leicht zu mir. Die Mundwinkel seiner vollen Lippen heben sich, und er zwinkert. Röte droht mir in die Wangen zu steigen, und ich zwinge mich, meine Aufmerksamkeit auf den Bildschirm zu konzentrieren. Vielleicht stellen meine Prüfer mir ja Fragen über die heutigen Landwirtschaftsberichte? Ich muss vorbereitet sein.

Als der Nachrichtensprecher die Namen der Schüler zu verlesen beginnt, die diese Woche Bindungen eingehen sollen, schweift mein Blick durchs Zimmer, und ich bemerke zum ersten Mal, dass meine Mitbewohner begonnen haben, Paare zu bilden. Früher haben immer die Jungen auf einer Seite des Raums gesessen, die Mädchen auf der anderen, nicht wegen der Regeln, sondern weil es uns lieber war.

Ich frage mich, was meine Mitbewohner wohl tun werden, wenn sie nicht den Partner bekommen, den sie wollen. Wie viele Tränen werden in den nächsten Tagen wohl fließen, wenn die Ergebnisse bekanntgegeben werden?

Der Staat lässt uns keine Wahl. Warum auch? Während unserer Schullaufbahn bewerten uns unsere Betreuer zusammen mit unseren Lehrern und ausgewählten Staatsvertretern und wägen sorgfältig ab, welche Zusammenstellung von Paaren dazu beitragen wird, eine stärkere Gesellschaft und den bestmöglichen Nachwuchs zu erzeugen. Wir verbringen unser ganzes Leben damit, zu lernen, mit den übrigen Hausbewohnern auszukommen und zusammenzuarbeiten, damit wir, wenn wir an der Reihe sind, den Staat zu lenken, bereits über unsere jeweiligen Stärken und Schwächen Bescheid wissen. Deshalb wird man auch nur an jemanden aus dem eigenen Haus gebunden.

Ganz selten werden manche Kinder, wie Beck und ich, schon bei ihrer Geburt füreinander bestimmt. Aber wie bei allen anderen Schülern wird der Staat unsere Beziehung erst nach unserem gemeinsamen achtzehnten Geburtstag als rechtskräftig anerkennen, den unsere Familien mit einer aufwändigen Zeremonie feiern werden, die man als Bindung bezeichnet. Danach werden Beck und ich für den Rest unseres Lebens zusammen sein. Nicht dass wir das nicht schon bisher gewesen wären, aber die Bindung wird es offiziell machen.

Nicht zu wissen, wie meine künftige Karriere aussehen wird, ist nervenzehrend genug, aber wenn ich wie meine übrigen Mitbewohner auch noch darauf warten müsste, zu erfahren, wer mein Partner sein wird, dann würde ich … Ach, ich weiß es nicht. Man kann nicht so auf einen guten Partner hinarbeiten, wie man eifrig lernen kann, um einen guten Arbeitsplatz zugewiesen zu bekommen.

Ich sehe auf den Tisch hinab, ordne im Stillen meine Mitbewohner zu Paaren – ein Spiel, das Kyra und ich schon seit unserer Kindheit spielen – und fange Kyras Blick auf. Sie lächelt diabolisch, bevor sie sich wieder auf ihr Essen konzentriert.

Ich starre sie an, bis sie den Kopf hebt, um zu sehen, ob ich sie beobachte. »Was?«, forme ich stumm mit dem Mund.

Kyra schüttelt so unauffällig den Kopf, dass niemand, der nicht gezielt darauf achtet, es bemerken würde. »Sage ich dir später«, bedeutet sie mir stumm und richtet ihre Aufmerksamkeit auf Maz, der gerade demonstriert, wie man sich sechs Pfannkuchen auf einmal in den Mund stopfen kann. Bevor sie den Tisch verlässt, gibt sie ihm einen Kuss auf die Wange.

Mir steht der Mund offen. Ich weiß, dass sie hofft, Maz zugeteilt zu bekommen, aber ihn so offen zu küssen? Was denkt sie sich nur dabei? Wenn sie erwischt werden, können sie unter keinen Umständen mehr ein Paar werden. Der Staat wird sie sofort trennen.

Ich schaue mich um. Niemand sonst scheint etwas bemerkt zu haben, und als ich mich vergewissert habe, dass Bethina nichts gesehen hat, schiebe ich mir eine reife Erdbeere in den Mund. Binnen wenigen Minuten habe ich meinen Teller geleert und bringe ihn zu Bethina, die an der Spüle steht und den Abwasch erledigt.

Sie nimmt mir den Teller ab, lässt ihn ins Seifenwasser fallen und gibt mir einen Klaps auf den Hintern. »Du musst dich besser darum kümmern, Beck bei der Stange zu halten. Ihr beiden kommt jeden Morgen zu spät.«

Ich zuckte mit den Schultern und gehe schnell zur Treppe hinüber. »Er ist eben eigensinnig, B«, sage ich dabei über die Schulter und rede sie mit dem Spitznamen an, den Beck und ich ihr als Kinder gegeben haben. »Ich versuche es ja, aber ich kann ihn auch nicht besser unter Kontrolle halten als du.«

Sie stößt hinter meinem Rücken eine Art Schnauben aus, sagt aber nichts mehr, während ich die Küche verlasse.

Das Erdgeschoss ist leer. Kyra muss wieder in ihr Zimmer gegangen sein. Ich renne die Treppe hinauf und den Flur entlang, weil ich es nicht abwarten kann, den Grund für ihr seltsames Verhalten beim Frühstück zu erfahren. Was hat sie sich nur bei dem Kuss gedacht?

Kyras Zimmer ist anders als das, in dem Beck und ich wohnen. Lila Blumen, Herzen und Rüschen in jeder Ecke, und jedes Mal, wenn ich hierherkomme, bin ich dankbar, dass ich mir mit einem Jungen und nicht mit drei anderen Mädchen das Zimmer teile. Becks Durcheinander ist mir immer noch weitaus lieber, als in einem lilafarbenen Albtraum zu hausen.

Auf der anderen Seite des Zimmers, halb von einem Rüschenbett verborgen, stöbert Kyra in ihrem Schrank herum. Sie hat mir den Rücken zugewandt.

»Was ist nun das große Geheimnis?«, frage ich.

Ihr fällt etwas aus der Hand, als sie herumwirbelt, um mich anzusehen. »Oh! He, du hast mir vielleicht einen Schreck eingejagt!« Sie kichert nervös.

»Tut mir leid.« Ich lasse mich auf das weiche Daunenbett fallen. »Sagst du es mir nun, oder muss ich dich erst foltern?«

Sie runzelt die Stirn und kneift die Augen zusammen, aber ihr Tonfall ist scherzhaft: »Mich foltern? Das würde dir gefallen, nicht wahr?«

»Ja, Kyra, ich lebe allein, um dich zu foltern. Das ist mein Lebenszweck.« Ich lache. »Also?«

Sie grinst und hüpft wie eine Katze aufs Bett. Kyra war schon immer meine beste Freundin. Meine früheste Erinnerung hat nichts mit Beck zu tun, sondern ist die, wie Kyra und ich auf einer Schaukel in einem Baum gespielt und uns immer weiter in die Höhe geschwungen haben, bis sie irgendwann abgesprungen ist. Ich weiß noch, wie ich darüber gestaunt habe, sie durch die Luft segeln zu sehen.

»Gut, versprichst du, dass du niemandem etwas erzählst?«

»Natürlich.«

Sie zupft an ihrem linken Ohr. Ich widerstehe gerade noch dem Drang, die Augen zu verdrehen – manchmal führt Kyra sich auf, als ob wir noch kleine Kinder wären.

Und doch zupfe ich an meinem Ohr. Die Geste bedeutet, dass ich verstehe, dass das, was sie mir sagen wird, nur für meine Ohren bestimmt ist. Kyra streift ihr zartes blaues Armband ab und versteckt es unter einem Kissen.

Mir wird übel. Es verheißt nichts Gutes, wenn sie ihr Armband abnimmt – das heißt, dass sie nicht will, dass unser Gespräch belauscht wird. Und das wiederum heißt, dass das, was sie getan hat, noch schlimmer ist, als ich dachte.

Kyra hebt mein Handgelenk, um mir das Armband abzunehmen, aber es ist nicht da. Ich habe es auf meiner Kommode vergessen, als Beck mich vorhin abgelenkt hat.

»Wenn ihr beiden noch vorhabt, zu uns zu stoßen, solltet ihr es tun, sonst kommen wir wirklich zu spät«, sagt Beck von der Tür her und sieht mich schelmisch an.

Kyra seufzt theatralisch. In letzter Zeit geht ihr alles auf die Nerven, was Beck tut, und sie hat keine Hemmungen, sich das auch anmerken zu lassen.

»Wir sind fertig, wenn wir fertig sind«, blafft sie.

Ich habe genug von diesem Hickhack oder eigentlich eher von Kyras Feindseligkeit Beck gegenüber. Er ignoriert sie meistens einfach oder grinst, als ob alles, was sie sagt, urkomisch wäre.

Ich schnappe mir Kyras Kopfkissen und schleudere es durchs Zimmer. Es trifft Beck in den Magen, und er krümmt sich und tut, als wäre er verletzt. »Dein Timing ist nicht gerade das beste.«

Er kommt quer durchs Zimmer auf uns zu, und sein blondes Haar wippt bei jedem Schritt. »Du hast das hier vergessen.«

Er zieht mein blaues Armband aus der Tasche.

»Danke«, sage ich und strecke die Hand aus.

Statt es mir zu reichen, schlingt Beck es mir ums Handgelenk. Seine Finger ruhen auf der Unterseite meines Arms und lassen elektrische Schauer durch meine Haut laufen. Er sieht mir tief in die Augen, bevor er sanft mein Handgelenk loslässt.

Kyra räuspert sich. »Auf anständiges Benehmen legt hier wohl auch niemand mehr Wert?«, fragt sie verächtlich.

Beck ignoriert sie. »Komm, Vögelchen, ich habe deine Sachen schon geholt.« Er verschwindet durch die Tür, und ich stehe auf, um ihm zu folgen.

»Was war *das* denn?«

Ich drehe mich zu Kyra um. »Was?«

Sie kneift die Augen zusammen. »Habt ihr beiden in eurem Zimmer etwas getan, das ihr nicht tun solltet?«

Hitze breitet sich in meinen Wangen aus. »Nein! Natürlich nicht. Das ist nicht erlaubt.«

Kyra wendet den Blick ab. »Er ist dein Partner, und ihr werdet bald aneinandergebunden. Warum tut ihr es also nicht? Ich würde es tun, wenn es Maz wäre.« Als sie mich wieder ansieht, merkt man ihr an, dass sie aufgebracht ist. »Ihr *teilt* euch schließlich ein Zimmer, Lark. Es ist dem Staat egal, ob ihr euch küsst oder all eure Kleider auszieht. Oder sogar im selben Bett schlaft – und das tut ihr, das weiß ich.« Sie schürzt die Lippen. »Natürlich keusch, weil wir ja von dir und Beck sprechen.«

Sie hat recht. Manchmal steige ich in Becks Bett, aber das tue ich schon, seit wir Kinder waren. Es ist nichts Ungewöhnliches für uns. Aber ich sollte es nicht tun, da niemand sonst es darf.

»Wir müssen ein Vorbild sein«, murmele ich und schlage die Augen nieder. Kyra weiß, was ich davon halte, etwas Besonderes zu sein. »Bitte erzähl es niemandem.«

Sie legt mir einen Finger unters Kinn und hebt meinen Kopf. Ihre dunkelbraunen Augen mustern mein Gesicht so forschend, als wollten sie mich herausfordern, den Blick abzuwenden. »Du magst ihn nicht auf *die* Art, nicht wahr?« Es ist nicht so sehr eine Frage wie eine Feststellung.

Ich runzle die Stirn. Natürlich mag ich Beck. Ich mag ihn mehr, als ich sollte – zumindest, solange wir noch nicht aneinandergebunden sind. Wenn er in meiner Nähe ist, rast mein Herz, und ich male mir in letzter Zeit viel zu oft aus, wie sich seine Lippen wohl auf meinen anfühlen würden.

Ich öffne den Mund, um es Kyra zu sagen, aber meine

staubtrockene Kehle tut weh, und ich bringe kein einziges Wort heraus.

Ein Leben ohne Beck ist unvorstellbar.

Warum kann ich das dann nicht aussprechen?

2

Bis auf Kyra und mich stehen schon alle am Eingang. Während wir auf Kyra warten, beobachte ich meine Mitbewohner. Nervosität macht sich bei allen breit. Die heutigen Prüfungen entscheiden über unsere gesamte Zukunft: unsere Berufe und darüber, an wen meine Mitschüler nach ihren Geburtstagen gebunden werden. Während ich nur auf einen erstrebenswerten Arbeitsplatz hoffe, machen sich meine Freunde am meisten Sorgen darüber, welche Partner sie wohl bekommen.

Ich habe Verständnis für ihre Nervosität – Bindungen löst erst der Tod. Es gibt keinen Ausweg, also kann man nur hoffen, dass einem die Auswahl, die der Staat getroffen hat, gefällt. Selbst wenn der Partner stirbt, erlaubt einem der Staat keine neue Bindung, wenn man schon zwei Kinder hat. Das ist ein Teil unserer Politik, die auf ein Nullwachstum der Bevölkerung abzielt.

In meiner Brust keimt Angst auf, als mir bewusst wird, dass in drei Monaten alles anders sein wird. Der Duft von Bethinas wunderbarem Frühstück wird uns nicht mehr wecken; wir werden nicht einfach den Flur entlanglaufen können, um die anderen um Hilfe bei den Hausaufgaben zu bitten; wir werden nicht mehr zusammen sein.

Es geht alles zu Ende.

»Grübelst du?« Beck lässt das Kinn auf meiner Schulter ruhen. Ich schließe kurz die Augen, genieße es, ihn so nahe bei mir zu spüren, und will mehr.

Ich bin solch eine Heuchlerin! Ich sollte so nicht denken, besonders wenn ich Kyra rate, es auch nicht zu tun. Ich rücke von ihm ab, um ein wenig Abstand zu wahren.

»Ich habe über die Bindungen nachgedacht.«

Beck räuspert sich. »Wirklich?«

»Ja. Weißt du, es ist so bald.«

Er stupst meine Schulter zustimmend an und fährt mir mit der Hand über den Arm. Ein Schauer durchläuft mich, obwohl ich mehrere Schichten Kleider und eine dicke Jacke trage.

»Bist du aufgeregt?«, dringt seine Stimme sanft an mein Ohr.

»Weswegen?«

»Wegen unserer Bindung.«

Meine Gedanken rasen drei Monate in die Zukunft, wenn wir aneinandergebunden sein werden und Beck mir gehören wird – für immer. Wenn ich ihm endlich sagen kann, was ich für ihn empfinde, ohne mir Sorgen machen zu müssen, damit gegen Regeln zu verstoßen. Mein Herz macht einen Sprung, als ich spüre, wie Beck sich an mich schmiegt, so dass mein Rücken an seinem Oberkörper ruht. Und dann sperrt sich mein Verstand – die Bilder verschwinden. Es ist nichts da.

Seine Lippen streifen meine Wange, als ich den Kopf wende, um ihn anzusehen. Verlegen löse ich mich mit einer Bewegung von ihm, die hoffentlich nicht zu auffällig wirkt. »Nein. Nur wegen der Bindungen allgemein.«

Um uns herum drängen sich unsere Mitbewohner, während die Nachzügler noch schnell ihre Jacken und Mäntel überstreifen. Wir gehen immer als Gruppe zur Schule. Das ist Vorschrift. Trotz aller Sicherheitsmaßnahmen kann man gar nicht vorsichtig genug sein. Es sind schließlich Empfindsame auf freiem Fuß.

»Kyra!«, ruft jemand. »Kommst du endlich?«

Aber statt Kyra antwortet Bethina: »Können bitte alle ins Wohnzimmer kommen? Der Schulbeginn ist offiziell verschoben worden.«

Ich lasse den Blick durch den Raum schweifen und runzle die Stirn. Verschoben? Das ist ungewöhnlich. Zuletzt ist das geschehen, als das letzte Staatsoberhaupt bei einem Angriff der Empfindsamen ums Leben gekommen ist. Beck sieht mich mit hochgezogenen Augenbrauen an.

»Haben wir die Morgendurchsage verpasst?« Meine Lippen zittern ein wenig beim Sprechen. Ich kann mich nicht erinnern, die Schulneuigkeiten gesehen zu haben.

Beck schüttelt den Kopf. Er versteht, was ich mit der Frage meine. »Ich bin mir sicher, dass alles in Ordnung ist, sonst hätte Bethina es dir schon gesagt. Unter vier Augen.«

»Wie damals, als Kyras Bruder ums Leben gekommen ist?«, stoße ich hervor und kneife die Augen zu. Die Erinnerung, wie Kyra tagelang zusammengerollt und schluchzend dagelegen hat, bricht mir noch immer das Herz. Ihr Bruder war außerhalb der Sicherheitszone Empfindsamen begegnet. Er hatte keine Chance.

Beck zieht mich zu sich. »Steigere dich da nicht in etwas hinein, ja?« Er führt mich ins Wohnzimmer. »Lass uns hören, was Bethina zu sagen hat.«

Aber mein Verstand kann gar nicht anders, als sich ein Katastrophenszenario auszumalen: Meiner Mutter ist etwas zugestoßen. Ausnahmslos jeden Morgen hält sie die Tagesansprache. Ich glaube nicht, dass es heute eine gab.

Fußgetrappel auf der Treppe kündigt Kyras Ankunft an. Als sie schlitternd zum Stehen kommt, wedelt sie uns mit einem flachen silbernen Tablet-Computer vor der Nase herum. »Tut mir leid, Leute, ich konnte mein Buch nicht finden.«

Ein Stöhnen steigt vom Rest unserer Gruppe auf. Kyra verlegt ihr Buch jeden Morgen.

»Was ist los?«, fragt sie, als sie bemerkt, dass die Hälfte unserer Mitbewohner nicht mehr da ist.

»Der Staat hat verfügt, den Schulbeginn zu verschieben«, antwortet Bethina. »Bitte geht ins Wohnzimmer.«

Ich habe Glück. Anders als die übrigen Schüler, die ihre Eltern sechsmal im Jahr sehen, sehe ich meine Mutter täglich. Zumindest im Fernsehen. Ich habe meine Mutter erst ein paar Mal in meinem Leben besucht. Den Staat zu führen erfordert einen Großteil ihrer Aufmerksamkeit. Aber wenn ihr etwas zugestoßen ist, ein Unfall oder ein weiterer Mordanschlag dieser elenden Empfindsamen ...

»He, hör auf damit. Es geht ihr gut.« Beck setzt sich über die Regeln hinweg und zieht mich näher an sich. Als ich mich an ihn schmiege, wird das Zittern, das meinen Körper schüttelt, noch offensichtlicher. »Atme tief durch, Vögelchen.«

Er hat recht. Kein Grund, mit schlechten Nachrichten zu rechnen. Es könnte alles Mögliche sein.

Nur dass es nicht das erste Mal wäre, dass Empfindsame einen Anschlag auf Staatsfunktionäre verüben – oder auf meine Mutter. Und die Angriffe sind in letzter Zeit häufiger geworden, obwohl der Staat die Rädelsführer stets verhaftet und ihnen den Prozess macht.

»Warum sperrt der Staat sie nicht einfach alle weg? Das wäre sicherer«, sage ich. »Man könnte sie doch irgendwo gesondert unterbringen, vielleicht in den Midlands, weit weg von uns anderen.«

Beck bleibt stehen und starrt mich an. »Nicht alle von ihnen haben Verbrechen begangen, Lark. Das weißt du auch. Und außerdem: Wer sollte all die niederen Arbeiten verrichten, wenn sie nicht mehr da wären?«

»Ich weiß nur, dass sie uns hassen. Sie wollen uns tot sehen.« Ich lehne mich gegen die Couch, halte mir die Arme eng vor den Bauch und warte. Ich beuge mich vor und spüre, wie Becks Hände mir den Rücken reiben.

»Das ist typisch für sie«, höre ich Lina sagen. Zuerst vermute ich, dass sie von den Empfindsamen spricht, aber dann fährt sie fort: »Sie können tun, was sie wollen, während wir anderen schon bestraft werden, wenn wir uns auch nur umarmen.«

»Sei still, Lina. Lark ist ganz durcheinander«, sagt Ryker, einer von Becks guten Freunden, zu dem blonden Mädchen neben ihm.

Sie verschränkt die Arme. »Ach ja, das habe ich ganz vergessen. Wir dürfen Lark und Beck nicht kritisieren. Sie sind ja so etwas *Besonderes*.« Sie betont das letzte Wort. »Sie können tun, was immer sie wollen.«

Ich reiße den Kopf hoch, kneife die Augen zusammen und setze dazu an, ihr zu antworten, aber Beck hält mich davon ab.

»Das ist es nicht wert.«

Ich nicke. Ich habe ohnehin nicht die nötige Energie.

Bethina geht vor einer leeren Wand auf und ab, legt die Stirn in tiefe Falten und tippt auf ihr orangefarbenes Alleinstehendenarmband. Ein Bildschirm materialisiert sich an der Wand. »Ich habe die Anweisung erhalten, euch allen das hier zu zeigen.«

Wir warten, während auf dem Bildschirm statt der Schwärze ein helleres Flimmern erscheint. Am Ende wird ein Bild sichtbar – eine hübsche Frau mit hellblauen Augen und blassblondem, zu einem modischen Knoten aufgesteckten Haar. Mutter. Mein Magen macht einen Satz und kommt dann zur Ruhe. Es geht ihr gut. Beck hatte recht. Ich habe mir unnötig Sorgen gemacht.

»Guten Morgen, Schüler. Es tut uns sehr leid, dass es zu einer Verzögerung gekommen ist und wir euch von euren Einstufungsprüfungen abhalten.« Am Fenster kichert jemand. »Wir haben Berichte über unautorisierte Empfindsamenaktivität in eurem Bezirk erhalten. Unsere Sicherheitskräfte sind zwar überzeugt, dass alles in Ordnung ist, aber bitte legt heute äußerste Wachsamkeit an den Tag. Zögert nicht, euer Armband zu aktivieren, wenn ihr spürt, dass Gefahr im Verzug ist.« Nervöses Geplapper erfüllt das Zimmer, während meine Mutter vom Bildschirm lächelt. »Ihr dürft nun weitermachen wie gewohnt. Möge euer Tag friedlich und erfolgreich sein.«

Ich richte den Blick auf den jetzt schwarzen Bildschirm und warte auf den Rest des Berichts – die Liste festgenommener Empfindsamer, Gesetzesänderungen, Reisewarnungen, irgendetwas. Aber der Bildschirm verblasst.

Unsicher, was wir tun sollen, tauschen meine Mitbewohner und ich verwirrte Blicke.

»Das ist alles?«, fragt Maz.

Bethina lässt die Schultern nach vorn sinken, als ob ein schweres Gewicht darauf lasten würde, und geht zur Wohnzimmertür. »Anscheinend.«

»Wenn es keinen Grund zur Besorgnis gibt, warum sagen sie es uns dann überhaupt?«, fragt Beck.

»Der Staat denkt immer zuerst an eure Sicherheit. Er vertraut darauf, dass ihr das Risiko angemessen einzuschätzen wisst«, wiederholt Bethina die Sätze, die sie im Laufe der Jahre schon so oft zu uns gesagt hat. Aber statt mich zu beruhigen, sorgen sie nur dafür, dass meine Eingeweide sich erneut verknoten.

Irgendetwas stimmt nicht.

3

Schnee peitscht über die lange, leere Barrikade und lässt Flocken auf uns herabsinken.

Manchmal ist es leicht, zu vergessen, dass *sie* auf der anderen Seite sind. Aber heute nicht.

Vor dem Langen Winter hatte diese Gegend aus großartigen Bäumen bestanden. Jetzt ist die gefrorene Landschaft nicht mehr von hoch aufragenden Eukalyptusbäumen und Akazien übersät, sondern nur noch von Arbeitstrupps. Dutzende von ihnen, die allesamt die leuchtend roten Armbänder der Empfindsamen tragen, rackern sich jenseits der Barrikade ab und räumen Bürgersteige und Fahrbahnen in der Stadt.

Mit Blicken folge ich dem Verlauf der Barrikade vom Presidio bis zur Bucht. Bis auf drei bewachte Kontrollpunkte umschließt uns die Barrikade und sperrt *sie* aus. Oder, wie Beck scherzhaft zu sagen pflegt, uns ein.

Ich berühre mein Armband, um mich zu beruhigen. Wenn einer von ihnen die Barrikade durchbrechen würde, würde ein Alarm ausgelöst werden. Mein Armband würde mir Bescheid sagen. Ich muss mir keine Sorgen machen.

Vor mir stapfen meine Mitbewohner *unseren* Bürgersteig entlang und stählen sich gegen die Kälte. Ich bilde immer die Nachhut der Gruppe, normalerweise mit Beck oder Kyra. Manchmal stoßen Maz oder Ryker zu uns, aber nie die anderen Schüler. Kyra behauptet, dass wir sie mit unserer Intelligenz und unserem überwältigend guten Aussehen einschüchtern, aber ich glaube, dass sie Beck und mich nicht leiden können. Oder zumindest mich. Beck könnte man noch nicht einmal verabscheuen, wenn man es darauf anlegen würde.

Doch heute bin ich allein. Kyra stapft mit Maz voran und plant wahrscheinlich schon ihren nächsten Fehltritt, während Beck neben Lina und Ryker herläuft. Ich habe keine Lust, mich einer der beiden Gruppen anzuschließen.

»Ich kann es gar nicht abwarten, da draußen zu sein und diese bösen Monster zur Strecke zu bringen.« Der Wind trägt mir die Worte zu. Das muss Emory sein. Er erzählt jedem, der bereit ist zuzuhören, von der Karriere, die er sich wünscht: Empfindsamenpolizist.

Der Beruf würde gut zu ihm passen. Er ist stark und schlau, und man muss gerissen sein, um die Empfindsamen zu überlisten.

Eisiger Wind streift mein Gesicht, und ich ziehe mir den Schal bis ans Kinn hoch. Mit den Zähnen reiße ich mir einen Handschuh ab und taste mit tauben Fingern an meinem Armband herum, um den Ton lauter zu stellen. Die Musik harmoniert mit den wirbelnden Schneeflocken – ein taumelnder, fließender Rhythmus, der den Schnee zu dirigieren scheint. Bei jedem Taktschlag tanzen die Flocken zur Seite, statt nach unten zu fallen, und wenn ich mich umdrehe, folgt der Schnee meinen Bewegungen.

Zumindest glaube ich, dass er mir gerade gefolgt ist.

Ich bewege die Hand hin und her. Der Schnee gleitet ebenfalls hin und her, als würde er gewiegt. Wie … seltsam.

Die rationale Seite meines Gehirns sagt mir, dass ich mir Sorgen machen sollte. Es ist wegen Empfindsamenaktivitäten in der Gegend zu einer Verzögerung gekommen, und tanzender Schnee ist nicht normal. Aber so zu tun, als hätte ich die Kontrolle über etwas derart Mächtiges, entzückt mich. Außerdem bin ich innerhalb der Barrikade und habe mein Armband. Und ich habe noch nie gehört, dass »tanzender Schnee« ins Fähigkeitenspektrum der Empfindsamen fällt – es muss am Wind liegen.

Aus Spaß öffne und schließe ich die Faust schnell, und wieder verändert sich der Schnee. Diesmal wird er zu einem kleinen, pulsierenden, wirbelnden Zyklon.

Das rhythmische Trommeln des ersten Lieds geht in die eindringliche Melodie eines anderen über. Der Zyklon kommt zum Erliegen, und eine vertraute Melancholie senkt sich herab. Ich schaue auf und sehe, dass meine Gruppe sich immer weiter von mir entfernt. Ich wünschte, alles könnte immer so bleiben wie jetzt – die Stille, meine Schule, die Vorhersehbarkeit. In letzter Zeit sind alle nur noch mit Gesprächen über den Abschluss und unsere bevorstehenden Bindungen beschäftigt.

Ich bin aufgeregt, wenn ich an die Zukunft denke, aber die Dinge ändern sich. Ich werde nie in diesen Moment zurückkehren können. Fast wie in Reaktion auf meine Stimmung hört der Schnee zu tanzen auf und fällt lustlos vom Himmel.

»He, Vögelchen, willst du dich nicht ein bisschen beeilen? Falls du es noch nicht bemerkt hast: Es ist kalt.« Beck wedelt mir mit den unbehandschuhten Händen vor der Nase herum. »Gibst du dich schon wieder Tagträumen hin?«

Ich schüttle den Kopf. »Hast du das gesehen? Den Schnee, meine ich?«

»Was? Den Schneeteufel?« Sein Grübchen wird tiefer, wenn er grinst. »Ja, es sah so aus, als würde er dir folgen.«

»Aber das hat er doch nicht getan, oder?«

Er zwinkert. »Mein Vögelchen – Herrin der Elemente!« Er hebt mit der bloßen Hand etwas Schnee auf und wirft ihn nach mir. Ich weiche zur Seite aus, und der Schnee verfehlt mich knapp.

Beck pustet auf seine kalte, nasse Hand und sieht mich an wie ein kleiner Hund. Ich überlege, ob ich ihm eine Szene machen soll, weil er mich mit dem Schnee beworfen hat, aber stattdessen greife ich nach ihm. »Gib mir die Hand, Mr. Mir-ist-kalt.« Ich schiebe unsere verschlungenen Hände in meine Tasche. Obwohl Beck doch behauptet hat zu frieren, dringt seine Wärme durch meinen Handschuh.

Er drückt mir die Hand und deutet auf mein Armband. »Darf ich mithören?«

Ich drücke auf einen Knopf, der den Ton in seinen Feed mit einspeist, und stelle die Musik lauter. Er singt ein paar Zeilen des Refrains und führt dazu eine sonderbare Tanzbewegung aus. Beck zieht mich hinter sich her. Ich lache und versetze ihm mit der freien Hand einen Stoß. Wir stolpern über die Füße des jeweils anderen, aber Beck fängt mich auf, bevor ich hinfallen kann.

»Du Verrückter!«, keuche ich unter Gelächter.

»Du meinst, dass das kein ausgefeilter Vorwand war, mich dazu zu bringen, dich in die Arme zu nehmen?«

Ich weiß, dass er Witze macht, aber Hitze flammt in meinem Gesicht auf. Gott sei Dank sind meine Wangen wahrscheinlich ohnehin schon von der Kälte gerötet.

»Du bist manchmal so seltsam«, sage ich, während ich mich aufrichte.

Er verbeugt sich und steckt dann die Hand erneut in meine Tasche.

Um uns herum tanzt und wirbelt wieder der Schnee.

Wir gehen noch ein paar Minuten weiter, und Beck lehnt sich gegen mich, so dass seine Hand mit meiner verbunden bleibt.

Als wir noch klein waren, war ich größer, stärker und schneller als er. Ich habe Beck vor den älteren Kindern beschützt, die alle schikanierten, die kleiner waren als sie selbst, und im Gegenzug hat er mich zum Lachen gebracht. Wenn ich jetzt so neben ihm stehe, ist das kaum zu glauben. Er ist gut dreißig Zentimeter größer als ich und kein mickriges Kerlchen mehr, sondern sehr muskulös.

Beck braucht vielleicht meinen Schutz nicht mehr, aber ich brauche ihn immer noch, damit er mich zum Lachen bringt.

Die Schule taucht in der Ferne vor uns auf, als wir um die nächste Ecke biegen. Es ist ein imposantes altes Ziegelgebäude, von dem man eine grandiose Aussicht auf die kahlen Hügel und die funkelnde Bucht hat. Unseren historischen Aufzeichnungen nach führte früher eine breite Brücke dort über die Meerenge, wo die Bucht in den Ozean übergeht, aber es gibt sie schon seit mindestens fünfzig Jahren nicht mehr. Sie war bereits fünfundsiebzig Jahre lang nicht mehr genutzt worden, seit dem Inkrafttreten des staatlichen Verbots aller Privatautos, das der Wiederherstellung des empfindlichen Ökosystems dienen sollte, in dem unsere Gesellschaft lebt.

»Weißt du, Be…«

Mein Armband piepst.

Mein Armband hat gepiepst.

Beck sieht mir in die Augen, und ich weiß, dass er es ebenfalls gehört hat. Sein Kopf fährt herum, und er lässt den Blick suchend über die leere Landschaft ringsum schweifen. In der Ferne sehen wir unsere Klassenkameraden nur noch als Pünktchen durch den Schnee hüpfen.

Sie sind weit weg. Zu weit. Warum haben Beck und ich nicht mit ihnen Schritt gehalten?

Die Stimme einer Frau übertönt den Musikfeed: »Lark, geh sofort in Deckung.«

Das ist keine Übung. Ein Empfindsamer ist in der Nähe.

Beck, der dieselbe Nachricht gehört hat, zieht mich hinter sich her. Ich wende hektisch den Kopf, um nach einem Ort Ausschau zu halten, an dem wir uns verstecken können, aber wir sind meilenweit von Weiß umgeben.

Und womöglich von Empfindsamen.

Wir flüchten Richtung Schule, aber ich rutsche beim Rennen aus, mache uns langsamer. Warum trage ich auch so unpraktische Schuhe?

Die Stimme der Frau wiederholt die Ansage: »Geh sofort in Deckung.«

Irgendwie höre ich über das Pochen meines Herzens hinweg ein leises Rascheln hinter uns. Meine Füße berühren den Boden nicht mehr. Ich liege mit dem Gesicht nach unten im Schnee, und Becks Körper verdeckt meinen völlig. Ich bekomme keine Luft.

Ich wehre mich gegen ihn, kämpfe mich hoch. Er drückt mich nieder und flüstert: »Rühr dich nicht. Sie kommen hier entlang.«

Knirschender Schnee. Stetige Schritte auf Beck und mich zu. Sein Arm schließt sich enger um mich, und sein Körper spannt sich an, macht sich für den Notfall kampfbereit.

Er kann nicht gegen sie kämpfen. Wir haben keine entsprechende Ausbildung erhalten. Wir haben nur eine Chance, wenn wir uns verstecken und beten, dass sie uns nicht sehen.

»Kommt hervor, zeigt euch, wo auch immer ihr seid.

Wir wissen, dass ihr hier seid«, ertönt der Singsang einer Männerstimme.

Ich taste an meinem Armband herum und versuche, mit halb erfrorenen Fingern den Alarmknopf zu finden.

Warum geht der Sicherheitsalarm der Schule nicht los?

Becks Finger umschlingen mein Armband. Zuerst glaube ich, dass er den Alarmknopf drücken will, aber er tut nichts. Sein beschleunigter Atem tönt mir in den Ohren.

»Kommt schon. Das ist gegen die Spielregeln.« Die Stimme des Mannes ist jetzt so klar und deutlich zu verstehen, dass er auf der anderen Seite des kleinen Hügels stehen muss, hinter dem Beck und ich uns versteckt haben.

»Unsere Fußspuren«, murmelt Beck. »Er sieht unsere Fußspuren.«

Mein Körper zittert, nicht vor Kälte, sondern vor Angst. Wenn er uns fängt ... Ich kneife die Augen zu und schlucke einen Aufschrei hinunter. Um uns herum wirbelt der Schnee so hektisch wie mein Herzschlag.

Plötzlich spüre ich Becks Druck nicht mehr auf meinem Rücken lasten. Er steht auf der Hügelkuppe wie auf dem Präsentierteller.

»Was tust du?«, schreie ich.

Beck hält seine Aufmerksamkeit auf das gerichtet, was er vor sich sieht.

»Sucht ihr mich?«, fragt er. Er klingt ruhig – nicht so, als ob er unserer größten Bedrohung gegenüberstünde.

Warum sollten sie nach ihm suchen?

Ich rutsche mit dem Fuß ab, als ich den sanften Abhang emporsteige, und stütze mich mit den Händen auf. Als ich die Hügelkuppe erreiche, stellt Beck sich zwischen mich und das Dutzend Empfindsamer unter uns. Meine Augen huschen instinktiv zu ihren Handgelenken – alle nackt. Der Staat hat sie noch nicht erwischt.

Zu meiner Überraschung greift das zerlumpte Häuflein nicht an. Sie beobachten Beck und mich verwirrt, und ihre Blicke huschen zwischen uns beiden und unseren verschlungenen Händen hin und her.

Aus der hintersten Reihe der Gruppe tritt eine zerzauste Frau hervor. Sie hebt den Arm, zeigt auf uns – auf mich. Sie zeigt auf mich.

»Ich weiß, wer du bist.« Ihre wahnsinnigen Augen funkeln. »Ich weiß es.«

Ein stummer Schrei bleibt mir in der Kehle stecken. Natürlich weiß sie es. Ich bin Malin Greenes Tochter, direkte Nachfahrin von Caitlyn Greene, einer der Staatsgründerinnen, die dafür verantwortlich ist, dass die Empfindsamen heutzutage verfolgt werden.

Jeder weiß, wer ich bin.

Und die Empfindsamen hassen mich und meine Familie mehr als irgendjemanden sonst.

Mein Herz gerät ins Stolpern, und meine Angst weicht Zorn.

Becks Finger lösen sich von meinen und wandern zu meinem Armband. Er betätigt den Alarmknopf, den ich vorhin mit meinen tauben Fingern nicht finden konnte.

Ein lautes Heulen erfüllt die Luft. Sirenen. Die Barrikade erwacht surrend zum Leben und leuchtet. Aus einiger Entfernung kommt Sicherheitspersonal auf uns zugelaufen.

»Wir werden frei sein!«, ruft die Wahnsinnige. »Ihr könnt uns nicht aufhalten!«

Ich hebe wütend die Hand, um ihnen zu sagen, dass sie uns in Ruhe lassen sollen, dass es keine Hoffnung für sie gibt. Sie sitzen in der Falle.

Ein unglaublich gleißendes weißes Licht blitzt auf. Beck schreit: »Nein!«, und wirft mich wieder zu Boden, zwingt mich, den Blick von den Empfindsamen abzuwenden und stattdessen zur fernen Bucht hinüberzusehen.

»Nein, nein, nein. Bitte nicht«, flüstert Beck.

Vom Fuße des Hügels ertönt kein einziger Laut.

4

Zwei Stunden später, als ich mit Beck im Büro des Schulleiters sitze, klopft mein Herz noch immer laut. Das Warten beruhigt meine Nerven nicht gerade.

Als das Sicherheitspersonal uns erreichte, hat Beck mich hochgehoben wie eine Stoffpuppe – nicht wie das Mädchen, das früher am Tag einen Ringkampf gegen ihn gewonnen hatte – und mich trotz meiner Proteste zur Schule getragen.

»Nein, Vögelchen«, hat er gesagt, als ich mich gewehrt habe. »Sieh nicht hin.«

Aber das habe ich doch getan. Ich habe die zerschmetterten Körper gesehen, mit denen der Schnee übersät war. Tot. Jeder einzelne von ihnen.

Erleichterung stieg in meinem Herzen auf. Weil es sie getroffen hatte und nicht uns. Nicht Beck. Nicht mich. Nur elende Empfindsame.

In Becks Armen murmelte ich dankbare Worte darüber, dass der Sicherheitsdienst so gut durchgegriffen hätte.

Wir gingen über den Schnee, je ein Wachmann rechts und links von uns, und betraten die stille Schule. Alle Schüler bis auf uns hatten in einem sicheren Raum Unterschlupf gesucht, bis Entwarnung gegeben wurde.

Jetzt sind alle wieder im Unterricht, aber Beck und ich warten immer noch darauf, dass wir gehen dürfen. Ich werfe einen Blick auf mein Armband. Wenn sie sich nicht beeilen, verpassen wir noch unsere Prüfung.

»Es geht uns gut. Warum dürfen wir nicht gehen?«, frage ich.

»Ich weiß es nicht.« Beck drückt mir die Hand, die er nicht mehr losgelassen hat, seit wir zusammen auf dem Hügel gestanden haben.

Stille umfängt uns. Wir haben alle Worte schon aufgebraucht, als wir vor der Sicherheitsmannschaft unsere Aussage gemacht haben. Neben mir erstarrt Becks Körper, und er presst mir die Finger zusammen.

»Aua!«

Er dreht sich so auf dem Stuhl, dass er zur Tür hinübersieht. Seine Augen verengen sich, und seine Hand umfasst meine nicht länger. Er neigt den Kopf zur Seite, als ob er auf etwas lauschte. Neugierig folge ich seinem Blick.

Die Tür schwingt auf, und eine Frau kommt hereingerauscht, gefolgt von einem hochgewachsenen Mann, der sich den Hut so tief in die Stirn gezogen hat, dass sein Gesicht verborgen ist.

Sie ist schön. Ihr rabenschwarzes Haar fällt in sanften Wellen und hebt sich von ihrem langen cremefarbenen Mantel ab. Ihre von Natur aus roten Lippen verziehen sich zu einem warmen, einladenden Lächeln, und da erkenne ich sie: Annalise, meine Schwägerin.

»Callum«, flüstert Beck mit einem Hauch von Verachtung, als mein Bruder den Hut abnimmt. Er und Callum sind noch nie gut miteinander ausgekommen. Als wir noch klein waren, hat Callum uns während unserer wenigen Besuche zu Hause immer aufgespürt und Beck schikaniert.

Mein Bruder trägt sein blondes Haar länger, als ich es in Erinnerung habe. Diese Frisur passt besser zu einem Staatsmann als zu einem Schuljungen.

Ich mache Anstalten, meine Familie zu begrüßen, aber

Beck zögert mürrisch. Eine Million ängstlicher Druckpunkte bauen sich in meiner Brust auf und drängen nach draußen, bis sie mir wie winzige Spinnen über die Haut krabbeln. Irgendetwas stimmt nicht.

»Lark. Schwester. Wie geht es dir, meine Liebe?« Anspannung durchläuft meinen Körper, als Callum mich kräftig an seine Brust zieht. Seine Umarmung gleicht eher einem Versuch, mich zu erwürgen.

Annalise berührt Callum am Arm. »Das reicht, Liebling. Die arme Lark bekommt ja kaum noch Luft. Du möchtest doch sicher keine künftige Staatsfrau verletzen, nicht wahr?«

Er lässt mich mit einem sanften Kuss auf die Wange los und tritt zurück. Der Druck in meiner Brust legt sich, und mein Herz schlägt langsamer.

»Lark, meine Liebe, wenn man bedenkt, was du durchgemacht hast, siehst du gut aus.« Annalises Stimme ist leise und melodisch. Sie küsst mich auf beide Wangen, wie es unter Staatsleuten üblich ist. Als sie auch Beck, der neben mir steht, diese Begrüßung angedeihen lassen will, zuckt er zurück und will sich nicht von ihr berühren lassen.

Ich starre Beck mit in die Hüften gestemmten Händen böse an. Ich weiß, dass er und Callum nicht immer miteinander zurechtgekommen sind, aber sein Verhalten ist lächerlich. Ich trete neben ihn und stoße ihn leicht an, damit er einen Schritt vorwärtsmacht, aber er baut sich breitbeinig auf und will sich nicht bewegen.

»Geht es dir gut?«, frage ich. Vielleicht hat das Entsetzen über den Angriff ihn durcheinandergebracht. »Soll ich den Heiler rufen?«

Er steht weiter angespannt mit zur Seite geneigtem Kopf da, als ob er versuchte, ein Geräusch in weiter Ferne zu hören. »Mir geht es gut.«

Was ist denn dann mit ihm los? Das hier ist weder der passende Zeitpunkt noch der rechte Ort, um alte Reibereien aus der Kindheit aufzuwärmen. Ich werde für uns beide einen guten Eindruck machen müssen. Meine Worte nehmen einen förmlichen Staatston an: »Schickt Mutter euch?«

Als Callum sich leicht vorbeugt, veranlasst das Beck, mich am Arm zu packen. Er verändert seine Körperhaltung unauffällig so, dass er zwischen Callum und mir steht. Callum reagiert auf Becks seltsam beschützendes Auftreten, indem er selbst ein weniger bedrohliches Gebaren an den Tag legt.

Annalise schenkt mir ein hübsches Lächeln, als ob sie Becks und Callums seltsame Körpersprache gar nicht bemerken würde. »Natürlich hat sie Callum geschickt, um sicherzugehen, dass dir nichts geschehen ist. Aber meine Aufgabe im Staat besteht darin, die Sicherheit, und zwar insbesondere die Sicherheit der leitenden Funktionäre – wie Malin – und unserer Schulen zu gewährleisten.« Sie knöpft sich den Mantel auf und hängt ihn an einen nahen Garderobenständer. »Ich habe den Auftrag erhalten, herauszufinden, wie es zu dieser Sicherheitslücke kommen konnte, und dafür zu sorgen, dass so etwas nicht wieder geschieht.«

»Wirklich?«, frage ich. Mit ihren perfekt manikürierten Nägeln und ihrem seidigen schwarzen Haar ähnelt Annalise eher einem Gemälde als einer Wachfrau.

»Wirklich.«

»Dann habt ihr eure Sache aber nicht besonders gut gemacht, oder?« Beck schnalzt mit der Zunge gegen seine Zähne. »Lark hätte getötet werden können.«

Nicht »wir«, sondern »Lark«.

Annalise zieht einen kleinen Tablet-Computer aus der

Handtasche und tippt darauf. »Lasst mal sehen … Meinem Bericht nach hast du den Empfindsamen eure Position verraten. Trifft das zu?«

Beck starrt sie finster an und legt mir schützend den Arm um die Taille. Seine Körperhaltung verrät Anspannung. Trotz all meiner Kleiderschichten bin ich überzeugt, dass er Hitze abstrahlt.

»Das Sicherheitssystem hat versagt. Ich habe versucht, sie von Lark abzulenken. Sie war *versteckt,* bis *sie* beschlossen hat, auf den Hügel zu steigen.«

Mein Herz rast, als ob es Angst hätte. Ich schmiege mich an Beck. Das hier sind mein Bruder und meine Schwägerin! Ich weiß ja, dass wir nicht immer gut miteinander ausgekommen sind, aber was gibt es da zu befürchten?

Annalises Lippen verziehen sich, während sie die Stirn runzelt. Aber es ist die Bewegung ihrer Hände, die ich sonderbar finde – sie scheinen zu zittern. »Du bist nicht dazu ausgebildet, gegen Empfindsame durchzugreifen, und doch war dein erster Gedanke nicht der, dich weiter verborgen zu halten, sondern der, dich gut sichtbar auf einen Hügel zu stellen. Das finde ich sehr interessant.«

Ihre dunkelblauen Augen huschen zwischen Beck und mir hin und her, als würde sie mit einem Angriff rechnen. Beck schlingt den anderen Arm auch noch um meinen Körper, so dass er mich nun mehr oder minder umarmt. Annalise beißt kurz die Zähne zusammen, überspielt es dann aber mit einem strahlenden Lächeln.

Sucht ihr mich? Hat Beck das nicht gefragt, als er ihnen gegenüberstand? Meine Gedanken überschlagen sich, ordnen das, was ich gesehen und gehört habe. Irgendetwas stimmt hier nicht.

»Mein erster und einziger Gedanke ist immer der, Lark zu beschützen.«

Mich zu beschützen? Wovon spricht er? Er braucht genauso viel Schutz wie ich. Wie Callum sind wir beide direkte Nachkommen der Staatsgründer und daher ständig bedroht.

Ohne auch nur zu versuchen, unauffällig vorzugehen, verschiebt Beck seinen Körper so, dass ich nun hinter ihm stehe.

»Was tust du?«, frage ich, während ich versuche, mich an ihm vorbeizudrängen, aber er hält mich zurück. Ich habe bisher noch nie an Beck gezweifelt, aber das hier ist lächerlich.

Zur Antwort wirft Annalise den Kopf in den Nacken wie diese Mädchen im Film und lässt ein melodisches Lachen ertönen, das angesichts des Tonfalls unseres Gesprächs gespenstisch fehl am Platze ist. »Lark beschützen? So nennst du also das, was du getan hast? Du hast die Empfindsamen geradewegs zu ihr geführt.«

Ich verstehe nicht, was hier geschieht. Wirft sie Beck irgendetwas vor? Dass er den Empfindsamen geholfen hätte, mich anzugreifen?

Ich spähe an Beck vorbei und komme mir plötzlich klein vor. Callum spielt sichtlich nervös an seinem Umhang herum, aber Annalise wirkt erzürnt. Beinahe außer sich.

Zorn kocht in mir hoch.

»Annalise, was genau meinst du damit?«, frage ich knapp und trete hinter Beck hervor.

Kurz verrät ihre Miene Entsetzen. »Es tut mir leid, Lark. Habe ich dich gekränkt? Ich dachte, gerade du hättest ein Interesse daran, dieser Sache auf den Grund zu gehen, da es doch so aussieht, als ob sie nach dir gesucht hätten.«

»Nein, natürlich nicht.« Es ist eine Lüge, aber ich will

nicht, dass sie oder ihr Vorgesetzter mich für aufmüpfig hält.

Sucht ihr mich?, hat Beck gefragt. Ich schüttle den Kopf und balle die Fäuste. Nein. Sie wollten mich. Die Tochter von Malin Greene, der Empfindsamenjägerin, die für die erhöhte Zahl von Arbeitstrupps und die drastischen Einschränkungen ihrer Freiheiten verantwortlich ist. Und Beck hat sich ihnen stattdessen angeboten.

Annalise schiebt mit einer raschen Bewegung den Computer wieder in die Tasche. »Ich habe alles, was ich brauche.«

Callum bietet seiner Frau den Arm. »Wollen wir, Annalise?«

Sie nimmt den Mantel vom Haken und legt die Hand leicht auf seine. Ihr harter Blick bohrt sich in mich, aber sie lächelnd reizend. »Auf Wiedersehen, Lark. Wir sehen uns sicher bald wieder, davon bin ich überzeugt.«

Callum hebt seinen Hut, bevor er ihn sich wieder aufsetzt, und dann rauschen sie auf den Flur hinaus und hinterlassen ein Durcheinander aus Verwirrung und Misstrauen. Glauben Annalise und Callum etwa, dass Beck *wollte*, dass die Empfindsamen mich finden? Das ist unmöglich.

Ich wirble zu Beck herum. »Was sollte das?«

Er antwortet nicht. Stattdessen starrt er auf den Flur hinaus, den Kopf in Richtung der Stelle geneigt, an der Callum und Annalise verschwunden sind.

»Beck«, sage ich ärgerlich. »Hörst du mir überhaupt zu?«

Angst blitzt kurz in seinen olivgrünen Augen auf. Er mustert mein Gesicht einen Moment lang fragend, als ob er versuchen würde zu verarbeiten, was ich gesagt habe. »Komm, Vögelchen, wir müssen unsere Prüfungen ablegen.« Er bückt sich, hebt meine Tasche auf und reicht sie mir.

»Der Schulleiter hat uns noch nicht entlassen. Wir können noch nicht gehen.«

»Ich glaube nicht, dass das jetzt noch eine Rolle spielt.«

5

Anders als noch vor ein paar Minuten, als er gar nicht aufhören konnte, mich zu umarmen, lässt Beck mich jetzt weit hinter sich, als er zum Klassenraum läuft.

Ich renne los, um zu ihm aufzuschließen. Ich weiß nicht genau, was gerade passiert ist, aber ich glaube, dass er es weiß, und er wird mir schon noch einige Fragen beantworten, selbst wenn ich ihn dazu zwingen muss.

Ich erreiche vor ihm die Tür unseres Klassenzimmers und verstelle ihm den Weg hinein.

»Was ist los?«, frage ich mit Nachdruck.

Zum ersten Mal bemerke ich, wie sehr er zittert. Ich verschränke die Finger mit seinen und küsse aus Gewohnheit unsere verschlungenen Hände. Vielleicht hat er mich deshalb so umklammert gehalten? Weil seine Hände verraten, wie viel Angst er hat?

»Beck, du glaubst doch nicht wirklich, dass Annalise dir vorgeworfen hat, die Empfindsamen zu uns gelockt zu haben, oder?«

Er zuckt mit den Schultern. »Vielleicht.«

Wenn Beck nicht selbst derjenige wäre, der das sagt, würde ich die Bemerkung lächerlich finden. Unsere Familien sind über jeden Zweifel erhaben. *Wir* sind über jeden Zweifel erhaben. Obwohl seine Eltern keine hohen Staatsämter innehaben, weiß jeder, dass die Channings eine gute Familie mit ausgeprägtem Pflichtgefühl sind.

Mr. Proctor, unser Gesellschaftskundelehrer, reißt die

Tür auf, so dass wir den Blicken eines ganzen Klassenzimmers voller Schüler ausgesetzt sind.

»Habt ihr beiden vor, zu uns zu stoßen?«, fragt er. Ein paar Schüler kichern.

Verlegen lasse ich Becks Hand los und gehe eilig zu meinem Tisch. Beck setzt sich auf den Platz neben mir.

»Wir haben die Prüfung schon hinter uns«, erklärt Mr. Proctor. »Ihr beiden werdet sie privat nachholen müssen. Sagt Bethina, dass sie deswegen bei mir anrufen soll.«

Ich lasse den Kopf hängen und halte meine Tränen zurück. Vielleicht liegt es nur daran, dass der Tag so belastend war, aber das eine, was ich wollte, wirklich wollte, wird nun nicht geschehen.

Da ich mir bewusst bin, dass alle mich beobachten, schlucke ich den Kloß in meinem Hals hinunter und wühle in meinem Rucksack herum, bis ich altmodisches Papier und einen Stift finde. Eine der unerträglichen Freuden dieses Kurses ist die, dass wir auf Papier schreiben müssen, wie es vor Hunderten von Jahren üblich war. Obwohl ich jetzt schon besser darin bin, bekomme ich immer Krämpfe und Schmerzen in der Hand, wenn ich mir so Notizen mache. Beck dagegen schreibt sogar zu Hause lieber mit der Hand.

Kyra beugt sich über den Gang zu mir. »Ist alles in Ordnung?«

Ich ziehe die Nase hoch. »Ja. Ich bin sicher, dass man uns keine Vorwürfe dafür machen wird, dass wir die Prüfung versäumt haben. Es ging nicht anders.«

»Lark, ich spreche von dir. Geht es dir gut? Haben sie dir wehgetan?« Ihre Augen blicken besorgt.

Geht es mir gut? Ich bin nicht mehr in Panik oder verängstigt, und als Beck und ich zusammen auf dem Hügel gestanden haben, habe ich mich konzentriert und stark gefühlt – genau, wie es einem in der Staatsausbildung beigebracht wird. Doch ich bin verstört. Aber warum? Wegen Annalises verhüllter Vorwürfe? Weil ich die Situation selbst nicht verstehe? Oder bin ich traurig, weil ich die Prüfung verpasst habe?

»Alles ist gut. Der Staat ermittelt.«

»Ruf mich an, wenn du irgendetwas brauchst.«

Ich nicke, und sie kritzelt weiter auf ihrem Papier herum. Wie ich hasst sie das Schreiben. Anders als ich hat sie es nie richtig gelernt, so dass sie sich immer meine Notizen leihen muss, und deshalb passt sie jetzt auch nicht auf.

Vorn im Klassenraum verbreitet Mr. Proctor sich über den Langen Winter. Nicht einmal eine Sicherheitslücke kann mich davor bewahren. Er scheint zu glauben, dass die leichteste Art, sich von einem nervenzerreißenden Überfall zu erholen, darin besteht, uns mit Geschichte zu langweilen. Ich verstehe nicht, warum wir dieses Thema überhaupt noch behandeln. Jeder weiß Bescheid über »Aufbau und Geschichte der Gesellschaft«. Es ist jedes Jahr derselbe Kurs mit denselben Informationen. Wenn man sie selbst jetzt noch nicht auswendig kann, ist man wirklich ein hoffnungsloser Fall.

Mr. Proctors Stimme dringt mir in die Ohren: »Eis und Schnee bedeckten ganze Kontinente, zerstörten die bewohnbare Erdoberfläche und lösten so einen fünfzigjährigen Krieg aus, da es zu Wanderbewegungen kam. Über die Hälfte der Weltbevölkerung verschwand.«

Ich muss nicht aufpassen, ich weiß das alles auswendig: dass das Zentrum, das man früher als Afrika bezeichnete, nur noch ein Zehntel seiner einstigen Ausdehnung hat und dass es damals anstelle unserer fünf großen Gesellschaften mehr Länder gab, als ich mir überhaupt vorstellen kann. Dass die Gesellschaften einander gegenseitig zerstört hätten, wenn es meiner Vorfahrin, Caitlyn, nicht gelungen wäre, sie in dem gemeinsamen Ziel zu einen, das Überleben der Menschheit zu sichern.

Ich sehe zu, wie Mr. Proctor auf den Wandbildschirm hinter seinem Schreibtisch tippt und alle Gesellschaften auf einer Landkarte aufleuchten lässt.

Klick, Licht. Der Westen, in dem wir leben und der sich von den nördlichen Städten Ottawa und Calgary bis nach Austin im Süden erstreckt, erscheint grün eingefärbt auf dem Bildschirm.

Noch ein Klick. Der Osten, der ein Gebiet umfasst, das früher einmal Asien hieß, erstrahlt in Hellblau.

Klick, klick, klick – der Süden, das Zentrum und die Inseln erscheinen. Ein letzter Klick. Der Norden, der nur noch dem Namen nach eine Gesellschaft bildet und aus einer eisbedeckten Landmasse besteht, die einmal Europa hieß. Nur eine geringe Restbevölkerung hat dort überdauert.

Mr. Proctor überblendet die antike Karte mit einem Bild der Welt. »Die Welt war vor dem Langen Winter ungemein überbevölkert und zersiedelt.«

Ich schreibe das Wort »Empfindsame« auf eine der schmalen blauen Linien auf meinem Papier. Welch ein Oxymoron! Es impliziert ein zartfühlendes Wesen, aber genau das zeichnet die Empfindsamen nicht aus. Da sie entschlossen waren, die Menschheit in ihre Gewalt zu bringen, haben sie den Langen Winter auf uns losgelassen – ihr letzter Spielzug nach Jahrtausenden voller Seuchen, Erdbeben und Hungersnöte – und die menschliche Bevölkerung der Welt beinahe ausgerottet.

Zum Glück gelang es den Gründern herauszufinden, wie man die Chromosomenanomalie der Empfindsamen identifizieren kann. Die meisten werden schon in ihrer Kindheit entdeckt und bekommen rote Armbänder angelegt, die sie nicht abnehmen können und die jede ihrer Bewegungen nachverfolgen. Die Empfindsamenpolizei spürt die Übrigen auf – diejenigen, die frei umherstreifen und sich in den Schatten verstecken, statt in den bewachten Siedlungen am Rand der großen Städte zu leben. Da keiner weiß, wie man gegen Magie kämpft, müssen unsere Polizisten sie überrumpeln, um sie zu überwältigen.

Aber eines gilt für beide Gruppen gleichermaßen: Es darf ihnen unter keinen Umständen gestattet werden, sich zu vermehren.

Ich überfliege mein Buch, bis ich die Bilder historischer Empfindsamer finde. Manchmal werden sie in alten Büchern als Hexen bezeichnet. Aber das war, bevor festgestellt wurde, was sie auszeichnet – zusätzliche Sinne. Infolge dieser Erkenntnis wurde die neue Bezeichnung eingeführt.

Ich tippe auf eine Seite, um einen heranzuzoomen. Sie sehen überhaupt nicht aus wie die Gruppe, die Beck und mich angegriffen hat. Die von heute Morgen wirkten abgesehen davon, dass sie nicht das verpflichtende Armband trugen, genauso wie wir – wie normale Menschen, zumindest wenn man die wahnsinnigen Augen der Frau außer Acht lässt.

Das Bild in meinem Buch erstrahlt und verblasst unter meinen Fingern. Ich blättere um und finde Caitlyn Greene – meine Ahnin –, die mich, umgeben von den übrigen Gründern, aus den Tiefen der Zeit anlächelt. Abgesehen von unserem kastanienbraunen Haar und unserer geringen Körpergröße ähneln wir einander überhaupt nicht. Mit ihren großen Augen und vollen Lippen sieht sie eher wie Mutter oder sogar Kyra aus – nicht wie ich.

Wie konnte diese Frau nur den Mut aufbringen, einer derart gefährlichen Gruppierung die Stirn zu bieten? Sie war nicht viel älter als ich jetzt, erst zweiundzwanzig, als sie zum Staatsoberhaupt gewählt wurde.

Ein Hauch von Beschämung nagt an mir. Wie kann ich ihre Nachkommin sein? Meine erste Reaktion war nicht, mich den Empfindsamen zu stellen, sondern mich zu verstecken. Anders als Beck.

Das Bild wird wieder kleiner. Um Caitlyn herum stehen weitaus ältere und stärkere Männer, deren Körpersprache aber Ehrerbietung verrät. Caitlyn war eindeutig diejenige, die das Heft in der Hand hatte.

Mein Blick fällt auf den Mann zu ihrer Linken, der, anders als die anderen Herren, in Caitlyns Alter zu sein scheint: Charles Channing, Becks Ururgroßvater und Caitlyns rechte Hand. Ich habe nie ein Bild von einem der beiden ohne den anderen gesehen. Die Kriegerin und der Diplomat – so werden sie in den meisten Texten genannt.

Charles hat den Arm vertraulich um Caitlyns Schultern gelegt und hält ihr den Kopf leicht zugewandt, als ob er ihr gleich etwas ins Ohr flüstern möchte. Er ist so blond wie Beck und hat den gleichen schelmischen Blick.

Annalise kann doch Beck nicht verdächtigen, oder? Nicht wenn Charles Channing sein Vorfahre war. Das wäre Blasphemie. Schließlich ist Charles derjenige, der politische Grundsätze entwickelt und einen Frieden mit den vier anderen Gesellschaften ausgehandelt hat.

Ein kleines Lächeln bildet sich auf meinen Lippen. Beck ist genau wie Charles. Er sucht immer nach Kompromissen. Ich bin allerdings keine Kriegerin. Niemand könnte mir je vorwerfen, wie Caitlyn zu sein – ich begnüge mich zu gern damit, mich im Hintergrund zu halten und nicht im Rampenlicht zu stehen.

Ich überfliege noch ein paar Seiten und lande beim Bild einer verräucherten, schmutzigen antiken Stadt. Es ist ein Wunder, dass die Leute sich damals nicht selbst mit all der Umweltverschmutzung, den Krankheiten und dem begrenzten Zugang zu medizinischer Versorgung, Erziehung und Nahrung den Garaus gemacht haben. Ihre Welt sah so anders als unsere aus: übervölkert, dreckig, geradezu dem Untergang geweiht. Sie haben versucht, alles überall hineinzuzwängen, und hatten keinen Sinn für Ordnung und Schönheit.

Ganz anders als der Staat, dessen einziger Zweck darin besteht, Sicherheit und Wohlergehen sämtlicher Bürger zu gewährleisten. Uns fehlt es an nichts.

Angesichts all der schrecklichen Dinge, die diese Leute getan haben, war es vielleicht nicht das Schlechteste, die meisten von ihnen mit dem Langen Winter auszurotten.

Ein leises Lachen unterbricht mich in meinen Gedanken. Beck schiebt seinen Tisch über den Gang neben meinen, während Mr. Proctor seine Vorlesung fortsetzt. Nur Beck kann mit so etwas durchkommen, ohne sich sofort Ärger einzuhandeln.

Er beugt sich näher an mein Ohr, und sein warmer Atem kitzelt mich am Hals. »Weißt du was?«

»Ich versuche aufzupassen.«

Mr. Proctor ist mittlerweile bei der Bedeutung unserer Aufgaben im Staat. Dass es, wenn wir erst einen Partner und einen Arbeitsplatz zugewiesen bekommen haben, Herausforderung und Segen zugleich für uns sein wird, uns um die Sicherheit und Überwachung des Staates zu kümmern. Dass von jedem einzelnen von uns, anders als von Alleinstehenden und Nichtstaatsleuten, erwartet wird, zum Wohl der Westlichen Gesellschaft beizutragen.

»Tust du nicht. Du hasst diesen Kurs«, sagt Beck herausfordernd.

Ich sehe ihn mit zusammengekniffenen Augen an, schürze die Lippen und versuche, so gut ich nur irgend kann, verärgert zu wirken. *Versuchen* ist dabei das Wort, auf das es ankommt, denn mein Magen schlägt in Becks Nähe Purzelbäume, und es raubt mir plötzlich den Atem. »Gut. Was ist?«

»Kyra hat Maz gestern Abend geküsst. Auf die Lippen.«

»Geküsst?« Das ist also das große Geheimnis. Ich riskiere einen verstohlenen Blick zu Kyra hinüber. Ich wundere mich nicht, aber eigentlich sollte sie es besser wissen. Was, wenn Maz nicht ihr Partner ist? Was dann? »Du willst übers *Küssen* reden?«

»Würdest du lieber üben?« Beck lehnt sich auf seinem Stuhl zurück. Seine Augen funkeln vor Schalk.

Er zieht mich auf, das weiß ich, aber ich kann nichts gegen die Wärme unternehmen, die sich in meinen Wangen ausbreitet.

Ich schlage ihm mit der Faust gegen den Oberarm. »Hör auf damit.«

»Worüber möchtest *du* denn reden?« Beck reibt sich die Stelle, an der ich ihn getroffen habe.

Ich hole tief Luft. »Du weißt, worüber ich reden möchte.«

Er starrt mich ausdruckslos an, als ob er wirklich keine Ahnung hätte.

»Wie wär's, wenn wir mit heute Morgen anfangen? Mit den Empfindsamen?«

Ein Schatten huscht über sein Gesicht, und seine Verspieltheit verschwindet. »Was ist damit?«

»Warum hast du gedacht, sie wären auf der Suche nach

dir? Weil du ein Nachkomme der Gründer bist?« Typisch Beck, den Tapferen zu spielen, als ich dazu nicht in der Lage war.

»Ja.« Er richtet den Blick auf die Wanduhr, so dass ich ihm nicht ins Gesicht sehen kann.

»Beck, bitte schau mich an. Ich weiß, dass du mir nicht alles sagst.«

Er dreht sich auf dem Stuhl um und wendet sich mir zu. Seine Lippen sind aufeinandergepresst. Als wir einander in die Augen sehen, stutze ich.

Alles Schelmische ist verschwunden, einfach aus seinem bildhübschen Gesicht gelöscht.

»Können wir zu Hause darüber reden? Weit weg von all den Ohren?« Er deutet mit der freien Hand auf den Rest der Klasse.

Ich will mich damit einverstanden erklären, aber ein stärkerer Drang gewinnt die Oberhand. »Nein. Ich will, dass du es mir jetzt erzählst. Du kommst nicht darum herum.«

»Lark«, fleht er, »warte einfach, bis wir nach Hause kommen, dann erzähle ich dir alles, versprochen.«

»Beck, Lark.« Mr. Proctor zieht die zottigen grauen Augenbrauen hoch. »Ich weiß, dass ihr einen aufregenden Morgen hinter euch habt, aber wartet bitte bis nach dem Unterricht, bevor ihr euch darüber unterhaltet.«

Beck richtet sich auf und tut so, als würde er schreiben. »Wir haben nur unsere Notizen verglichen.«

Mr. Proctor nickt nachsichtig. »Ja, bestimmt.«

Als er uns den Rücken zuwendet, schlage ich Beck den Stift aus der Hand. »Nein«, flüstere ich wütend. »Du sagst es mir jetzt.« Ich werde sonst nie böse auf ihn. Er soll mich schließlich aufheitern, wenn ich bekümmert bin, und mich nicht noch zusätzlich verärgern.

Er packt meine Hand. »Beruhig dich, Vögelchen.« Er zeichnet kleine Kreise auf meinen Handrücken, und ein seltsames, tröstliches Gefühl breitet sich meinen Arm hinauf bis in mein überreiztes Gehirn aus.

Aber ich bin immer noch wütend. »Ich verstehe nicht, warum du es mir nicht einfach erzählen kannst.«

Becks volle Lippen verziehen sich ein wenig, als er die Stirn runzelt. Genau in dem Augenblick klingelt es zur Pause, und er springt auf und lässt mich und meine Launen zurück.

Verärgert über ihn und zornig auf mich selbst, weil ich nicht die Antworten bekommen habe, die ich wollte, stopfe ich mein Notizbuch und meinen Stift in meinen Rucksack und laufe hinter Beck her.

»Beck, warte!« Ich hole ihn ein und lege ihm die Hand auf den muskulösen Arm.

Er schüttelt mich sichtlich gereizt ab und wendet sich zum Gehen, überlegt es sich dann aber anders und legt fest die Arme um mich. Ein überraschtes Seufzen entschlüpft mir, als seine Lippen meine Stirn berühren. Wenn wir allein wären, würde ich mich an seine Brust schmiegen, aber wir stehen mitten auf dem überfüllten Flur. Schüler wimmeln um uns herum. Wir können das nicht tun. Nicht jetzt.

Ich trete zurück und warte darauf, dass Beck irgendetwas sagt. Stattdessen zieht er sein breites blaues Armband ab und greift nach meinem. Ich lasse zu, dass er es nimmt, und er steckt sie tief in seine Tasche, wo unsere Worte so gedämpft ankommen werden, dass man sie nicht klar verstehen kann.

Beck legt mir eine zitternde Hand unters Kinn und starrt mir in die Augen. »Du weißt, dass ich alles für dich tun würde, nicht wahr?«

Verwirrt über sein Vorgehen, schüttle ich den Kopf. »Was ist los? Was verschweigst du mir?«

Es sieht Beck nicht ähnlich, Geheimnisse vor mir zu haben.

Er löst sich von mir und gibt mir dann mein Armband zurück. »Du musst dich beeilen, wenn du noch rechtzeitig zu deinem nächsten Kurs kommen willst.« Er lächelt schwach, und sein Gesicht spiegelt nur einen Schatten seiner sonst so lebensfrohen Natur wider, als er sich zum Gehen wendet und mich stehen lässt.

Irgendetwas stimmt nicht. Ganz und gar nicht. Wieder keimt Besorgnis in mir auf.

Beck, der entspannteste und glücklichste Mensch, den ich kenne, hat Angst.

6

Beck fängt mich vor der Klassentür ab, wie er es heute nach *jedem* Kurs getan hat. Normalerweise wartet er nur nach meiner Landwirtschaftsstunde auf mich.

»Wie bist du so schnell hergekommen?«, frage ich. Es hat gerade erst geklingelt, und der Kurs, aus dem er kommt, findet auf der anderen Seite des Schulgeländes statt.

»Magie.«

»Das ist nicht lustig.« Nach dem Angriff heute Morgen ist es das Letzte, worüber er Witze reißen sollte, besonders wenn andere Schüler mit dabei sind.

»Das war kein Scherz.«

Ich verdrehe die Augen. Es hat keinen Zweck, sich mit ihm zu streiten. Wenigstens wirkt er jetzt wieder mehr wie er selbst. »Du kannst nicht einfach die Schule schwänzen. Nicht wenn wir eine hohe Einstufung erreichen wollen.«

Er streckt den Arm aus und bietet mir an, meinen Rucksack zu tragen. Als ich mir die Riemen überstreife, um ihn selbst auf die Schultern zu nehmen, schüttelt Beck den Kopf. »Du bist stur.«

»Und du führst dich auf wie ein Verrückter«, sage ich mit finsterer Miene.

Beck geht durch das Gedränge aus Schülern hinunter zum Speisesaal. Ich folge ihm in meinem eigenen Tempo und zwinge mich, über das nachzudenken, was heute

Morgen vorgefallen ist: die Empfindsamen, Annalise, Beck, ja – einfach alles.

Wir hätten nicht allein sein dürfen, besonders nicht nach der offiziellen Verschiebung des Schulbeginns, das weiß ich. Aber warum ist der Schulalarm bloß nicht losgegangen? Und warum hat mein Armband gepiepst, während Becks keinen Mucks von sich gegeben hat?

Ich bin so in Gedanken, dass ich Kyra erst sehe, als sie mich am Arm an unseren Mittagessenstisch zieht. Sie hat ihr Haar aus dem von der Schule vorgeschriebenen Pferdeschwanz gelöst, und ihre Locken hüpfen in alle Richtungen. Warum muss sie sich immer gegen die Vorschriften auflehnen?

»Hast du das mit Lina und Ryker schon gehört? Jemand hat sie erwischt, wie sie sich auf der Hintertreppe geküsst haben.«

Okay. Alle um mich herum haben offiziell den Verstand verloren. Beck und ich wurden heute Morgen von Empfindsamen angegriffen, und doch wollen alle nur übers Küssen reden.

Kyra beugt sich vor und flüstert: »Ich habe gehört, dass sie nicht voll bekleidet waren.«

Ich schürze die Lippen in dem Versuch, eher missbilligend als neugierig zu wirken. »Wirklich?«

Kyra hakt sich bei mir ein und lächelt hämisch. »Sie bekommen einen Riesenärger.«

»Und du und Maz habt nie …« Ich kann den Satz nicht beenden. Es ist einfach zu peinlich.

Ein Hauch von Röte breitet sich in ihrem Gesicht aus. »Willst du, dass wir heute allein essen, weit weg von den Jungen?«

Beck drängt sich zwischen uns und löst Kyras Arm von meinem. »Hände weg, Kyra.« Er wirft sich in die Brust und strafft die Schultern, stark und selbstbewusst. Es ist, als ob der verängstigte Beck von vorhin verschwunden wäre – oder als ob ich ihn mir nur eingebildet hätte. »Ich habe Pläne mit Lark. Nur wir beide. Wir brauchen Zeit allein miteinander.«

Kyras Miene verdüstert sich vor Verärgerung. »Sie gehört nicht *dir*, Beck.«

Das ist zu viel. »Was ist bloß mit euch los? Habt ihr euch alle mit einem Wahnsinnsvirus angesteckt, oder was?«

Ich lasse meinen Rucksack auf den Boden neben meinem Platz fallen. So gern ich auch mit beiden reden möchte – jeweils allein und getrennt voneinander –, zum Mittelpunkt ihrer Streitereien möchte ich nicht werden.

Sie liegen sich schon seit ein paar Monaten ständig in den Haaren. Alles, was Beck tut, geht Kyra auf die Nerven, und Kyra wiederum nervt Beck. Es sind überwiegend Kleinigkeiten, aber ihr Gezänk beginnt mich zu zermürben.

»Ich esse hier, in der Wärme dieses Gebäudes. Ihr könnt gern wieder zu mir kommen, wenn ihr erst aufgehört habt, euch wie Idioten zu benehmen.« Ich gehe zur Essensausgabe hinüber und stelle mich an.

Da ich nur Obst zum Frühstück gegessen habe, bin ich kurz davor zu verhungern. Aus den Hauptgerichten suche ich mir einen Kidneybohnenburger, ein paar Weintrauben und einen Maiskolben aus. Während ich darauf warte, dass mein Essen zubereitet wird, werfe ich einen Blick zurück zu meinem Tisch, an dem Beck und Kyra auf gegenüberliegenden Seiten sitzen und in eine hitzige Debatte verstrickt sind. Keiner von beiden hat sich die Mühe gemacht, sich etwas zu essen zu holen.

Schüler drängen sich um alle Tische. Ausnahmslos jeder sitzt mit seinen eigenen Hausgenossen zusammen. Wir schließen kaum Freundschaften außerhalb unserer Gruppe, denn welchen Zweck hätte das schon? Der Staat wählt unseren Partner aus den sechsundzwanzig Schülern aus, mit denen jeder von uns zusammenlebt. Außerdem werden uns die Häuser aufgrund unseres Potenzials zugewiesen, lebenslange Freundschaften zu schließen. Das ist großartig – *es sei denn*, die eigenen Mitbewohner wollen einander gerade erwürgen.

»Können wir einen Waffenstillstand ausrufen?« Ich lasse mich auf den Platz neben Beck gleiten, und er legt mir einen Arm um die Schultern. Das Gewicht ist tröstlich, aber ich bin mir zugleich der bösen Blicke bewusst, die andere Schüler in unsere Richtung werfen. Ich hebe seinen Arm hoch und rücke etwas von ihm ab.

»Wie war das noch? Ihr wollt ein Vorbild sein?«, fragt Kyra. »Oder wollt *ihr* etwa auch enden wie Lina und Ryker?«

Ich verdrehe die Augen. Ich bin doch von ihm abgerückt, was will sie denn noch? »Du musst den Mund gerade weit aufreißen! Ich habe das von dir und Maz gehört.«

»Was ist denn mit Lina und Ryker passiert?«, mischt sich Beck ein, beugt sich vor und hält am Tisch Ausschau nach seinen Freunden.

»Oh.« Ich zucke zusammen. »Sie sind erwischt worden …«

»… als sie all die unartigen Dinge getan haben, die ihr beiden nie im Leben tun werdet«, vollendet Kyra den Satz mit einem verschlagenen Lachen.

Beck beißt die Zähne zusammen und schlägt etwas zu kräftig mit der Faust auf den Tisch. Mein Teller klirrt. »Wo ist Maz?«

Kyra wird plötzlich ganz geschäftsmäßig und blafft: »Er wollte eine Schneeballschlacht machen, aber ich glaube, wenn wir uns nicht blicken lassen, wird er bald hier sein. Es sollte eine Überraschung sein.«

Neben mir versteift sich Beck, und die Wärme, die sonst von ihm ausstrahlt, verschwindet.

»Erzählt mal, was heute Morgen passiert ist. Wie ist es euch gelungen, nicht getötet zu werden?« Kyra stiehlt mir eine Weintraube vom Teller. Sie tut so, als wäre es etwas ganz Alltägliches, von Empfindsamen in die Enge getrieben zu werden.

Ich runzle die Stirn, als ich mich daran erinnere, wie die Empfindsamen Beck und mich angesehen haben. »Es waren zehn«, wiederhole ich dieselben Informationen, die ich dem Sicherheitstrupp gegeben habe, der uns befragt hat. »Zuerst schien ein Mann uns zu verspotten, aber dann hat Beck ...«

Als ich seinen Namen sage, steht er auf. »Ich hole mir etwas zu essen. Möchtest du noch etwas?«

»Ich bin zufrieden, danke.«

»Kyra?«, fragt er in dem Bemühen, nett zu sein.

Sie schnippt sich noch eine von meinen Weintrauben in den Mund. »Nein. Ich teile mir das Essen mit Lark.«

Sobald er weg ist, beugt sie sich über den Tisch, so dass ihr Kopf nahe bei meinem ist, und holt tief Luft. »Okay, bitte gerat nicht in Panik.«

Ich hasse es, wenn sie ihre Ausführungen so beginnt. »Das tue ich schon nicht.«

Sie hält den Kopf neben meinen. »Maz und ich ...« Sie hält inne, und ich weiß schon, was als Nächstes kommt, bevor sie es ausspricht.

Ich reiße die Augen auf. »Kyra! Was, wenn Bethina das herausfindet? Oder eure Eltern – bei eurer Bindung? Du darfst nicht mit ihm schlafen. Du könntest in einem anderen Haus landen – dann würden wir einander kaum noch sehen. Und was, wenn du Gefühle für ihn entwickelst und er nicht für dich ausgewählt wird?«

Ich kann diesen Tag einfach nicht länger ertragen. Ich will ihn hinter mir haben. Erst die Empfindsamen, dann Becks seltsames Verhalten und jetzt Kyra, die ihr Bestes tut, um für den Rest ihres Lebens irgendeine Hilfstätigkeit zugewiesen zu bekommen! Ich habe genug.

Kyra setzt sich wieder auf ihren Platz. »Ich empfinde längst Gefühle für ihn, falls es dir noch nicht aufgefallen sein sollte.« Zum ersten Mal scheint sie tatsächlich verlegen zu sein, oder vielleicht nur schüchtern. Ich kann nicht einschätzen, was von beidem, denn erst lächelt sie mich an, um im nächsten Moment schon meinem Blick auszuweichen. »Außerdem bin ich nicht dumm. Wir haben nicht *alles* getan. Nur fast alles.« Sie schiebt mein Kinn hoch, damit ich den Mund nicht länger aufsperre. »Und außerdem … wie sollte jemand das herausfinden? Sie haben schließlich keine magischen Maschinen, die anzeigen, ob man keusch ist, wenn man hindurchgeht.« Sie lacht, aber ich zucke bei der Art zusammen, wie sie das Wort »magisch« gebraucht. »Außerdem weiß ich aus sicherer Quelle, dass Maz mein Partner ist.«

Ich starre sie mit offenem Mund an. Schon wieder.

»Woher?«, frage ich – sie kennt niemanden, der bei der Zuweisungsbehörde arbeitet.

Sie legt sich einen Finger an die Lippen. »Das darf ich nicht verraten.«

Wenn sie glaubt, dass Maz ihr Partner ist, wird auch noch so viel Widerspruch ihre Überzeugung nicht erschüttern, und so versuche ich es mit einer anderen Herangehensweise: »Was, wenn ihr erwischt werdet?«

»Was sollen sie dann schon tun? Mich anschnauzen? Es ist ja nicht so, dass sie einen öffentlichen Prozess abhalten und mich zu den Empfindsamen verbannen werden. Leute wie *uns* verurteilt man nicht zur Zwangsarbeit.« Sie zuckt die Achseln. »Außerdem … sehnst du dich nie so sehr danach, mit Beck zusammen zu sein, dass es wehtut?« Ihr Tonfall ist nicht mehr glücklich, sondern klingt jetzt anklagend.

Ich beiße mir auf die Unterlippe. Beck hält mir den Rücken zugewandt, während er Stück für Stück in der Schlange vorankommt. Heute Morgen – es fühlt sich an wie vor mehreren Jahren –, als er sich über mich gebeugt und mir in die Augen gesehen hat, habe ich gehofft, dass er mir einen Kuss geben würde, nicht einen der keuschen, kleinen Küsse, die er in letzter Zeit so überreich austeilt, sondern mehr.

Aber das hat er nicht getan. Weil es falsch wäre und wir das beide wissen.

»Nein. Ich will unsere Zukunft nicht aufs Spiel setzen.« Ich bedenke sie mit einem strengen Blick. »Und das solltest du auch nicht tun, Kyra. Du wirst ein entsetzliches Prüfungsergebnis bekommen, wenn du erwischt wirst. Und du wirst Maz ganz sicher verlieren. Dein ganzes Leben wird ruiniert sein, nur weil du ungeduldig warst.«

Sie schüttelt mit einem Lächeln auf den Lippen den Kopf.

»Du hast es doch selbst gesagt. Lina und Ryker werden einen Riesenärger bekommen«, beharre ich.

Sie macht eine wegwerfende Handbewegung, als ob das nichts weiter zu bedeuten hätte. Ich schnaube. Manchmal wünsche ich mir, Kyra würde alles etwas ernster nehmen.

»Langweilt dich das hier nie?« Sie benutzt beide Hände, um den Anblick, der sich uns bietet, verächtlich beiseitezuwischen.

Kyra ist nie zufrieden. Sie unternimmt immer das ein oder andere, um »das Leben aufregender zu gestalten«. Warum kann sie nicht das, was sie hat, spannend finden und sich darüber freuen?

»Nein. Die Dinge ändern sich bald genug. *Nach unseren Bindungen.*« Ich betone den letzten Satz und hoffe, dass sie versteht, was ich ihr damit sagen will.

Kyra beobachtet Beck einen Moment lang, bevor sie antwortet: »Vielleicht ist er nicht der Richtige für dich. Ich meine, alle anderen hier wollen schließlich gegen die Regeln verstoßen und so weiter. Vielleicht seid ihr beiden nicht kompatibel. Das passiert manchmal. Es ist besser, das jetzt herauszufinden, bevor ihr aneinandergebunden seid und euch der Peinlichkeit eines öffentlichen Prozesses aussetzen müsst, weil er beschlossen hat, dass er jemand anderes mag.«

Ihre Worte bohren sich in mein Gehirn und lassen mich erstarren. Nicht kompatibel? Das ist unmöglich. Wie kann jemand, der mich so glücklich macht, nicht mein perfekter Partner sein? Außerdem sagt Bethina immer, dass Beck und ich zwei Seiten derselben Münze sind – wir hängen so aneinander, dass es keine Möglichkeit gibt, uns voneinander zu trennen. Wir sind füreinander geschaffen, und deshalb hat der Staat auch schon so früh festgelegt, dass wir ein Paar werden sollen. Es wird nie einen anderen für mich geben.

Auf der anderen Seite des Raums ist etwas los: Maz kommt auf uns zugerannt, sein hellbraunes Haar feucht von schmelzendem Schnee. Kein Wunder, dass Kyra ihn mag: Er ist ständig in Bewegung und alles andere als langweilig. Beck fängt Maz mitten im Raum ab, und Maz gestikuliert wild, bevor sie auf direktem Weg zu unserem Tisch eilen.

»Kommt schon«, keucht Maz. »Ich habe alles vorbereitet.«

Bei dem Gedanken, draußen zu sein, wo wir angegriffen wurden, durchläuft mich ein Schauer. »Ich habe Hunger. Geht ihr nur«, sage ich und schaufle mir eine Gabel voll Gemüse in den Mund.

Kyra hebt träge den Kopf. »Lark will nichts unternehmen. Sie ist nicht gut drauf.«

Maz schenkt mir ein schiefes Lächeln. »Komm schon, Lark. Es macht bestimmt Spaß. Ich lasse mich sogar ein paar Mal von dir bewerfen.«

Ich schüttle den Kopf. Ich gehe unter keinen Umständen dort hinaus. Nicht bevor es sein muss.

Maz und Kyra tauschen einen Blick, den ich nicht deuten kann. »Ich dachte, es würde dich aufheitern«, sagt Maz. »Nachdem du nun schon die Prüfung verpasst hast und …«

»Danke. Aber ich brauche keine Aufheiterung. Es geht mir gut. Wirklich.« Meine Stimme zittert ein wenig.

Beck setzt sich neben mich. Seine Finger streichen über meinen Handrücken, als er sich an mich schmiegt und flüstert: »Ich bin auch nicht gerade scharf darauf, wieder nach draußen zu gehen.«

Manchmal sind wir so im Gleichklang, dass es ist, als würde er mein Herz wirklich kennen, und das ist der einzige Beweis, den ich dafür brauche, dass wir füreinander bestimmt sind.

Bethina klopft zwei Mal an die Tür, bevor sie den Kopf ins Zimmer steckt. »Darf ich hereinkommen?«

»Natürlich«, antworte ich.

Ich sitze von Büchern umgeben an meinem Schreibtisch und versuche, mich auf meine Hausaufgaben zu konzentrieren. Aber das Einzige, was ich bis jetzt erreicht habe, ist, mich zu fragen, warum Beck noch nicht zu Hause ist. Er hätte schon vor einer Viertelstunde mit dem Training fertig sein sollen, und wenn er nicht bald auftaucht, bekommt mein Armband noch eine Delle, weil ich immer wieder darauf drücke, um ihn anzurufen.

»Geht es dir gut?« Kaum dass ich zu Hause war, hat Bethina mich fast in einer Umarmung erdrückt. Ich kann mich nicht erinnern, dass sie sich je zuvor so verhalten hätte – ängstlich und erleichtert zugleich.

»Mir tut der Kopf noch immer weh.« All der Stress heute hat mir heftige Kopfschmerzen beschert.

Sie fischt zwei winzige Pillen aus der Tasche. »Dr. Hanson hat gesagt, dass du die hier nehmen sollst, wenn die Schmerzen unerträglich werden.«

»Es geht mir gut. Wirklich.« Ich beäuge die Medizin misstrauisch. Ich habe bisher noch nie Medikamente genommen, was für die vorzügliche medizinische Ausbildung spricht, die Bethina als Hausmutter vom Staat erhalten hat.

Sie legt die Pillen auf den Schreibtisch. »Ich weiß, wie du zu Medizin stehst, aber nur für den Fall … Sie werden dir helfen, dich besser zu fühlen.«

Sie lässt die Hand auf meinem Schreibtisch ruhen, und ich berühre sie.

»Ich hatte Angst«, sage ich leise und spreche es damit zum ersten Mal laut aus.

Bethina legt tröstend die Arme um mich und zieht mich an ihren Bauch. »Oh, mein süßes Mädchen, das ist doch kein Wunder.« Sie streichelt mir den Hinterkopf, und zwei dicke Tränen sitzen in meinen Augenwinkeln.

»Aber Beck … er war so tapfer, B. Du hättest ihn sehen sollen! Er hat nicht aufgegeben.«

Bethina tritt zurück und hält mich auf Armeslänge von sich. »Jetzt hör mal zu, du bist genauso tapfer wie Beck Channing. Du bist genauso stark.«

Ich schüttle den Kopf. »Nein. Ich habe mich versteckt.«

»Hast du mir nicht vorhin erzählt, dass du dich neben ihn auf den Hügel gestellt hast?«

»Doch.«

»Das hat Mut erfordert, Lark. Das hätten nicht viele Leute getan.«

Ich sage ihr nicht, dass ich es nur für Beck getan habe. Dass ich ihn nicht im Stich lassen konnte. Es hatte mehr mit meiner Angst um ihn als mit Tapferkeit zu tun.

Sie tupft mir die Augen mit dem Ärmel ihrer Tunika ab, bevor sich ihre Aufmerksamkeit auf Becks Zimmerseite richtet. »Er wird wohl nie lernen aufzuräumen, nicht wahr?«

Ich schüttle den Kopf. Die Bewegung bringt alles im Innern meines Schädels durcheinander, und ich zucke zusammen. »Ein Glück, dass er uns hat.«

Bekümmerung senkt sich über Bethinas Gesicht. »Ihr werdet bald nicht mehr da sein.«

So gespannt ich auch auf den neuen Lebensabschnitt bin, auf die Trennung von Bethina freue ich mich nicht. Erst in letzter Zeit habe ich zu schätzen gelernt, was sie für uns tut und wie wichtig wir ihr sind.

»Nun sieh nur, wie mir die Tränen kommen, bloß weil du erwachsen wirst.« Sie bückt sich und sammelt ein paar von Becks hingeworfenen Kleidungsstücken vom Boden auf.

»Ich werde dich auch vermissen, B. Aber ich bringe

Beck dazu, dass wir dich besuchen kommen.« Ich lächle sie an und hoffe, einen Teil ihres Kummers verscheuchen zu können. »Dann bestaunen wir dein Haus voller neuer Babys. Und wer weiß, vielleicht wird dir ja eines unserer Kinder zugewiesen?«

»Ich hoffe, dass du zu Besuch kommst. Das hoffe ich wirklich.« Sie verlagert ihr Gewicht und starrt in die Ferne. »Lark.« Jetzt ist ihre Stimme sehr ernst. »Ich weiß, dass du dich nicht wohlfühlst, aber ich muss dir eine Frage stellen und eine ehrliche Antwort darauf hören.«

Ich sehe ihr in die Augen. »Natürlich.«

»Nach dem, was mit Ryker und Lina passiert ist …« Sie zögert. »War da jemals … so etwas zwischen Beck und dir?«

Boden, verschling mich. Bitte. »Nein. Nie.«

Sie nickt knapp. »Gut. Ich will nicht, dass du dir deine Zuweisung verdirbst.« Sie tätschelt mir den Arm. »Du bist ein verantwortungsbewusstes Mädchen. Ich vertraue darauf, dass du das Richtige tun wirst.«

Als sie zur Tür geht, frage ich: »Was würde geschehen, wenn wir es täten?«

Bethina erstarrt mitten im Schritt. Sie dreht sich langsam um, und ich erhasche einen Hauch von Panik in ihren tiefbraunen Augen. »Was meinst du?«

»Was würde geschehen? Er ist mein ausgewählter Partner. Wir sind beide Nachkommen der Gründer. Es gibt niemanden sonst, der für einen von uns geeignet ist. Der Staat wird nicht zulassen, dass wir alleinstehend bleiben.«

»Warum fragst du mich das?« Sie klingt nicht mehr argwöhnisch, sondern anklagend. »Was hast du getan?«

Ich hebe mit großen Augen beide Hände und schüttle den Kopf. »Nichts, das schwöre ich. Aber wir teilen uns ein Zimmer. Was meinst du, was das für einen Eindruck vermittelt? Es ist in Ordnung für uns, zusammen zu sein und im selben Zimmer zu schlafen, aber wir dürfen nicht intim werden, obwohl wir in ein paar Wochen aneinandergebunden werden sollen. Das ist nicht fair, B.« Ich verschränke die Arme. »Und es ist schwer.«

Jegliche Farbe weicht aus ihrem Gesicht. »Lark, hör mir zu. Du darfst nie, unter keinen Umständen, gegen die Vorschriften verstoßen. Verstehst du?« Ihre Augen mustern mich, bevor sie fortfährt: »Du würdest alle enttäuschen. Du sollst einmal eine Führungsrolle einnehmen, und die anderen schauen zu dir auf. Du musst ein Vorbild sein.«

Darauf läuft es doch immer wieder hinaus – das Richtige zu tun.

»Sie werden euch trennen«, flüstert Bethina so leise, dass ich die Worte kaum hören kann. »Wenn der Staat den Verdacht hat … Lark, bitte, ich flehe dich an.«

Lärm und Gepolter auf dem Flur kündigen Becks Ankunft an. Er stürmt ins Zimmer und lässt seine Ausrüstung auf den Boden fallen – genau an die Stelle, an der Bethina gerade aufgeräumt hat.

Sein Blick springt zwischen Bethina und mir hin und her. Es ist offensichtlich, dass wir eine hitzige Diskussion führen.

Bethina seufzt. »Große Auftritte liegen dir, nicht wahr?« Sie sammelt den Rest seiner schmutzigen Wäsche ein und trägt den Stapel zur Tür. »Bleibt nicht zu lange auf.«

Sie sieht mich nicht an, aber ich weiß dennoch, dass unser Gespräch ihr Sorgen macht. Vielleicht liegt es nur daran, dass sie bestürzt über Ryker und Lina ist, oder vielleicht weiß sie über Kyra und Maz Bescheid und hat Angst, dass man auch die beiden voneinander trennen wird. Wenn Schüler wegen unangemessenen Sexualverhaltens getrennt werden, schadet das Bethinas Ruf als Hausmutter. Manche Hausmütter haben wegen so etwas schon ihren Arbeitsplatz verloren.

Sie zieht die Tür hinter sich zu. Ich kann mich des Eindrucks nicht erwehren, dass sie froh ist, einen Vorwand zu haben, um zu gehen.

»Was war das denn?«, fragt Beck.

Ich zucke mit den Schultern. Es ist mir zu peinlich, die Wahrheit zu sagen – dass *ich* wissen wollte, was aus uns werden würde, wenn wir gegen die Regeln verstoßen. »Sie regt sich wegen Ryker und Lina auf und wollte noch einmal klarstellen, dass wir uns an die Vorschriften halten müssen. Wir müssen ein Vorbild sein.«

Schweiß glänzt auf seinem Gesicht, und Schnee schmilzt in seinem goldenen Haar. Ich gehe zu meiner Kommode, um ein Handtuch zu holen. »Du bist klatschnass«, sage ich, drehe mich um und werfe ihm das Handtuch zu.

Mir stockt der Atem in der Kehle. Beck steht keinen Meter von mir entfernt, und seine olivgrünen Augen verschlingen mich mit Blicken. Er hat sich das nasse Hemd ausgezogen und es auf seinen Schreibtischstuhl geworfen.

Auch ohne Bethinas mahnende Worte weiß ich ganz genau, dass wir nichts tun dürfen. Aber ich will, dass Beck mich küsst, und mehr als alles andere will ich ihn küssen.

Mein Pulsschlag beschleunigt sich, als ich versuche, mich davon abzuhalten, seinen nackten, muskulösen Oberkörper anzustarren.

Beck pflückt das Handtuch aus meiner ausgestreckten Hand, als ob er Angst hätte, mich zu berühren, und wischt sich damit übers Gesicht. Etwas länger als nötig, wie ich finde.

»Danke.« Mit diesem einen, kleinen Wort reißt er uns vom Rande des … ja, des *was* zurück? Des Einander-Anstarrens? Das kommt mir nicht besonders skandalös vor.

»Weshalb hast du so lange gebraucht?«, frage ich und versuche, so zu tun, als ob die Tatsache, dass er kein Hemd trägt, mich überhaupt nicht ablenken würde. »Ich habe mir Sorgen gemacht.«

»Das Training hat länger gedauert.«

Typisch, dass ich gleich das Schlimmste vermutet habe. Natürlich hat das Training länger gedauert. Das passiert immer mal wieder. »Du hättest mich anrufen können. Nach dem, was heute passiert ist …« Das letzte Fädchen meiner Selbstbeherrschung reißt, und meine Augen füllen sich mit den zurückgehaltenen Tränen.

»He!« Beck beugt sich über mich und wischt mir die Tränen weg. »Wir sind in Sicherheit. Es ist alles in Ordnung.«

Ich schniefe lautstark. »Du hast Angst. Leugne es nicht.«

Er zieht ein Taschentuch aus dem Behälter auf meinem Schreibtisch und reicht es mir. Während ich mir die Nase putze, setzt er sich aufs Bett und schüttelt die Schuhe ab. Sie fliegen durchs Zimmer und landen neben seinem Schrank. »Du hast recht, ich hatte Angst. Sie hätten uns töten können.«

Die Erinnerung an die Frau, die auf mich gezeigt hat, flammt in meinem Verstand wieder auf. Der wahnsinnige Ausdruck ihrer Augen. Ihre schrille Stimme. »Annalise hat gesagt, sie hätten mich gewollt.«

»Ich weiß.« Er lässt sich auf seine Kissen fallen.

Obwohl ich weiß, dass ich es nicht tun sollte, gehe ich zu seinem Bett. Es war doch zwischen uns schon immer so, und warum sollten wir jetzt damit aufhören? Außerdem hat Bethina nicht gesagt, dass wir damit aufhören sollen. Sie hat nur gesagt, dass wir nicht intim werden dürfen.

Beck rutscht beiseite, um mir Platz zu machen, und ich kuschle mich in seine Arme und lasse den Kopf an seiner Brust ruhen. Mein Herzschlag verlangsamt sich, und ich starre die vertrauten Risse in der Decke an. Mein Blick bleibt an dem hängen, der einer Libelle ähnelt. Beck sagt, dass er ihn an Summer Hill erinnert, das Landhaus seiner Familie.

Seine Finger verdrehen eine meiner Haarsträhnen. Als wir noch klein waren, hat Kyra uns immer damit gehänselt, dass Beck mich wie ein Schnuffeltuch behandeln würde: Ständig hat er mit meinem Haar gespielt oder an meinem Arm gehangen. Aber jetzt bin ich diejenige, die ihn braucht.

»Du musst dir keine Sorgen machen. Deine Mutter hat sicher Leibwächter für dich. Dir wird nichts geschehen.«

Er hat recht. Unsere Gesellschaft wird uns beschützen. Was uns heute zugestoßen ist, war einfach Pech. Die Empfindsamen können uns nichts anhaben.

Ich kann nicht mehr reden. Ich bin erschöpft. Der endlose Stress des Tages hat mich in Verbindung mit meinen Kopfschmerzen ausgelaugt.

Ich setze mich auf und schwinge die Beine über die Bettkante.

»Du könntest eine Dusche vertragen«, sage ich, als ich den moschusartigen Duft von Becks Schweiß einatme. So schlecht riecht er eigentlich gar nicht. Um ehrlich zu sein, gefällt mir das sogar.

Beck schenkt mir ein verschlagenes Lächeln und fährt sich durch die Haare. »Hättest du Lust mitzukommen? Ich lasse mich auch von dir einseifen, wenn du nett bist.«

»Nein.« Ich schlage die Hände vors Gesicht. Warum zieht er mich nur so auf?

»Ich mache doch nur Witze, Lark.« Er steigt an mir vorbei aus dem Bett und hebt seine Waschsachen auf, die neben seiner Kommode liegen. »Ich bin in ein paar Minuten wieder da.«

Ich bringe keine zusammenhängende Antwort zustande, bevor er durch die Tür huscht.

Sobald ich mir sicher bin, dass er weg ist, begrabe ich das Gesicht in seinem Kissen. Verdammt, wenn es doch schon Oktober wäre! Ich glaube nicht, dass ich noch viel mehr davon ertragen kann.

7

Ryker steht im Eingang, links neben sich den Repräsentanten des Staates, eine Tasche mit seinen Habseligkeiten über der Schulter. Er, Beck und Maz fassen sich zum Abschied an den Armen. Zu meiner Überraschung wirkt Ryker nicht bekümmert. Nach den Umarmungen boxen Maz und er sich gegenseitig, und Maz springt ihm auf den Rücken. Beck hüpft obenauf, und die drei Jungen purzeln lachend übereinander zu Boden.

Aber in ein anderes Haus zu ziehen heißt beinahe so viel, wie in eine andere Gesellschaft zu ziehen – wir werden Ryker künftig nur noch flüchtig sehen, wenn überhaupt. Manchmal verstehe ich Jungen nicht.

Wenigstens hat der Staat bis nach dem Frühstück mit seiner Versetzung gewartet und ihn nicht gleich gestern Abend abgeholt. Das ist auch schon vorgekommen.

Ich spitze die Ohren, um zu belauschen, was der Staatsmann zu Bethina sagt, aber Linas hysterisches Schluchzen übertönt alles.

»Deshalb musst du damit aufhören, Kyra«, flüstere ich. »Sonst könntest du das sein.«

Mädchen drängen sich um Lina, tätscheln ihr den Rücken und versuchen, sie zu trösten. Aber Kyra und ich stehen in einiger Entfernung von ihnen auf den Stufen. Sie nimmt meine Hand. »Lina ist nichts Besonderes, Lark. Sie ist dem Staat gleichgültig. Aus ihr wird doch nur irgendeine niederrangige Staatsfrau.«

»Und wir?«, frage ich, obwohl ich die Antwort kenne. Ich bin etwas Besonderes. Alle wissen das. Aber Kyra? Sie ist die Tochter von Staatsleuten im oberen Mittelbau. Ihr Bruder ist tot. Und sie ist nicht besonders wohlhabend.

»Vertrau mir.« Sie drückt mir die Hand. »Sie werden es nicht wagen, uns anzurühren.«

Ich folge einem lärmenden Schülerpulk aus dem Hauptgebäude der Schule und über die ausgedehnte Freifläche des Presidio-Campus. Mittlerweile patrouillieren Wachen mit Elektroschockgeräten auf dem Gelände. Mehrere sind sogar auf den Fluren des Hauptgebäudes auf Streife und mischen sich unter die Schüler, eine Vorsichtsmaßnahme, die in Kraft bleiben wird, bis die Schule ermittelt hat, warum die Barrikade versagt hat.

Ihre Anwesenheit, die mich ständig an das erinnert, was geschehen ist, macht mich nervös.

In der Ferne überziehen endlose Gewächshausreihen die Hügel wie ein kleines Dorf. Im Sommer herrscht dort reges Treiben, aber jetzt, im Winter, eilen nur Schüler umher, die gezwungenermaßen nach draußen müssen.

Meine Klassenkameraden, die sich von mir entfernen, sind aus meiner Perspektive nicht viel größer als Ameisen. Ich entdecke Kyra, die vor einer Gruppe von Mädchen hergeht, halte mir Daumen und Zeigefinger vors Auge und tue so, als würde ich sie zerquetschen. Ein Lachen purzelt aus mir hervor. Nicht dass ich Kyra ernsthaft Schaden zufügen möchte – es ist nur ein kleines Spiel, das Beck und ich als Kinder lustig fanden.

»He.«

Als ich Becks Stimme höre, zucke ich zusammen.

»Was tust du hier draußen?«, frage ich. Schüler drängen sich an uns vorbei, zu eifrig darauf bedacht, der Kälte zu entfliehen, als dass sie sonderlich aufpassen würden.

»Mr. Trevern musste mich sprechen. Er hat mich aus dem Matheunterricht geholt.« Beck macht eine ruckartige Kopfbewegung zum Hauptgebäude hinüber. »Ich gehe gleich wieder rein. Bist du auf dem Weg zum Gewächshaus?«

Ein Windstoß fegt über die Hügelflanke und lässt Schnee um uns herumwirbeln. Becks roter Schal flattert gegen seine Schulter.

»Natürlich.«

Er nimmt meine Hand. »Würdest du in Erwägung ziehen, zu schwänzen und es dir mit mir für den Rest des Tages in einem leeren Klassenzimmer gemütlich zu machen? Um zu lernen«, fügt er schnell hinzu, »für die Ersatzprüfung.«

Ich recke mich und stupse ihm mit der Fingerspitze an die Nase. Seine blonden Locken sehen unter seiner Strickmütze hervor, und seine Wangen wirken, als hätte irgendeine alte Kinderpflegerin hineingekniffen.

»Nein. Wir müssen ein Vorbild sein, und das umfasst auch, dass wir zum Unterricht erscheinen.«

Er sieht mich finster an.

»Außerdem glaube ich, dass es nach der Sicherheitslücke gestern jedem auffallen würde, wenn du und ich plötzlich verschwunden wären. Aber wir sehen uns beim Mittagessen.«

Schnell, bevor mir so recht bewusst wird, wie mir geschieht, zieht Beck mich an sich und haucht mir einen sachten Kuss auf die Lippen.

Ich erstarre. Nach dem, was mit Ryker und Lina geschehen ist, können wir das doch nicht machen!

»Beck …«

Er legt mir einen Finger auf die Lippen. »Das wollte ich schon seit Ewigkeiten tun.«

Und dann ist er fort, rennt durchs Schneegestöber davon.

Die Flocken peitschen auf mich ein, während ich wie betäubt dastehe. Gewiss, es war kein leidenschaftlicher Kuss, aber er hat mich noch nie zuvor auf die Lippen geküsst. Wärme steigt prickelnd in mir auf, und ich halte mir die behandschuhte Hand auf die Jacke, unmittelbar oberhalb meines rasenden Herzens.

Sobald ich meine Sinne zusammenraffen kann, blicke ich mich um, um festzustellen, ob irgendjemand etwas gesehen hat. In der Ferne sind zwei Wachen in der Nähe der Barrikade auf Streife, aber sie sind zu weit entfernt. Ein langsames Lächeln breitet sich auf meinem Gesicht aus. Ich sollte verärgert sein – Beck hat gegen die Vorschriften verstoßen und es riskiert, uns beide in Schwierigkeiten zu bringen.

Aber ich ärgere mich nicht. Er hat getan, was ich schon so lange tun wollte.

Ich hüpfe über die letzten paar Meter der riesigen Rasenfläche. Der peitschende Schnee hat nichts mit den weichen, tanzenden Flocken von gestern gemein.

Ein kalter Schauer durchläuft mich. Obwohl ich bis vor zwei Minuten den ereignislosesten Tag meines Lebens hatte, bin ich immer noch nicht überzeugt, dass die Schule hundertprozentig sicher ist. Es ist das Beste, wenn ich nicht allein draußen bleibe.

Ich erreiche den Rand des Gewächshauskomplexes und gehe schnell den eisigen Weg zu Nummer 34 hinunter. Um mich herum klingt der heulende Wind wie ein Klagelied.

Ich erschauere und stemme die Tür zum Gewächshaus

auf. Kyra lehnt an der Wand, die braunen Locken ihres Pferdeschwanzes schlaff vor Feuchtigkeit. Sie schnippt ungeduldig mit den Fingern, während ich mir die Jacke ausziehe und sie an einen Haken hänge.

»Hallo, Kyra.« Meine Stimme sprudelt vor Aufregung über.

»Was hast du mit Lark angestellt?« Kyra stemmt spielerisch die Hände in die Hüften. »Denn du kannst unter keinen Umständen Lark sein, weil du beinahe glücklich klingst.«

Ich grinse. »Ich habe eben Beck getroffen.« Eine Kunstpause. »Und er hat mich geküsst«, flüstere ich.

Sie sperrt den Mund auf. »Nein! Lark, du musst mir alles erzählen. Fang ganz von vorn an.«

Es ist seltsam, wie sie das sagt. Als hätte sie zwar Interesse, würde sich aber zugleich auch Sorgen machen. Als ob es nichts Gutes ist, dass Beck mich geküsst hat, obwohl sie die letzten beiden Tage kaum etwas anderes getan hat, als mich anzustacheln.

»Es war nichts.« Ich werde rot, als ich mich an die Wärme seines Mundes erinnere. »Er hat nur meine Lippen mit seinen gestreift.«

Sie atmet hörbar auf. »Das ist alles?«

Ich nicke.

Sie berührt mich am Arm, und ein kleines Kribbeln durchläuft ihn. »Erzähl niemandem etwas davon.«

Ich starre sie an. »Ich dachte, es spielt keine Rolle, was Beck und ich tun?«

Sie runzelt die Stirn. »Nach heute Morgen bin ich mir da nicht mehr so sicher.«

»Das ist komisch. Du warst doch ganz zuversichtlich, dass wir keinen Ärger bekommen würden. Wir sind etwas *Besonderes*, weißt du nicht mehr?«

Sie kaut auf ihrer Unterlippe. »Vielleicht habe ich mich geirrt.«

Anscheinend hat Rykers Versetzung aus dem Haus ihre Wirkung auf Kyra nicht verfehlt. Das ist immerhin etwas.

Ohne eine Antwort abzuwarten, geht sie zu ihrem Stuhl.

Ich gehe über den langen Flur zu meinem Platz, werfe meine Tasche unter den Arbeitstisch, nehme meine Schürze, binde sie um und beginne, Material aus dem Lagerschrank zu holen. Die Feuchtigkeit klebt an mir. Obwohl ich die Sommerhitze hasse, bin ich gern im Gewächshaus – wahrscheinlich, weil ich wieder gehen kann, wenn ich genug habe.

Ich habe hier einige meiner schönsten Tage damit verbracht, an der Seite meines Lehrers zu arbeiten, Mr. Trevern. Fortschrittliche Nahrungsmittelerzeugung – neue Sorten essbarer Pflanzen zu entwickeln, um sie den Anforderungen einer vegetarischen Ernährung anzupassen – ist mein Traumberuf. Es hat etwas Entspannendes, in frisch vorbereiteter Erde zu graben und zuzusehen, wie kleine grüne Schösslinge die Oberfläche durchbrechen. Mr. Trevern hat versprochen, nach meiner Bindung bei der staatlichen Landwirtschaftsbehörde ein gutes Wort für mich einzulegen.

Ich greife nach Fenchel-Dill-Hybridsamen und schütte die kleinen Pünktchen auf mein Sammeltablett. Mit der Pinzette platziere ich einen Samen unter der Vergrößerungslinse und seziere ihn.

Ein anderer Lehrer betritt das Gewächshaus und spricht leise mit Mr. Trevern, bevor er wieder geht. Das ist seltsam. Normalerweise kommunizieren die Lehrer über ihre Armbänder, um den Unterricht nicht zu stören.

Über meine Linse hinweg sehe ich, wie Mr. Trevern sich vor der Klasse aufbaut. Ich konzentriere mich wieder auf meine Arbeit.

Eine kleine Glocke ruft uns zur Aufmerksamkeit. Da ich ganz in meine Arbeit vertieft bin, schaue ich eher aus Respekt als aus sonst einem Grund auf.

»Ladys und Gentlemen«, sagt Mr. Trevern, als er den Blick über uns schweifen lässt und darauf wartet, dass die Gruppe still wird.

Ich blinzle und reibe mir kräftig die Augen. Mr. Treverns Gesicht ist verschwommen – nur an den Rändern nicht. Um ihn herum ist alles scharf und klar zu erkennen. Der Kontrast ist verstörend. Ich muss meine Augen überanstrengt haben, weil ich zu lange ins Mikroskop gestarrt habe. Ich drücke mir die Handflächen gegen die Augen und blinzle erneut. Jetzt sieht er wieder normal aus.

»Achtung.« Er hält noch einmal inne und blickt mich an, wobei sein Gesichtsausdruck irgendetwas zu verbergen versucht. »Es ist zu einem bedauerlichen Zwischenfall gekommen, von dem einige unserer Schüler betroffen sind.«

Geflüster. Ich versuche zu hören, was die anderen sagen, aber Mr. Trevern spricht mit zitternder Stimme weiter: »Ich habe die Anweisung erhalten, euch aufzufordern, sofort nach Hause zurückzukehren. Weitere Informationen werden bei Bedarf mitgeteilt.«

Das Raunen wird zu einem Stimmengewirr, einem Aufruhr. Ein Zwischenfall? Etwas so Schlimmes, dass wir nach Hause geschickt werden? Es kann nicht noch eine Sicherheitslücke sein! Wenn es das wäre, wären wir schon auf dem Weg in die Schutzräume, nicht wahr? Es muss etwas anderes sein, etwas noch Schlimmeres – wenn das überhaupt möglich ist.

Ich strenge mich an, Informationen aus den Gesprächen der anderen zu filtern, aber niemand weiß etwas. Die Lichter flackern und tragen noch zu der allgemeinen Verwirrung bei.

Da ich die Panik nicht noch steigern will, ordne ich meine Materialien auf einem Tablett an und trage es in den Vorratsraum zurück. Ich beginne, jede Flasche an ihren Platz zu stellen. Ich lasse nicht zu, dass ich hysterisch werde. Ich bleibe ruhig. Ich muss mich vorbildlich verhalten.

»Lark?« Mr. Trevern steht neben mir.

»Ja?« Ich ordne weiter die winzigen Flaschen ein.

»Lass mich das fertig machen.« Er nimmt mir das Tablett aus der Hand. »Ich glaube, du solltest so schnell wie möglich in dein Haus zurückkehren.« Seine raue Stimme zittert.

Überall im dampfigen Raum wird die Verwirrung zu Chaos. »Mr. Trevern? Was ist geschehen?«

»Ich glaube, du solltest nach Hause gehen, Lark«, wiederholt er und konzentriert sich dann darauf, die Flaschen wegzuräumen. »Bethina hat sicher mehr Informationen für dich. Geh.«

Entsetzen breitet sich in meinem Körper aus und stößt mit Mr. Treverns Worten zusammen: ein bedauerlicher Zwischenfall.

Beck. Wo ist er? Mein Armband geht seinen Stundenplan durch, bis es ihn findet. Mathe. Er ist drüben im Hauptgebäude – weit weg von hier.

Der Magen dreht sich mir um. Das stimmt nicht – er hatte schon letzte Stunde Mathe, da bin ich mir sicher. Funktioniert sein Armband etwa nicht richtig? Er sollte jetzt im Englischkurs sein. Ich bin mir vollkommen sicher, dass er immer von dort kommt, wenn wir uns zum Mittagessen treffen, das jetzt gleich stattfinden würde.

Mr. Trevern läutet erneut seine Glocke und ruft über das Getöse hinweg: »Bitte findet euch mit euren Mitbewohnern zusammen, die auch an diesem Kurs teilnehmen, und geht als Gruppe nach Hause. Es gibt keinen Anlass zur Sorge, aber wir bitten euch, direkt nach Hause zurückzukehren. Wartet nicht auf den Rest eurer Mitbewohner.«

Ich starre meinen Lieblingslehrer unverwandt an, fordere ihn heraus, mir in die Augen zu sehen. Aber das tut er nicht. Mr. Trevern wendet sich ab. Er verschweigt mir etwas.

Mein Magen macht einen Satz. Ich bekomme keine Luft, und alles dreht sich vor meinen Augen. Der Raum beginnt zu beben und nimmt einen leuchtenden Rotton an.

Jemand schreit. Ein schriller, herzzerreißender Schrei, der wieder und wieder ertönt. Ich presse mir die Hände auf die Ohren und versuche, das Geräusch auszusperren, aber es geht nicht weg. Stattdessen wird es noch lauter. Erstaunt lasse ich die Hände sinken.

Es kommt von mir. Aus meinem Innern.

Aber niemand sonst scheint es zu hören. Die anderen Schüler gehen an mir vorbei, unterhalten sich miteinander und sind in ihren eigenen kleinen Welten aus Sorge oder Aufregung gefangen.

Das Geräusch verstummt, und mein Verstand klärt sich. Aber mein Herz fühlt sich an, als würde etwas fehlen. Als wäre ein Stück davon gestohlen worden.

Ich renne zur Garderobe, hektisch darauf bedacht, nach Hause zu kommen. Die anderen Schüler laufen herum und tauschen Spekulationen aus. Sie hindern mich daran, mich schnell zu bewegen. Ich drängle mich unter Ellbogeneinsatz zu meinen Habseligkeiten und kümmere mich nicht darum, ob ich vielleicht jemandem wehtue.

Als ich mir die Jacke überstreife, packt Kyra mich am Arm. Sie lächelt.

»Kyra, was ist los? Was weißt du?«

Sie wiegt den Kopf hin und her und hält sich einen Finger an die Lippen. »Pst! Nicht hier«, flüstert sie. »Es geht los …«

Sie bricht mit weit aufgerissenen Augen ab. Mr. Trevern steht neben mir.

»Kyra, kommst du bitte mit? Der Schulleiter möchte dich gern sprechen.«

Kyra? Einen kurzen Moment lang nehme ich an, dass es nur darum geht, dass Kyra und Maz sich unschicklich verhalten haben. Aber das ist lächerlich. Niemand hat die Schüler nach Hause geschickt, als Ryker und Lina erwischt wurden. Aber dann bemerke ich Mr. Treverns Augen. Sie sind voller Mitgefühl, als er versucht, meinem fragenden Blick auszuweichen.

Sein Gesicht bestätigt meinen Verdacht, und die Leere in meinem Herzen wächst. Beck ist irgendetwas zugestoßen.

Wie gelähmt stehe ich da und starre meine Freundin und meinen Lehrer an.

Mr. Trevern legt Kyra eine Hand auf den Rücken und umfasst mit der anderen ihr Armband. Was auch immer sie getan hat, sie steckt in Schwierigkeiten.

Ich betätige den Knopf, der mir Becks Aufenthaltsort zeigt. Diesmal ist er im Schulleiterbüro. Mir sackt der Magen in die Kniekehlen.

Was haben sie getan? Was *zur Hölle* haben sie getan?

Mr. Trevern führt Kyra durch die Tür. Sie wirkt völlig unbeeindruckt. Eine scharfe Windböe fegt durch die Öffnung, und ich ziehe meine Jacke enger um mich. Der kalte Luftzug lässt mich Mr. Trevern wieder klarer sehen.

Bevor die Tür zufällt, erhasche ich einen letzten Blick auf Kyra. Sie langt nach oben und reißt sich das Haargummi aus dem Pferdeschwanz, um sich die Locken ums Gesicht fallen zu lassen. Vielleicht liegt es an der Verwirrung im Raum, aber ich könnte schwören, dass sie fast freudig erregt wirkt.

Meine Beine zittern, und ich zwinge die erstickende Luft, in meine zugeschnürte Lunge und wieder hinaus zu strömen. Ich muss nach draußen. Ich brauche frische Luft.

Ich dränge mich durch die Tür, und mein Verstand rast, um mit meinen Handlungen mithalten zu können. Es wäre nicht das erste Mal, dass Beck oder Kyra ein bisschen Ärger bekommt, aber sie liegen sich doch ununterbrochen in den Haaren: Streit. Spitze Bemerkungen. Sie würden nichts zusammen unternehmen. Vielleicht sind sie aneinandergeraten? Aber wann? Und wo war ich zu dem Zeitpunkt?

Ich bleibe stehen und warte, bis meine restlichen Mitbewohner mich eingeholt haben. In der Stille im Freien geht mir Kyras seltsames Lächeln zum Abschied nicht aus dem Kopf. Sie weiß etwas. Etwas, worüber sie sich freut, da bin ich mir sicher. Was hat sie gesagt? *Es geht los.* Was geht los?

Jemand ruft meinen Namen und reißt mich so aus meinen Gedanken. Meine Mitbewohner scharen sich um mich, während wir zum Weg gehen.

Wir kommen nur langsam voran, als wir an der Barrikade entlang nahe an den bewaffneten Wachen vorbeistapfen. Der Schnee ist jetzt etwa dreißig Zentimeter tief, viel tiefer als die dünne Schicht, die wir zuvor hatten. Der Wind peitscht um mich herum und auf meine kleine Gruppe ein. Die Gespräche meiner Mitbewohner verraten alles zwischen freudiger Erregung darüber, früher nach Hause geschickt zu werden, und Verwirrung. Ich sage nichts, sondern kämpfe mich nur stumm den Pfad entlang.

Während wir voranstapfen, kann ich mich nicht erinnern, dass der Nachhauseweg je so lange gedauert hätte. Jede Minute, die vergeht, ist eine Qual. Ich will losrennen und Bethina suchen, um herauszufinden, was geschehen ist, aber der Schnee und der Wind drängen mich zurück. Sie wollen nicht, dass ich nach Hause gehe.

Endlich kommt unser Haus in Sicht, das letzte eines Blocks mit nur drei anderen. Ich rutsche und schlittere über den eisigen Bürgersteig, und der Wind weht Schnee von den Bäumen auf uns herab. Ohne mir Gedanken darum zu machen, ob ich hinfallen könnte, renne ich den Weg zu unserem blauen, zweistöckigen Zuhause entlang.

Ich ziehe die hölzerne Tür auf und stapfe hinein, ohne die Kälte abschütteln zu können. Bis auf die gedämpften Geräusche der anderen, die bei mir sind, ist im ganzen Haus nichts zu hören. Der vertraute Geruch von Zimt umweht uns, aber Bethina steht nicht an derselben Stelle wie sonst, um uns mit einem lauten »Willkommen zu Hause!« zu begrüßen.

»B?«, rufe ich. Ohrenbetäubende Stille antwortet mir. Mein Herz rast, und Furcht durchströmt meine Adern. Die Übelkeit nimmt zu, und ich fasse mir an den Bauch. Bitte, bitte, Bethina, bitte sei da. Vornübergebeugt laufe ich vor meinen Mitbewohnern her.

Die hell erleuchtete Küche ist verlassen. Ein Topf Wasser kocht auf dem Herd. Ein Backblech voller Kekse ist schräg auf die Theke gestellt.

Verängstigt dränge ich mich durch das Schülerknäuel vor mir. Verschrecktes Flüstern erfüllt die Luft. Sobald ich an den anderen vorbei bin, renne ich suchend von Raum zu Raum. »Bethina!«, schreie ich. »Bethina! Wo bist du?«

Zimmer um Zimmer, leer. Ich beginne, das Unglaubliche zu glauben – Bethina ist weg –, als ich sie reglos in dem übergroßen gestreiften Sessel im Wohnzimmer sitzen sehe. So still, dass sie fast wirkt, als ob sie schlafen würde, nur dass ihre Augen geöffnet sind. Offen, ohne etwas zu sehen. Sie starrt nur vor sich hin.

»B?«, frage ich leise, aber sie antwortet nicht. Ich packe sie an den Schultern und schüttle sie. »Bethina? Geht es dir gut?«

All die anderen sind zu uns gestoßen und schauen mich verwirrt an, als sollte ich ihnen erklären können, was hier vorgeht.

Der schmelzende Schnee von unseren Schuhen bildet Pfützen auf dem Holzfußboden. Ich zwinge mich, mich zu beruhigen, und hole tief Luft. Dann trete ich von Bethina zurück in den Halbkreis, den meine Mitbewohner vor dem Sessel gebildet haben, und nehme den Anblick in mich auf. Da ich nicht weiß, was ich tun soll, hebe ich die Hand und versetze Bethina eine kräftige Ohrfeige.

Jemand keucht.

»Bethina!«, schreie ich und bekomme immer mehr Angst. »Wach auf! Weißt du, was passiert ist?«

Der Umriss meiner Hand auf ihrer Wange verwandelt sich in einen hässlichen roten Abdruck.

Sie bewegt den Kopf hin und her, als würde sie im Geiste eine Liste durchgehen. Das habe ich sie schon oft bei unseren Ausflügen tun sehen, wenn sie sichergehen will, dass sie keinen verloren hat, uns alle zählt und identifiziert.

»Kyra?«, flüstert sie.

Ich gehe vor ihr in die Knie und nehme ihre Hand. »Mr. Trevern hat sie zum Schulleiter gebracht.«

Bethina stöhnt und ballt die Hand unter meiner zur Faust. »Aber sonst niemanden?«

»Niemanden aus unserer Gruppe.« Ich wirble herum und lasse den Blick über die paar Jungen schweifen, die gerade hereingekommen sind. Meine Augen richten sich suchend auf ein Gesicht nach dem anderen.

»Wo ist Beck?«, frage ich.

Bethina stößt ein seltsames Würgen hervor, verzieht das tränenüberströmte Gesicht und macht eine kleine Kopfbewegung zur Seite. Alles dreht sich. Ich weiß es schon, bevor sie es ausspricht.

»Beck kommt nicht zurück.«

Mehr höre ich nicht, denn die Welt wird schwarz.

8

Schwimmen. Das warme Wasser umfängt mich und lockt mich immer weiter hinaus, aber meine Beine zittern, und ich kann nicht weiter. Beck steht auf dem Floß knapp zwanzig Meter vom Ufer entfernt. Wasser tropft ihm aus den Haaren und läuft seinen Oberkörper hinab. Wenn ich noch nie bemerkt hätte, wie schön er ist, würde ich es jetzt tun.

»Komm schon, Lark!«, ruft er mir zu. »Mach dir keine Sorgen. Ich lasse nicht zu, dass dir etwas zustößt.«

Er springt von der Plattform, macht einen perfekten Hechtsprung ins ruhige Wasser. Aber jetzt, da ich ihn nicht mehr sehen kann, habe ich zu viel Angst, mich zu rühren. Trotz des wolkenlosen, sonnigen Himmels bilden sich Schaumkronen auf dem Wasser.

Beck kommt an die Oberfläche, kämpft gegen die Wellen. »Lark, hilf mir!«

Aber das kann ich nicht. Ich habe zu große Angst.

»Sie wird bald wieder aufwachen, Bethina.« Eine Männerstimme. Vielleicht Dr. Hanson? »Sie müssen sich keine Sorgen machen. Lark wird sich schon wieder erholen.«

»Was soll ich ihr nun erzählen? Sie wird nie darüber hinwegkommen.« Bethinas Stimme ist belegt. Sie hat geweint.

»Machen Sie sich Sorgen, dass sie nicht darüber hinwegkommen wird oder dass sie etwas Vorschnelles tun könnte?«

»Beides«, sagt Bethina. »Sie kennen Lark nicht so gut wie ich.«

Ich versuche, meine trockenen Lippen zu bewegen. Meine Augenlider sind schwer. Habe ich etwa auch geweint?

Nein. Ich war mit Beck schwimmen, und dann …

Die Bilder verschwimmen vor meinem inneren Auge – wir waren schwimmen. Das Wasser war so warm. Bethina im Sessel. Beck zappelnd im Wasser.

Ich setze mich auf und erschrecke Dr. Hanson und Bethina. Ich zwinge meine staubtrockene Kehle, ein paar Wörter auszuspeien: »Wo ist er? Wo ist Beck?«

Meine Stimme ist heiser. Vielleicht waren wir *wirklich* schwimmen, und ich habe zu viel Wasser geschluckt?

Dr. Hanson streckt vorsichtig die Hand nach mir aus. »Pst … entspann dich einfach, leg dich wieder hin.«

Ich kann nicht stillhalten. Ein unbehagliches Kribbeln füllt jeden Zoll meines Körpers aus. Ich muss aufstehen und mich bewegen.

Etwas stimmt nicht, aber ich kann mich nicht erinnern, was. Mein Gedächtnis ist voller Leerstellen, und je mehr ich in ihnen herumzustochern versuche, desto größer werden die Löcher. Aber Dr. Hanson ist hier, und er kommt nur in den schlimmsten Fällen.

Wellen der Übelkeit durchlaufen meinen Körper, und ich krümme mich. Die Zeiger der Standuhr ticken. Sekunden schmelzen dahin.

Nichts ergibt einen Sinn. Bethina hat gesagt, Beck wäre nicht mehr da, aber das ist verrückt. Wohin ist er gegangen? Und warum hätte er ohne mich gehen sollen?

Fünfzehn Sekunden. Jedes Ticken trägt dazu bei, meinen Verstand aus seiner Benommenheit zurückzuholen. Starke Hände halten mich von hinten fest und pressen mir die Arme an die Seiten.

Warum? Was habe ich getan? Das Kribbeln wird stärker.

Ich muss hier weg. Ich wehre mich und schlage um mich, bis ich Bethinas Gesicht sehe. Sie berührt mich an der Stirn, und mein Drang zu flüchten verschwindet. Meine Muskeln spannen sich an und entspannen sich dann wieder, während sich eine tröstliche Wärme durch jeden Zentimeter meines Körpers ausbreitet.

In meinem friedvollen Zustand erinnere ich mich. Beck war in irgendeinen Zwischenfall verwickelt. Er hat etwas getan. Etwas so Schreckliches, dass er nicht mehr da ist.

Die Stille birst.

»Wo ist er?«, schreie ich.

»Er ist nicht mehr da«, antwortet Bethina.

Das Kribbeln weicht einer Energieaufwallung. Sie baut sich auf und drängt aus meinem Innersten an die Oberfläche.

»Aber wo ist er? Wohin ist er gegangen?«

»Der Staat hat ihn abgeholt«, sagt Dr. Hanson.

»Aber warum?«, rufe ich, während ich von Bethina zu Dr. Hanson und wieder zurück sehe. Ein lautes Klirren aus dem anderen Zimmer, gefolgt von einem donnernden Krachen. Das Haus erbebt, und Schreie ertönen auf dem Flur. »Wegen Annalise? Sie irrt sich. Sie weiß nicht, wovon sie spricht.«

»Lark, meine Süße, entspann dich einfach, sonst versetzt du noch alle in Angst und Schrecken. Du musst dich beruhigen.« Bethina ergreift meine linke Hand – Dr. Hanson hält immer noch meine Arme fest – und zeichnet mir kleine Kreise auf den Handrücken. »Jetzt hol tief Luft und beruhige dich, damit ich ordentlich mit dir reden kann.«

Ein Schmerz durchzuckt mein Herz, und ich sacke vornüber und reiße Dr. Hanson mit. Unmittelbar bevor wir beide umfallen können, lässt er mich los. Ich keuche, als ich ein seltsam brennendes Pochen in den Armen spüre. Jeder Nerv meines Körpers schmerzt, als elektrischer Strom über meine Haut rast.

Ich bin nun voll bei Bewusstsein und schüttle an Bethina gewandt den Kopf. Ich will nicht reden. Ich will wissen, wohin der Staat Beck gebracht hat, und niemand sagt es mir. Ich greife auf meine rasch schwindenden Kraftreserven zurück, um mich aufzurichten. Der Schmerz ist jetzt erträglich, nur noch ein dumpfes Pochen. Meine Augen richten sich auf die Tür. Wenn mir niemand Antworten geben will, werde ich sie mir selbst suchen.

Ich ringe darum, einen Fuß vor den anderen zu setzen. Es ist, als ob meine Füße von Zementblöcken umschlossen wären. Die Energieaufwallung, die ich noch vor wenigen Augenblicken gespürt habe, versickert angesichts der körperlichen Anstrengung.

Da mein Zustand mich ausgebremst hat, verstellt mir Dr. Hanson mühelos den Weg, bevor ich die Tür erreichen kann. Ich verstehe das nicht – warum darf ich nicht gehen? Was soll ich nicht wissen?

»Bitte, Dr. Hanson. Bethina. Sagt mir doch jemand, was geschehen ist!«

Sie tauschen einen Blick, sprechen sich stumm ab.

»Lark«, beginnt Dr. Hanson in dem Ton, den Ärzte nur für die schlimmsten Fälle benutzen. »Die Ermittlungen des Staates haben ergeben, dass mehrere Schüler etwas mit der Sicherheitslücke zu tun hatten, darunter auch Kyra und Beck. Sie werden nicht zurückkommen. Sie sind nicht mehr da.«

Nicht mehr da. Schon wieder diese Formulierung. Ich drehe den Kopf in seine Richtung und kneife die Augen zusammen. Das Kribbeln wird stärker, und ein Knurren entfährt meinen Lippen. »Wo sind sie? Wohin sind sie gegangen?«

Dr. Hanson weicht mit weit aufgerissenen Augen zurück, bis er außerhalb meiner Reichweite ist.

Ein wahnsinniges Lachen bricht zwischen meinen Lippen hervor. Ein erwachsener Mann hat Angst vor mir? Der Gedanke erregt mich.

Ich kneife erneut die Augen zusammen, während er sich duckt und zur Tür schleicht.

»Lark, du musst damit aufhören. Beherrsch dich.« Bethina schiebt sich zwischen Dr. Hanson und mich. Sie greift nach mir, und die Dunkelheit lockt mich wieder.

Aber ich darf nicht ohnmächtig werden. Ich muss wissen, ob es Beck gut geht. Ich halte mich an einem Tisch fest, um das Gleichgewicht zurückzugewinnen, während die Luft im Raum stickiger als im Gewächshaus wird. Sie zieht mir den Sauerstoff aus der Lunge und erstickt mich …

Dr. Hanson weicht zur Tür zurück. Maz steht mit roten, verquollenen Augen auf der Schwelle.

»Maz?«, rufe ich und hoffe, dass er mir etwas erzählen wird.

Dr. Hanson nutzt die offene Tür, dreht sich um und flüchtet.

Maz ruft: »Sie werfen ihnen vor, Empfindsame zu sein!«

Die Tür schlägt zu.

Wütend und nicht länger von Zement umhüllt, werfe ich mich gegen die geschlossene Tür, zerre daran und schlage mit den Fäusten darauf ein. Aber sie ist zugeschweißt. Ich kann sie nicht öffnen.

Ich sehe mich im Zimmer nach etwas um, womit ich sie rammen kann, aber da ist nichts – nichts bis auf Bethina, die mich argwöhnisch beobachtet. Erschöpft und besiegt sacke ich gegen die Tür.

Empfindsame? Das Wort durchzuckt mein Gehirn. Unmöglich. Ich würde es doch wissen, wenn Beck ein Empfindsamer wäre. Meine Faust trifft auf meinen Oberschenkel. Wie kann Maz es wagen, so etwas zu sagen? Beck hat einen makellosen Stammbaum – er ist kein Ungeheuer.

Ich hätte es gespürt, hätte es bemerkt. Oder?

Tränen steigen mir in die Augen, und ich ziehe die Knie an die Brust. Ich will das Gesicht vor Bethina verstecken.

»Lark?« Ihre Stimme ist leise. Ein sachtes Kribbeln breitet sich über meinen Körper aus wie ein beruhigendes Streicheln. Der Drang zu kämpfen lässt nach und weicht dem Bedürfnis, getröstet zu werden.

»Warum kommst du nicht her und setzt dich?«

Aus reiner Gewohnheit gehorche ich. Ich ziehe mich am Türgriff vom Boden hoch. Meine Beine zittern und geben fast unter mir nach.

»Wie kann das sein, Bethina? Wie?« Ich schleppe mich zur Couch. Mein Körper sackt schwer in die prall gefüllten Polster. »Beck ist ein Nachfahre der Gründer. Man kann nicht lernen, empfindsam zu sein – man wird so geboren. Und wir sind beide als Säuglinge einem Gentest unterzogen worden. Das muss ein Irrtum sein.«

Bethina reicht mir ein Glas Wasser. Ich nehme es und sehe zu, wie die Tropfen an der Außenseite hinablaufen. Sie jagen einander und nehmen Fahrt auf, bis sie zusammenstoßen, Teile eines Ganzen, die wieder zueinanderstreben.

»So leid es mir tut, es ist kein Irrtum. Beck ist empfindsam. Es gibt Beweise dafür.«

»Was für Beweise? Was hat er je getan, außer glücklich und albern und alles, was er sonst noch ist, zu sein?« Ein Schrei sitzt mir in der Kehle, aber ich verdränge ihn und kämpfe darum, die Beherrschung zurückzugewinnen. »Seine Eltern arbeiten für den Staat. Sie sind keine Empfindsamen.«

»Ich weiß nur, dass die Ermittlungen auf fünf Schüler hinweisen. Mehr habe ich nicht erfahren.«

»Fünf! Aber wie das?« Die Fragen sprudeln nur so aus mir hervor. »Wie ist es ihnen gelungen, unbemerkt die Schule zu besuchen? Und was soll nun geschehen?«

»Ich weiß es nicht.«

»Und Kyra auch?«

»Ja.« Bethina wendet sich dem Fenster zu.

»Zwei von ihnen in unserem Haus. In deiner Obhut, Bethina? Wieso hast du das nicht gewusst?«

Sie lässt die Schultern und den Kopf hängen. »Dasselbe könnte ich dich fragen.«

Ich kann es einfach nicht glauben. Beck, mein Partner, ist empfindsam. Und Kyra, meine beste Freundin, auch? Das ergibt keinen Sinn.

»Was soll ich denn jetzt tun?« Die Ungeheuerlichkeit der Situation lastet auf mir. Beck ist nicht mehr da. Kyra auch nicht. Mein Partner und meine beste Freundin. All unsere Pläne haben sich in Luft aufgelöst.

Bethina starrt weiter aus dem Fenster. Ihre Hände zittern, aber ich kann sehen, dass sie sich um meinetwillen zu beherrschen versucht.

»Ich glaube, es ist das Beste, wenn du einfach abwartest, Lark. Lass dir ein, zwei Tage Zeit. Ich bin sicher, dass du bald eine Nachricht erhältst.«

Ich erstarre, als mir klar wird, was sie andeutet. »Was sagst du da?«

Sie seufzt und faltet die Hände. »Vielleicht ist es das

Beste so. Vielleicht ist Beck nicht der richtige Partner für dich.«

Meine Wirbelsäule kribbelt vor Zorn. »Er ist mein Partner! Mein Partner! Was hast du immer gesagt? Dass wir zwei Seiten derselben Münze sind? Wie kannst du da behaupten, dass er nicht die beste Wahl für mich ist?«

Sie steht auf, und ihr Gesicht ist nicht länger gelassen. »Lark Greene, du hörst jetzt sofort damit auf. Dass du mich anschreist, holt Beck ganz bestimmt nicht zurück.«

Beschämt schaue ich zu Bethina hoch. Ihr Gesicht ist tränenfeucht, und sie wirkt, als hätte sie seit Tagen nicht geschlafen.

»Wo ist er? Bitte sag es mir.« Ich versuche, flehentlich zu klingen, aber eigentlich würde ich viel lieber bedrohlich wirken.

Ich will Antworten.

»Das habe ich dir doch gesagt. Der Staat hat ihn abgeholt. Er ist nicht im Gefängnis, da bin ich mir ganz sicher. Sie verhören die beiden wahrscheinlich. Jetzt reiß dich endlich zusammen, damit wir besprechen können, was zu tun ist.« Ihr Tonfall ist nachdrücklich. Sie behandelt mich wie ein Baby.

»*Gut.*«

»Du musst mir deine Halskette geben.« Bethina streckt die Hand aus.

»Was? Nein.« Ich verdecke sie schützend. Warum sollte Bethina meine Kette haben wollen?

Sie hält wartend die offene Hand ausgestreckt. »Ein Schlussstrich.«

Der Druck in mir steigert sich immer weiter, nimmt Fahrt auf wie die Wassertropfen. Ich gerate außer Kontrolle. Ich möchte unbedingt jemanden meinen Schmerz spüren lassen.

Bethinas Kopf fährt in die Richtung herum, aus der ein leises Knacken ertönt. »Was um alles in …«

Bevor sie den Satz beenden kann, explodiert das Glas auf dem Beistelltisch, so dass Scherben und Wasser in die Luft spritzen.

Bethina schreit.

Ich springe auf und reiße an der Tür. Sie fliegt auf, und ich renne zur Treppe, springe über das Stabgeländer und laufe in mein Zimmer. Ich bin mir nicht sicher, was gerade passiert ist, aber wenn der Staat – zu Unrecht – annimmt, dass Beck und Kyra Empfindsame sind, dann besteht eine hohe Wahrscheinlichkeit, dass die wahren Schuldigen sich irgendwo in unserem Haus verstecken und nur auf den richtigen Augenblick warten.

Furcht nagt an mir, und ich dränge meine neugierigen Mitbewohner beiseite. Ich lasse eine Spur der Verwirrung hinter mir zurück.

Ich erreiche mein Zimmer und stoße die Tür mit einem Fußtritt zu. Ich rechne damit, jeden Moment Bethina – oder, schlimmer noch, die wahren Empfindsamen – hereinstürmen zu sehen, und so klemme ich meinen Schreibtischstuhl unter die Türklinke.

Und dann sinke ich von Schluchzern geschüttelt zu Boden.

Wie konnte heute nur so schnell alles schiefgehen?

Sekunden vergehen, dann Minuten, dann eine Stunde. Gerade als ich denke, dass meine Tränen versiegt sind, kehrt die Erinnerung daran zurück, wie Becks weiche Lippen meine gestreift haben und wie er mich gebeten hat zu schwänzen und ich nein gesagt habe. Wenn ich mitgegangen wäre, wäre er vielleicht noch hier – oder auch mir würde jetzt ein Leben als angeklagte Empfindsame bevorstehen, ohne jede Hoffnung auf eine echte Zukunft.

Oh Gott. Was, wenn sie ihm den Prozess machen? Was, wenn ich gezwungen bin zuzusehen, wie Beck durch die Straßen geführt, diffamiert und zu einer Gefängnisstrafe verurteilt wird? Oder schlimmer noch – zum Tode, wenn der Staat zu dem Schluss kommt, dass Beck aktiv seine Stabilität zu untergraben versucht hat?

Ich reibe mir das Gesicht mit den Händen und bohre die Finger in den Nasenrücken. Das kann doch alles nicht wahr sein!

»Lark? Brauchst du irgendetwas?« Bethina klopft leise an die Tür, versucht aber nicht hereinzukommen.

Meine wunde Kehle brennt, als ich spreche. »Lass mich in Ruhe.«

Ihre Schritte verklingen, als sie davongeht. Das trübe Nachmittagslicht dringt durchs Fenster. Es ist erst zwei Stunden her, dass ich zu Hause angekommen bin, aber fast drei Stunden, seit ich Beck zuletzt gesehen habe. Wenn ich darauf bestanden hätte, dass er mit mir spricht und mir erzählt, was ihm solche Angst macht, wäre das vielleicht nicht passiert. Möglicherweise hätte er es mir aber auch erzählt, wenn ich mich ihm nicht immer wieder entzogen hätte.

Ich schüttle den Kopf. Nein, so darf ich nicht denken. Ich muss in die Zukunft schauen, denn an dem, was schon geschehen ist, kann ich nichts ändern.

Ich rolle mich eng zusammen. Mein Atem geht immer noch in unregelmäßigen Zügen. Mein Haar hat sich aus seinem Pferdeschwanz gelöst und hängt mir verfilzt um die Schultern. Mein Zimmer, unser Zimmer, ist seltsamerweise so wie immer. Alles, was ich sehe, ist Beck, wohin ich auch schaue. Ich schlinge die Arme noch enger um mich, kneife die Augen zu und hoffe, dass Beck vor mir stehen wird, wenn ich sie wieder öffne: Vielleicht zieht er die Augenbrauen hoch oder liegt lesend auf seinem Bett.

Stattdessen sind nur Becks Habseligkeiten hier und warten darauf, dass er zurückkommt. Die Kleider, die er gestern getragen hat, liegen noch immer in der Ecke, sein Schreibtisch ist mit Schularbeiten übersät. Ich kann ihn überall sehen, aber er ist nicht mehr da. Er kommt nicht zurück. Angeklagt.

Sie haben ihn noch nicht einmal seine Sachen mitnehmen lassen.

»Beck«, flüstere ich. »Was hast du getan?«

Meine Finger schlingen sich um meine Vogelkette, streicheln den Anhänger, als ob seine patinierte Oberfläche mir meine Fragen beantworten könnte. Bethina ist verrückt, wenn sie glaubt, dass ich ihn ihr geben werde – im Moment ist er alles, was ich von Beck noch habe.

Meine Beine sind eingeschlafen, und ich stemme mich in der Hoffnung vom Boden hoch, dass das Aufstehen das Ameisenkribbeln zum Erliegen bringen wird. Es sticht und tut weh. Als ich mir mit den Händen über die Beine streiche, auf sie klopfe und versuche, sie aufzuwecken, fällt mein Blick auf mein blaues Armband. Die Ortungsfunktion ist kaputt, aber vielleicht funktioniert das Anrufen ja noch. Ein Funken Hoffnung flackert in mir auf.

Ich tippe auf mein Armband und sage: »Beck.«

Mir stockt der Atem, als ich auf seine Antwort warte.

Es klingelt zwei Mal – »Es tut uns leid, die Person, die Sie kontaktiert haben, existiert nicht.«

»Existiert nicht?« Wie kann Beck nicht existieren? Natürlich existiert er!

Ich reiße mir das Armband ab und schleudere es gegen das Fenster. Der Aufprall hinterlässt einen Riss im Glas, und das Armband fällt zu Boden. Das dumme Ding ist nutzlos, also lasse ich es dort liegen. Wen soll ich auch schon kontaktieren? Beck ist nicht mehr da, und Kyra ist wahrscheinlich bei ihm.

»Verdammt!«, schreie ich noch lauter, und es ist mir gleichgültig, ob irgendjemand mich hört.

Ich reiße die oberste Schublade von Becks Kommode auf und werfe seine Kleidung auf den Boden. Dann tue ich dasselbe mit der nächsten Schublade, und mit der übernächsten, bis all seine Kleider auf dem Boden verstreut liegen.

Ich packe eine Handvoll Hemden, rolle sie zu einem Ball und bewerfe das hilflose Armband. Wieder steigen mir Tränen in die Augen. Ich war mir so sicher, dass er abnehmen würde!

Ein einsames T-Shirt liegt zu meinen Füßen. Ich bücke mich, um es aufzuheben, und presse mir den sauberen Stoff ans Gesicht. Ich atme ein und hoffe, etwas von Becks Geist zu finden, aber da ist nichts. Ich ziehe mir das T-Shirt über den Kopf, und es reicht mir bis zu den Knien, wie ein Nachthemd.

Schlafen klingt gut. Wenn ich schlafe, kann ich das alles vielleicht für eine Weile vergessen. Ich schüttle die Schuhe ab, schlage Becks Bettdecke zurück und lege mich hin.

Aber ich kann einfach nicht still liegen bleiben, wenn mein Herz rast und mein Magen rebelliert. Ich starre die Decke an. Beck und ich haben immer hier gelegen, wenn ich nicht schlafen konnte, und Muster in den Rissen gesucht, die den Putz durchziehen. Er hat meinen Kopf in seiner Armbeuge gewiegt und mich festgehalten, bis ich eingeschlafen bin.

Meine Augen suchen die Decke ab, bis mein Blick an meiner Lieblingsform hängen bleibt – einer verschneiten Kiefer. Gleich daneben ist Becks Libelle.

Summer Hill. Die Erinnerung an Becks Stimme spricht

den Namen immer wieder aus, jedes Mal etwas lauter, und fordert, dass ich auf sie höre.

Ich weiß, was ich zu tun habe.

Mit einem leisen Plumpsen lande ich auf dem Boden. Ich strecke mich flach aus, krieche unter das Bett bis fast an die Wand und taste, bis meine Hand findet, was ich suche – einen alten, abgewetzten Rucksack. Ich krieche wieder hervor und nehme den Rucksack in Augenschein. Er hat ein Loch an der Seite, aber es ist winzig. Er wird als Tasche reichen.

Ich hänge mir den Rucksack über eine Schulter und gehe zu meinem Schrank. Die Jeans, die Beck gestern anzuziehen versucht hat, liegt zusammengeknüllt am Boden. Ich hebe sie auf und lächle über die alberne Erinnerung, wie er, die Beine in meine Hose gezwängt, herumgehüpft ist.

Ich ignoriere den Wandschirm zum ersten Mal seit Jahren und streife statt meines Rocks die Jeans über. Dann ziehe ich Becks T-Shirt aus und nehme stattdessen einen Pullover aus dem Schrank. Aus meinem Schuhregal suche ich mir ein robustes Paar kniehoher Stiefel aus. Der Absatz ist so niedrig, dass man damit ganz gut laufen können sollte.

Seltsam, dass wenige Änderungen an der Garderobe schon dafür sorgen, dass man ganz anders aussieht. Ich blicke mein Spiegelbild mit zusammengekniffenen Augen an und reiße mir das Haargummi heraus. Die Haare fallen wie ein dunkler Vorhang über meine Schultern. Auf Becks Seite des Zimmers suche ich mir eine Strickmütze, ziehe sie mir über den Kopf und schlinge mir einen Schal um den Hals.

So. Jetzt ist mein Gesicht mehr oder minder verborgen. Niemand sollte mich erkennen können.

Aus meiner Kommode hole ich mir noch eine Hose, ein Hemd, Socken und Unterwäsche und rolle alles fest zusammen, bevor ich es in meinen Rucksack stecke. Dann gehe ich durchs Zimmer zu Becks Kommode, ziehe die unterste Schublade auf und greife ganz nach hinten. Ich finde ein altmodisches Fotoalbum und blättere es durch, Seite um Seite mit Bildern von uns beiden, wie wir spielen, essen und schlafen. Ganz gewöhnlicher Alltagskram, bis ich fast am Ende des Albums angelangt bin.

Ich ziehe das Bild aus seiner Hülle und stecke es in die Vordertasche meines Rucksacks. Am Ende öffne ich meine Schreibtischschublade und ziehe einen Briefumschlag voll mit Altem Geld heraus. Beck und ich haben jeden Geldschein gespart, den wir geschenkt bekommen haben, seit wir neun waren, und es ist mehr als genug für mehrere Zugfahrkarten, Essen und wenn nötig auch Übernachtungen. Wir hatten gehofft, eines Tages an Orte zu reisen, von denen wir bisher nur in unseren Geschichtstexten gelesen hatten. Um ehrlich zu sein, hatte ich heimlich eine solche Reise für die Zeit unmittelbar nach unserer Bindung geplant. Ich hatte eine Reiseroute festgelegt, die uns in die Östliche Gesellschaft geführt hätte, und auch durch die verbliebenen Städte unseres Staats – das sollte meine Überraschung für Beck werden.

Ich stopfe mir das Bargeld in die Taschen und gehe zum Fenster.

Ich habe Angst, dass jedes Quietschen mich verraten könnte, hebe aber dennoch das Fenster an und stecke den Kopf hinaus. Der Wind hat sich beruhigt, und der Schnee fällt leise. Ich befinde mich im ersten Stock, aber direkt unter dem Fenster liegt eine große Schneewehe. Solange der Schnee nicht gefroren ist, sollte es nicht wehtun hineinzuspringen. Um das auszuprobieren, hebe ich mein nutzloses Armband hoch und schleudere es in die Schneewehe. Es versinkt. Also nicht gefroren.

Ohne jegliche Sentimentalität schenke ich unserem Zimmer einen letzten Blick und springe dann aus dem Fenster. Der Schnee federt meinen Sturz gut ab. Ich klettere aus dem Haufen hervor und klopfe mich ab, damit auch ja kein Schnee an mir haften bleibt. Das Letzte, was ich brauchen kann, ist, in nassen Kleidern herumzulaufen.

Ohne mich noch einmal umzusehen, breche ich die Straße entlang auf.

9

Sobald ich um die Ecke meines Blocks herum bin, laufe ich langsamer, weil ich weiß, dass Bethina mich jetzt nicht mehr sehen kann. Beiderseits des verlassenen Wegs wirken hoch aufgetürmte Schneemassen wie ein halb fertiggestellter Tunnel und tragen zu meinem Gefühl bei, verborgen zu sein. Ich bin ganz allein – bei solchem Wetter wagt sich niemand freiwillig nach draußen.

Ich renne den Pfad entlang, werfe ständig Blicke über die Schulter und starre in die langen Schatten, die von der diesigen Sonne geworfen werden. Im Augenblick weiß ich nicht, wovor ich mehr Angst habe: davor, dass Bethina mich findet, oder vor den Empfindsamen.

Am Rande des Schulgeländes, wo die Barrikade den Campus von der Stadt trennt, weichen die sanften weißen Hügel eindrucksvollen Herrenhäusern, die dicht nebeneinanderstehen. Einige der höchstrangigen Staatsfunktionäre – wie meine Mutter – wohnen hier.

Seltsamerweise tut nur ein einziger Wächter Dienst, und er geht die Barrikade so ab, dass er mir den Rücken zugewandt hält.

Ich starre auf die stille Stadt hinaus. Ich muss nach draußen und zum Bahnhof. Aber wenn ich durchs Tor gehe, wird dann der Alarm ausgelöst?

Nur mit den Fingerspitzen berühre ich die Barrikade. Ihre feste, unnachgiebige Oberfläche verhilft mir nicht zu den Antworten, die ich suche. Der Torbogen überspannt eine zweispurige Straße. Obwohl es keine privaten Fahrzeuge mehr gibt, nutzt der Staat noch Straßen und Transportwege, um Waren durch die Gesellschaft zu befördern.

Mein Blick huscht dorthin zurück, wo eben noch der Wächter gestanden hat. Er ist nicht mehr da. Ich drehe den Kopf wild hin und her, um nach ihm Ausschau zu halten, aber ich sehe nichts bis auf die Barrikade, die schneebedeckten Hügel und die Häuser auf der Stadtseite.

Triff eine Entscheidung, Lark. Tu es oder tu es nicht.

Tu es. Die Nackenhaare stellen sich mir auf, als ich durchs Tor gehe. Kein Alarm ertönt, und der Wächter lässt sich nicht blicken. Gut zu wissen, dass er alles so hervorragend im Griff hat!

Ich gehe schnell den Bürgersteig entlang, am großen Haus meiner Mutter vorbei. Wie immer herrscht hinter den dicken Glasfenstern rege Geschäftigkeit. Als wir noch Kinder waren, haben Beck und ich uns immer hinausgeschlichen und durch die durchsichtige Barrikade die Parade von Menschen beobachtet, die sich von einer Veranstaltung zur nächsten bewegten. Die Abende waren eine endlose Party mit meiner Mutter als Gastgeberin, immer lachend und im Mittelpunkt der Aufmerksamkeit. Sie wirkte stets glamourös, mächtig, schön – alles, was ich später einmal zu sein hoffte.

Irgendwo draußen in der Bucht brüllt ein Nebelhorn seine Warnung und erinnert mich daran, dass es Zeit wird zu gehen. Wenn ich zu lange zögere, werde ich vielleicht noch ertappt.

Zum ersten Mal in meinem Leben gibt es nichts, was mich beschützt. Ich habe immer hinter der Barrikade gelebt und sie nur in Begleitung verlassen. Hier draußen, allein, bin ich völlig schutzlos. Und völlig fehl am Platz.

Die Nervosität zwingt mich, die nächsten zwölf Blocks eilig hinter mich zu bringen. Die Stadtlandschaft ändert sich dramatisch, als ich das Geschäftsviertel betrete. Die herrschaftlichen Häuser der Würdenträger machen schlagartig mehrstöckigen Gebäuden Platz, die hoch in den Himmel ragen, der zwischen ihnen kaum noch zu sehen ist. Ich habe Glück gehabt – die wenigen Leute, denen ich begegnet bin, waren entweder zu sehr in Eile, um mich zu bemerken, oder ganz mit ihren Armbändern beschäftigt.

Ich bleibe an einer Ecke stehen und denke darüber nach, welche Route wohl die beste ist. Ich kenne mich in der Stadt nicht aus, aber ich weiß, wie ich zum Bahnhof komme, weil ich mindestens einmal pro Jahr zum Haus von Becks Eltern oder auf Mutters Landsitz gefahren bin. Der Bahnhof liegt auf der anderen Seite der Stadt, und wenn ich die ganze Strecke zu Fuß gehe, dauert das bei Schnee und Eis sicher zwei Stunden oder mehr. Aber wenn ich den öffentlichen Nahverkehr benutze, riskiere ich es, jemandem über den Weg zu laufen, der mich kennt – etwa einem meiner Lehrer.

Da der Wind sich gelegt hat und es nicht mehr schneit, beschließe ich, zu Fuß zu gehen, solange ich den Eindruck habe, gut voranzukommen. Der letzte Zug fährt um 17:45 Uhr. Ich habe Zeit, aber ich darf sie nicht verplempern.

Ich bin hier schon gelegentlich entlanggekommen, wenn ich mit Bethina Besorgungen gemacht habe. Der direkteste Weg, den wir allerdings meist nicht genommen haben, führt, glaube ich, durch ein Wohngebiet. Bethina hasst es, mit Einkaufstüten beladen Hügel hinaufzusteigen, und so machen wir oft einen Umweg durch etwas weniger anspruchsvolles Gelände.

Aber obwohl es so eisig ist, ist der Weg über den Hügel höchstwahrscheinlich die kürzeste Route, die mir eine gute Dreiviertelstunde sparen wird.

Die gefrorene Landschaft birgt nicht viele Geräusche, nur das leise, rhythmische Knirschen meiner Schritte. Es sind jetzt weder Vögel am Himmel noch Menschen in der Umgebung zu sehen. Die Last des Alleinseins drückt mich wie eine ungewollte Bürde nieder.

Sosehr ich auch die Stille und die Gelegenheit, ohne Ablenkung nachzudenken, zu schätzen weiß, brauche ich doch ein Geräusch, sonst fange ich gleich wieder an zu weinen. Und ich kann es mir jetzt absolut nicht leisten zu weinen.

Ich greife nach meinem Armband, um etwas Musik anzustellen, aber meine Finger streifen nur die kalte Haut meines nackten Handgelenks. Phantastisch – ich habe es zu Hause im Schnee liegen lassen.

Vielleicht heißt das, dass das Tor Bethina nicht melden kann, dass ich es durchquert habe? Aber ist der Staat in der Lage, meine Bewegungen auch ohne mein Armband zu verfolgen?

Ich stapfe gedankenverloren weiter. Alles hängt davon ab, dass Bethina glaubt, dass ich mich in meinem Zimmer verbarrikadiert habe und von meiner Trauer zu überwältigt bin, um herauszukommen. Wenn sie es glaubt, habe ich gute drei Stunden Vorsprung, bevor irgendjemand nach mir zu suchen beginnt.

Das Ungewollte dringt in meine Gedanken ein: Beck ist ein Empfindsamer. Bethina hat gesagt, dass es Beweise dafür gibt und dass sie es glaubt. Ich … ich bin mir nicht sicher, was ich glauben soll. Er hat sich so seltsam verhalten. Aber wie kann er denn nur empfindsam sein? Es ist genetisch bedingt – der Staat testet uns darauf. Und er ist ein Channing, ein Nachkomme der Gründer.

Zweifel mischen sich in meine Entschlossenheit. Vielleicht sollte ich das hier nicht tun? Wenn Beck wirklich empfindsam ist, dann bin ich ohne ihn *tatsächlich* besser dran, das könnte mir jedes Kleinkind bestätigen. Denn wer weiß schon, wozu er in der Lage ist?

Ich halte meine Tränen zurück. »Hör auf damit, Lark. Hör einfach auf.«

Ich weiß, dass Beck kein schlechter Kerl ist, und er ist ganz gewiss nicht böse. Ich weiß, dass er nie jemandem Schaden zugefügt hat. Er besteht nur aus guter Laune und Optimismus. Er hat sich den Empfindsamen in den Weg gestellt.

Es muss ein Irrtum sein.

Aber der Staat irrt nie, das hat man mir immer wieder gesagt. Und dennoch hat er jetzt entweder fünf Empfindsame durchs System schlüpfen lassen oder fünf unschuldige Menschen angeklagt. Denn Beck und Kyra können unter keinen Umständen empfindsam sein.

Meine Entschlossenheit wächst. Ich werde ihn finden. Ihn im Stich zu lassen, allein, verstoßen, ohne jeden Menschen, kommt nicht infrage. Beck braucht mich. Ich muss ihm helfen.

Ich komme an eine große, menschenleere Kreuzung und warte auf die Ampel. Wenn ich von den Überwachungskameras bei irgendeiner Ordnungswidrigkeit ertappt werde, ist der Sicherheitsdienst binnen Minuten hier. Ich reibe mir nervös die Hände und bete, dass es für jeden Beobachter nur so aussieht, als ob mir kalt wäre – das Letzte, was ich brauchen kann, ist, dass der Staatliche Sicherheitsdienst nach mir fahndet.

Die Ampel blinkt dreimal grün, und ich biege nach rechts ab, bergauf, zum Bahnhof.

Erst als mir die Zähne klappern, wird mir klar, dass

mir wirklich kalt ist. Ich ziehe den Reißverschluss meiner Winterjacke bis über den Schal hoch, so dass nur noch meine Augen daraus hervorsehen, und schiebe mir die Mütze noch tiefer ins Gesicht.

Ich renne los, nicht um Zeit zu sparen, sondern um warm zu bleiben.

Das Laufen hat mir immer geholfen, den Kopf freizubekommen und mich zu konzentrieren. Heute bildet da keine Ausnahme. Die Ereignisse der letzten beiden Tage ziehen vor meinem inneren Auge vorbei. Beck und ich gehen Hand in Hand zur Schule. Ich schimpfe ihn dafür aus, dass er schon wieder seine Handschuhe vergessen hat. Beck auf dem Hügel. Seine Lippen auf meinen.

Annalise.

Ich will stehen bleiben, aber mein Schwung lässt mich noch ein paar Meter weiterschlittern. Obwohl ich wanke, gelingt es mir, mich auf den Beinen zu halten. Meine Gedanken konzentrieren sich ganz auf Callum und Annalise.

Beck wusste, was sie in der Schule wollten, als sie uns verhört haben, und er hat nichts gesagt. Sie waren seinetwegen da – deshalb hatte er solche Angst.

Aber warum sollten sie ihn anklagen? Weil Callum und Beck als Kinder nicht miteinander ausgekommen sind? Es ihm so heimzuzahlen kommt mir übertrieben vor.

Nachdem ich den Rest des eisigen Hügels hinaufgestiegen bin, bleibe ich auf der Kuppe stehen und kneife die Augen zusammen, um den Bahnhof in der Ferne zu sehen. Ich laufe den Hügel hinunter, aber nachdem ich zwei Mal ausgerutscht bin, beschließe ich, langsamer zu gehen. Ich muss immer noch die große Freifläche des Union Square überqueren und kann auf dem ebenen Gelände Zeit aufholen.

Zu spät wird mir bewusst, dass ich zugleich meine Uhr losgeworden bin, als ich mein Armband weggeworfen habe. Toll. Ich habe keine Ahnung, wie spät es ist, als ich den menschenleeren Union Square erreiche. Aus meinen Schulbüchern weiß ich, dass diese Gegend einmal ein belebtes Einkaufsviertel war. Aber heute kommt niemand mehr hierher, bis auf ein paar Geschichtsbegeisterte und Schüler auf dem Pflichtwandertag in der zehnten Klasse.

Da ich den Zug nicht verpassen will, sprinte ich über den eisbedeckten Boden, so gut ich kann. Nach einem Dutzend Blocks geht die gespenstische Geisterstadtatmosphäre des Union Square in das Chaos des Bahnhofsviertels über.

Je näher ich herankomme, desto mehr ist auf den Straßen los. Es ist, als ob Hunderte von Transportern in exakt demselben Moment hier angekommen wären, all ihre Passagiere abgesetzt hätten und nun versuchen würden, als Erste wieder davonzurasen. Das Ergebnis ist ein Knäuel aus Menschen und Fahrzeugen, die sich zum Haupteingang des Bahnhofs drängen.

Da ich mir bewusst bin, wie bekannt mein Gesicht ist, vermeide ich jeglichen Blickkontakt, als ich mich durch die Menge in den gewaltigen Bahnhof dränge. Der Kontrast zwischen den fast menschenleeren Teilen der Stadt und diesem Ort hier ist unglaublich. Obwohl ich weiß, dass die Bahn die hauptsächliche Verkehrsverbindung so gut wie überallhin bildet, sieht es aus, als hätte ganz San Francisco beschlossen, ausgerechnet heute zu verreisen. Das könnte mir entweder helfen, mich mühelos zu verstecken, oder dafür sorgen, dass ich schneller erkannt werde.

Vor mir halten zwei große Züge und warten auf ihre nächste Abfahrt. Eine Welle der Erleichterung durchströmt mich. Ich bin nicht zu spät gekommen.

Ich muss allerdings noch eine Fahrkarte kaufen, und so dränge ich mich durch das Menschengewühl, das den Bahnsteig verstopft. Die Umarmungen und Tränen verraten mir, dass manche dieser Leute sich voneinander verabschieden, und ich schlucke einen Kloß in der Kehle hinunter. Wäre es leichter gewesen, wenn ich mich von Beck hätte verabschieden können?

Nein, das hätte keine Rolle gespielt.

Die Hinweisschilder auf den Kartenschalter führen mich, bis ich mein Ziel entdecke, und gehe zum ersten freien Schalterbeamten. Ein kleiner mausgrauer Mann. Sein orangefarbenes Alleinstehendenarmband hebt sich von seinem dunklen Arbeiterhemd ab.

Aus Angst, dass er mich ausfragen wird, zögere ich. Was, wenn Bethina die Behörden schon informiert hat? Eine halbe Sekunde lang ziehe ich in Erwägung, mich als blinder Passagier in den Zug zu schleichen. Aber nein, sie lässt mir wahrscheinlich Zeit für mich allein und wird sich erst lange nach dem Abendessen Sorgen um mich machen.

Ich trete zurück und mustere die Fahrpläne über dem Kopf des Schalterbeamten. Die rechte Spalte listet die Staatszüge auf, die bis zu 1000 Stundenkilometer schnell fahren. Die linke Spalte zeigt die Abfahrtszeiten der langsameren Regionalbahnen. Mein Blick ruht auf dem Fahrplan der Südlichen Regionalbahn – es ist die einzige Bahnlinie, die den Ort anfährt, an den ich will.

Ich halte meinen Schal hochgezogen und unterdrücke das Zittern meiner Stimme: »Ich hätte bitte gern die nächstmögliche Fahrkarte nach Summer Hill.«

Der Schalterbeamte mustert mich, und mein Magen zieht sich zusammen. *Nur ruhig, Lark. Er kann dich durch den Schal nicht sehen.* »Bist du nicht ein bisschen jung, um allein unterwegs zu sein?«

Ich sehe ihn durch die Wimpern an. Er hat die Lippen zusammengepresst, seine Knopfaugen wirkten misstrauisch. Vielleicht hat er etwas gehört.

Meine Muskeln verkrampfen sich, und Schweißperlen treten mir in den Nacken. Ich hebe den Kopf und starre ihn auf hoffentlich gebieterische Art an. Vielleicht ist die beste Vorgehensweise die, so zu tun, als würde ich hierher gehören.

»Überhaupt nicht.« Mein Tonfall ist abgehackt und forsch wie der einer Staatsfrau. Zu spät wird mir bewusst, dass mein Jackenärmel meinen Arm, der zwar einen Handschuh, aber kein Armband trägt, nicht verdeckt. Ich reiße an dem verdammten vorschriftsmäßigen Dreiviertelärmel, bevor ich aufgebe und den Arm in die Jacke hochziehe. Wunderbar. Das war aber auch gar nicht auffällig! »Ich bin in offizieller Mission unterwegs. Ein Folgeauftrag, wenn Sie so wollen.«

Ich muss verrückt sein. Ich bin nicht nur abgehauen, sondern gebe mich jetzt auch noch als Staatsfrau aus – das ist ein Kapitalverbrechen. Ich reite mich immer tiefer in den Schlamassel hinein.

»Also nur eine einfache Fahrkarte?«

»Ja bitte.«

Er tippt etwas in sein System. »543.«

Ich greife in meine Tasche und schließe die Finger um das Bündel Banknoten. Ich zähle das Geld langsam ab und lege es auf den Tresen.

Der Agent lässt ein leises Pfeifen ertönen. »Was ist das?«

»Geld.« Fehler Nummer zwei. Kaum jemand benutzt heute noch Geldscheine. Dumm, Lark, sehr dumm.

Er starrt es an. »Keine staatliche Geldkarte? Ich dachte, die würde an alle ausgegeben?«

Ich halte inne und mustere betont sein orangefarbenes Armband, bevor ich ihn mit einem verächtlichen Blick bedenke. »Das geht Sie doch nun wirklich nichts an, oder?« Ich schiebe das Geld über den Tresen.

»Wahrscheinlich nicht.« Er nimmt die Geldscheine und zählt sie. »Gibt es Probleme drüben in der Schule?«

»Nein.« Mir versagt fast die Stimme. Er stochert nach Informationen. »Nichts dergleichen.«

»Wirklich nicht? Ich habe gehört, dass dort heute großer Aufruhr geherrscht hat und dass es gestern eine Sicherheitslücke gab.« Der Schalterbeamte druckt meine Fahrkarte aus, reicht sie mir aber nicht. Stattdessen hält er sie unmittelbar außerhalb meiner Reichweite auf seiner Seite des Schalterkäfigs in der Hand.

»Dann haben Sie etwas Falsches gehört. Sie schenken solch einem albernen, unglaublichen Gerücht doch bestimmt keinen Glauben?«

Der Schalterbeamte runzelt die Stirn, wirkt aber überzeugt. »Ich denke nicht.«

Ich schiebe die Hand unter dem Gitter hindurch und schnappe mir meine Fahrkarte. »Danke.« Ich wende mich zum Gehen.

»Pass auf dich auf, Lark.«

Ich erstarre. Das Blut rauscht mir in den Ohren. Verdammt.

Ich schaue mich nach dem Schalterbeamten um und will meine Identität verleugnen.

Er zwinkert. »Ich verrate dem Stellvertretenden Staatsoberhaupt nichts. Versprochen.«

Genau in dem Augenblick fegt ein Windstoß über den Bahnhof und verstreut seine Papiere. Während er versucht zu verhindern, dass weitere Zettel wegfliegen, sprinte ich über den Bahnsteig.

10

Ich bin das erste Mal mit dem Zug gefahren, als ich sieben war. Meine Mutter hatte Beck und mich zu einer Bindungsfeier auf den Landsitz meiner Familie bestellt.

Beck war ganz verliebt in die blitzschnellen Züge. Er stellte dem erschöpften Schaffner haufenweise Fragen und folgte ihm auf Schritt und Tritt. Beck war besessen davon, wie die umweltfreundlichen Züge mit Magnetkraft angetrieben wurden und über den Schienen schwebten.

Ich dagegen erinnere mich noch besser an eine andere Einzelheit dieser Reise: daran, wie der Schaffner zwischen zwei Waggons hing.

Beck hatte, gefolgt von mir, den Schaffner aufgespürt und ihm unzählige Fragen über die Auswirkungen von Reibung auf den Zug gestellt. Der Schaffner blaffte ihn an und sagte uns, dass wir verschwinden sollten. Beck zog sich schmollend in unser Abteil zurück.

Eine Stunde später, als Bethina mit uns zum Aussichtswagen unterwegs war, entdeckten wir den verängstigten Schaffner. Er saß zwischen zwei Waggons fest und balancierte auf einem dünnen Sims aus schwankendem Metall. Seine Hände waren wund und blutig.

Bethina schickte Beck und mich in unser Abteil zurück und lief selbst los, um Hilfe zu holen.

Danach fuhren wir drei Jahre lang nicht mehr mit dem Zug.

Der schmale Gang ist leer. Ich folge den Nummern in absteigender Reihenfolge, bis ich mein Abteil finde, und gehe hinein. Es ist eng – nur ein Stuhl, ein Tisch und ein Bett –, aber es wird seinen Zweck erfüllen. Ich werfe meinen Rucksack auf den abgenutzten Stuhl und lasse mich aufs Bett fallen. Es ist etwas zu hart für meinen Geschmack, aber da ich nur eine Nacht darin verbringen muss, kann ich mich nicht beklagen.

Es ist zu heiß in dem kleinen Raum, und so streife ich die zusätzlichen Kleiderschichten ab und lege sie ordentlich gefaltet auf den Stuhl.

Ein dumpfer Kopfschmerz pocht unmittelbar hinter meinen Augenbrauen. Ich übe mit den Fingerspitzen leichten Druck auf meine Stirn aus. Das nützt nicht viel; ich wünschte, ich hätte Dr. Hansons Pillen noch.

Der Schalterbeamte hat mich erkannt, aber wie? Er konnte mein Gesicht nicht sehen, da mein Schal einen Großteil davon verdeckt hat. Lag es an meinen Augen? Meiner Stimme? Woran?

Ich muss mich klüger anstellen. Aber um ehrlich zu sein, habe ich keine Angst, dass er meine Mutter kontaktieren könnte. Wer ist er schon? Bloß ein Alleinstehender – und noch nicht einmal einer mit einem anständigen Arbeitsplatz. Er wird nicht bis zu meiner Mutter durchdringen, da bin ich mir sicher.

Aber wenn Bethina es herausfindet … dann wird sie in den nächsten Zug steigen und mich verfolgen.

Ich starre die glatte, leere Decke des Abteils an und beginne, mir einen Plan zurechtzulegen. Bis jetzt hatte ich es nur darauf abgesehen, in den Zug zu gelangen, aber da ich ja nun hier bin, ist es an der Zeit, eine Entscheidung über meinen nächsten Spielzug zu fällen.

Beck zu finden und seine Seite der Geschichte zu hören hat für mich Priorität. Ich bin noch nicht überzeugt, dass er empfindsam ist, aber wenn er es ist, muss ich es wissen.

Bethina glaubt nicht, dass er im Gefängnis sitzt, also wissen seine Eltern vielleicht, wo er steckt. Aber was werde ich dort vorfinden? Den Sicherheitsdienst? Was, wenn seine ganze Familie empfindsam ist? Was dann?

Der Zug nimmt Fahrt auf, und ich kämpfe nicht gegen den Schlaf an, als er mich übermannt.

Wir sind sechs. Bethina macht mit uns allen einen Ausflug, um zu picknicken.

Es ist Spätsommer, und ich liege auf einer Decke und versuche, Formen in den Wolken zu erkennen. Becks Kopf ruht auf meinem Bauch. Er ist so viel kleiner als wir anderen. Ich schlinge mir seine Haare um einen Finger.

Ein älteres Mädchen aus einem anderen Haus stolpert im Vorbeilaufen ungeschickt über die eigenen Füße und landet auf Beck.

Beck schreit auf. Seine Nase blutet. Das Mädchen rennt davon. Aber als sie unter die Bäume gelangt, fällt ein Ast herab und reißt sie zu Boden. Ihr Bein steht in einem seltsamen Winkel ab. Bethina hebt in Panik Beck hoch und weist uns andere an, ihr zu folgen.

Unser Picknick ist vorbei.

Meine Augenlider fliegen auf. Das war kein Traum. Das war eine Erinnerung.

Beck hat das kleine Mädchen verletzt. Ich erinnere mich lebhaft daran. Seine blutige Nase. Ihr Aufschrei. Bethinas schockiertes Gesicht.

Und der Schaffner … Beck hat auch dem Schaffner etwas getan.

Ich drehe mich auf die Seite und ziehe die Knie an die Brust. Wieso habe ich seine Zornesausbrüche bisher nie bemerkt?

Die Erinnerung daran, wie Beck auf dem Hügel vor den Empfindsamen stand, verschafft sich Zutritt zu meinem Kopf, und mir stockt der Atem in der Kehle.

Er war das. Die Wahrheit bohrt sich in mein Herz und brennt. Ich kann mich nicht damit abfinden. Das kann ich einfach nicht. Beck tut niemandem etwas zuleide – er *tötet* niemanden. Er ist freundlich und witzig und in jeder Hinsicht das genaue Gegenteil von bösartig.

Aber die Indizien … Hat Bethina das etwa gemeint?

Mir kommen wieder die Tränen. So viele Tränen um einen Jungen, der mich immer zum Lachen gebracht hat.

Der Zug rattert weiter, und jeder Kilometer bringt mich meinem Ziel näher. Aber ich bin mir nicht mehr so sicher, ob ich dorthin will. Ich kann Beck nicht ändern. Ich kann ihn nicht in einen Nichtempfindsamen verwandeln. Haben Caitlyn Greene und die anderen Patrioten nicht gerade deshalb solche Anstrengungen unternommen, um die Empfindsamen zu identifizieren? Weil man sie nicht ändern kann und sie deshalb immer eine Gefahr darstellen werden?

Ich wische mir das feuchte Gesicht ab und setze mich auf. Zum jetzigen Zeitpunkt muss Bethina bereits wissen, dass ich nicht mehr da bin. Ich frage mich, ob sie irgendjemanden informiert hat.

Natürlich hat sie das. Dazu ist sie verpflichtet. Außerdem hält sie sich an die Vorschriften. Genau wie ich.

Aber nicht heute. Heute habe ich binnen kürzester Zeit gegen mehr Vorschriften verstoßen, als ich zählen kann. Und für wen? Für einen Jungen, der mich sein Leben lang belogen hat?

Ich reibe mir mit den Händen die Augen. Es muss mehr dahinterstecken. Ich muss Beck Gelegenheit geben, alles zu erklären – das immerhin schulde ich ihm.

Mein Magen knurrt leise, und ich versuche, das Risiko eines Besuchs im Speisewagen abzuwägen. Vielleicht wird mich niemand bemerken, wenn ich schnell bin?

Ich schlüpfe mit den Füßen in die Schuhe, ziehe meine Jacke über und schlinge mir den Schal so um den Hals, dass er nicht mehr mein ganzes Gesicht, sondern nur noch mein Kinn bedeckt. Es würde seltsam aussehen, eine Mütze zu tragen, und so lasse ich sie auf dem Bett liegen. Meine Begegnung mit dem Schalterbeamten hat mir deutlich gemacht, wie wichtig es ist, mein nacktes Handgelenk verborgen zu halten, und so ziehe ich den Arm unter die Jacke, als wäre er verletzt.

Mit der freien Hand streiche ich mir die Kletten aus den Haaren. Niemand hat mich je in der Öffentlichkeit ohne ordentlich zurückgebundenes Haar gesehen. Ich bete, dass mein »Langer-Winter«-Outfit und meine offenen Haare als Verkleidung ausreichen. Sicher rechnet doch niemand damit, mich in solch einem lächerlichen Aufzug zu sehen.

Aber der Schalterbeamte wusste, wer ich war – und das, obwohl ich den Schal hochgezogen hatte.

Der Hunger nagt an meinem Magen. Nachdem ich mir die Jacke ein letztes Mal zurechtgezogen habe, öffne ich die Tür des Abteils und lasse den Blick über den Gang schweifen. Er ist leer.

Der Zug schwankt hin und her, und ich pralle gegen die Wand des Ganges. Ich will nicht hinfallen, und so bleibe ich alle paar Meter stehen, um mich wieder aufzurichten. Als es mir schließlich gelungen ist, die hohe Kunst des Gehens zu meistern, folge ich dem Essensgeruch in den Speisewagen.

Er ist nicht gerade überfüllt, und das ist nicht gut. Je weniger Menschen hier sind, desto mehr Aufmerksamkeit ziehe ich auf mich. Der Barkeeper hebt den Blick von dem Drink, den er gerade zubereitet, und sieht mich kurz an, bevor er sich wieder seiner Arbeit widmet.

Nicht einmal eine Andeutung von Wiedererkennen. Gut.

Ich rolle die Schultern, um ihre Anspannung zu lindern, und lasse mich auf einen Plüschsitz am Fenster sinken, so dass ich mit dem Rücken zum Rest des Waggons sitze und mein nacktes Handgelenk eng an meine Brust geschmiegt unter meiner Jacke liegt. Ich hoffe, dass es so aussieht, als würde ich die vorbeiziehende Landschaft bewundern.

Als der Kellner kommt, achte ich sorgfältig darauf, halb von ihm abgewandt sitzen zu bleiben, und bestelle.

Ruinen sausen verschwommen am Sichtfenster vorbei. Diese Gegend hieß früher einmal Los Angeles und hatte eine Millionenbevölkerung. Jetzt ist es nur noch eine verlassene Ödnis voll zerfallender Bauwerke, wie die meisten Städte der Alten Welt.

Nur wenige größere Städte – San Francisco, Calgary, Austin, Chicago und Ottawa – haben den Langen Winter überlebt. Der Ansturm von Menschen, die Schutz suchten und die ohnehin schon beschränkten Ressourcen überbeanspruchten, wurde den anderen Großstädten zum Verhängnis. Kleinstädte und ländliche Gebiete verschwanden einfach, bis der Staat sie gezielt wiederaufbaute, indem er große Parzellen verlassenen Landes als private Güter an Staatsleute verteilte. Der Landsitz der Channings, Summer Hill, ist einer dieser Orte, wie auch das Anwesen meiner Mutter im hohen Norden.

Verfallene Gebäude ziehen schier endlos vorüber. Ist es

das, was Beck gesehen hat, als er so eilig aus dem einzigen Zuhause, das er je gekannt hat, entfernt wurde?

»Oh Beck«, flüstere ich und schließe die Augen.

Ein dumpfes Klirren verrät mir, dass der Kellner meinen Obstteller auf dem Tisch abgestellt hat. Ich warte eine Minute, um sicherzugehen, dass mir nicht die Tränen kommen, und öffne dann die Augen. Da ich kurz vor dem Verhungern bin, schnappe ich mir ein Stück Ananas und vertilge es auf sehr undamenhafte Weise. Bethina wäre entsetzt, wenn sie sehen könnte, wie mir der Saft übers Gesicht läuft und dass ich kein Besteck benutzt habe.

Obwohl ich dagegen anzukämpfen versuche, dringt der Picknicktraum immer wieder in meine Gedanken ein. Beck hat das kleine Mädchen verletzt, da bin ich mir sicher. Sogar Bethina wusste das. Und doch hat sie ihn nicht gemeldet. Es ergibt keinen Sinn.

Ich teile ein Stück Käse so mit der Gabel ab, dass mein nacktes Handgelenk unter dem Tisch verborgen bleibt, und lege es auf eine Apfelscheibe. Beim Kauen grüble ich darüber nach, welche Rolle Bethina wohl spielt.

Vielleicht verfügt Beck über die Macht, Menschen zu beeinflussen oder zu kontrollieren. Mr. Proctor hat im Gesellschaftskundekurs darüber gesprochen. Empfindsame können Naturkatastrophen, Hungersnöte und Kriege auslösen und Menschen den freien Willen rauben. Ich zermartere mir das Gehirn und versuche mich daran zu erinnern, ob herabstürzende Äste je ein Thema waren. Ich glaube nicht, aber es klingt nicht zu weit hergeholt.

Was ist also mit Bethina? Wenn meine Erinnerung zutrifft, wusste sie, dass Beck empfindsam ist, und hat dennoch nichts unternommen. Aber zu Hause hat sie so getan, als hätte sie keine Ahnung, was vorgeht. Das passt nicht zusammen.

»Gleich fünf auf einmal! Alles Schüler«, näselt eine Männerstimme. Der Sprecher sitzt nicht allzu weit hinter mir, und ich verlagere meine Aufmerksamkeit von dem leblosen grauen Himmel und dem kilometerweiten Nichts auf das Gespräch.

Um beschäftigt zu wirken, spieße ich ein Stück Mango auf.

»Der Westen wird zu nachsichtig, das sage ich Ihnen. Die Prozesse haben nicht das Geringste gegen die Angriffe ausgerichtet, und jetzt werden auch noch die Schulen – die *sicheren* Schulen – infiltriert. Was kommt als Nächstes?« Der andere Mann hat einen Akzent, den ich mit der Östlichen Gesellschaft assoziiere; er spricht schnell und mit rollendem R.

Ich wende leicht den Kopf und hoffe, einen Blick auf die beiden Männer zu erhaschen, ohne mich selbst zu zeigen. Sie sind wie Staatsleute gekleidet und tragen beide gut sichtbare blaue Armbänder. Alle Gesellschaften haben dieselbe Struktur, um es einfacher zu machen, den Rang eines Menschen zu erkennen. Aber einer von beiden trägt einen hellblauen Schal statt des normalen grünen. Er ist eindeutig ein Diplomat aus dem Osten – und das heißt, dass die beiden höchstwahrscheinlich meine Mutter kennen … und mich.

»Kennen Sie einen von ihnen?«, fragt Näselnde Stimme.

»Vielleicht das Mädchen«, antwortet der Diplomat aus dem Osten. »Aber den Rest kenne ich nicht.«

Ich runzle die Stirn. Kyra? Spricht er etwa von Kyra? Aber wie kann es sein, dass sie Beck nicht kennen? Er ist der bekannteste von allen.

»Sie sollten alle vor Gericht gestellt und hingerichtet werden. Jeder einzelne von ihnen«, sagt Näselnde Stimme. »Das würden sie schließlich umgekehrt auch mit uns machen. *Sie* erweisen *uns* keine Gnade.«

Mir sackt der Magen in die Kniekehlen, und ein kleines Keuchen entschlüpft meinen Lippen. Hingerichtet? Ist das überhaupt möglich? Würde der Staat Schüler tatsächlich töten?

Die Panik droht mich zu überwältigen, aber ich warte noch ein paar Minuten und spitze eifrig die Ohren. Doch das Gespräch hat sich mittlerweile der Landwirtschaft und der Politik zugewandt.

Ich kneife die Augen zu. Das kann einfach nicht wahr sein. Es muss ein Albtraum sein. Es muss.

Nach Summer Hill zu reisen ist schierer Wahnsinn. Wenn der Staat Beck unter Quarantäne gestellt hat, werde ich ihn unter keinen Umständen besuchen dürfen – besonders wenn ihm der Prozess gemacht werden soll. Alles, was geschehen wird, ist, dass ich als Empfindsamen-Sympathisantin erkannt und möglicherweise selbst für Verbrechen gegen den Staat vor Gericht gestellt werde.

Aber ich kann Beck nicht im Stich lassen. Die Vorstellung, dass er in irgendeiner dunklen Gefängniszelle sitzt, ohne zu wissen, welches Schicksal ihn erwartet, ist fast zu schrecklich, um darüber nachzudenken, und ich weiß mit jeder Faser meines Wesens, dass er mich seinerseits nie im Stich lassen würde. Ich bin ihm dasselbe schuldig.

Eine unwillkommene Möglichkeit fällt mir ein. Wenn Beck empfindsam ist, will er mich vielleicht gar nicht sehen. Ich kann es ertragen, wenn der Staat ihn von mir fernhält, aber wenn er mir den Rücken kehrt …

Ich schiebe meinen Stuhl zurück, lasse meinen halb leergegessenen Teller Obst und Käse auf dem Tisch stehen und gehe zur Tür. Über der Bar flackern Bilder von lächelnden Farmern und Nichtstaatsleuten über einen

Wandbildschirm, aber der Ton ist leise gedreht. Wenigstens ist also irgendjemand glücklich.

Eine Hand schließt sich um meinen Arm, bevor ich die Tür erreiche.

»Hast du etwas dagegen, wenn ich mich dir anschließe?«

11

Maz steht breitbeinig neben mir. Er schenkt mir ein schiefes Lächeln und zupft mit einer Hand an seinem Schulumhang. Es ist deutlich zu sehen, dass er nur Schüler ist.

»Was tust du hier?«, flüstere ich rau und deute auf seinen Umhang. »Nimm sie ab.«

Er sieht mich verständnislos an.

»Den Umhang und das Armband, Maz. Nimm beides ab! Willst du uns verraten?«

Er steckt das Armband in die Tasche und streift das verräterische Kleidungsstück ab. »Freut mich auch, dich zu sehen.«

Ich mustere die Hautfalten an meinen Fingerknöcheln, während ich die Hand in dem Bemühen, ruhig zu bleiben, zur Faust balle und wieder öffne. »Du hast meine Frage nicht beantwortet: Warum bist du hier?«

»Ich habe dich gehen sehen und dachte, dass ich besser mitkommen sollte, wenn du Beck suchen willst. Bester Freund und so«, sagt Maz.

»Du solltest *Kyra* suchen. Ich fahre nach Summer Hill, wo Beck zu Hause ist.« Ich scheuche ihn mit einer Handbewegung weg. »Und wenn ich mich nicht irre, leben Kyras Eltern im Norden.«

Unbehagliches Schweigen macht sich zwischen uns breit. Maz ignoriert mich, indem er sich auf seine schon ganz abgekauten Fingernägel konzentriert. Ich danke es ihm, indem ich aus dem Fenster neben der Bar starre.

Maz hier im Zug zu haben stört mich. Nicht dass ich ihn nicht mag. Er ist eigentlich schwer in Ordnung – ein netter Kerl, und Kyra himmelt ihn an. Aber ich kann es nicht brauchen, dass er sich mir an die Fersen heftet und überall im Weg steht.

Mein Verstand wühlt sämtliche Optionen durch, ihn loszuwerden. Ihn einfach stehen zu lassen – was für mich die erste Wahl wäre –, wird in einem fahrenden Zug nicht funktionieren. Er würde mir einfach folgen. Aber vielleicht lässt er sich überreden, am nächsten Bahnhof auszusteigen? Ich könnte ihm Geld für eine neue Fahrkarte geben, und er könnte sich auf die Suche nach Kyra machen.

Wir können nicht einfach hier mitten im immer volleren Speisewagen stehen bleiben, ohne Aufmerksamkeit zu erregen, und so weise ich mit einer ruckartigen Kopfbewegung auf meinen noch unbesetzten Tisch. Anscheinend will sich niemand an einem Tisch mit einem halb leergegessenen Teller niederlassen. »Setzen wir uns doch.«

Es ist nicht weit bis zum Tisch, und ich sinke wieder auf meinen Stuhl, während Maz den besser einsehbaren Platz mir gegenüber einnimmt. Ich schiebe meinen Teller beiseite, stütze das Kinn auf die Hände und starre zu ihm hoch. »Woher wusstest du, dass ich mich auf die Suche nach Beck machen würde?«

Er verdreht die Augen. »Wohin hättest du denn sonst gehen sollen?«

Da hat er recht.

»Sie täuschen sich in ihm«, behaupte ich. »Das werde ich beweisen. Du solltest versuchen, dasselbe für Kyra zu tun, wenn du sie so magst, wie du immer sagst.« Ich greife nach meinem Rucksack, um ihm Geld zu geben, weil ich weiß, dass er keines hat, aber dann wird mir klar, dass ich mein Gepäck in meinem Abteil habe stehen lassen.

»Warum rufst du nicht deine Mutter an und lässt sie alles in Ordnung bringen?«

»Was …?«, stammle ich. Ich habe meine Mutter noch nie um Hilfe gebeten; das war auch nie nötig. Ich habe mich immer an Bethina gewandt. Außerdem ist meine Mutter beschäftigt. Ich will sie nicht stören.

»Du weißt schon, deine Mutter«, sagt er betont. »Das stellvertretende Staatsoberhaupt. Die hübsche Dame, die immer in den Nachrichten zu sehen ist?«

»Ich habe nie auch nur daran gedacht«, räume ich ein.

»Weil du weißt, dass er ein Empfindsamer ist.«

»Nein! Ich weiß gar nichts. Es ist nur so, dass …« Ich breche ab. Ich will ihm meinen Verdacht nicht anvertrauen. Er ist ja vielleicht Becks bester Freund, aber ich kann es einfach nicht laut aussprechen. Und je weniger Leute über Beck Bescheid wissen, desto besser stehen meine Chancen, diesen Schlamassel wieder in Ordnung zu bringen.

»Es ist nur so, dass du es weißt«, beendet er meinen Satz. »Vielleicht hat er nie etwas gesagt, aber du weißt es oder hast zumindest das Gefühl. Nicht wahr?«

»Sprich leise«, befehle ich. »Willst du etwa, dass alle uns hören?« Ich werfe einen Blick zu den beiden Staatsmännern in unserer Nähe. Sie sind immer noch ins Gespräch vertieft und achten gar nicht auf Maz und mich.

Ich verschränke die Arme vor der Brust und vermeide es, Maz anzusehen. Vielleicht sollte ich *wirklich* meine Mutter anrufen. Sie könnte schließlich alles binnen wenigen Minuten aufklären. Aber wenn ich das tue und wenn das, was man über Beck sagt, zutrifft, wird sie mich zwingen, nach Hause zu kommen. Sofort.

Und wenn sie glaubt, dass ich entschlossen bin, ihn zu finden, was wird sie Beck dann im Namen des Staates antun lassen? Das Gleiche, was man in der Vergangenheit anderen Empfindsamen angetan hat? Ihn in ein Arbeitslager stecken, verhindern, dass er eine Bindung eingeht, und ihn als Verbrecher brandmarken? Ihn hinrichten? Ich würde ihm lieber hundertmal Lebewohl sagen, als mir auch nur vorzustellen, dass er so leiden muss.

»Nein. Ich kann meine Mutter nicht anrufen.« Ich schüttle den Kopf. »Warum rufst du deine Eltern nicht an?«

»Sie sind nur Staatsleute mittleren Ranges. Aber du bist Malin Greenes Tochter. Findest du nicht, dass du sie kontaktieren solltest? Wirklich, ich möchte wetten, dass sie jetzt so richtig im Schadensbegrenzungsmodus ist, und dass du davongelaufen bist, macht wahrscheinlich alles nur noch schlimmer.«

»Ich kenne meine Mutter kaum.« Anders als die meisten Schüler habe ich meine Mutter nur wenige Male besucht, und selbst dann war sie immer beschäftigt und hat Callum und Annalise mehr Aufmerksamkeit geschenkt als Beck und mir, vielleicht, weil Callum ihr mit seinem blonden Haar und seinen blauen Augen ähnlicher sieht als ich.

»Was hast du vor, Lark? Du sagst, dass du Beck finden möchtest, aber du bemühst dich gar nicht richtig, nicht wahr?«

Zorn kocht in mir hoch, und ich ringe darum, ihn zu unterdrücken. Mein Tonfall ist schneidend: »Du hast keine Ahnung, wie gern ich Beck wiedersehen möchte.«

Er öffnet den Mund, um zu sprechen, hält dann aber inne. Die Art, wie er die Zähne zusammenbeißt, verrät mir, dass er sich ärgert. Wir blicken einander in die Augen, und ich starre ihn böse an.

Maz sieht nicht beiseite, aber der Ausdruck seiner Augen wird sanfter. »Er ist nicht gut genug für dich. Das weißt du doch, nicht wahr?«

Ein erstickter Laut zwängt sich durch meine Kehle, halb Aufschrei, halb Ausdruck des Erstaunens. »Wie kannst du das sagen? Er ist dein bester Freund.«

Maz schüttelt den Kopf. »Ich liebe Kyra.« Er verlagert seine Sitzhaltung ein wenig. »Aber mit dir und Beck ist das ganz anders, das sehe ich doch. Du liebst ihn nicht – du stößt ihn immer wieder von dir.«

Meine Kehle ist so trocken, dass sie brennt. Maz hat recht, ich halte Beck wirklich auf Abstand. »Das tue ich nur, weil ich muss, nicht weil ich es will«, krächze ich.

»Schon gut, Lark. Nicht jeder liebt seinen Partner oder mag ihn auch nur.«

»Liebe?« Beck ist mein bester Freund, auf andere Weise als Kyra – und zeugt die Art, wie mein Herz rast, wenn er in meiner Nähe ist, etwa nicht von Liebe?

»Sofern ihr beiden nicht alles geheim gehalten habt? Gibt es Dinge, die du Kyra nicht erzählt hast?«

Ich schüttle den Kopf.

Fältchen bilden sich zwischen seinen Augen. »Bist du dir sicher, dass du nicht glaubst, dass er empfindsam ist?«

Nein, ich bin mir nicht sicher, sage aber dennoch: »Ja, absolut.«

»Kyra hat mir erzählt, dass du nie von eurer Bindung sprichst. Findest du das nicht eigenartig?«

»Nein, wieso?« Mein Blick schweift durch den Raum, um zu sehen, ob irgendjemand zuhört. Der Speisewagen ist mittlerweile überfüllt, und Leute spazieren auf der Suche nach einem freien Platz hin und her. Nur der Barkeeper scheint sich ansatzweise für unsere Diskussion zu interessieren, aber er steht auf der anderen Seite des Raums – zu weit entfernt, um etwas zu hören.

Maz sieht aus dem Fenster und trommelt mit den Fingern in schnellem Rhythmus auf den Tisch. Nach etwa einer Minute beginnt das Geräusch mir auf die Nerven zu gehen, und als ich ihm gerade sagen will, dass er aufhören soll, bemerkt er: »Kyra kann Menschen durch Berührungen beeinflussen. Das hat sie mir erzählt.«

Ich wende mich von ihm ab. »Du wusstest es?« Das Herz wird mir schwer. Kyra ist eine Empfindsame, und sie hat es Maz gesagt, aber nicht mir.

Bis vor kurzem haben wir alles zusammen unternommen und einander unsere größten Geheimnisse anvertraut, aber irgendwann hat sich unsere Beziehung verändert, und es ist mir noch nicht einmal aufgefallen.

»Ja, sie hat es mir vor ein paar Monaten erzählt.« Seine Augen leuchten. »Sie hat gesagt, ihre Mutter hätte es ihr bei ihrem letzten Besuch erzählt. Weißt du noch, bei der Bindung ihres Bruders im letzten Jahr? Bevor er …«

»Von Empfindsamen getötet wurde?« Offenbar war das eine Lüge.

Der Zug neigt sich scharf nach links.

Ich kneife mir in den Nasenrücken. Ganz ruhig. Ruhig bleiben. »Was hat Kyra dir erzählt?«

Er rückt seinen Stuhl um den Tisch herum. Jetzt ist er so nahe bei mir, dass unsere Ellbogen sich berühren. Sein Kopf ist gleich neben meinem Ohr. »Ihre ganze Familie ist empfindsam, und anscheinend sind sie nicht die Einzigen. Kyra hat gesagt, dass die meisten von denen, die der Staat fängt, gar keine echten Empfindsamen sind, sondern nur normale menschliche Kriminelle.«

Wenn Kyras gesamte Familie empfindsam ist, wer hat dann ihren Bruder getötet? Der Staat geht nicht so vor, wir gestehen selbst den abscheulichsten Verbrechern eine Gerichtsverhandlung zu. Ich lege die Stirn in Falten. »Willst du damit sagen, dass der Staat sie gar nicht identifizieren kann?«

Er zieht die Augenbrauen hoch. »Bei echten Empfindsamen zeigt sich die natürliche Begabung erst mit etwa sechzehn Jahren, aber wie ich gehört habe, gibt es Ausnahmen – Kinder, die schon ganz früh Magie wirken können.«

Ich lasse die Schultern hängen. Beck hat dem Mädchen Schaden zugefügt, als er noch ein Kind war – und auch dem Schaffner.

In der Nähe der Bar brennt eine Glühbirne aus und wirft einen langen Schatten durch den Raum. Meine Gedanken folgen den Bewegungen des Barkeepers – nach oben, nach unten, kreuz und quer –, als er nach einer neuen Glühbirne sucht und sie einsetzt.

»Ich werde jetzt etwas sagen, das dir nicht gefallen wird.« Maz runzelt die Stirn.

Ich nicke langsam. Nichts, was Maz sagen kann, könnte schlimmer sein als das, was ich jetzt schon nicht mehr aus dem Kopf bekomme.

»Er wusste es. Und er hat es dir nicht gesagt.«

Maz' Stimme ist leise, ein Flüstern, aber die Worte treffen mich, als hätte er sie laut gerufen. Ich zucke zurück. Der Zug ruckelt, und die Leute, die in unserer Nähe stehen, klammern sich an jedem Tisch oder Stuhl fest, den sie zu fassen bekommen können.

»Wie kannst du das sagen?« Ich beiße die Zähne zusammen. »Hat er dir das erzählt?«

Maz greift nach meiner Hand, aber ich entziehe sie ihm. »Nein. Aber Kyra hatte den Verdacht. Sie hat es mir gesagt.«

»Warum? Was hat er getan, um sie auf den Gedanken zu bringen?« Die Lichter im Speisewagen flackern. Vor dem Fenster braut sich in der Ferne ein Sturm zusammen.

»Wir haben beide schon erlebt, dass du unglücklich warst – aber nur eine Berührung von Beck, und schon ging es dir wieder gut. Er kann deine Gefühle kontrollieren.«

Ein dickes Seil ballt sich in meinem Magen zu einem Knäuel zusammen. Es stimmt. Wie gestern in der Schule. Ich wollte Antworten auf meine Fragen, aber er wollte darum herumkommen, sie mir zu geben. Er hat meine Hand berührt, Kreise darauf gezeichnet oder so etwas – und dann ging es mir plötzlich wieder gut.

Das Blut strömt schneller durch meinen Körper. Vielleicht wird Maz einfach weggehen, wenn ich nur lange genug hier sitze und so tue, als könnte ich ihn nicht hören. Aber mir kommt ein anderer Gedanke.

»Du hast vor, ihr zu helfen, nicht wahr? Obwohl sie empfindsam ist?«

Maz leckt sich die Lippen und zögert. »Ja.«

»Aber du glaubst nicht, dass ich mit Beck zusammenbleiben sollte?« Warum sollte er Kyra immer noch wollen, wenn ich nicht mit meinem ausgewählten Partner zusammenbleiben darf?

»Ich liebe sie, Lark. Das ist der Unterschied. Du liebst ihn nicht.« Er wirft mir einen traurigen Blick zu. »Und du hast eine größere Zukunft vor dir als ich. Du wirst im Staat rasch aufsteigen.«

Was er vorschlägt, widerspricht allem, was der Staat uns beigebracht hat.

Ich schüttle den Kopf. »Nein, du täuschst dich. Ich habe keine Zukunft mehr.« Ich hebe die Stimme. »Ich bin jetzt eine Alleinstehende. Ich bekomme keine Arbeit als Staatsfrau.«

Maz rückt mit ernster Miene auf seinem Stuhl zurück. »Was du tust, ist dumm. Du kannst etwas Besseres erreichen. Nur, weil ihr von Geburt an füreinander bestimmt wart, heißt das noch nicht, dass du bei ihm bleiben musst.«

Ein schockierter Ausdruck huscht über mein Gesicht, aber ich unterdrücke ihn, bevor Maz etwas bemerken kann. »Beck ist meine Familie. Er würde dasselbe für mich tun.« Ich beiße die Zähne zusammen, um nicht loszubrüllen.

»A-ha.« Er grinst leicht hämisch und wippt auf seinem Stuhl zurück. »Wenn er dir vertrauen würde, hätte er dir alles erzählt.«

Mein Magen verkrampft sich vor Anspannung. Ein stechender Schmerz durchzuckt meine Schläfe. Ich will nicht darüber nachdenken, ob Beck vielleicht ein schlechter Mensch ist.

Maz springt auf. Aus jedem Zoll seines Gesichts spricht Besorgnis. »He, stimmt etwas nicht mit dir?«

»Abgesehen davon, dass du glaubst, dass ich den Verstand verloren habe?«, blaffe ich.

»Nein. Du zitterst am ganzen Körper. Geht es dir gut?« Er klingt aufrichtig besorgt. Sogar verängstigt.

Meine Hände zittern ziemlich stark. Das habe ich vorher gar nicht bemerkt. »Es geht mir gut. Ich bin wahrscheinlich nur müde. Oder es sind die Nerven.« Seltsam, abgesehen davon, dass ich mich aufrege, fühle ich mich gut, nicht so, als ob ich krank wäre oder sonst irgendetwas nicht stimmt.

»In Ordnung. Aber wirklich, Lark, wenn du dich hinlegen musst, lass es mich wissen. Kyra würde es mir nie verzeihen, wenn ich zulassen würde, dass dir etwas passiert.«

Auf der anderen Seite des Raums explodieren mehrere Glühbirnen zugleich, so dass ein Regen von Glassplittern auf die Gäste niedergeht. Der Waggon ist schlagartig in Dunkelheit gehüllt, und schrille Schreie erfüllen die Luft. Ein Ruck schleudert mich rückwärts gegen die Wand.

»Maz?«, rufe ich über das überwältigende Durcheinander hinweg. »Maz? Wo bist du?« Ich krieche auf allen vieren über den Boden und ziehe mich am Tisch hoch. Notlämpchen, die der Barkeeper an die Passagiere verteilt, flammen an der Bar auf.

Kalte Finger umschlingen meinen Knöchel. Maz liegt zusammengerollt zu meinen Füßen. Im schwachen Licht sehe ich eine große, blutende Wunde, die quer über seine Stirn verläuft. »Geht es dir gut?«, frage ich unsinnigerweise.

Er hustet, fährt sich mit der Hand über die Stirn und verschmiert das Blut noch weiter in seinem Gesicht. »Kannst du mich in dein Abteil bringen?«

»In meins? Ich bringe dich in deins und helfe dir, dich frischzumachen.« Ich knie mich hin und lege mir seinen Arm um die Schultern. »Eins. Zwei. Drei.« Ich hieve ihn auf die Beine. »Welche Richtung?«

Trotz seiner Wunde grinst er. »Ich habe kein Abteil. Ich habe mich in den Zug geschlichen und gehofft, dass du dich meiner erbarmen würdest.«

Na toll. Ich bin nicht nur unterwegs, um meinen empfindsamen, von Geburt an vorherbestimmten Partner zu finden, sondern ich bin auch noch von zu Hause weggelaufen, habe gelogen, mich für eine Staatsfrau ausgegeben und wer weiß was getan. Und nun habe ich auch noch einen geständigen Empfindsamenunterstützer als schwarzfahrenden Reisebegleiter.

Falls ich jetzt erwischt werde, habe ich wahrscheinlich Glück, wenn ich nur im Knast lande.

12

Da Maz keine Fahrkarte hat und wie verrückt blutet, habe ich keine Wahl, als ihn mit in mein Abteil zu nehmen. Seit er verletzt ist, bin ich nicht mehr ganz so wütend auf ihn. Immer noch verärgert über seinen Vorschlag, dass ich Beck verlassen sollte, aber nicht richtig zornig. Sein Gedankengang folgt immerhin einer gewissen Logik.

Ich schließe die Tür auf und schalte die Wandlampe ein. Mein Rucksack steht auf dem Tisch.

Und ich könnte schwören, dass ich ihn auf dem Stuhl habe stehen lassen.

»Maz – du hast hier vorhin noch nicht vorbeigeschaut, oder?«

»Nein, warum?«

Ich lege mir den Finger an die Lippen und hebe den Rucksack hoch. Eine kurze Durchsicht zeigt mir, dass alles noch da ist – sogar das Geld. Vielleicht bin ich noch erschöpfter, als ich dachte, aber es kommt mir seltsam vor.

»Ich habe mich nur gefragt …« Ich deute auf den Stuhl und setze mich selbst aufs Bett. »Soll ich die Wunde für dich reinigen?«

Er fasst sich vorsichtig an die Stirn. Seine Finger finden das halb geronnene Blut, und er zieht sie weg. »Ist es schlimm?«

»Schwer zu sagen. Kopfwunden sehen immer schlimmer aus, als sie eigentlich sind. Du solltest sie zumindest säubern.«

Er hebt die Schultern, aber an der Art, wie er zusammengezuckt ist, als er seinen Kopf berührt hat, weiß ich, dass es wehtut. Dummer männlicher Stolz!

»Das Bad ist links am Gang. Glaubst du, dass du es allein schaffst, oder brauchst du Hilfe?«

Er sieht mich naserümpfend an. »Ich glaube, ich komme schon zurecht.«

Ich stehe auf und helfe ihm zur Tür, nicht ganz überzeugt, dass er unbegleitet herumlaufen sollte. »Gut. Aber wenn du in zehn Minuten nicht zurück bist, komme ich dich holen.« Ich schiebe die Tür auf.

Er widerspricht mir nicht.

Ein paar Minuten allein sind genau das, was ich brauche. Ich setze mich im Schneidersitz aufs Bett und versuche zusammenzufügen, was Maz mir erzählt hat. Von allem, was er gesagt hat, leuchtet eines am hellsten in meinem Verstand: Kyra hat Maz alles verraten. Sie hat sich ihm anvertraut. Aber mir nicht.

Warum also hat Beck mir nichts erzählt? Ich kann Geheimnisse genauso gut für mich behalten wie Maz.

Vielleicht aus Scham oder Angst. Oder beides?

Die Tür öffnet sich, und Maz tappt mit einem dicken Ballen Papierhandtücher an der Stirn herein.

»Geht es dir besser?«

Er lässt sich auf den Stuhl fallen. »Ja. Ich erhole mich schon.«

Aber wenn ich mir so ansehe, wie er den Kopf hält, frage ich mich, ob er nicht eine Gehirnerschütterung davongetragen hat. Er würde es wahrscheinlich nicht zugeben, wenn ich fragen würde, und so muss ich ihn wohl einfach im Auge behalten. Nachdem ich jahrelang zugesehen habe, wie Bethina Beck verarztet hat, bin ich Expertin darin, Gehirnerschütterungen zu erkennen.

Erster Schritt: ihn wachhalten und nach Anzeichen für Verwirrung Ausschau halten. »Ich weiß, dass du es für eine schlechte Idee hältst und überhaupt, aber wir kommen morgen früh in Summer Hill an. Wir brauchen einen Plan.«

Maz verschränkt die Hände im Nacken und streckt sich. »Du hast es dir also nicht anders überlegt?«

Ich schüttle energisch den Kopf.

»Na, in dem Fall schätze ich, wir spazieren einfach dorthin und fragen, ob wir Beck besuchen können. Dann warten wir ab, was passiert.« Er macht Witze, aber ich finde es nicht lustig.

»Und was, wenn es nicht so einfach ist? Was, wenn es dort Wächter oder so etwas gibt?« Ich mache einen Gedankensprung zu Gefängniszellen und Spionage. »Was, wenn er gar nicht da ist?«

Er schüttelt den Kopf. »Ich glaube, sie sperren nur die schlimmsten Fälle ein. Die anderen werden lediglich unter Quarantäne gestellt oder so.«

»Weißt du denn, was *genau* man mit ihnen macht? Mit den anderen, meine ich.«

»Ich glaube, der Staat hält sie bis zu ihrem Prozess unter Hausarrest. Die ›harmloseren‹ Fälle werden einem Arbeitstrupp zugeteilt und in eine Siedlung verlegt. Das weißt du doch.«

Ich starre den Boden an und studiere das Punktemuster des Teppichs. Der Zug schwankt, und Maz schließt die Augen. Ich kann ihn noch nicht einschlafen lassen, und die Frage, auf die ich eine Antwort brauche, liegt mir auf der Zunge und wartet darauf, dass ich den nötigen Mut zusammenraffe. Am Ende frage ich: »Kyra wusste es nicht, bis ihre Mutter es ihr gesagt hat, oder?«

»Sie hatte keinen blassen Schimmer. Ihre Mutter dachte, sie würde darüber in Tränen ausbrechen, aber Kyra war eher freudig erregt. Sie sagte, es wäre so gewesen, als würde man erfahren, dass man ein Superheld ist.«

Sie wusste es nicht. Also wusste Beck vielleicht auch nicht Bescheid. Zumindest nicht bis heute.

Mit dem Finger zeichne ich eine Reihe von Kreisen auf den Tisch zwischen Bett und Stuhl. Die gleichförmige Bewegung hilft mir, mich zu konzentrieren. »Ich frage mich, warum sie glaubt, dass es so ist, als wäre man ein Superheld … Sie rettet doch nicht die Welt. Sie ist eine Empfindsame – sie sind die Bösen.«

»Sie verfügt über magische Kräfte, Lark. Was sollte einem daran nicht gefallen?«

Ich ignoriere seine Frage. Bis jetzt wirkt er nicht verwirrt und erinnert sich auch an unser Gespräch von vorhin. Das ist gut, auch wenn er fehlgeleitete Ansichten vertritt. Ich stehe auf, stelle mich vor ihn und starre ihm ins Gesicht.

»Was tust du da?«

Ich halte einen Finger hoch. »Kannst du den hier sehen? Ist er verschwommen?«

Maz' albernes Lachen hallt in dem kleinen Raum wider. »Dr. Lark, untersuchen Sie mich etwa auf eine Gehirnerschütterung?«

Ich blicke finster drein. Typisch Mann, sich so über meine Besorgnis lustig zu machen! »Und wenn schon?«

»Ich hätte nie gedacht, dass du dazu neigst, einen so zu bemuttern.« Er lacht erneut, bevor er mir den Kopf tätschelt. »Siehst du? Kein Grund zur Sorge. Und nun sag schon, wer bekommt das Bett und wer den Fußboden?«

»Wer wohl?« Ich bedenke ihn mit meinem besten Du-machst-wohl-Witze-Blick, schnappe mir meinen Rucksack und gehe zum Bad.

Ich halte den Kopf gesenkt, während ich neben der Tür darauf warte, dass eine andere Passagierin fertig wird. Sobald sie das kleine Badeabteil verlassen hat, schließe ich mich ein und hänge den Rucksack an einen Kleiderhaken. Aus dem Behälter mit Gratiskosmetika nehme ich mir Zahnpasta und eine Zahnbürste. Ich hasse Mundgeruch.

Und dann sehe ich mein Gesicht. Es ist einfach nur mein normales Gesicht. Ich wirke nicht erschöpft oder wie eine Missgeburt oder wie sonst irgendetwas. Es ist nur mein Gesicht.

Meine olivgrünen Augen starren mich an. Becks Augen. Unsere Augen.

Wenn er nichts wusste … dann weiß ich es vielleicht auch nicht.

Ich wende den Blick ab. Was, wenn Kyra Maz belogen hat? Das tun Empfindsame doch schließlich. Lügen. Höchstwahrscheinlich wollte sie nicht, dass er sie verrät, also hat sie so getan, als wüsste sie nichts.

Und das heißt, dass Beck auch Bescheid wusste.

Ich mache mich eilig fürs Bett fertig, vermeide es aber, in den Spiegel zu sehen.

Als ich zurück ins Zimmer komme, liegt Maz mit dem Zusatzkissen und seiner Jacke auf dem Boden. Ich steige über ihn hinweg und krieche ins Bett.

Ich liege noch wach, nachdem Maz eingeschlafen ist. Sein Schnarchen hat nicht das Geringste mit Becks gleichmäßigem Atmen gemein. Ich werfe über die Bettkante einen Blick auf Maz. Es kommt mir falsch vor, mir mit diesem Jungen ein Zimmer zu teilen.

Ich quetsche mich in eine Ecke des Betts und ziehe mir das Kissen über den Kopf. Wenn ich mich nur genug anstrenge, kann ich vielleicht so tun, als ob Maz Beck wäre, und tief und fest schlafen.

Ich sollte Beck hassen. Ich sollte Angst vor ihm haben. Aber das tue ich nicht. Ich kann es nicht. Er ist bis ins Innerste mit mir verbunden. Sein Lächeln und sein Lachen sind mit meinem ureigensten Wesen verwoben. Wer bin ich ohne ihn?

Ich kneife die Augen zu und gebe mich den Bildern von Beck hin, die hinter meinen Augenlidern tanzen.

Beeil dich, Lark. Ich warte auf dich.

Becks tiefe, honigsüße Stimme hallt in meinem Gehirn wider. Meine Augen fliegen auf und suchen nach ihm, aber natürlich ist er nicht hier. Es ist bloß Wunschdenken.

Ich umklammere meinen kleinen Vogelanhänger und bete, dass Becks Stimme sich mit meinen Träumen verweben wird.

»Ich bin bald da. Versprochen«, murmle ich, als ich in den Schlaf sinke.

»Guten Morgen, Ladys und Gentlemen!«

Die Durchsage einer monotonen Männerstimme reißt mich aus dem Schlaf.

»Aufgrund des unerwarteten Wetterwechsels halten wir in dreißig Minuten am nächsten Bahnhof zum Umsteigen an. Bitte nehmen Sie Ihr Gepäck an sich und steigen Sie in Zug 2-B, um Ihre Reise fortzusetzen. Wir bedauern die Unannehmlichkeiten.«

Noch eine wetterbedingte Verzögerung?

Mein verschobener Rucksack.

Der Schalterbeamte.

»Sie wollen nicht, dass ich ihn finde«, murmle ich laut.

»*Was?*«

Ich beuge mich über die Bettkante und bin überrascht, dass Maz wach ist. Er starrt zu mir herauf.

»Ich glaube, jemand verfolgt mich. Jemand, der mich von Beck fernhalten will«, sage ich.

»Es ist nur eine wetterbedingte Verzögerung. Was hat das mit dir zu tun?« Er mustert mich, als wäre ich eine senile Pflegebedürftige. »Ich glaube, du bist wahnsinnig geworden.«

Ich springe aus dem Bett. »Ich bin nicht verrückt.« Ich verschränke die Arme. »Der Schalterbeamte am Bahnhof kannte meinen Namen, und das, *ohne* mein Armband gesehen zu haben, und jemand ist hier eingedrungen und hat meinen Rucksack umgestellt. Ich werde wirklich verfolgt.«

Maz bedenkt mich mit einem mitleidigen Blick. »Okay, erstens: Du führst dich auf wie eine Zweijährige. Zweitens: Jeder weiß, wer du und Beck seid. Ich habe die Geburtstagskarten gesehen, die ihr beiden von Mitgliedern der Gesellschaft bekommt, von Leuten, die ihr noch nie gesehen habt. Drittens« – er hält drei Finger hoch – »ist wahrscheinlich nur das Zimmermädchen hereingekommen, um aufzuräumen. Dein Abteil war doch abgeschlossen, weißt du noch?«

Mein Herzschlag verlangsamt sich. Er hat recht. Beck und ich sind weithin bekannt, teilweise aufgrund unserer Vorfahren, teilweise aufgrund von Mutters Stellung im Staat. Und das Zimmerpersonal kommt wirklich abends noch einmal herein, um die Betten zu machen.

Aber ich bin nicht überzeugt.

Ich hebe meinen Rucksack auf und gehe zum Bad. »Ich bin in ein paar Minuten zurück.«

Der Gang und das Bad sind leer. Ich putze mir die Zähne und widerstehe dem Drang, meine Haare zu einem Pferdeschwanz zurückzustreichen. Ich weiß, dass ich recht habe. Irgendjemand will nicht, dass ich Beck finde.

Ich ziehe mich nicht um – unnötig, meine sauberen Kleider zu schnell aufzubrauchen. Nachdem ich mich befriedigt im Spiegel gemustert habe, kehre ich in mein Abteil zurück.

»Du bist dran«, sage ich, als ich die Tür aufschiebe. »Oh! Entschuldige bitte! Tut mir leid!« Ich versuche, die Tür zu schließen, aber sie klemmt.

Hitze steigt mir in die Wangen. Maz trägt nur seine Unterwäsche.

Ich höre ihn lachen. »Es ist doch nicht so, dass ich völlig nackt wäre.« Er steigt in seine Hose und hebt sein Hemd vom Boden auf. Ich wende den Blick ab, als er es sich über das hellbraune Haar zieht.

»Nein, wirklich. Es tut mir leid!« Meine Ohren brennen.

Maz' Lippen verziehen sich träge zu einem gehässigen Lächeln. »Hast du Beck noch nie ohne Kleider gesehen?«

»Doch, natürlich, wenn wir beim Schwimmen waren.« Ich verschränke die Arme. »Ich habe euch alle schon mit nacktem Oberkörper gesehen.«

»Das ist nicht dasselbe. Ein nackter Oberkörper und völlige Nacktheit kommen einander noch nicht einmal nahe. Was tut ihr beiden nur ganz allein in eurem Zimmer?«

»Das geht dich nichts an.«

»Hm. Ich schätze, Beck hat nicht gelogen.« Er schnalzt mit der Zunge.

Ich lasse mir eine ganze Reihe schnippischer Erwiderungen durch den Kopf gehen, gebe aber auf, als der Zug ruckelnd zum Stehen kommt. Dankbar für die Unterbrechung winke ich Maz heran. »Los. Nimm dein Gepäck, und dann gehen wir.«

Bevor wir uns herauswagen, ziehe ich am Rollo des Fensters, und es rollt sich auf.

Ich schnappe nach Luft. Alles ist schneebedeckt.

Gestern Abend sah es vor Einbruch der Dunkelheit so aus, als wären wir in wärmeres Wetter gelangt. Aber jetzt ist der Boden von einer dicken Eis- und Schneeschicht überkrustet.

»Was zur Hölle …?«, sagt Maz. »Der Barkeeper hat mir erzählt, wir wären schon in den Südgebieten.«

In den Südgebieten schneit es nie; sie sind eine der wärmsten Gegenden unserer Gesellschaft.

»Bist du sicher?«

»Absolut. Das muss für die wetterbedingte Verzögerung gesorgt haben. Hier weiß ja keiner, was zu tun ist.« Er zieht eine Schuljacke aus seinem Gepäck. »Sieht so aus, als ob ich das hier doch noch brauche.«

Ich streife mir meine schwere Jacke über. »Bereit?«

»Ja. Weißt du, welcher Bahnhof das hier ist?«

»Keine Ahnung. Kannst du es auf deinem Armband überprüfen?«

Maz schüttelt den Kopf, und das Haar fällt ihm in die Augen. »Es funktioniert nicht mehr, seit ich die Schule verlassen habe. Ich habe es vorhin schon versucht.«

»Kannst du es noch einmal versuchen?« Er setzt zu einem Kopfschütteln an, aber ich unterbreche ihn: »Bitte.«

Ein seltsamer Ausdruck huscht über sein Gesicht. Maz nimmt das blaue Band in die Hand und tippt darauf. Nichts passiert. »Siehst du? Ich glaube, sie haben es abgestellt oder so, als ich die Schule verlassen hatte.«

Warum sollte der Staat sein Armband abstellen? »Das ist seltsam. Normalerweise wollen sie doch wissen, wo wir uns aufhalten.«

Maz zuckt die Achseln. »Wahrscheinlich bin ich nicht interessant genug.«

»Da kommst du dir ganz vernachlässigt vor, wie?«, scherze ich. Armer Maz. Wie ich steht er immer ein bisschen in Becks Schatten.

Ich hänge mir den Rucksack über die Schulter und zeige auf die Tür. »Okay. Bist du bereit?«

Wir treten auf den engen Gang hinaus und verlassen den Zug. Trotz der Durchsage drängen sich verwirrte Fahrgäste auf dem Bahnsteig und stehen drei Mann tief um den Schaffner herum.

Maz und ich hüpfen und tänzeln über den rutschigen Boden und durch die Menge. Anders als die übrigen Passagiere, denen schon das Gehen schwerfällt, sind wir an dieses Wetter gewöhnt.

»He, Maz, wohin?«, rufe ich über das schrille Pfeifen des Zuges hinweg.

»Bahnsteig 2-B!«

Das Signal ertönt erneut. Ich laufe nach links, achte darauf, nicht auszurutschen, und dränge mich durch die immer dichter werdende Menschenmenge. Kalte Luft brennt mir im Gesicht, und jeder Atemzug fühlt sich so an, als würde ich Eiszapfen einatmen.

Ein Schild erregt meine Aufmerksamkeit. »Sieh mal.« Ich deute auf das Schild, auf dem *Falls Way, Summer Hill und Tryse* steht. »Wir sind da – wir müssen gar nicht in den anderen Zug …«

»Oh nein«, flüstert Maz laut genug, dass ich es hören kann.

Bevor ich ihn fragen kann, wovon er spricht, packt mich jemand und wirbelt mich herum.

»Schwester! Wie schön, dich zu sehen!« Callum reißt mich in eine Umarmung.

Rechts von mir steht Maz verwirrt und unschlüssig da. Ich hebe den Kopf und bedeute ihm, sich herauszuhalten.

Ich wusste ja, dass ich verfolgt werde, und jetzt glaubt er mir auch.

»Callum … was … wo kommst du denn her?« Ich widerstehe dem Drang, mich auf ihn zu stürzen und mit den Fäusten gegen seinen Brustkorb zu trommeln. Callum darf nicht sehen, dass ich wütend bin. Er muss glauben, dass er mir keine Angst macht. »Wo ist Annalise?« Ich lasse den Blick über die Menge schweifen und halte nach meiner schönen Schwägerin Ausschau.

Callums Mundwinkel heben sich zu einem angedeuteten Lächeln. Er hält mich auf Armeslänge von sich weg und mustert mich auf sonderbare Weise. Ein Schauer läuft mir über den Rücken. Wenn nur Becks warmer Arm jetzt um mich liegen würde!

»Annalise *kümmert* sich um etwas.« Er tätschelt mir den Kopf, ganz so, wie Maz es gestern Abend getan hat, und streicht sich die Jacke glatt.

Maz schleicht sich weiter fort und will davonlaufen, rutscht aber auf dem Eis aus.

Ich werde plötzlich von Panik übermannt. Sie ballt sich mit meinem Zorn zusammen und gewinnt an Intensität, bevor sie aus meiner Brust hervorbricht – scharfe Spitzen, die ein Ziel suchen.

Ganz ruhig. Ruhig bleiben. Ich darf mir vor Callum nicht anmerken lassen, dass ich Angst habe, und ich darf nicht zulassen, dass er Maz bemerkt.

»Bist du meinetwegen hier?«, frage ich.

»Natürlich. Ich kann doch nicht zulassen, dass du jemandem wie Beck nachläufst.« Er wartet auf meine Antwort; der Blick seiner blauen Augen bohrt sich in mich.

Ich verschränke die Arme vor der Brust und baue mich breitbeinig auf. So fühle ich mich mächtig und viel größer, als ich bin, und erkläre: »Ich komme nicht mit.«

»Nun seht euch meine kleine Schwester an!« Callum lässt sein eisiges Lächeln aufblitzen. »Ganz erwachsen!«

Es ist offensichtlich, dass er mich nicht als Bedrohung betrachtet, und warum sollte er auch? Ich bin so viel kleiner als er. Aber das kann mir zum Vorteil gereichen, wie beim Ringen – niemand rechnet damit, dass ein kleinerer Mensch stärker oder schneller ist. Vielleicht ist es das Beste, ihn zu überrumpeln. »Was willst du, Callum? Ich weiß, dass du und Annalise Beck angeklagt habt.«

Seine Augen tanzen unter seinen sorgfältig gestutzten Augenbrauen, und er lacht leise. »Wir können doch nicht zulassen, dass aus dir und so einem ein Paar wird. Das ist schlecht für die Familie.«

»Und seit wann verschwendet auch nur einer von euch viele Gedanken auf mich – abgesehen davon, dass ich seit meiner Geburt zur Partnerin eines anderen Nachkommen der Gründer bestimmt bin, was sehr vorteilhaft für Mutters politische Karriere ist?«

»Das ist jetzt nicht mehr der Fall, nicht wahr?« Callum zieht sich den Schal zurecht, und sein Blick wird sanfter. »Mutter hat mich hergeschickt, um dich nach Hause zu holen. Sie will dir helfen.«

»Sie kann mir helfen? Wie?« Ich halte meine Miene ausdruckslos. Seit Maz den Vorschlag gemacht hat, hatte ich Zeit, darüber nachzudenken, mich an meine Mutter zu wenden. Aber ich weiß nicht, ob sie mir das geben kann, was ich am meisten will: Beck.

»Mutter kann alles in Ordnung bringen – du kannst immer noch ein Staatsamt übernehmen, wenn du willst. Sie wird schon dafür sorgen.« Seine angespannte Körperhaltung steht im Widerspruch zum begütigenden Tonfall seiner Stimme. »Sie kann sogar einen angemesseneren Partner für dich finden.«

»Einen anderen Partner? Mutter will mich einem anderen zuweisen?« Ich würge die Worte hervor.

Callum beißt die Zähne zusammen. »Tu nicht so erstaunt. Du bist mit Beck nicht kompatibel. Und ihr seid noch nicht rechtskräftig aneinandergebunden. Das verstehst du doch sicher.«

Seine Worte dringen in meinen Verstand. Jedes einzelne lastet schwerer auf mir als das vorhergehende.

Ein anderer Partner, genau wie Bethina und Maz schon gesagt haben. Der Gedanke daran trifft einen ohnehin schon wunden Punkt in meinem Herzen – Beck ist mein Partner. Ich kann einfach nicht mit jemand anders zusammen sein.

»Am besten kommst du erst einmal mit nach Hause, bis wir die Sache geregelt haben.«

Nach Hause. Nach San Francisco. Zu meiner Mutter, die alles in Ordnung bringen kann. Es ist vollkommen vernünftig. Das Beste, was ich tun kann, ist, Mutter eine Lösung für diesen Schlamassel finden zu lassen. Ich kann immer noch eine Karriere und eine Zukunft haben.

Aber nicht mit Beck. Und er ist das Einzige, was ich will.

Ich muss Callum entkommen. Wenn ich bleibe, werde ich Beck nie wiedersehen. Wenn ich so tue, als ob ich mitspielen würde, kann ich vielleicht … Ich beiße mir auf die Lippen und nicke. »Stimmt. Wir brauchen einen Plan.«

Seine Lippen heben sich und enthüllen vollkommen regelmäßige weiße Zähne. »Genau. Einen Plan. Mutter hat schon ein paar Ideen und kann es gar nicht abwarten, dich zu sehen.«

Irgendetwas an seinem Ton alarmiert mich. Beck hat recht daran getan, Callum nicht zu vertrauen. Mit ihm stimmt etwas nicht.

Ich mache eine Bestandsaufnahme meiner Situation.

Ich muss Callum dazu bringen, sich zu entspannen und in seiner Wachsamkeit nachzulassen. In Gedanken gehe ich eine Reihe möglicher Fragen durch und versuche, die beste auszuwählen.

»Warst du mit im Zug? Woher wusstest du, wo ich war? Ich habe mein Armband nicht bei mir.«

Verärgerung macht sich in seinen Zügen breit und lässt ihn älter wirken als seine zweiundzwanzig Jahre. »Nein, war ich nicht.« Er starrt mich böse an.

Es war die falsche Frage.

»Dich zu finden war einfach, Lark. Wir haben damit gerechnet, dass du versuchen würdest, ihn zu erreichen, und deshalb natürlich hierherkommen würdest.«

Mit großer Mühe halte ich meinen Gesichtsausdruck nichtssagend und emotionslos, während ich darüber nachdenke, wen er mit »wir« wohl meint. Sich selbst und Annalise, oder sich und meine Mutter, oder alle drei?

»Wir sollten Mutter aufsuchen. Sie wird wissen, was zu tun ist.« Ich schenke Callum mein strahlendstes Hochspannungslächeln und hoffe, dass er mir glaubt.

Callum streckt mir den Arm hin und wartet darauf, dass ich ihn nehme. Der Blick seiner kühlen blauen Augen geht über meine Schulter hinweg zu etwas hinter mir.

»Wollen wir?«, fragt er.

Das ist meine Chance zu fliehen. Maz steht direkt hinter Callum, und wenn ich ihn erreichen kann, können wir einfach in der Menge verschwinden.

Ich stoße Callum mit aller Kraft von mir. Bevor er reagieren kann, liegt er bereits keuchend flach auf dem Boden. Beck wäre stolz auf mich – all die Jahre voller Ringkämpfe haben sich gelohnt.

»Lauf, Maz! Lauf!« Ich sprinte auf ihn zu, rutsche aus, bleibe aber auf den Beinen.

Aber ich bewege mich nicht. Die Luft ist schwer, und mein Körper fühlt sich an, als würde er sich unter Wasser befinden. Ringsum gehen die Leute normal, aber ich muss mich anstrengen, um auch nur einen Schritt voranzukommen.

Vor mir hält Maz das Bein mitten im Schritt erhoben. Auch er sitzt in der Falle – und hat große Angst.

»Lark«, sagt er, bevor er in Zeitlupe hinfällt.

»Maz!« Mein Kopf wirbelt zu Callum herum.

Er lächelt hämisch und blickt nach rechts. Ich drehe mich um. Annalise winkt mir vom nächsten Bahnsteig aus zu.

»Hallo, Lark! Wie nett, dass du noch bleibst!« Ihr Körper beschreibt schwankend einen langsamen Kreis. Die Luft um mich herum zieht sich zusammen wie eine Boa constrictor, die ihre Beute erdrückt.

Wut. Absoluter Zorn wächst in meinem Herzen, wie eine Million Feuerbälle, die aus einem Vulkan hervorbrechen.

»Du! Hast du das hier bewirkt?«, schreie ich.

Mein Bruder erscheint an ihrer Seite und küsst ihr die Hand. Seine Stimme ruft fröhlich: »Überraschung!«

»Callum, deine Partnerin … ist also empfindsam?« Meine Worte hängen in der Luft, während ich hektisch versuche, irgendjemanden – wen auch immer! – auf mich aufmerksam zu machen. Aber niemand achtet auf uns. Wie kann es sein, dass keiner etwas bemerkt?

Der Druck nimmt zu und presst mir den Sauerstoff aus der Lunge. Wenn das noch lange so weitergeht, werde ich ohnmächtig.

Callum berührt seine Lippen mit dem Zeigefinger und zwinkert. »Pst, Vögelchen, nichts verraten!«

Annalises Lachen hallt von den kalten, harten Oberflächen des blitzblanken Bahnhofs wider.

Die Hülle um mein Herz zerplatzt.

»*Nenn mich nicht Vögelchen!*«

Ein Donnerhall tönt durch den Bahnhof, und doch sieht uns immer noch niemand an. Mit einem letzten Einschnüren löst sich die geballte, erstickende Luft von mir, und ich stolpere. Irgendwie hat Annalise mich, aus welchem Grund auch immer, losgelassen. Ich verschwende keine Zeit darauf, mich zu fragen, warum, sondern renne davon, sobald ich sicher auf den Beinen bin.

Ich sehe mich nach Maz um. Callum und Annalise stehen rechts und links von ihm. Sie halten ihn aufrecht, und er wirkt verängstigt. Ich zögere und frage mich, ob ich seinetwegen umkehren soll.

Lauf, formt Maz mit den Lippen.

Und das tue ich.

13

Der Geruch nach frischem Heu kitzelt mich in der Nase, und meine Augenlider öffnen sich flatternd. Ich liege in einer Scheune zusammengerollt in einer sauberen Box, in der keine Tiere stehen.

Als ich mich aufrichte und strecke, tritt das Bild von Annalise, die vom Schnee umwirbelt auf dem Bahnsteig steht, wieder vor mein inneres Auge wie ein böser Traum.

Sie ist eine von ihnen. Und Callum weiß es, doch es macht ihm nichts aus, genauso, wie Maz die Sache mit Kyra nichts ausmacht. Dennoch versuchen sie beide, mich von meinem empfindsamen Partner fernzuhalten. Warum?

Da ich nicht weiß, wie spät es ist, schleiche ich mich zum Scheunentor, verberge mich in den tiefen Schatten und spähe nach draußen. Der Schnee ist nicht mehr da, und es ist immer noch hell – vermutlich ist es spätnachmittags. Der leere Hof vor der Scheune flirrt unter der unbarmherzigen Sonne wie eine Fata Morgana. Für jemanden wie mich, der den Winter bevorzugt, ist es zu warm. Aber es scheint keine Gefahr zu drohen, und für den Augenblick ist das alles, was ich verlangen kann.

Ich komme an einem zusätzlichen Heuballen vorbei und beschließe, ihn in meine Box zu schleifen. Er wird eine gute Sitzbank abgeben. Es ist zu warm für lange Ärmel, und so ziehe ich mir stattdessen ein T-Shirt über und binde mir die Haare zu einem Pferdeschwanz.

Besser.

Ich finde ein Brötchen, das Maz in meinen Rucksack gesteckt haben muss, und beiße ein Stück davon ab. Diese kleine Entdeckung erinnert mich daran, wie er verängstigt und hilflos auf dem Bahnsteig gestanden hat. Ich weiß, dass er mir geraten hat zu fliehen, aber ich fühle mich entsetzlich, weil ich ihn im Stich gelassen habe. Callum war auf der Suche nach mir, nicht nach Maz. Wenn ich mich gestellt hätte, hätten sie Maz vielleicht gehen lassen, und dann hätte er Beck suchen und ihm erzählen können, dass ich versucht habe, ihn zu finden.

Ich breche noch ein Stück von dem Brötchen ab und stecke es mir in den Mund. Was wollen Callum und Annalise überhaupt von mir? Es kann doch nicht allein daran liegen, dass meine Mutter mich nach Hause holen will. Annalise würde es nicht wagen, ihre Empfindsamkeit allein aus dem Grund unter Beweis zu stellen. Das Risiko ist zu groß. Es muss um mehr gehen.

Vielleicht versuchen sie, mich von Beck fernzuhalten, weil sie wissen, dass ich mich bemühen werde, ihn »gut« zu machen? Vielleicht wollen sie, dass er böse bleibt, damit er mit ihnen zusammenarbeiten kann? Vielleicht kontrolliert Annalise Callum, meine Mutter und alle anderen telepathisch, in der Hoffnung, selbst einmal Staatsoberhaupt zu werden?

Mir wird zum ersten Mal bewusst, dass ich keine Ahnung habe, was die Empfindsamen bewirken können, abgesehen von vagen Vorstellungen wie »die Welt zerstören«, »uns töten«, »uns kontrollieren« und dergleichen mehr. Wir haben in der Schule eigentlich nie etwas über ihre spezifischen Fähigkeiten gelernt.

Das Klirren von Schlüsseln lässt mich hochschrecken, und ein dicker Kloß bildet sich in meiner Magengrube. Ich verstecke mich in der entferntesten Ecke der Box und bedecke meine Beine mit losem Heu. Das Geräusch kommt näher und macht an der Box neben meiner Halt.

Auf der anderen Seite des Holzgitters steht eine alte Frau neben einem Handkarren. Sie ist wie eine Bäuerin gekleidet – kniehohe Gummistiefel, Strickjacke über einem lockeren Baumwollhemd, das Haar zu einem Zopf geflochten. Nur eine alte Lady würde bei dieser Hitze so eine Jacke tragen – und doch habe ich einmal gehofft, eines Tages auch so gekleidet zu sein.

Ein Seufzen entschlüpft meinen Lippen.

»Ist da jemand?«, fragt sie.

Ich zögere und wäge die Risiken ab. Sie wirkt harmlos, aber man weiß ja nie. Empfindsame sind überall.

Sie ruft noch einmal. Ich beobachte sie durch die engen Ritzen der Box, während ich die Situation analysiere.

Ich brauche Hilfe. Ich habe keine Ahnung, wo ich bin oder wie ich nach Summer Hill kommen soll. Vielleicht erkennt diese alte Frau, die hier draußen weit von den großen Städten entfernt lebt, mich gar nicht?

»Ja«, sage ich leise und hoffe halb, dass sie mich nicht hört und sich abwendet.

Sie kommt langsam zu meiner Box herüber.

Die Frau schlägt die Hände übers Herz und lässt ihre Schlüssel fallen. Ihr Mund steht offen.

Ich springe ihr bei, weil ich Angst habe, dass ich bei dieser armen alten Frau einen Herzanfall ausgelöst habe. »Es tut mir so leid. Ich wollte Sie nicht erschrecken! Ich habe mich nur verlaufen, und …«

»Du meine Güte, Kind!« Sie packt meine Hände. »Weißt du, was für Sorgen sich alle machen? Deine arme Mutter hat im Fernsehen um deine sichere Heimkehr gefleht, und da bist du und versteckst dich in meiner Scheune!«

»Was …?«, stammle ich. So viel zu meiner Hoffnung, dass sie mich nicht erkennen wird.

»Bringen wir dich doch erst einmal hoch ins Haus! Wir rufen die Behörden an und bringen dich dorthin zurück, wo du hingehörst.« Sie zieht mich aufs Scheunentor zu.

Ich versuche, die wenigen Informationen zu verarbeiten, die sie mir gegeben hat. Meine Mutter war im Fernsehen und hat um meine unbeschadete Rückkehr gebeten. Als ob ich … entführt worden wäre.

»Du musst ja ganz verängstigt sein.« Sie tätschelt mir sanft die Hand. »Ich habe den Gesichtsausdruck dieses Jungen gesehen, der auf dem Bahnhof gefasst wurde. Ein verschlagener Bursche! Das sieht man an den Augen.«

»Auf dem Bahnhof? Maz?«, frage ich. Was geht da vor? Maz ist angeklagt, mich entführt zu haben?

»Er und all die anderen.«

Ich lasse mich von ihr zum Scheunentor führen. Plötzlich bleibt die alte Frau stehen. »Was um alles in der Welt …? Wo kommt das denn her?«

Lange spitze Eiszapfen hängen von Zweigen, als ob sie es darauf abgesehen hätten, den nächsten Passanten zu durchbohren. Der Boden ist von gefährlichem Glatteis überzogen. Ein tödlicher Hindernislauf.

Wie die Verwüstungen, die der Lange Winter angerichtet hat.

Dann wird mir auf einmal einiges klar.

Der Schnee steht in Verbindung mit Annalise – irgendwie kontrolliert sie das Wetter. Jedes Mal, wenn sie in der Nähe ist, scheint sich die eisige, kalte Härte, die sich unter ihrem seidigen Schnurren verbirgt, als tosender Sturm zu manifestieren.

Nun ergibt alles einen Sinn: der seltsame tanzende Schnee in der Schule, der unerwartete Eissturm, aufgrund dessen der Zug Verspätung hatte – alles Annalise. Das ist ihre Magie.

Panik steigt in mir auf. Sie hat es auf mich abgesehen.

»Ich muss weg«, sage ich, während ich den Blick über den Sturm schweifen lasse. Annalise könnte unmittelbar vor dem Tor stehen, und ich würde es noch nicht einmal bemerken.

»Unsinn.« Die wässrigen blauen Augen der Frau hinterfragen meine Beweggründe deutlicher, als ihre Worte es tun. »Lass uns hineingehen und Miss Greene anrufen.« Sie hält das Handgelenk hoch und zeigt ein blaues Armband – sie hat einen Partner, ist aber keine Staatsfrau, sondern gewöhnliche Arbeiterin. »Dieser Sturm scheint sich irgendwie auf mein Armband auszuwirken. Wir werden vom Wandbildschirm aus anrufen müssen.« Sie lächelt mich wieder an. »Miss Greene wird erleichtert sein zu erfahren, dass es dir gut geht.«

Mir fällt keine Möglichkeit ein, mich ihr zu widersetzen, ohne ihr körperlichen Schaden zuzufügen. Und ich möchte dieser Frau nicht wehtun.

Ich folge ihr blind durch den Schnee zu ihrem Haus. Die Sonne ist jetzt nur noch ein schwach leuchtender Ball hinter dem wirbelnden Weiß. Die Verwandlung von heißem Sommer zu eisigem Winter ist verstörend.

»Armes Ding! Du zitterst ja wie Espenlaub!«

Ich strecke die Hände vor mich. Sie zittern, aber das liegt nicht an der Kälte, sondern daran, dass ich in der Falle sitze.

Die Frau führt mich eine Seitentreppe hinauf und ins Haus. Die Wärme ihrer winzigen Küche heißt mich willkommen und bildet einen scharfen Kontrast zu dem tosenden Sturm draußen. Die Frau deutet auf einen kleinen Tisch, der an einer Wand steht.

»Setz dich doch.« Sie hebt einen Kessel hoch. »Möchtest du gern Tee?«

»Ja bitte. Vielen Dank.«

Meine Gedanken rasen. Ich muss hier weg. Ich darf nicht zulassen, dass sie meine Mutter anruft.

»Es tut mir leid, dass ich dir nichts zu essen anbieten kann, aber meine Rationen sind eingeschränkt worden, und …« Sie sieht mich entschuldigend an, als ob ich Verständnis haben sollte.

»Sie haben nicht genug zu essen?«, frage ich. Wie ist das möglich? Der Staat sorgt doch für alle.

»Nein … natürlich habe ich genug«, stammelt sie und starrt den Tisch an. »Wo sind nur meine Manieren?« Ihre Mundwinkel heben sich leicht. »Ich habe vergessen, mich vorzustellen. Ich bin Miss Tully.« Sie bietet mir die Hand zum Gruß.

»Danke, Miss Tully. Es ist sehr freundlich von Ihnen, mich aufzunehmen.«

»Oh, das ist doch das Mindeste, was ich tun kann, besonders nachdem ich diese Geschichte gesehen habe. Wie diese« – sie verzieht den Mund, als würde sie etwas Unangenehmes schmecken – »Empfindsamen dich einfach mitgenommen haben. Du hattest Glück, dass jemand dein Armband gefunden hat. Wie schlau von dir, einen solchen Hinweis zu hinterlassen!«

Sie strahlt mich an, beeindruckt von meiner Geistesgegenwart. Es ist das Sicherste, bei dem Entführungsszenario mitzuspielen. Aber mein Herz verkrampft sich. Wie sehr sitzt Maz nun in der Klemme?

»Ich musste mir schnell etwas einfallen lassen«, sage ich.

»Wie eine wahre Anführerin«, erwidert sie, und ihr Lächeln wird breiter.

Ich betrachte ihr Armband. »Ist Ihr Partner auch zu Hause?«

»Oh nein. Sie ist schon vor sehr, sehr vielen Jahren gestorben.« Sie stellt ihre Tasse auf den Tisch und schlurft zum Wandbildschirm. »Ich muss die Nummer der Behörden-Hotline suchen. Ich wette, du kannst es kaum erwarten, nach Hause zu kommen.«

Ich nicke und hoffe, dass ich dankbar wirke, aber das Herz pocht mir heftig in der Brust. Ich muss hier weg. Bevor sie meine Mutter anruft.

Miss Tully fummelt an den Kontrollknöpfen des Wandbildschirms herum. Nichts passiert, und ich spreche ein stummes Dankgebet. Die Verbindung scheint tot zu sein.

Meine Erleichterung hält aber nur kurz an, bis ein flackerndes Bild auf der Mattscheibe erscheint. Der Sturm sorgt dafür, dass es erst noch einmal verblasst, bevor es sich verdichtet, aber als es das dann tut, steht mir vor Erstaunen der Mund offen.

Da, auf dem Bildschirm, wird Beck gezeigt, der gemächlich zu unserem Haus zurückspaziert, den Kopf gesenkt, als sei er tief in Gedanken versunken. Wie kann das angehen? Was tut er da?

Der Nachrichtensprecher kommentiert das Bild: »Wir haben mehrfach versucht, Beck Channing, den Partner des vermissten Mädchens, zu kontaktieren, aber er schottet sich weiterhin ab und ist nicht bereit, ein Interview zu geben.«

Ich mustere Becks Bild genauer. Irgendetwas daran stimmt nicht. Er steigt die Stufen vor der Haustür hinauf, den Rucksack über eine Schulter geschlungen. Er erreicht die Tür und geht ins Haus.

Der Rucksack! Es ist der, den ich in der Scheune zurückgelassen habe. Er kann ihn nicht bei sich haben, weil ich ihn mitgenommen habe. Beck ist nicht zu Hause. Das sind alte Aufnahmen. Aber warum und wann hat man ihn gefilmt?

Ich trete näher an den Wandbildschirm heran und hoffe, dass die Nummer der Hotline nicht allzu bald erscheint.

»Er ist ziemlich gutaussehend«, sagt Miss Tully. »Du hast Glück, Mädchen.«

Unfähig, den Blick vom Bildschirm abzuwenden, murmle ich: »Ja, er ist toll.«

Becks Bild verschwindet vom Bildschirm. An seiner Stelle erscheinen Karteifotos von Kyra, Maz, Ryker und zwei weiteren Schülern, die ich zwar schon einmal gesehen habe, aber nicht näher kenne. Unter ihren Bildern stehen die Worte: »Angeklagte Empfindsame werden der Entführung verdächtigt.« Also behauptet man jetzt, dass Maz mich nicht nur entführt hat, sondern noch dazu ein Empfindsamer ist?

Miss Tully stößt mit dem Finger nach dem Bildschirm: »Diese jungen Leute müssen dafür bestraft werden, dass sie versucht haben, dich zu entführen! Und wenn man erst an die Geldsumme denkt, die sie von deiner Familie zu erpressen versucht haben! Verabscheuungswürdig!«

Ich ordne die Informationen. Es sind fünf Bilder auf dem Bildschirm. Fünf, einschließlich Maz. Fünf. Dieselbe Anzahl wie die Empfindsamen, die in der Schule enttarnt worden sind – und Beck ist nicht dabei.

Maz' Worte hallen in meinem Kopf wider: *Wirklich, ich möchte wetten, dass sie jetzt so richtig im Schadensbegrenzungsmodus ist.*

Das ist es. Mutter betreibt Schadensbegrenzung. Niemand weiß, dass Beck empfindsam ist. Und ich bin nicht davongelaufen. Ich bin von Empfindsamen entführt worden, die Geld von meiner Familie erpressen wollten.

Wie aufs Stichwort erscheint das Bild meiner Mutter. Sie wirkt verhärmt. Einzelne Strähnen ihres sonst so streng frisierten blonden Haars haben sich aus ihrem Knoten gelöst. Unter den blauen Augen hat sie dunkle Ringe.

»Wir wollen bloß Lark zurückhaben. Unversehrt. Bitte.« Sie presst sich ein spitzenbesetztes Taschentuch vor den Mund und wendet sich von den Kameras ab, wie um Tränen zu verbergen. Meine Mutter weint nie. Sie ist das Rückgrat unserer Gesellschaft, diejenige, die allen anderen Halt gibt. Sogar als das letzte Staatsoberhaupt ermordet wurde, hat sie keine einzige Träne vergossen, sondern einfach weiter ihre Aufgabe erfüllt.

Und doch ist sie jetzt auf dem Wandbildschirm zu sehen, wie sie um mich weint.

Die Nachrichtenjournalisten rufen ihr Fragen zu, aber sie verweigert jede Antwort und verschwindet inmitten ihrer Sicherheitsleute.

Ich sehe mir noch ein paar Interviews an – mit dem Schalterbeamten, der mir meine Fahrkarte verkauft hat und behauptet, dass er den Eindruck gehabt hätte, ich wäre von »widernatürlichen Kräften« kontrolliert worden, mit dem Barkeeper, der im Speisewagen den Streit zwischen Maz und mir beobachtet hat, aber um seine eigene Sicherheit fürchtete, und so weiter. Jedes Interview ist weiter hergeholt als das letzte. Der einzige Mensch außer Beck, der nicht interviewt wird, ist Bethina. Sogar einige meiner Mitbewohner posieren für die Kameras.

Der Teekessel pfeift, und Miss Tully gießt zwei Becher ein. Ich werfe einen Blick nach draußen. Der Sturm tobt noch immer, aber wenn ich nach Summer Hill will, habe ich keine Wahl.

»Miss Tully?«

»Ja, meine Liebe?«, sagt sie.

»Ich glaube, ich war schon einmal hier, als Kind. Auf einem Ausflug. Wir haben in Summer Hill Halt gemacht. Ist das sehr weit von hier?«

»Warst du dorthin unterwegs? Zu dem alten Relikt?« Sie rührt ihren Tee um.

»Ja. Es war der einzige Ort in dieser Gegend, der mir eingefallen ist, also bin ich dorthin aufgebrochen – nachdem ich entkommen war.« Das ist, wie ich finde, nicht ganz gelogen.

»Ich habe nie verstanden, warum die Leute so versessen auf Artefakte aus der Zeit vor dem Langen Winter sind. Wer würde schon umgeben von all dem alten Plunder leben wollen?«

Ich lächle höflich, da ich nicht klingen will, als ob ich sie auszuhorchen versuchte.

»Nun ja.« Sie hört auf, ihren Tee umzurühren, und nimmt einen Schluck. »Du warst in die richtige Richtung unterwegs. Normalerweise dauert der Weg zu Fuß etwa eine Stunde, aber ich glaube nicht, dass du es gefunden hättest. Der Pfad verläuft hinter der Scheune. Man kann ihn von der Straße aus nicht erkennen.«

»Oh.« Ich versuche, erleichtert dreinzublicken. »Dann ist es ja gut, dass ich nicht weitergelaufen bin. Besonders bei diesem Sturm.«

Der Nachrichtensprecher unterbricht uns: »Wenn Sie Informationen über Lark Greenes Aufenthaltsort haben …«

Miss Tully eilt durchs Zimmer zu den Kontrollknöpfchen des Wandbildschirms.

»… kontaktieren Sie bitte die Vermisstenbehörde von San Francisco.« Eine Nummer leuchtet auf dem Bildschirm auf, und Miss Tully tippt auf ihr Armband.

»Oh, was für ein Ärger«, murmelt sie. Ich hoffe, das heißt, dass sie die Nummer noch einmal eingeben muss.

Ich muss weg. Jetzt. Schnell. Wenn Miss Tully anruft, dauert es vielleicht nur noch wenige Minuten, bis Annalise und Callum ankommen, denn nach dem Schneesturm draußen zu urteilen, sind sie in der Nähe.

Ich springe auf und sage: »Oh nein! Ich habe meinen Rucksack in der Scheune liegen lassen!«

Bevor Miss Tully mich aufhalten kann, renne ich zur Tür. »Rufen Sie bitte an, während ich ihn eben hole? Ich bin gleich zurück.«

»Sei bloß vorsichtig«, antwortet sie. »Da draußen ist es fürchterlich.«

»Ich passe auf. Ich bin gleich wieder da.« Ich ziehe den Reißverschluss meiner Jacke bis ganz nach oben und rücke mir den Schal zurecht.

Als ich die Tür öffne, werde ich in einen winterlichen Wirbelsturm gezogen.

Der heulende Wind kreist um mich und reißt mich beinahe um. Die Scheune ist nur dreißig Meter entfernt, aber der tobende Schnee verbirgt sie, bis ich fast direkt vor der Tür stehe. Ich verschwende keine Zeit, sondern renne zu meiner Box, suche den Rucksack und werfe ihn mir über die Schulter.

Vom Scheunentor aus lasse ich den Blick über die Landschaft schweifen. Selbst wenn Miss Tully versuchen würde, nach mir Ausschau zu halten, würde sie nichts als Weiß sehen. Aber das heißt zugleich auch, dass ich nicht die Augen nach Callum und Annalise offen halten kann.

Der Schnee bildet eine weiße Wand um mich herum. Ich berühre die Scheunenwand und taste mich daran entlang, bis ich die Rückseite erreiche.

Der Schneefall lässt etwas nach, und ich entdecke zwei

Baumreihen, die hangaufwärts führen. Es ist kein Weg zu sehen, da ungefähr fünfzehn Zentimeter Schnee liegen, aber das muss er sein.

Ich mustere kurz das freie Feld. Annalise und Callum sind nicht in Sicht, und so stapfe ich zum Pfad. Meine Füße sinken tief in den Schnee ein. Der Wind frischt auf und bläst kräftig gegen meinen Rücken.

Annalise holt mich sicher bald ein. Wild entschlossen, ihr zu entkommen, versuche ich, meine Schritte zu beschleunigen, aber das wird durch den Schnee erschwert.

Als ich den Hügel halb hinauf bin, rutsche ich ab und lande ein paar Meter von seinem Fuß entfernt. Enttäuschung macht sich in mir breit und fleht mich an, aufzugeben und zum Haus zurückzuwandern. Sie bettelt mich an, Miss Tully noch einmal anzulügen und zu behaupten, dass ich mich im Sturm verlaufen habe. Und einen Augenblick lang höre ich auf sie – das Lügen wird mir schließlich allmählich zur zweiten Natur.

Die Stille des Sturms umfängt mich. Obwohl der Schnee so ungeheuer schnell fällt und die Bäume sich in Winkeln biegen, die der Schwerkraft spotten, ist es still.

Das Geräusch meines Atems füllt meine Ohren. Tief in mir spüre ich einen sanften Ruck, als wären mehrere Schnüre um mein Herz gebunden worden. Sie heben mich aus dem Schnee hoch und ziehen mich vorwärts.

Mit neuerlicher Entschlossenheit steige ich den Hügel noch einmal hinauf. Diesmal fällt es mir aufgrund des nachlassenden Windes leichter, aber mein Weg zur Kuppe ist dennoch quälend langsam. Ich rutsche bei jedem zweiten Schritt ein Stück auf dem vereisten Pfad zurück. Die Tatsache, dass die Böen, wenn sie auffrischen, von hinten kommen, macht alles nur noch schlimmer: Kräftige Windstöße lassen mich auf die Knie fallen.

Aufrecht gehend, komme ich nicht voran, und so krieche ich. Der Schnee brennt an meinen Fingern, da ich keine Handschuhe trage, aber ich habe keine Wahl.

Als ich mich dem Grat nähere, beginnen der Wind und der Schnee ihr Folterspiel von neuem. Die eiskalte Luft schneidet mir in die Kehle und brennt mir durch den Schal hindurch in den Nasenlöchern. Die endlose Belastung aus Verwirrung, Enttäuschung und gebrochenem Herzen wird zu viel, und ich gebe auf. Mir gefrieren die Tränen auf den Wangen.

Annalise und Callum müssen in der Nähe sein, um solch einen Sturm auszulösen.

»Komm schon, Annalise!«, brülle ich in den grauen Himmel empor. »Komm und fang mich, wenn du mich unbedingt haben willst!«

Zur Antwort wirbelt der Schnee auf und peitscht auf mich ein. Aber niemand kommt. Ich bin allein, krieche durch den Schnee und weine. Meine Kleider sind nass und schmutzig. Meine Hände sind halb erfroren. Ich wische mir mit dem steifgefrorenen Schal den Rotz von der Nase.

Warum tun sie mir das an? Warum? Ist es wirklich so furchtbar, dass ich Beck sehen möchte?

Kampfesmüde schließe ich die Augen und drehe mich auf den Rücken. Die Erinnerung an Becks warme Hand in meiner füllt mich aus. Meine Tränen fließen langsamer, während die unsichtbaren Schnüre um mein Herz sich fester zusammenziehen. Sie trösten mich seltsamerweise und drängen mich, aufzustehen und durchzuhalten.

Die Empfindung ist ganz sonderbar und unerwartet – so als hätte ich all meine Angst und Enttäuschung weggeweint. *Es reicht*, denke ich. Es reicht mit dem Selbstmitleid. Hier zu sitzen und zu weinen wird Beck auch nicht zu mir bringen.

Ich stehe auf, entschlossen weiterzumachen. *Nur noch ein kleines Stück,* rede ich mir ein. *Beck ist in der Nähe. Du musst nur noch ein kleines Stück gehen.*

Aber nach gefühlten Stunden gehe und krieche ich immer noch mit tauben Fingern und windverbrannten Wangen. Und doch lassen die Schnüre mich nicht anhalten, obwohl ich es will. Sie schleifen mich mit, und ich bin gezwungen, mich weiter voranzukämpfen.

Ich bin mir nicht sicher, wo ich bin. Miss Tully hat zwar gesagt, dass Summer Hill gleich am Ende des Wegs liegt, aber es gibt keinen sichtbaren Weg. Ich könnte genauso gut irgendwo tief im Wald stehen.

Ich suche nach einem Hinweis auf den Ort, an dem ich mich befinde. Es gibt nichts außer Schnee und Bäumen.

Wie verfehlt man einen Landsitz, der so ausgedehnt und prächtig wie Summer Hill ist?

Das tut man nicht. Nicht einmal in einem Schneesturm.

Ich bin sicher noch nicht weit genug vorgedrungen. Ich muss weiter.

Äste brechen unter der Schneelast ab. Ohne Vorwarnung ächzt ein schneebeladener Baum, gibt nach und fällt quer über den Weg. Der Lärm durchschneidet die Schnüre an meinem Herzen, und ich bin losgelöst, allein im Wald.

Niedergeschlagen schleudere ich meinen Rucksack auf den Boden. Das ist nicht fair! Warum tue ich mir das alles an? Ich war Beck doch offensichtlich nicht wichtig genug, mir sein Geheimnis anzuvertrauen.

Ich lasse mich in eine Schneewehe fallen. Es kümmert mich nicht mehr, ob ich nass werde. Und wenn ich hier sterbe!

Der Sturm wirbelt um mich herum, als würde er sich von meinem Elend nähren. Ich habe solches Wetter immer geliebt, aber jetzt ist es, als ob alles sich gegen mich verschwören würde.

Wenn ich Annalise jemals wiedersehe, dann … dann werde ich … Was dann? Weglaufen, damit sie mir nicht wieder die Luft aus der Lunge pressen kann? Was genau kann ich denn *überhaupt* gegen eine Empfindsame unternehmen?

Ich setze mich auf und schleudere eine Handvoll Schnee von mir. Der Wind ändert die Richtung, und ein zarter Funken Sonnenlicht erstrahlt zu meiner Linken. Ich kneife die Augen zusammen und sehe etwa drei Meter vor mir einen Umriss. Irgendwo dort drüben scheint die Sonne. Neugierig stehe ich auf und stapfe zu der Stelle, an der ich das Funkeln gesehen habe.

Und dort, inmitten dieses Schneesturms, steht Summer Hill, vollkommen von einer unsichtbaren Kuppel überwölbt und so hell und sonnig wie an einem strahlenden Sommertag.

14

Summer Hill.

Wie eine Fata Morgana schimmert das hellgelbe Haus in der leuchtenden Sonne. Hohes Wiesengras wiegt sich, so dass eine Welle sich vom Fuße des Hügels zur Kuppe ausbreitet, auf der das Haus steht. Aus meinem Blickwinkel scheint das Dach den strahlend blauen Himmel zu durchstoßen.

Meine Finger zittern, als ich den Reißverschluss der Vordertasche meines Rucksacks aufziehe und das Bild heraushole, das ich aus dem Album in meinem Zimmer gestohlen habe. Beck und ich lächelnd auf den hölzernen Stufen, die zu der Veranda führen, die dieses Haus auf drei Seiten umgibt, vor derselben Reihe niedriger, weiß gestrichener Stühle.

Der erste Stock scheint ganz aus Glas zu bestehen, was die Illusion erzeugt, dass das steile Dach über dem Rest des Hauses schwebt. Weiter links liegen die kleineren, strahlend weißen Nebengebäude. Genau wie auf dem Foto.

Ich bin da.

Wie vorhin zieht eine unsichtbare Schnur an mir, drängt mich voran. Ich kann es mir nicht erklären, aber ich weiß – weiß mit Gewissheit! –, dass Beck hier ist.

Tränen der Erleichterung drohen den schönen Augenblick zu ruinieren, als ich auf das Haus zurenne, da ich es kaum erwarten kann, ihn zu sehen. Aber nach drei Sprüngen werde ich von einer unsichtbaren Barriere aufgehalten. Ich spüre keinen Schmerz; es ist nur so ein Gefühl, als würde man in einem dicken Haufen unverrückbarer Kissen landen.

Wie die Schule wird Summer Hill von einer durchsichtigen Barriere geschützt – nur dass diese hier sich bis über das Haus erstreckt, wie eine riesige umgekehrte Schneekugel, um deren Außenseite Schneetreiben herrscht, während drinnen die Sonne hell und beständig scheint. Insekten summen durchs Gras, und am Himmel steht keine einzige Wolke.

Ich strecke die Finger aus, bis die glatte Oberfläche zwischen sie quillt. Sie passt sich meiner Form an, lässt meine Finger aber nicht durchdringen. Kleine Vibrationen gehen von der Kuppel aus. Sie ist ganz anders als die Barrikade in der Schule.

Ich balle die Hand zur Faust und schwinge sie gegen die unsichtbare Mauer, finde aber nichts Festes, auf das ich einschlagen könnte.

»Hallo!«

Niemand antwortet. Ich strecke meine Hand noch einmal nach der Kuppel aus, greife nach etwas, was ich festhalten kann, bekomme aber nichts zu fassen.

Mein Blick schweift über das Kuppelinnere. Summer Hill liegt still da und ist scheinbar verlassen. Das einzige Lebenszeichen ist eine einsame Libelle, die zwischen den hohen Gräsern umherschwirrt.

Ich hocke mich auf den gefrorenen Boden und denke über das Sicherheitssystem nach. Es ist anders als jedes andere, das ich bisher gesehen habe. Es gibt keine sichtbare Öffnung und keinen Weg darüber hinweg. Wer auch immer es hier installiert hat, will nicht, dass Beck fortgeht.

Aber die Kuppel befindet sich nur *über* Summer Hill,

soweit ich es einschätzen kann. Vielleicht kann ich einen Tunnel unter der Wand hindurchgraben?

Ich lasse mich auf die Knie sinken und grabe durch den Schnee. Sobald ich den Erdboden erreiche, ziehe ich einen abgefallenen Ast an die Stelle und benutze ihn als Schaufel. Er bricht ab – der Boden ist steinhart.

Tränen steigen mir in die Augen, aber ich sollte nicht weinen. Ich muss einfach weitergraben. Meine Fingernägel kratzen am gefrorenen Boden. Kleine Erdstücke lösen sich.

Zorn überkommt mich und verscheucht all die vorangegangene freudige Erregung. Meine Fäuste schlagen auf die Barriere ein, aber wie schon zuvor finden sie kein Ziel.

Ich bin nicht von so weit her gekommen, nur um jetzt zu scheitern. Kleine Flammen züngeln aus meinem brennenden Herzen und toben wie die wachsende Wut des Sturms. Ein Schrei bildet sich in meinem Rachen: »*Lasst mich rein!*«

Ein kleiner Knall, als ob sich ein Korken aus der Flasche lösen würde. Ich ramme die Faust wieder ins Nichts. Die Barrikade wankt, und eine Wand aus warmer Luft trifft mich und explodiert vor meinen Ohren. Unter meiner Hand löst sich die dicke, weiche Barriere auf.

Ich mache einen Satz rückwärts.

Die Barriere ist verschwunden, hat sich vollkommen aufgelöst. Da ich Angst habe, dass die Wand sich wieder schließen könnte, schnappe ich mir meinen Rucksack und stecke den Arm hindurch.

Eine Stimme wie Donnerhall ruft nach mir, und ich erstarre: »Lark Greene. Wie kannst du es wagen, Löcher in die Seiten fremder Wohnhäuser zu reißen und all die kalte Luft einzulassen?«

15

Bethina beobachtet mich von der Veranda aus.

Eisiger Schrecken durchströmt meine Adern und lähmt mich. Ich male mir aus, dass Annalise und Callum hinter mir stehen und lachen, während Annalise mich in ihrer Falle aus schwerer Luft einspinnt.

Ich strecke Bethina die Hände entgegen und will sie um Hilfe bitten, aber ich kann mich jetzt doch bewegen. Nichts hält mich auf.

Meine Aufmerksamkeit richtet sich wieder auf B. Ist das ein Trick? Wie ist sie vor mir nach Summer Hill gelangt? Sie verlässt unser Haus nur dann für mehr als ein paar Stunden, wenn sie Beck und mich in die Häuser unserer Eltern begleitet. Sie ist noch nie ohne uns verreist. Aber jetzt ist ja auch keiner von uns mehr in der Schule.

Ich zögere, stelle dann einen Fuß dorthin, wo ich die Öffnung vermute, und bewege ihn hin und her, um die unsichtbaren Ränder ausfindig zu machen. Mir ist in den letzten beiden Tagen zu viel zugestoßen, als dass ich jetzt blind durch die Barriere gehen könnte.

»Lark Greene, entweder kommst du jetzt sofort her, oder ich sorge dafür, dass du es sehr bereust.« Bethina richtet sich mit verschränkten Armen hoch auf und wartet.

Jahrelange Erfahrung hat mich gelehrt, dass sie diese Miene nur aufsetzt, wenn sie es ernst meint. Das Grauen lässt nach, und ich schiebe mich durch das Loch. Sobald ich drinnen bin, ertönt ein leises Geräusch wie von einem

Reißverschluss. Die Schneeflocken verschwinden, und das hohe Wiesengras streift meine Schultern, als ich auf die Veranda zugehe.

»Schnell. Du hast mich lange genug warten lassen.« Sie dreht sich um und verschwindet durch die Eingangstür.

Ein Luftstoß trifft mich von rechts, dann ein zweiter von links. Sie kitzeln mich am ganzen Körper, tasten sich unter die losen Ränder meiner Jacke vor. Als sie einen Zugang finden, strömen sie wie ein unsichtbarer Mückenschwarm unter meine Kleider.

Was ist das?

Bevor ich es herausbekommen kann, wird das Kitzeln zu einem Knabbern, dann zu Bissen. Ich schlage darauf ein, auf Arme, Beine und Oberkörper, bis sich die Mücken zurückziehen.

Hinter mir höre ich ein Flüstern. Ich wirble herum.

»Wer ist da?« Meine schwache Stimme zittert mehr, als mir lieb ist.

Gedämpfte Stimmen tönen über die Wiese, fließen ineinander und mischen sich mit dem Wind, so dass ich keine einzelnen Wörter ausmachen kann.

Irgendetwas – oder irgendjemand – beobachtet mich aus dem Gras. Mein Pulsschlag beschleunigt sich und dröhnt mir in den Ohren. »Ich kann dich hören. Ich weiß, dass du da bist.«

Ein großer junger Mann tritt auf den Pfad vor mir. Mir stockt der Atem. Selbst in meinem verwirrten Zustand sehe ich, dass er wunderschön ist. Ein ebenmäßiges Gesicht, durchdringend blickende blaue Augen, hellbraune Haare. Die Art von Mann, über die Kyra alle möglichen ungehörigen Bemerkungen machen würde.

Er hebt die Hand, versucht mich aufzuhalten. Ich erstarre.

»Bethina erwartet dich«, sagt er, und sein Tonfall ist schneidend wie ein Rasiermesser. Obwohl er so schön ist, liegt etwas Hässliches in der Art, wie er mich mustert.

Ein Hauch von Hellgelb huscht durchs Gras. Mattes Blau erscheint zu meiner Linken. Ein grünes Glitzern lenkt meine Aufmerksamkeit auf die Stelle hinter dem Mann.

Ringsum hocken Dutzende von Menschen im sich wiegenden Gras. Sie beobachten mich.

Der Mann, der von Kopf bis Fuß in gedämpftes Rot gekleidet ist, strafft die Schultern, als wolle er mich herausfordern.

Mir stellen sich die Nackenhaare auf, und ich weiche einen Schritt zurück. »Ich weiß.«

Mein Blick bleibt an seinem Handgelenk hängen. Wie meines ist es nackt. Also ist er kein vom Staat identifizierter Empfindsamer. Aber wer oder was ist er dann? Und hat er etwas mit den unsichtbaren Moskitos zu tun?

Der Mann starrt mich böse an, bevor er sich wieder ins Gras zurückzieht. Er pfeift ein paar flotte Töne aus einem Lied, das mir irgendwie bekannt vorkommt, und verschwindet.

Ich bewege den Kopf hin und her – er hat sich doch wohl nicht in Luft aufgelöst?

Mein Unbehagen wächst. Da ich es kaum abwarten kann, zu Bethina zu gelangen, renne ich den Rest der Strecke zum Haus. Ich springe die Verandatreppe empor und laufe über die breite Veranda zur unverschlossenen Tür mit dem Fliegengitter. Sie fällt hinter mir zu.

In der großen, sonnenbeschienenen Eingangshalle donnert mir mein Herzschlag in den Ohren. Die Channings haben mich in ihrem Zuhause immer willkommen geheißen, und ich habe viele glückliche Erinnerungen an Summer Hill, aber die seltsame Barriere, die sich über dem Anwesen wölbt, und die unheimlichen Leute draußen sorgen dafür, dass ich mich nicht gerade sicher fühle. Es könnte durchaus sein, dass ich gerade in ein Haus voller Empfindsamer spaziert bin – Beck nicht ausgenommen.

»Ich bin hier drinnen, Lark«, ruft Bethinas Stimme aus einem Zimmer, das, soweit ich mich erinnere, die Bibliothek ist.

Generationen lächelnder Channings blicken aus den Fotos, die den Flur säumen, auf mich herab. Die Tür zur Bibliothek steht einen Spaltbreit offen, und ich schlüpfe hindurch, ohne mir die Mühe zu machen, sie weiter zu öffnen. Anders als der Rest der Welt besteht Becks Vater darauf, alte Papierbücher aufzubewahren, und sie füllen vom Boden bis zur Decke drei der Wände aus.

Ein übergroßes Fenster dominiert die vierte Wand, und Bethina steht davor und blickt ins Freie.

»Wie ich sehe, hast du Eamon kennengelernt.«

»Den Mann auf der Wiese?«

Sie neigt den dunklen Kopf, sagt aber nichts weiter, sondern starrt nur aus dem Fenster.

»Was ist er?« Dass der Mann – Eamon – ein nacktes Handgelenk hatte, könnte alles Mögliche bedeuten. Vielleicht ist er ein unerfasster Empfindsamer oder vielleicht auch ein Extremist, der am Rande der Gesellschaft lebt. Aber was er auch ist, es ist nichts Gutes.

»Er ist ein Heiler.«

Das ist nicht die Antwort, mit der ich gerechnet habe. »Ein Heiler?«

Bethina dreht sich um. Es bilden sich Fältchen in ihren Augenwinkeln, und sie lächelt. Statt mir zu antworten, sagt sie: »Ich freue mich sehr, dich zu sehen.«

Da sind wir schon zwei. Bethina kann meine Probleme

immer lösen. Sie hier, in Becks Zuhause, zu sehen, lässt mich wünschen, ich wäre geduldiger gewesen. Vielleicht hätte sie mir geholfen. »Es tut mir leid, dass ich weggelaufen bin, aber ich wusste nicht, was ich sonst tun sollte.«

Sie sieht mir tief in die Augen, als ob sie nach etwas suchte. Sie scheint es zu finden, und ein Lufthauch entschlüpft ihren Lippen. Ein Seufzen. »Wir haben einiges zu besprechen.«

Sie hebt einen Stapel Kleider, der mir vorher gar nicht aufgefallen ist, von einem Beistelltisch hoch. »Aber warum ziehst du dich nicht erst einmal um? Du bist vollkommen durchnässt und zitterst.« Sie streckt mir ein Sommerkleid und Unterwäsche hin. »Ich habe dir das hier mitgebracht. Am Ende des Flurs ist ein Badezimmer.«

»Wo ist Beck?«, frage ich mit zusammengebissenen Zähnen.

»Er ist hier.«

Tränen brennen mir in den Augen, als ich von Erleichterung überwältigt werde. Er ist hier. Nicht im Gefängnis. Nicht auf dem Weg in ein Arbeitslager. Sondern hier, bei seiner Familie.

Es geht Beck gut.

Ich wende mich zur Tür, da ich es kaum abwarten kann, ihn zu suchen. »Ist er draußen?«, frage ich. Er kann unmöglich wissen, dass ich angekommen bin, sonst hätte er mich begrüßt, sobald ich die Barrikade durchbrochen hatte. Vielleicht kann ich ihn überraschen.

Bethina schüttelt den Kopf. »Wenn du und ich miteinander gesprochen haben, darfst du Beck sehen. Jetzt geh dich umziehen.«

Ich wirble herum und verschränke die Arme. »Nein. Ich will ihn sofort sehen.«

Bethina neigt den Kopf leicht zur Seite und zieht die

Augenbrauen hoch. Sie muss gar nicht erst etwas sagen, damit ich weiß, dass Widerspruch zwecklos ist.

Ich reiße ihr den Kleiderstapel aus der Hand. Sosehr es mich auch stört, mich gedulden zu müssen, bis ich Beck sehen darf, ich möchte nicht in tropfnassen Kleidern dasitzen. Meine Haut brennt und kribbelt, als sie langsam wieder eine normale Temperatur anzunehmen beginnt.

Ich gehe eilig ins Badezimmer und ziehe mich aus. Das trockene Sommerkleid und die Sandalen stellen gegenüber meiner gefrorene Jeans und den triefenden Stiefeln eine gewaltige Verbesserung dar. Nachdem ich mir etwas Wasser ins Gesicht gespritzt habe, fahre ich mir mit den Händen durch die Haare, bis ich ansatzweise vorzeigbar aussehe, und sammle dann meine nassen Sachen ein, bevor ich in die Bibliothek zurückkehre.

»Hier.« Ich werfe Bethina meine tropfnassen Kleider zu.

Sie greift nicht danach, sondern lässt sie zu Boden fallen. »Es ist mir gleichgültig, wie wütend du bist, Lark – du wirst mich nicht respektlos behandeln.« Aus der Schublade eines Beistelltisches zieht sie eine Plastiktüte und reicht sie mir. »Sammle die Sauerei ein. Wenn du fertig bist, dann setz dich hin.« Sie deutet auf die Couch.

»Erstens«, sage ich, »warum darf ich Beck nicht sehen?« Ich lasse mich doch hier nicht von Bethina belehren!

»Er wartet ab, wie sich alles entwickelt.« Sie blickt mir weiterhin in die Augen.

»Er will mich nicht sehen?«, frage ich und versuche, es zu verstehen. Wartet Beck ab, um herauszufinden, ob ich ihn immer noch will? Macht er sich Sorgen, dass ich ihm seine Lügen und seine Geheimniskrämerei nicht verzeihen werde? Ich hebe die feuchten Kleider auf und stopfe sie in die Tüte. Dann lasse ich sie von einem Finger baumeln und strecke sie Bethina hin. Als sie sie mir nicht abnimmt, werfe ich die Tüte auf einen Stuhl.

»Eines nach dem anderen.« Sie zeigt erneut auf die Couch. »Setz dich. Bitte.«

Ich zucke unter ihrem unverwandten Blick zusammen. Es führt kein Weg daran vorbei: Wenn ich Beck sehen will, muss ich mich hier hinsetzen und ihr zuhören. Lose Kissen lehnen an der Rückenwand des steinharten Sofas, und ich hebe eins auf und drücke es mir fest an die Brust. Bethina setzt sich auf den Sessel mir gegenüber.

»Erzähl mir von deiner Reise.«

»Von meiner Reise?«, blaffe ich. »Ich verstehe nicht, inwieweit die eine Rolle spielt!«

Sie faltet die Hände im Schoß und löst sie wieder voneinander. Es ist eine Geste, die ich sie Hunderte von Malen habe vollführen sehen, wenn sie mit meinen Hausgenossen zu tun hatte. Aber diesmal bohren sich ihre Blicke in mich und niemanden sonst. Aller Zorn und alle Bitterkeit verschwinden. Es ist, als wäre ich von jeglichem Bedürfnis gereinigt, andere anzufahren. Meine Besorgnis ist noch vorhanden, aber ich bin ruhig. Ich kann es mir nicht erklären, und das kommt mir seltsam vor. Eben noch wollte ich aus dem Zimmer stürmen, um Beck zu suchen, aber jetzt bin ich damit zufrieden, hier zu sitzen und abzuwarten.

»Erzähl mir, was passiert ist«, befiehlt Bethina, diesmal mit mehr Nachdruck.

Die Ereignisse, nachdem ich unser Haus verlassen hatte, sprudeln aus mir hervor. Ich habe keine Kontrolle darüber – mein Körper zwingt mich, ihr alles zu erzählen. Als ich zu der Stelle komme, an der Maz sich mir angeschlossen hat, halte ich inne.

»Bethina, wir müssen ihm helfen!« Ich werde laut.

»Er ist angeklagt, mich entführt zu haben, das habe ich auf einem Wandbildschirm gesehen – er und die anderen Schüler. Meine Mutter versucht, ihren Ruf zu wahren, und jetzt haben Annalise und Callum ihn verhaftet. Wir müssen etwas unternehmen.«

Bethina bedeutet mir mit einer Handbewegung, still zu sein. »Es besteht keine Notwendigkeit, Maz zu helfen.«

»Was sagst du da? Natürlich müssen wir ihm helfen! Du hast nicht gesehen, was Annalise bewirken kann!« Ich blicke sie finster an. Wie kann es sein, dass es ihr gleichgültig ist? Maz ist eines ihrer Pflegekinder. »Er hatte Angst, Bethina.«

Sie wirft mir einen seltsamen Blick zu, als ob ich irgendetwas verstehen sollte. Ich warte, weil ich mir nicht sicher bin, was ich sagen soll.

»Maz ist empfindsam. Dein Bruder und seine Frau stellen keine Gefahr für ihn dar.«

Ich erstarre. »Das ist unmöglich! Du hast nicht gesehen, welche Angst er auf dem Bahnsteig hatte. Und er wollte doch nur …« Ich breche ab.

»… dass du aufhörst, nach Beck zu suchen?« Bethina zieht die Augenbrauen hoch.

»Er wollte mir helfen«, flüstere ich und erinnere mich daran, wie er mir gesagt hat, dass ich davonlaufen soll.

Sie sieht mich verblüfft an. Anscheinend hat sie nicht damit gerechnet, dass Maz mir helfen wollte.

Ich denke an den Nachmittag im Wohnzimmer zurück, und daran, wie Bethina betont hat, dass Beck nicht im Gefängnis sei. Sie wollte mir nichts verraten, aber sie wusste schon damals, was vorging. Sie hätte mich vor dem Zug, Callum, Annalise und dem eiskalten, erbarmungslosen Schnee retten können. Sie hätte mich geradewegs hierherbringen können, aber das hat sie nicht getan. Stattdessen hat sie versucht mich zu überreden, mich hinzusetzen und zuzuhören, genau wie jetzt.

Ein kalter Schauer läuft mir über den Rücken.

Sie kann nur unter einer Voraussetzung Bescheid gewusst haben: dass sie selbst eine von ihnen ist.

Ich schlucke kräftig, um die Galle aus meiner Kehle zu bekommen, und spiele nervös an meiner Halskette herum. »Du bist eine Empfindsame?«, flüstere ich und hoffe und bete dabei, dass ich mich irre.

Bethinas Lippen verziehen sich zu einem kleinen Lächeln. »Ich bevorzuge die Bezeichnung ›Hexe‹.«

16

Kalter Schweiß bedeckt meine Stirn. Ich bin mit einer Empfindsamen in einem geschlossenen Raum allein. Wahrscheinlich in einem Haus voller Empfindsamer. Ich sitze hier auf dem Präsentierteller und kann nirgendwohin fliehen.

Ich sacke auf dem Sofa zusammen, als hätte ich einen Boxhieb abbekommen. Damit habe ich nun wahrhaftig nicht gerechnet. All die Jahre habe ich umgeben von Empfindsamen gelebt, ohne auch nur das Geringste zu bemerken. Bethina, Kyra, Ryker, Maz … und Beck. Gibt es in meinem Leben irgendjemanden, der bloß ein normaler Mensch ist, wie ich?

»Wirst du mich jetzt töten?«, frage ich schwach. Ich kann nicht glauben, dass es ein anderes Ende nehmen kann. Die Empfindsamen hassen meine Familie. Und mich.

»Natürlich nicht.« Bethinas Gesichtsausdruck bleibt weiter sanft und freundlich. »Ich habe dich so lieb, als ob du mein eigenes Kind wärst.«

Meine Gedanken überschlagen sich. »Aber Empfindsame hassen doch Menschen. Sie wollen uns alle töten.«

»Die Menschheit auszurotten ist nicht unsere wichtigste Priorität.« Bethina geht zur Tür der Bibliothek und schließt sie. Mir stellen sich die Haare auf den Armen auf. Einen Moment lang frage ich mich, ob es ihr um Privatsphäre geht oder darum, mich einzusperren.

Sie kommt vorsichtig auf mich zu und sagt: »Es gibt nur noch ein paar Tausend von uns – die Menschen und Kämpfe untereinander haben unsere Zahl schrumpfen lassen. Wir wollen nur unseresgleichen beschützen.«

»Also hat die Politik des Staats Erfolg gehabt?«, frage ich süffisant.

Bethina schüttelt den Kopf und setzt sich neben mich auf die Couch. Ich zucke zurück, aber das scheint sie nicht zu bemerken. »Der Staat verfolgt uns in Wirklichkeit gar nicht, Lark.«

»Oh doch, das tut er. Ich habe die Arbeitstrupps und die Nachrichten gesehen. Die Verfolgung der Empfindsamen hat für den Staat absolute Priorität.« *Und es ist der Grund dafür, dass Beck abgeholt wurde,* füge ich im Stillen hinzu. Die Erinnerung daran, wie ich, die Wange in den Schnee gepresst, darauf gewartet habe, dass der Schulalarm losgehen würde, nagt an meinem Gehirn. »Mein Armband hat uns doch vor der Anwesenheit der Empfindsamen gewarnt. Deshalb wussten Beck und ich, dass wir uns verstecken mussten.«

Sie seufzt. »Nein, hat es nicht. Armbänder nehmen nur diejenigen wahr, die vom Staat mit den roten Armbändern gebrandmarkt worden sind, und die meisten vom Staat identifizierten Empfindsamen sind nichts als kleinkriminelle Menschen. Man bezeichnet sie nur als Empfindsame, damit die Öffentlichkeit glaubt, vor der ›Empfindsamenbedrohung‹ sicher zu sein.«

Mir steht der Mund offen. Maz hat also die Wahrheit gesagt! »Aber mein Armband hat doch gepiepst. Das Sicherheitssystem hat funktioniert«, wende ich ein.

Bethina rollt die Schultern und dehnt den Nacken. »Ich bin überzeugt, dass Annalise etwas damit zu tun hatte.«

Ich zucke zusammen, als sie den Namen meiner Schwägerin erwähnt. Sie hat mich in die Falle gelockt und versucht, mich mit einem heftigen Sturm zu töten, aber jetzt sagt Bethina, dass sie mich vor der Anwesenheit der Empfindsamen gewarnt hat. Das ergibt keinen Sinn. Annalise ist selbst empfindsam, das hat Callum bestätigt.

»Warum sollte der Staat das tun?«, frage ich.

Bethina nimmt meine Hand in ihre und zeichnet mir Kreise auf den Handrücken. Beruhigung durchströmt mich ausgehend vom Herzen und breitet sich bis in meine Finger und Zehen aus. »Die Gründer mussten das Volk an einen gemeinsamen Feind glauben lassen. Sie brauchten einen Sündenbock, und über uns wussten die Menschen schon Bescheid. Die Geschichte strotzt vor Hexenjagden und -verbrennungen. Es ist Caitlyn nicht schwergefallen, die Öffentlichkeit zu überzeugen.«

Die Öffentlichkeit wovon zu überzeugen? Von ihrer Bösartigkeit? »Lass mich raten. Die Empfindsamen haben den Langen Winter gar nicht ausgelöst?«

Bethina schüttelt den Kopf. »Nein, wirklich nicht. Er war Menschenwerk, aber wir haben ihn ausgenutzt. Versteh mich nicht falsch, Dunkelhexen haben im Laufe der Jahre durchaus so manche Katastrophe verursacht, aber an derjenigen, die einen Großteil unserer Abstammungslinien vernichtet hat, waren sie nicht schuld.«

Ich gerate ins Schwimmen, als ich versuche, aus allem, was sie mir erzählt, schlau zu werden. »Wie habt ihr den Langen Winter ausgenutzt?«

»Wir sorgen dafür, dass immer mehrere von uns hochrangige Staatsfunktionäre sind. Bis vor kurzem bestand eine mehr oder minder friedliche Koexistenz, sowohl zwischen Licht- und Dunkelhexen als auch zwischen Hexen und Menschen.«

Ein langes Schweigen senkt sich herab. Eine Brise

streicht durchs offene Fenster über meinen Körper, aber trotz ihrer Wärme erschauere ich und ziehe die Knie an die Brust.

»Es gibt also zwei Gruppen von Hexen? Und ihr kommt nicht miteinander aus?«, frage ich.

»Die gibt es.« Bethina nimmt einen großen Schluck aus einem Glas Wasser und räuspert sich, bevor sie antwortet: »Die Dunkelhexen haben die meisten Lichthexen aus dem Staat verdrängt. Wir haben nur noch unwichtige Ämter inne und verfügen über keinerlei politische Macht. Außerdem hat man damit begonnen, echte Lichthexen festzunehmen.«

Der Raum schwankt leicht, und ich halte mir mit beiden Händen den Kopf. Das Schwindelgefühl legt sich, als ich die Augen schließe.

»Bitte lass mich Beck sehen«, flehe ich. »Bitte, B. Ich habe Angst.« Ich öffne behutsam die Augen, da ich befürchte, dass der Raum sich gleich wieder zu drehen beginnen wird, und mustere ihr Gesicht. Es ist sanft und liebevoll, so wie es immer war, aber ich kann die Furcht in mir einfach nicht abschütteln. »Ich brauche Beck.«

»Nein. Wenn du nicht bereit bist, das hier zu hören, dann bist du auch nicht bereit, ihn zu sehen.« Bethinas Tonfall ist fest und ruhig.

Zorn verdrängt die Furcht, und meine Finger krallen sich in das Kissen auf meinem Schoß. Ich werfe es nach der Tischlampe. Sie wackelt, bevor sie zu Boden stürzt. Das Geräusch, das ertönt, als der dekorative Fuß zerbricht, besänftigt meine Wut – zum Teil, aber nicht völlig. Ich will hier nicht länger als nötig herumsitzen.

»Was willst du von mir, Bethina? Du hast mich mein ganzes Leben lang angelogen, und jetzt erwartest du, dass ich dir glaube?«

Bethina zuckt ein wenig zurück, als hätte mein Ausbruch sie erstaunt. »Ich will, dass du begreifst, dass wir keine Ungeheuer sind. Wir beschäftigen uns mehr mit uns selbst als mit dem, was in der Menschenwelt vor sich geht. Tausende von Jahren haben wir friedlich miteinander und mit den Menschen zusammengelebt, bis Caitlyn Greene und Charles Channing sich eingemischt und alles verdorben haben.«

Ich starre sie verblüfft an.

Bethina rutscht auf ihrem Sessel hin und her. »Tut mir leid, das ist nicht fair. Ehrlich gesagt hat Caitlyn mit Charles' Hilfe alles in Gang gehalten. Erst nach Charles' Tod ist es zu einem Zerwürfnis zwischen den beiden Seiten gekommen. Seitdem kämpfen wir gegeneinander.«

»Also führt ihr Krieg?«

»Nicht im eigentlichen Wortsinn. Wir sind schon seit Generationen in ein ewiges Ringen verstrickt.« Sie reibt über die Oberseite ihrer Fingerknöchel.

Ich kenne diese Geste – sie ist nervös. Ich wappne mich.

»Nach dem Langen Winter gab es nur noch zwei wahrhaft mächtige Familien – eine Lichte und eine Dunkle –, daneben noch mehrere weniger bedeutende Abstammungslinien. Wie das Schicksal es wollte, verliebten sich die letzten Kinder dieser beiden Familien ineinander und wurden aneinandergebunden. Aber das war äußerst umstritten. Sie war eine Dunkelhexe, eine Zerstörerin, und er war ein Lichthexer, ein Schöpfer. Niemand hatte so etwas je zuvor getan, und niemand wusste, was für ein Kind aus der Verbindung hervorgehen würde.«

»Ein böses Monster?«, schlage ich vor.

Bethina bedeutet mir mit einer Handbewegung, still zu sein. »Sie hatten zwei Kinder, Zwillinge – einen Jungen und ein Mädchen.«

»Zwillinge?«, frage ich, unsicher, was das Wort bedeutet.

»Kinder, die zur selben Zeit denselben Eltern geboren werden.«

»Wie ein Wurf Kätzchen?«

Bethina nickt. »So in etwa. Vor mehreren hundert Jahren, bevor es die Bevölkerungskontrolle des Staates gab, war das weitverbreitet.«

Befriedigt bedeute ich ihr, dass sie fortfahren kann.

»Die Zwillinge waren, wie ihre Eltern Miles und Lucy Channing, Licht und Dunkel.«

Channing – Becks Familie. Ich beiße die Zähne zusammen und presse mir die Faust an die Lippen, um meinen Schrei zu unterdrücken.

»Brauchst du ein bisschen Zeit?«, fragt Bethinas sanfte Stimme.

Im Herzen wusste ich es. Aber es Bethina aussprechen zu hören, es laut zu hören …

»War der Sohn Charles Channing?«

»Ja.«

»Also ist Beck …«

»Ein extrem mächtiger Lichthexer. Wenn er erwachsen ist, wird er einer der stärksten sein, die es je gab.«

Ich beiße mir auf die Zunge, bis es wehtut. Ich kann nicht sprechen, denn wenn ich es tue, werden keine Worte aus meinem Mund hervordringen, sondern nur ein langgezogener, gequälter Schrei. Becks schiefes Grinsen huscht vor meinem inneren Auge vorbei, sein weiches Haar, die Wärme seiner Hand in meiner. Nicht Beck. Jeder, nur nicht er!

Die entsetzliche Sommerhitze wabert durchs offene Fenster herein und klebt an meiner Haut. Es ist zu heiß. Ich brauche Luft. Ich brauche irgendetwas.

Ich springe auf, renne zum Fenster und stoße es auf, bis es nicht weiter geht. Aber das hindert mich nicht daran, es zu versuchen. Ich schlage das Fenster gegen seinen eigenen Rahmen, immer und immer wieder.

»Was soll das heißen?«, rufe ich. »Was ist er? Ist er böse?«

Auf dem gepflegten Teil des Rasens spazieren die in Tuniken gekleideten Leute umher, die ich vorhin schon gesehen habe. Ein paar von ihnen beobachten das Haus, als ob sie uns belauschten. Der gutaussehende Mann mit der furchteinflößenden Stimme sitzt am Rande der Veranda und lässt die Beine baumeln. Er wendet mir den Kopf zu und lächelt, als ob mein Leid ihn amüsierte.

»Was ist?«, schreie ich. »Warum grinst du mich so an?«

Bethina schließt die Arme um mich und zieht mich mit dem Rücken an sich. »Pst ... Es ist alles gut, Lark. Hol tief Luft.«

Der Mann auf der Veranda lacht. Über meine Schulter hinweg knurrt Bethina: »Verschwinde, Eamon.«

Er springt von der Veranda, schlendert daran entlang und lässt die Finger über das hölzerne Geländer wandern. Erneut ertönt das Lied, das er schon vorhin gepfiffen hat. Als er außer Sichtweite ist, lasse ich meinen Körper erschlaffen. Bethina hält mich fest und streichelt mir die Haare, bis ich meine Selbstbeherrschung zurückgewinne und zulasse, dass sie mich wieder zur Couch führt.

Bethina gießt mir ein Glas Wasser aus der Karaffe auf dem Beistelltisch ein und reicht es mir. Die Eiseskälte fühlt sich gut an.

»Beck ist nicht böse. Er ist ein Lichthexer, ein Schöpfer.« Sie trinkt aus ihrem Glas. »Auch die Dunkelhexen sind nicht von Natur aus böse. Aber sie sind Zerstörer, und sie lieben Macht.«

Gut. Wenn er schon empfindsam sein muss, soll er lieber ein Schöpfer sein. »Ist er in Gefahr? Wollen die Dunkelhexen ihm etwas antun?«

Bethina schließt die Augen. Ihr Brustkorb hebt und senkt sich regelmäßig mit jedem Atemzug, als ob sie schläft. »Was weißt du über deine Familie?«

Ein Großteil, wenn nicht gar die Gesamtheit meines Wissens, stammt aus meinen Schulbüchern. »Das Übliche über Caitlyn. Dass meine Großeltern beide im politischen Zweig des Staates gearbeitet haben. Und natürlich, dass meine Mutter das Stellvertretende Staatsoberhaupt ist und so die höchste Position einnimmt, die eine Greene seit Caitlyn je bekleidet hat.«

»Deine Großeltern und Eltern sind Mischbindungen eingegangen.«

Ich sehe sie ausdruckslos an, weil ich mir nicht sicher bin, was das bedeutet.

»Sie haben gegen das Partnerschaftssystem verstoßen, indem sie außerhalb ihrer Gruppe geheiratet und Licht und Dunkel vermischt haben. Sie haben die Vorschriften, die deine Vorfahrin Caitlyn festgelegt hat, um unsere Blutlinien zu bewahren und zu stärken, vollkommen außer Acht gelassen.«

Taubheit breitet sich in meinem Körper aus, und mein Herzschlag beschleunigt sich. »Sie waren also Licht und Dunkel? Meine Familie? Sie sind empfindsam?«

»Ja.« Sie mustert mich aufmerksam und faltet die Hände im Schoß. »Caitlyns Blutlinie ist sehr stark. Statt sich in jeder neuen Generation abzuschwächen, scheint sie an Kraft zu gewinnen. Manche Leute sagen, dass keine andere erwachsene Hexe mit den Dunklen Kräften deiner Mutter mithalten kann, die sogar Caitlyns Fähigkeiten in den Schatten stellen.«

Ich klammere mich an das letzte Eckchen meines Verstandes und versuche, im Hier und Jetzt zu bleiben. Meine Mutter? Sie arbeitet für den Staat. Das kann doch nicht sein.

Nur dass es doch sein kann. Denn Bethina hat mir ja gesagt, dass der Staat nur ein Schwindel ist, eine Illusion, die dazu dient, Leute wie mich hinters Licht zu führen.

Bethina erwidert meinen Blick, und ein köstlich warmes Gefühl steigt langsam aus meinen Zehen bis in den Kopf empor. Das Entsetzen ist zwar noch nicht ganz verschwunden, lässt aber nach und weicht einem anderen: Bethina kontrolliert meine Emotionen.

Sie geht durchs Zimmer und setzt sich neben mich. »Ich weiß, dass das ein Schock für dich ist.«

Zum ersten Mal, seit ich die Schule verlassen habe, fühle ich mich vollkommen geschlagen.

Mein ganzes Leben war eine Lüge: der Staat, Beck, Bethina, meine Freunde.

Meine Familie.

Ich.

Ich bin eine Empfindsame. Ich bin eine von ihnen. Wie konnte Kyra das nur für etwas Gutes halten?

Ich beuge mich vornüber und würge.

Aus dem Nichts erscheint ein Becken vor mir, und ich gebe meinen Mageninhalt von mir.

Bethina reicht mir ein Papiertuch, und ich wische mir den Mund ab. Der säuerliche Geschmack bleibt bestehen und droht dafür zu sorgen, dass ich gleich wieder nach dem Becken greifen muss.

Das Ganze muss ein Irrtum sein. »Ich bin empfindsam?«

»Ja. Die Familie deiner Mutter besteht seit Anbeginn der Zeit aus einer ungebrochenen Reihe mächtiger Hexen.

Dein Vater stammt aus einer unbedeutenderen Lichthexenfamilie – du siehst ihm sehr ähnlich.«

Wenigstens bin ich auf der richtigen Seite – bei Beck.

Aber dann wird mir klar, dass das heißt, dass wir Mutter – und die Macht des Staats – gegen uns haben, und mir dreht sich erneut der Magen um. »Ist Beck in Sicherheit? Will meine Mutter ihm schaden?«

»Für den Augenblick ist er nicht in Gefahr.«

Das ist nicht die Antwort, die ich hören will. Ich bin mir sicher, dass Mutter mir nichts antun wird – ich sehe sie zwar nicht sehr oft, aber sie macht sich Sorgen um mich. Ich habe sie in den Nachrichten weinen sehen. Das hätte sie nicht getan, wenn sie es nicht ernst meinen würde. Sie kann es sich nicht leisten, dem Volk den Eindruck zu vermitteln, dass sie schwach ist.

Aber Beck? Würde sie ihm etwas antun? Und warum hat sie es noch nicht getan?

»Lark, verstehst du, was ich dir sage?« Bethinas Gesicht wirkt greisenhaft, älter, als ich sie in Erinnerung habe. »Seit vielen Jahren führen die Dunkelhexen ein scheinbar friedfertiges Leben, aber sie warten auf eine Dunkelhexe, die stärker als alle anderen ist und sie anführen soll. Dieser Zeitpunkt ist jetzt gekommen.«

Ihre Augen starren mich durchdringend an.

Panik durchzuckt meinen Körper.

Bethina ergreift meine Hand und drückt sie sich aufs Herz. »Sie haben auf dich gewartet.«

17

Die Welt ist verschwommen, ja verzerrt. Nichts sieht mehr richtig aus. Bethinas Mund bewegt sich, aber es ertönt kein Geräusch. Ich kann nichts verstehen. Dennoch halte ich mir die Ohren zu, um sie vor den Worten zu beschirmen, die ich nicht hören will.

Blut pocht mir in den Schläfen und rast durch meine Adern. In mir baut sich Energie auf. Ich kneife die Augen zu. Es nützt nichts.

»Nein!«, schreie ich, und das Fenster gleich neben uns birst. Regen peitscht durch das klaffende Loch in der Wand auf uns ein.

»Nein!« Ich rolle mich zu einer festen Kugel zusammen. Die Knie an die Brust gezogen, wiege ich mich hin und her und versuche, Bethinas Worte zu vergessen. Ihre Hände reiben mir den Rücken, während mir Tränen über die Wangen und auf die Knie laufen.

»Wie?« Ich schmiege das Gesicht enger an meine Knie. »Warum?«

Das Haus erzittert. Ein tiefes Grollen hallt durch den Raum. Der Boden schwankt unter mir, und aus einem anderen Teil des Hauses ertönen Schreie.

Bethina berührt mich noch einmal, und ich gleite in die Dunkelheit.

Meine Augen wollen sich nicht öffnen, aber ich spüre, wie sich etwas im Zimmer verschiebt. Es kommt zur Ruhe. Ich höre, wie Glas eingesammelt und neue Fenster eingesetzt werden. Mein Herzschlag verlangsamt sich. Stille breitet sich in mir aus. Ich bin ruhig.

Ich lasse Frieden einkehren. Meine Atmung ist gleichmäßig und langsam. Undeutliche Geräusche dringen wie ein leises Summen bis in mein Gehirn. Mein Leben, meine Geschichte – nichts davon ergibt mehr einen Sinn.

Gnädigerweise versinke ich in einem stillen Abgrund.

Als ich die Augen öffne, bin ich allein. Bethina hat mich allein gelassen. Irgendwo draußen läutet eine Glocke. Sechs Uhr.

Mein Kopf schwankt hin und her und sackt herunter, als ob ich unter Drogen stünde. Das ist etwas ganz anderes als Annalises geballte Luft. Mein Körper will sich einfach nicht bewegen. Ich blinzle und versuche, den Mund zu öffnen, um etwas zu rufen. Kein Laut. Meine Stimme ist einfach verschwunden. Der Schlaf zieht mich in seine Umklammerung zurück, und ich heiße ihn willkommen.

Anders als zuvor sind meine Träume nicht leer. Bilder voller Gewalt tanzen durch meinen Verstand, während mein Herz noch heftiger brennt. Es wirbelt in meinem Innern, pulsiert, erwacht zum Leben.

Ich spüre, wie die Energie Fahrt aufnimmt. Zorn baut sich auf. Meine Gedanken kreisen um Bethinas Worte: Meine Familie ist Dunkel, meine Ururgroßmutter, wahrscheinlich auch mein Bruder, eindeutig meine Mutter.

Dunkel. Jeder einzelne von ihnen.

Und ich.

Ich bin die dunkelste von allen. Die böseste. Ich.

Von ferne umspielen mich gedämpfte Stimmen.

Sie sind nicht freundlich.

»Malins Tochter«, zischen und schreien sie. Ich höre es, wieder und wieder und wieder.

Ich will mir die Ohren zuhalten und mich davor verstecken, aber das kann ich nicht. Ich sitze in der Falle.

Alle Geräusche verklingen, und mein Verstand schwimmt durch mein Bewusstsein, lässt die Gegenwart mit der Vergangenheit verschmelzen. Ich erinnere mich an das kleine Mädchen, das von einem Ast zerschmettert wurde. Ich habe sie gehasst. Habe sie dafür gehasst, dass sie keine Rücksicht auf Beck genommen hatte. Ich wollte, dass sie leidet.

Ich *habe* sie leiden lassen.

Der Zorn arbeitet sich durch meinen Körper hindurch, als ich daran zurückdenke. Meine Seele steht in Flammen. Die Energie kocht erneut hoch. Sie pulsiert und drängt aus mir hinaus.

Bethina hat mich angelogen. Sie wollte gar nicht, dass ich es herausfinde. Mein Körper zittert. Ich kann das Beben nicht kontrollieren. Zorn durchzuckt mich, gefolgt von Schmerz.

»Pst, Vögelchen. Es wird alles gut, versprochen.«

Ruhe senkt sich herab. Diese Stimme kann ich hören. Diese Stimme brauche ich. Mein Körper hört auf zu zittern, und ich versinke wieder in der stillen Dunkelheit.

Hände, so viele Hände, berühren mich – im Gesicht, an den Armen, am Bauch.

»Sie verbrennt. Wir müssen etwas unternehmen.« Becks Stimme klingt gehetzt, verängstigt.

Bewegung. Ich werde irgendwohin getragen. Kalte Luft prallt auf mich. Ich kann nichts sehen. Mehr Worte, die ich aber nicht verstehe. Der Schmerz legt sich, und ich fühle mich sicher – der Zorn ist verraucht.

Ich zwinge mich, die Augen zu öffnen, und blicke mich suchend um. Ich bin draußen, unter den Sternen. Fremde Gesichter drängen sich um mich, beobachten mich.

»Beck?«, flüstere ich.

Starke Hände umfassen mich, heben mich vom Boden hoch und ziehen mich an sich. Ich kenne diese Arme.

»Ich bin hier, Lark.« Ich wende den Kopf und sehe das eine, was mich immer glücklich macht, ganz gleich, wie entsetzlich ich mich fühle – Beck.

Meine Stimme ist rau. »Lass mich nicht allein. Bitte lass mich nicht allein.«

Nichts ergibt mehr einen Sinn. Ich habe Angst. So große Angst. Beck beugt sich vor, so dass seine Stirn meine berührt. Ich vergrabe das Gesicht in seinem Hemd, atme ein und finde Frieden.

»Sei vorsichtig, Beck, sie steht unter Schock«, sagt Bethina mit zitternder Stimme.

Beck trägt mich nach drinnen und legt mich wieder aufs Sofa. Er holt eine Decke vom Sessel und breitet sie über mich. »Hier, Vögelchen. Wenn du so weit bist, können wir reden.«

Weitere fremde Gesichter beobachten uns abwartend.

Aber Stunden vergehen. Dann Tage. Ich sage nichts. Ich sitze da, starre ins Leere. Beck bleibt bei mir, hält meine Hand und fleht mich an aufzuwachen.

Fleht mich an, zu ihm zurückzukehren.

18

Ich entschließe mich aufzuwachen. So einfach ist das. Eben noch ist mein Verstand durch ein endloses Nichts gewatet, jetzt schlage ich die Augen auf. Ich könnte es nicht länger ertragen, von Beck getrennt zu sein.

Meine Augenlider flattern einen Moment lang und gewöhnen sich an das schwache Licht, das durch die durchscheinenden Vorhänge dringt. Becks Kopf schmiegt sich an die Armlehne der Couch; er hat die Finger mit meinen verschränkt.

Ich betrachte sein schlafendes Gesicht, seine rosigen Lippen und seine langen schwarzen Wimpern, seine gebräunte Haut. Nicht die kleinste Kleinigkeit an ihm verrät, dass er ein Empfindsamer ist.

Aber ich kann es mir selbst ja auch nicht ansehen.

Seine blonden Locken führen mich in Versuchung. Ich streiche mit der freien Hand darüber, und als sein weiches Haar meine Handfläche kitzelt, breitet sich ein Gefühl tiefen Friedens in meinem Körper aus. Es fühlt sich wunderbar an. Beck regt sich ein wenig, wacht aber nicht auf.

Ich lasse mich hinabgleiten, bis mein Gesicht auf einer Höhe mit seinem ist. »Beck«, flüstere ich. »Wach auf.«

Er reibt sein Gesicht am harten Polster, lässt aber durch nichts sonst erkennen, dass er wach ist.

»Beck.« Ich streiche ihm mit dem Finger über die Wange.

Ein Lächeln breitet sich auf seinen Lippen aus, und er

greift nach mir. »Du bist wirklich eine böse Hexe«, murmelt er schläfrig.

»Das ist nicht witzig.«

»Du bist wach.« Er betrachtet mich ehrfürchtig, als hätte er gedacht, dass es nie dazu kommen würde. »Wie fühlst du dich?«

»Gut. Eigentlich sogar großartig. Als hätte jemand mich auseinandergenommen und besser wieder zusammengesetzt.« Das ist wahr. Angst und Schrecken sind verraucht, und ich fühle mich wunderbar. Aber in Becks Nähe zu sein hat immer diese Wirkung auf mich. Mein Magen knurrt, und ein kleines Lachen entschlüpft meinen Lippen. »Hungrig.«

»Dann lass uns Frühstück für dich holen.« Er richtet sich auf und hebt mich auf die Füße. »Aber warte eine Minute. Ich möchte dich einfach nur ansehen. Sichergehen, dass mit dir alles in Ordnung ist.«

Ich bleibe reglos stehen, unsicher, was er von mir erwartet oder was genau er *vorhat*. Ich mache wohl ein komisches Gesicht, denn er lacht leise.

»Was?«

Er grinst. »Ich kann mich nicht erinnern, dich je so verwirrt erlebt zu haben. Was denkst du gerade?«

»Ich habe mich gefragt, ob du jetzt gleich deinen Zauberstab hervorholst oder so.«

Beck zuckt zusammen und schlägt die Hände vors Gesicht. »Oh nein …«

Bitte lass den Boden aufklaffen, damit ich darin versinken kann. Ich versuche, alles andere als Beck anzusehen, aber natürlich kann ich *nichts* anderes als ihn ansehen.

»Na gut, Themenwechsel.« Ein schwaches Rot breitet sich bis zu seinen Ohren aus. Wenigstens bin ich nicht die Einzige, der mein Tritt ins Fettnäpfchen peinlich ist. »Du fühlst dich prima, oder? Aber lass uns überprüfen, ob körperlich alles mit dir in Ordnung ist.«

Beck mustert mich forschend von Kopf bis Fuß, als ob er etwas suchen würde. Er fährt mir mit der Hand über Arme, Hals und Kreuz. Wann immer er mich berührt, sprüht meine Haut winzige Funken.

Als er fertig ist, drehe ich mich um mich selbst und bleibe in theatralischer Pose stehen.

»Und, gefällt dir, was du siehst?«, necke ich ihn.

»Sehr.« Beck zieht mich eng an sich, und ich fühle mich sicher. »Du hast ja keine Ahnung, wie erleichtert ich bin.« Seine Hände wandern meine Wirbelsäule hinauf, bevor sie auf meinen Schultern zu ruhen kommen. »Zunächst einmal: Wir verwenden keine Zauberstäbe. Zumindest nicht von der Art, an die du denkst.« Er zwinkert mir zu.

Ich boxe ihm gegen den Arm. Kräftig.

»Na gut«, sagt er und reibt sich die Stelle, an der meine Faust ihn getroffen hat. »Lass uns frühstücken. Es sei denn, du möchtest erst duschen?« Er ergreift wieder meine Hand.

Seine Haut auf meiner zu spüren lässt mein Herz in einen krampfartigen Tanz verfallen. »Normalerweise würde ich ja gern duschen, aber ich sterbe vor Hunger.«

Er beugt sich zu mir und atmet übertrieben ein. »Wenigstens stinkst du nicht.«

Sein Grinsen wird breiter, und ich versetze ihm einen spielerischen Stoß, während ich seine Hand weiter gut festhalte. Ich lasse ihn nie mehr los!

Beck erwidert meinen Händedruck und führt mich durch den Flur ins uralte Esszimmer. Nicht dass es altmodisch wirkt. Es ist nur voller alter Dinge, Antiquitäten und dergleichen mehr. Becks Eltern sind eifrige Sammler.

Ausgehend von meinem Empfangskomitee und den

Leuten, die gestern Abend auf dem Rasen waren, hätte ich damit gerechnet, mindestens hundert Menschen hier anzutreffen, aber der Raum ist leer.

»Wo sind alle anderen?«, frage ich.

»Hinter dem Haus ist eine behelfsmäßige Küche.« Er zögert, und sein Blick huscht zur Küchentür.

Ich merke, dass er mir nicht alles sagt. »Und?«

»Nun, wir wussten ja nicht, womit wir rechnen mussten. Meine Eltern und Bethina wollten vorbereitet sein, deshalb haben sie eine *Versammlung* einberufen.« Er betont das Wort so, als sollte es mir etwas sagen, und wirft mir einen Blick zu, als ob er meine Reaktion auszuloten versuchte. »Du hast alle umgehauen, als du hier ganz allein mit diesem Sturm im Schlepptau aufgetaucht bist. Das war wirklich ziemlich eindrucksvoll.«

»Also habe *ich* das getan? Den Sturm verursacht?« Ich folge seinem Blick wieder zur Küche. Da draußen ist irgendwas, und der Gedanke, dass ich davon erfahren könnte, macht Beck nervös. Was auch immer es ist, es kann warten, bis er mir ein paar Fragen beantwortet hat. »Aber warum hat er dann auf mich eingepeitscht? Hätte er nicht lieber meine Feinde angreifen sollen?«

»Auf dich eingepeitscht? Was meinst du damit?« Er hebt meine Hand und drückt mir einen Kuss aufs Handgelenk, so dass ich wildes Herzflattern bekomme. »Das Frühstück wartet.«

Er führt mich in die Küche. Es gibt keine Geräte – zumindest nichts, was ich als Gerät identifizieren könnte –, nur Arbeitsflächen, Schränke und zwei mit Essen vollgehäufte Teller. Bethina muss sie für uns bereitgestellt haben.

Ich habe mich genug erholt, um meinen Gedankengang weiterzuführen. Wenn ich es nicht besser wüsste, würde ich annehmen, dass Beck absichtlich versucht, mich aus dem Takt zu bringen. »Der Sturm. Jedes Mal, wenn ich …« Mir versagt die Stimme. Die Frage liegt mir auf der Zunge, aber wie soll ich sie formulieren, ohne verrückt zu klingen? »Jedes Mal, wenn ich dachte, ich würde in deine Nähe gelangen, hat er auf mich eingeschlagen. Ich glaube, der Sturm wollte nicht, dass ich hierhergelange. Bist du dir sicher, dass Annalise ihn nicht verursacht hat?«

Beck reicht mir einen Teller und nimmt dann seinen. Meiner ist mit Bethinas Spezialitäten und einer großen Portion Obst gefüllt. Seltsame Delikatessen, die ich noch nie gesehen habe, liegen auf Becks Teller.

»Annalise kann so etwas nicht bewirken. Wir sind uns völlig sicher, dass du es warst.«

Er wirft eine dicke Heidelbeere in die Luft und fängt sie mit den Zähnen auf. Es ist ein eindrucksvolles Kunststück, aber ich habe es ihn schon hundert Mal tun sehen.

»Also haben deine Eltern eine … eine Versammlung einberufen?«

Wir sind jetzt wieder im Esszimmer, und er balanciert seinen Teller auf einer Hand, während er mir mit der anderen einen Stuhl heranzieht. Er wirkt teuer, alt und zerbrechlich. Und wir durften uns vorher noch nie darauf setzen. Das Letzte, was ich brauchen kann, ist, einen der heißgeliebten Stühle von Becks Vater zu zerstören. Aber zu meiner Überraschung fühlt er sich unter mir solide an, als ich mich darauf sinken lasse.

»Ja, eine Gruppe Lichthexen, die Anführer aus allen fünf Gesellschaften und ihre Delegierten. Aber auch die Sicherheitsmannschaft meiner Eltern, Familienmitglieder und Mentoren für Bea – und jetzt auch für dich und mich, nehme ich an.« Beck setzt sich auf den Stuhl neben mir und beißt sofort in ein seltsames Ding, das wie ein weißer Klumpen aussieht.

»Bea ist hier?«, frage ich. Wie wir sollte Becks jüngere Schwester eigentlich in der Schule sein, bei ihren Mitbewohnern.

»Bea war schon immer hier. Lichthexen besuchen keine staatlichen Schulen. Meine Eltern haben nur unseretwegen so getan, als würde sie zur Schule gehen.«

Ich starre ihn mit offenem Mund an. Also haben auch sie uns belogen. Gibt es überhaupt noch jemanden, dem ich vertrauen kann?

»Du solltest das hier probieren.« Er reißt ein Stück von dem ekelhaften Essen ab und legt es neben mein Obst. »Es ist lecker.«

Ich berühre vorsichtig die teigige weiße Oberfläche. Sie gibt unter meinem Finger nach. »Was ist das?«

»Eine Delikatesse aus der Zeit vor dem Langen Winter: Teigtaschen mit Schweinefleisch.«

Ich werde blass. »Schwein? Du willst, dass ich Schwein esse?«

»Es schmeckt gut. Probier mal.«

Ich rümpfe die Nase und schüttle den Kopf. »Wir essen kein Fleisch, Beck. Es ist barbarisch und belastet das Ökosystem.«

»Lark, die Leute essen seit Tausenden von Jahren Fleisch.«

»Das kann ich nicht. Es ist widerlich.« Ich schiebe das eklige Ding an den Rand meines Tellers und stürze mich stattdessen auf Bethinas frittierte Paprika mit Mais auf der anderen Seite. Mir fällt auf, dass Beck keinen zweiten Bissen von dem »leckeren« weißen Klumpen genommen hat, sondern stattdessen Pfannkuchen in sich hineinschlingt.

»Dir schmeckt es auch nicht!«, sage ich vorwurfsvoll.

Trotzig schiebt er sich ein weiteres Stück der Teigtasche, aus der blutrote Sauce hervorquillt, in den Mund und kaut gründlich. »Ich gewöhne mich so langsam daran.« Er schluckt kräftig und nimmt einen großen Schluck Wasser. Als ich die Augenbrauen hochziehe, sagt er: »Gut, es ist ekelhaft. Aber das essen Lichthexen nun einmal, also muss ich es essen.«

»Ich tue das jedenfalls nicht.«

Beck würgt noch ein Stück Teigtasche hinunter, und ich verdrehe die Augen. »Was hast du da vorhin über die Sicherheitsmannschaft gesagt?«, frage ich und hoffe, ihn so wieder zur Sache kommen zu lassen.

»Der Staat ist nicht gerade der größte Fan meiner Eltern.« Es ist eine schlichte Feststellung, so als würde man »Ich atme Luft« sagen. »Sie tun nur so, als ob sie für den Staat arbeiten.«

»Und meine Mutter …«

»Hasst uns.«

»Aber das ergibt nicht den geringsten Sinn! Wir sind ein Paar. Du warst schon in ihrem Haus zu Gast. Sie hat nach den Angriffen *zugelassen*, dass du gehst. Sie hätte dich ins Gefängnis stecken können«, erkläre ich atemlos. »Bethina hat gesagt, dass mein Vater …« Ich ringe mit den nächsten Worten. »Nun, dass er ein Lichthexer war. Mutter kann die Lichthexen doch nicht hassen, wenn sie an einen Lichthexer gebunden war.«

Beck massiert seine Fingerknöchel und starrt an mir vorbei. Zutreffender wäre es wohl zu sagen, dass er meinem Blick ausweicht. »So ist sie eben – sie hasst andere Leute.«

»Was meinst du damit?«

»Ich hatte gehofft, Bethina würde dir all das erklären.«

Er kneift sich in den Nasenrücken. »Dunkelhexen ziehen ihre Macht aus Angst und Zorn. Sie sind Zerstörer. Wir Lichthexen sind Schöpfer, die bei Ruhe und Zufriedenheit aufblühen.«

»Der Sturm … Je aufgeregter ich war, desto heftiger ist er geworden. Aber wie? Wie habe ich das bewirkt?«

Er zuckt mit den Schultern. »Ich weiß es nicht. Du hast es einfach getan.«

Ich spiele mit dem Obst auf meinem Teller. »Was ist in der Schule passiert? Ich weiß, dass Annalise und Callum dich verraten haben, aber warum?«

»Um uns voneinander zu trennen. Nach ihrem Besuch hatte ich einen Verdacht, was los war. Als Mr. Proctor mich aufgehalten hat, nachdem ich … dich geküsst hatte, hat er gesagt, dass ich sofort ins Schulleiterbüro müsste, wollte mir aber nicht sagen, warum. Ich dachte, sie würden mich festhalten, damit sie dich holen können.«

»*Mich* holen?«

Beck schiebt sein Essen mit der Gabel hin und her und rammt sie dann in eine sonderbare Fleischrolle. »Annalise hat nicht gelogen, als sie gesagt hat, dass diese Gruppe auf der Suche nach dir war. Ich dachte, deine Mutter hätte sie vielleicht geschickt, als Schutzmaßnahme. Ich vermute, Annalise hat erkannt, dass ich mich bemüht hätte, Widerstand zu leisten, wenn sie einen Versuch unternommen hätten, uns zu trennen.«

»Ich wäre nicht mitgegangen.«

»Glaubst du etwa, dass ich freiwillig mitgegangen bin?« Er zieht die Oberlippe hoch. »Sie haben mich jedenfalls in ein leeres Zimmer gebracht, und kurze Zeit später wurden Kyra, Maz, Ryker und zwei jüngere Schüler hereingeführt. Sie haben so getan, als wäre ich gar nicht da.« Er beißt die Zähne zusammen. »Ryker hat mich noch nicht einmal angesehen. Kurze Zeit später tauchte dann Annalise auf, ohne Callum, und ging mit allen außer mir wieder. Sie hat nicht mit mir gesprochen.« Er fährt sich mit der Hand durchs Haar, und es gerät in wirre Unordnung. »Dann sind meine Eltern gekommen und haben mich nach Summer Hill gebracht.«

»Ging es Kyra gut? Hatte man ihr etwas zuleide getan?«

Beck rollt die Schultern nach hinten, als würde er etwas Unangenehmes abschütteln. »Kyra ging es gut. Sie wirkte sogar freudig erregt – geradezu glücklich –, Annalise zu sehen.«

Bei dem Gedanken, dass meine beste Freundin sich mit Annalise abgibt, bekomme ich eine Gänsehaut. »Und Maz? Er war doch in unserem Haus, bevor ich weggelaufen bin. Und im Zug.«

»Annalise hat ihn wahrscheinlich zurückgeschickt, um dich zu holen.« Beck atmet laut aus. »Maz ist Dunkelhexer. Das weiß ich zwar schon seit einer Weile, aber er und ich … Na ja, es schien nie eine Rolle zu spielen.« Enttäuschung schleicht sich in seinen Tonfall.

»Er hat mir gesagt, dass ich weglaufen soll. Er wollte, dass ich dich finde.«

Beck zieht die Augenbrauen hoch. »Wirklich?«

»Ja. Er hat mich gefragt, warum ich meine Mutter nicht anrufen wollte. Aber er hat mir geholfen. Zumindest glaube ich das.«

Das veranlasst Beck, breit zu grinsen. »Er ist ein netter Kerl, auch wenn er Dunkel ist.«

»Was ist mit Kyra? Ryker? Sind sie auch Dunkel?«

»Alle anderen Schüler waren es. Ich war der einzige Lichthexer, der als *Schüler* an der Schule war«, sagt er mit gesenkter Stimme.

In meinen Eingeweiden tut sich ein Loch auf, und mein Kopf droht zu explodieren. »Also dürfen Maz und Ryker ruhig Dunkel sein, aber Kyra nicht? Was ist mit mir? Ist es auch nicht weiter schlimm, dass ich Dunkel bin?« Ich schreie ihn an, weil ich wütend darüber bin, wie er über meine beste Freundin geredet hat.

»Ich weiß es nicht. Ich habe sie immer alle für meine Freunde gehalten, auch Kyra. Aber jetzt …« Er streichelt mir den Rücken, wie er es immer tut, wenn ich verstört bin, und meine Wut schmilzt dahin.

Aber wenn ich daran denke, wie oft die beiden sich in der Schule scheinbar grundlos an die Gurgel gegangen sind … Und wie es einfach angefangen hat, ganz plötzlich, an dem Tag, als Kyra gerade von der Bindung ihres Bruders zurückgekehrt war. Jetzt ergibt alles einen Sinn. Sie wussten beide, wer der jeweils andere war.

Wieder hat niemand auch nur daran gedacht, mich einzuweihen. Nicht einmal Beck, der nach allem, was er mir gerade erzählt hat, ganz allein war. Allein gegen viele.

Ich warte darauf, dass er lacht und eingesteht, dass alles nur ein großer Witz ist. Dass er sich gelangweilt und deshalb beschlossen hat, für eine Weile die Schule zu schwänzen. Irgendetwas. Alles wäre besser als die Worte, die aus seinem Mund kommen.

Aber er lacht nicht.

Die Weintrauben auf meinem Teller sind den Zinken meiner Gabel nicht gewachsen. Ich spieße eine auf, Metall schrappt über den Steinteller, und Beck zuckt zusammen. Aber seltsamerweise fühle ich mich abgesehen von meinem Bedürfnis, Obst aufzuspießen, entspannt. Sogar glücklich.

Es ist eigenartig, so als ob das, was ich empfinden möchte, unmittelbar unter meiner Hautoberfläche verborgen wäre, ohne dass ich darauf zugreifen kann. Ich stelle mir ein blinkendes Schild über meinem Kopf vor: *Wut: verwehrt.*

»Warum fühle ich mich so glücklich und ruhig?«

Seine Augen leuchten auf. »Du meinst, außer meinetwegen?«

Ich versetze ihm einen Rippenstoß, und er wankt und tut so, als wäre er verletzt.

»Nun ja, Miss Greene, Sie sind als Dunkelhexe von beinahe tausend Lichthexen umgeben.« Er starrt wieder die Küchentür an, und mir wird bewusst, dass die Hexen, von denen er spricht, wahrscheinlich irgendwo da draußen sind. »Außerdem bist du noch nicht erwachsen. Du bist zwar stark, aber nicht stark genug, um uns alle zu besiegen. Und …« Er setzt sich auf und imitiert einen Staatsmann. »Wenn wir wollen, dass du glücklich und ruhig bist, dann bist du das auch.«

Ich soll stärker werden? Was soll das heißen? Ich verkneife mir die Fragen, weil ich mich vor der Antwort fürchte. »Warum habe ich bisher noch nicht so die Fassung verloren?«

»Die beste Erklärung ist vermutlich, dass ich dich irgendwie blockiere. Deine dunklen Kräfte überdecke.« Er schließt die Augen.

»Aber wie? Sollten wir nicht gleich stark sein? Wir sind genau im selben Alter und …«

»Das sollten wir, aber aus irgendeinem Grund bin ich im Augenblick stärker als du. Ich bin der mächtigste Lichthexer oder werde es einmal sein. Und du, mein liebes Vögelchen, wirst dereinst die mächtigste Dunkelhexe sein.«

Seine olivgrünen Augen blicken forschend in meine, suchen meine Seele ab, legen frei, was an Dunkelheit in mir lauert. Entblößen mich.

Ich bin mir noch nie so nackt vorgekommen. Oder so böse.

Mein Verstand verarbeitet Becks Worte, aber ich kann nur an seine Lippen, seine Augen, seine starken Hände denken. An ihn.

»Weißt du warum?«, fragt Beck, als es gerade so aussieht, als ob keiner von uns je wieder sprechen würde – als ob wir in dem sonderbaren luftleeren Raum zwischen uns ersticken würden.

Ich entwirre meine verräterische Zunge. »Ich weiß gar nichts.«

»Weil du die direkte Nachfahrin von Caitlyn Greene bist, und ich der direkte Nachfahre von Charles Channing. Die Macht unserer Familien wächst mit jeder Generation.« Beck neigt den Kopf zur Seite, wie ich es ihn bei Callum und Annalise im Schulleiterbüro habe tun sehen.

»Warum tust du das?«, frage ich, als er mir mit den Fingern über den Handrücken streicht. Mein Herzschlag verlangsamt sich, und ich konzentriere mich auf sein Gesicht.

Er zieht eine Augenbraue hoch.

»Den Kopf zur Seite neigen«, präzisiere ich.

»Hmm. Ich wusste nicht, dass ich das tue.« Seine Haare wippen, als er den Kopf hin und her wiegt. »Ich vermute, es hilft mir, das ›Geräusch‹ wahrzunehmen, das von dir ausgeht. Ich spüre, was du fühlst.« Er betrachtet den Tisch.

Die Erkenntnis durchzuckt mich. »Oh.« Hitze lodert auf meinem Gesicht. »Wie lange kannst du schon …?« Ich kann meinen Gedanken nicht zu Ende bringen.

»Seit ich zehn war«, murmelt er und scharrt mit dem Fuß über den Boden.

»Zehn! Du kannst schon seit *sieben* Jahren ›hören‹, was ich fühle?« All die Male, die mein Herz gerast hat, wenn er mich angelächelt oder meine Hand genommen oder mich zum Lachen gebracht hat … Oder, schlimmer noch, wenn ich nur allein sein wollte – weit weg von ihm. Aber ein anderes Thema brennt mir noch weit mehr auf den Nägeln. »Du wusstest um deine Fähigkeiten und hast nie auch nur daran gedacht, mir davon zu erzählen?«

»Sei nicht böse, Lark. Ich konnte es nicht.«

Ich entziehe ihm ruckartig meine Hand. »Konntest es nicht oder wolltest es nicht?«

Beck schweigt. Er war noch nie gut darin, seine Gefühle zu verbergen, und ich sehe ihm an, dass er um eine Antwort verlegen ist. »Beides. Ich durfte dir nichts davon erzählen, aber ich habe auch eingesehen, warum es keine gute Idee gewesen wäre, es dir zu sagen.«

Ich schließe die Augen. Die Haut meiner Lippen platzt zwischen meinen Zähnen und blutet. »Du wusstest Bescheid. Die ganze Zeit über wusstest du Bescheid. Und hast mich angelogen.«

Mein Herz zerbricht in tausend Stücke. Die Tränen lassen sich jetzt nicht mehr aufhalten. Er hat mich angelogen – die einzige Person, der ich immer vertraut habe.

Seine Hand liegt auf meinem Arm, zieht mich von meinem Stuhl und nahe an ihn. Ich wehre mich, indem ich gegen seinen Oberkörper drücke. Beck lockert seinen Griff, und ich mache einen Schritt zurück – weg von ihm.

»Glaubst du wirklich, dass du im Alter von zehn Jahren gut damit zurechtgekommen wärst? Du kommst ja jetzt kaum damit zurecht!«

»Ich finde, ich komme ganz ordentlich damit zurecht.« Ich verschränke die Arme und versuche, meine Tränen fortzublinzeln. Ich weiß, dass ich stärker sein muss, als ich es gerade bin, aber mein Herz ist anderer Meinung. Seine Scherben stechen mich.

»Nein, tust du nicht. Du hast das Haus schwer beschädigt, nachdem Bethina dir alles erzählt hatte.« Er zerrt an meinem Arm. Seine andere Hand nähert sich meinem Haar, und seine Finger spielen mit einer losen Strähne. Ich versteife mich, leiste aber keinen Widerstand. »Mach dir nichts vor, Vögelchen. Jeder wäre schockiert, herauszufinden, dass er nicht nur eine Hexe ist, sondern sogar eine mächtige Dunkelhexe.«

Ein kleines Zittern durchläuft meinen Körper. Meine Augen sind von Tränen gesäumt, und ich blinzle schnell, um sie zurückzuhalten. Mit aller Kraft reiße ich mich los. Der Esstischstuhl direkt neben Beck fällt um. Dann der nächste. Stuhl um Stuhl prallt auf den Boden und zerbirst in Stücke. Beck schiebt sich mit winzigen Schritten näher heran, von einer Seite des Tisches auf die andere. Er steigt über die zerstörten Stühle hinweg und versucht mich zu erreichen, aber ich renne in Richtung Küche. Bevor er mich aufhalten kann, reiße ich die Tür nach draußen auf und stürze mich in die drückende Hitze des späten Vormittags.

Hinter mir ruft Beck: »Lark, nicht! Bitte nicht! Es tut mir leid.«

»Bleib mir vom Leib!« Die Scherben meines Herzens klappern in ihrem leeren Behälter herum, und die Luft lastet schwer auf mir, bis meine Lunge sich leert und ich keuche. »Du hast mich angelogen. Indem du es mir verschwiegen hast, hast du mich angelogen.«

Ich stürme die Treppe hinunter, unsicher, wohin ich will. Ich weiß nur, dass ich allein sein muss, weit weg von Beck, damit ich alles verarbeiten kann, was ich erfahren habe.

Als ich auf dem Rasen zwei Schritte weit gekommen bin, reiße ich den Kopf hoch.

Eine Gruppe von Leuten – oder Hexen, was auch immer – steht direkt vor mir und versperrt mir den Weg. Hinter ihnen erstreckt sich ein verschwommenes Meer aus bunten Zelten, so weit das Auge reicht. Reihen um Reihen. Hunderte. Und von überall her beobachten mich Hexen.

Ich sitze zwischen der nicht gerade freundlich dreinblickenden Gruppe vor mir und Beck hinter mir in der Falle. Ich habe kaum eine Wahl, und so entscheide ich mich für das kleinere Übel und wende mich Beck zu.

Er kommt sehr langsam auf mich zu, als hätte er Angst vor mir, mit winzigen, zielstrebigen Schritten. Die Art, wie er die Hände ausstreckt, erinnert mich an jemanden, der sich einem wilden Tier nähert. Er reckt den Arm und streichelt mir mit dem Handrücken die Wange.

Als ich aufblicke, stelle ich erstaunt fest, dass seine Wangen feucht sind.

»Lark, es tut mir leid.«

»Halt sie unter Kontrolle, Beck.« Ich erkenne die grausame Stimme. Eamon. Wie kann er es wagen? Erst schleicht er sich auf der Wiese an mich heran, dann lacht er mich aus, als ich den Boden unter den Füßen verliere, und jetzt? Jetzt sagt er Beck, dass er mich unter *Kontrolle* halten soll?

Ich mache Anstalten, zu Eamon herumzuwirbeln, aber Beck packt mich und zieht mich an seine Brust. Er schlingt die Arme eng um mich. Ohne nachzudenken, gebe ich seiner Berührung nach. So war das mit uns schon immer: Selbst wenn ich ein rasendes, wahnsinniges Wrack bin, reicht eine einzige Berührung oder ein einziger Blick von Beck aus, und alles ist vergessen.

Mein Herz gerät ins Stolpern, und mein Zorn wird zu einem schwachen Glimmen. Mit jeder Berührung gewinne ich die Kontrolle über meine Gefühle weiter zurück. Seine Hand liegt an meinem Kiefer: Ich vergebe ihm, weil ich ihm vertraue. Seine Finger streichen über meine Schulter: Ich vergebe ihm, weil er das hier genauso wenig gewollt hat wie ich. Seine Hand fährt an meinem Arm entlang: Ich vergebe ihm, weil er Beck ist.

An der Art, wie seine Brust sich hebt und senkt, erkenne ich, dass mein Ausbruch ihn erschreckt hat.

»Es tut mir leid«, sage ich.

Er bückt sich und legt die Stirn gegen meine. Wenn wir einander so anstarren und die Pünktchen in unseren Augen sich genau gegenüberliegen, werde ich immer ruhig. Sein warmer Atem spült über mich hinweg.

»Auch mir tut es leid.« Er berührt meine Nase mit dem Finger. »Ich verspreche, künftig nichts mehr vor dir geheim zu halten.«

Da ich mich ihm näher fühlen möchte, drücke ich mein Ohr an seine Brust und lausche seinem Herzschlag. Es pocht stark und stetig, und ich zwinge meine Atmung, sich ihm anzupassen.

»Hörst du mir überhaupt zu, Junge?«, fragt Eamon herrisch.

Mir gefällt die Art nicht, wie er mit Beck redet, und ich drehe mich zu ihm um.

Beck packt mich an der Schulter. »Ganz ruhig, Lark. Lass mich das erledigen.«

Er marschiert über den Rasen und lässt mich allein stehen. Es ist zu heiß. Die Sonne brennt auf mich herab und droht, meine blasse Haut rot werden zu lassen. Ich hasse dieses Wetter, aber noch mehr hasse ich die vielen Augen – Hunderte, wenn nicht gar Tausende –, die auf mich gerichtet sind. Sie starren mich an, als ob ich eine Attraktion im Zirkus wäre.

Wenn ich nur verschwinden könnte!

Beck baut sich breitbeinig vor den anderen auf. Es sind neun Hexer bei Eamon, und bis auf den Anführer wirkt keiner von ihnen so, als ob er Beck gewachsen wäre.

Er muss wirklich etwas Besonderes sein, wenn diese Gruppe von Erwachsenen bereit ist zu tun, was er sagt.

Eamon lacht triumphierend auf. Es ist ein langgezogenes, spöttisches Geräusch, das mir gilt.

Es verlangt mir jedes Quäntchen Selbstbeherrschung ab, über das ich verfüge, nicht über den schmalen Grasstreifen zu stürmen, der mich von den Hexen trennt. Beck hat gesagt, dass ich ihn die Sache erledigen lassen soll, und obwohl mein Körper sich nach einer Konfrontation sehnt, glaube ich, dass er recht hat.

Ich schließe die Augen und tue mein Bestes, Eamon zu ignorieren.

Leicht ist das nicht.

»Bring sie unter Kontrolle«, sagt er. »Sonst müssen wir es für dich tun.«

Ich reiße die Augen auf und stürme nun doch über das Gras. »Mich unter Kontrolle bringen?«, kreische ich. »Ich bin hier nicht diejenige, die durch die Gegend läuft und andere bedroht!«

Instinktiv reiße ich die Hand mit weit ausgebreiteten Fingern über den Kopf. Jemand in der Menge schreit auf, und Beck stürzt sich auf mich. Er schiebt mich hinter seinen Rücken und nimmt die gleiche schützende Haltung ein, die er in der Schule Callum und Annalise gegenüber an den Tag gelegt hat.

Nur dass wir beide diesmal zehn gegen uns haben, die zahlreichen Hexen noch nicht einmal mit eingerechnet.

Eamon bedenkt uns mit einem drohenden Lächeln. »Sie wird nicht lange durchhalten.«

Mit einer ruckartigen Kopfbewegung verschwinden er und seine Begleiter.

19

Eine einzelne Trauerweide steht am gegenüberliegenden Rand des Rasens, weit entfernt von all den Zelten und neugierigen Blicken. Sie ist das perfekte Versteck.

Beck hält mir den Vorhang aus langen grünen Zweigen auf. Hier drinnen ist es kühler – das gefällt mir schon besser. Als Beck die Zweige loslässt, ist es so, als wären wir in unserer ganz eigenen, privaten Welt.

»Was sollte das?«, frage ich, während wir es uns bequem machen, ich an den Stamm gelehnt und Beck ausgestreckt mit dem Kopf auf meinem Schoß.

Er seufzt tief. »Du darfst nicht einfach herumlaufen und Leute bedrohen, Lark. Das hilft deiner Sache auch nicht weiter.«

»Leute bedrohen? Wann habe ich denn jemanden bedroht?« Ich kann nicht glauben, dass er mir Vorwürfe macht. Hat er die Feindseligkeit in Eamons Tonfall etwa nicht gehört?

Er fährt sich mit der Hand durch die Haare. »Du hast keine Ahnung, oder?« Er starrt zu mir hinauf; sein Gesicht steht für mich auf dem Kopf. »Als du die Hand hochgerissen hast, hat das ausgesehen, als wolltest du einen Zauber wirken.«

»Ich weiß nicht, wie man Magie wirkt.«

»Du weißt vielleicht nicht wie, aber du wirkst sie. Das habe ich selbst gesehen.« Beck streckt den Arm aus und legt mir den Finger auf die Lippen, als ich Anstalten mache zu widersprechen. »Der Sturm! Den hast du verursacht, weißt du noch? Du hast keine Ahnung, was du tust – und genau das ist das Problem.«

Meine Hände greifen nach seinem Haar, und ich schlinge mir die Locken um die Finger. Blut rauscht durch meinen Körper, aber nicht zornig, sondern eher wie warmer, tröstlicher Sonnenschein, der durch meine Adern pulst. Einfach nur hier bei Beck zu sein ist alles, was ich brauche, um mich wohlzufühlen.

Beck grinst, da er meine Zufriedenheit spürt.

Ich versetze ihm spielerisch eine Kopfnuss, experimentiere aber damit, ihm zur selben Zeit ein anderes Gefühl zu vermitteln – Glück. Sein Grinsen wird breiter.

»Du bist glücklich. Oder zumindest glücklicher«, sagt er, offensichtlich zufrieden mit sich.

»So glücklich, wie ich sein kann, wenn man bedenkt, dass ich eine Dunkelhexe bin und alle mich zu hassen scheinen.«

Er zupft an einer losen Strähne meines Haars. Ich beuge mich vor, so dass meine Augen auf einer Höhe mit seinen vollen Lippen sind.

»Ich könnte dich nie hassen, ganz gleich, was geschieht«, sagt er gerade so laut, dass ich es hören kann.

»Versprochen?«

»Versprochen.«

Ich lehne mich wieder gegen den Baum, und Beck verschränkt die Arme hinter dem Kopf und schließt die Augen. So sitzen wir eine Weile da und lauschen der Welt ringsum: dem Wind, der durch die Zweige der Trauerweide streicht, einem Vogel, der hoch oben in der Baumkrone zwitschert, einer Kindergruppe, die irgendwo draußen auf der riesigen Wiese das Lied singt, das Eamon an meinem ersten Tag in Summer Hill gepfiffen hat. Ich erinnere mich, wie Miss Jensen, die Musiklehrerin, es uns hat singen lassen, als wir noch klein waren. Ich glaube, es heißt *Alouette*.

Das Leben ist wie immer – oder auch nicht. Denn alles hat sich verändert. Ich bin nicht mehr Lark, die beliebte Nachfahrin einer Gründerin. Ich bin Lark, die böse Dunkelhexe, die jeder hier zu verabscheuen scheint. Außer Beck.

Was bedeutet es überhaupt, Dunkel zu sein? Heißt das, dass ich irgendwann ein unheimliches Monster sein werde, das durch die Gegend streift und Böses tut? »Was machen wir jetzt?«

»Wir lernen, deine Kräfte zu beherrschen. Angesichts des Sturms und deines Auftritts heute Morgen haben wir einige Arbeit vor uns.«

Kräfte. Ich habe Kräfte. Ich schlage die Hände vors Gesicht und beginne zu zählen. Eins. Zwei. Drei. Vier.

Ein Zupfen an der Hand durchbricht meine Konzentration.

Fünf. Sechs. Sieben.

Beck streichelt mir sanft die Hand und fährt mit den Fingern über meinen Handrücken. Wärme steigt in meinem Arm auf und breitet sich durch meinen Körper aus. Ich entspanne mich.

Acht. Neun.

»Du kannst nichts daran ändern, wer du bist, Lark.«

Zehn. Ich hole tief Luft.

»Was ist mit den Empfindsamen in der Schule passiert?«, frage ich. »Wie hast du …« Ich will nicht den Begriff »töten« verwenden; Beck tut keinem Menschen etwas zuleide. »Wie hast du sie davon abgehalten, uns anzugreifen?«

Beck neigt den Kopf zur Seite und schließt die Augen.

Sein muskulöser Oberkörper dehnt den dünnen Stoff seines T-Shirts, als er einatmet. »Das habe ich nicht getan. Das warst du.«

Ich will das nicht hören. Ich sollte eigentlich in zwei Monaten Staatsfrau werden. Ich sollte ein angenehmes Leben führen – mit Beck.

»Du hast die Hand ausgestreckt, und dann strahlte Licht von ihr aus.« Er hält inne. »Gleißendes weißes Licht. Du hast sie alle getötet.«

Ich sacke wieder gegen den Baum, und die Welt um mich herum gerät ins Wanken. Ich habe sie getötet. Mir kommt ein bestürzender Gedanke: Wenn Beck mich nicht gerade eben aufgehalten hätte, als ich mit Eamon aneinandergeraten bin, was hätte ich dann diesen Hexen angetan?

»Warum bin ich böse?« Meine Stimme zittert.

»Du bist nicht böse.« Er versucht, meine Hand an sich zu ziehen, aber ich verkrampfe mich, und er hält inne. »Ich wäre nicht hier, wenn du es wärst.«

»Aber irgendwann werde ich es sein, nicht wahr?« Ich habe Leute getötet, viele Leute, und er glaubt nicht, dass das böse ist? Eine unbehagliche Hitze durchströmt meinen Körper und verbrennt mich von innen. Mein Herzschlag pocht mir laut in den Ohren.

Beck spielt an seinem T-Shirt herum, bevor er antwortet: »Ich kann nicht ungeschehen machen, was passiert ist, aber glaub mir wenigstens, wenn ich sage, dass du nicht böse bist, sondern bloß Dunkel. Du kannst nichts an dem ändern, was du bist, und ich auch nicht.«

»Wenigstens bist du Licht.« Ein erschreckender Gedanke huscht mir durch den Kopf, und ich beiße die Zähne zusammen.

»Stimmt etwas nicht?«, fragt Beck besorgt.

»Was, wenn ich *dir* etwas tue? Oder Bethina?«

Becks Halsmuskeln versteifen sich. »Du weißt nicht, wie du dich beherrschen kannst, aber das werden wir dir beibringen. Es wird schon alles … gut.« Die Art, wie er das sagt, überzeugt mich nicht gerade davon, dass er selbst daran glaubt. »Nichts kann etwas an dem ändern, was ich für dich empfinde.« Er zeichnet mir Spiralen auf den Handrücken und wendet dann den Blick ab. »Weißt du nicht, dass ich alles für dich tun würde?«

Tief in mir verschiebt sich etwas und verrät mir, was ich schon immer gewusst habe: Die Bindung zwischen uns ist mehr als nur eine Partnerschaft. Beck ist ohne jeden Zweifel meine andere Hälfte.

Aber ich weiß nicht, was ich glauben soll. Mein Leben lang habe ich gehört, dass Empfindsame die Menschheit vernichten und mir Schaden zufügen wollen. Aber jetzt bin ich angeblich eine von ihnen, und nicht nur das, ich bin eine Dunkelhexe – eine Zerstörerin, die sich von Zorn und Furcht nährt. Und dennoch bin ich nicht böse? Obwohl ich Menschen getötet habe? Nichts ergibt mehr einen Sinn.

Beck setzt sich auf und beugt sich näher zu mir. Unsere Gesichter sind nur Zentimeter voneinander entfernt. Seine Lippen nähern sich meinen. Ich muss mich bloß vorbeugen, nur ein kleines bisschen, dann treffen sie sich.

Ohne Vorwarnung steht er auf und geht zum Rande des Schattens, wo die hängenden Zweige den Boden berühren. Er hält mir den Rücken zugewandt, aber ich merke ihm an, dass etwas nicht stimmt. Meine Arme sehnen sich danach, ihn festzuhalten und zu trösten. Ich will ihm sagen, dass alles gut wird, aber das kann ich nicht. Mein Körper will mir einfach nicht gehorchen.

Etwas, das er vorhin gesagt hat, schlängelt sich in mein Gehirn zurück. »Du bist stärker als ich, nicht wahr? Und die Lichthexen arbeiten irgendwie dem entgegen, was mit mir los ist? Vielleicht muss ich ja nicht Dunkel sein. Wir könnten irgendwo leben, wo es viele Lichthexen gibt, dann könnte ich für immer so wie jetzt bleiben. Ich könnte normal sein.«

»So einfach ist das nicht, Lark.« Er dreht sich mit ernster Miene und verstörtem Blick zu mir um. »Du *bist* Dunkel, damit musst du dich abfinden.«

Ich stehe auf, streiche mir das Kleid glatt und gehe auf ihn zu. Die Hitze von jenseits des Baumschattens schleicht sich in unsere grüne Festung ein. Als ich meine Hand in Becks schiebe, drücken seine Finger rasch meine – eine Umarmung nur mit den Händen, wie wir sie ausgetauscht haben, als wir noch jünger waren.

Ich greife fester zu. »Wir sind keine Kinder mehr, und wir sind hier, zusammen. In wenigen Wochen werden wir aneinandergebunden. Bethina hat mir gesagt, dass es in meiner Familie nichts Ungewöhnliches ist, dass Licht- und Dunkelhexen Bindungen eingehen. Und deine Vorfahren haben das doch auch getan, nicht wahr? Charles' Eltern?«

»Ich kann mir ein Leben ohne dich nicht vorstellen, Lark.«

Er tritt zurück und hält mich auf Armeslänge von sich. Sogar aus diesem Abstand spüre ich, dass sein Herz hämmert. Mein Atem geht schnell und flach. Bitte, bitte, mach, dass er mich jetzt küsst!

Seine nächsten Worte sind nur ein heiseres Flüstern: »Wir sind verflucht. An unserem Geburtstag wirst du beginnen, mir langsam mein Licht abzuzapfen und dich davon zu nähren. Deine Dunkelheit wird mich verschlingen.

Ich werde dafür bezahlen, dass ich achtzehn Jahre lang stärker war als du.« Mit Tränen in den Augen fährt er fort: »Wir dürfen nicht für immer aneinandergebunden werden, Vögelchen, denn in deiner Nähe zu sein wird mich töten.«

20

Die Zeit steht still, während Becks Worte in meinem Gehirn hin und her gleiten und nach einem Ort Ausschau halten, an dem sie sich einnisten können. Sie finden einen Landeplatz und stürzen mit voller Wucht auf mich ein.

»Nein«, flüstere ich. »Ich werde dich doch nicht ... Das ... das könnte ich nicht.« Blutgeschmack brennt mir auf der Zunge: Meine Lippen bluten. Ich habe darauf gebissen, um meine Schreie zurückzuhalten. »Wer hat dir das erzählt?«

Beck legt mir den Finger auf die Lippen und wischt das Blut ab. »Bethina, meine Eltern, alle anderen.« Er zieht die Zweige wieder auseinander und gibt den Blick auf die Zeltstadt frei. »Sie tun seit Jahren nichts anderes, als daran zu arbeiten, einen Weg zu finden, dem Fluch ein Ende zu setzen.«

»Sie lügen«, beharre ich. »Warum sollte jemand uns verfluchen?«

»Ich weiß es nicht.« Er verzieht das Gesicht, und einen Moment lang habe ich den Eindruck, dass er erstickt. Beck keucht: »Ich wünschte, es wäre nicht wahr.«

»Aber du bist hier. Bei mir. Was ist nur los mit dir?« Es ergibt keinen Sinn, dass Beck bei mir sein will.

»Mein ganzes Leben hat bisher aus dir bestanden. Immer nur aus dir: dem Ersten, was ich morgens sehe, und dem Letzten, was ich abends sehe.« Er bricht ab. Sein schönes Gesicht ist vor innerer Zerrissenheit verzerrt.

»Bis vor kurzem – genauer gesagt bis heute – hast du nie ein echtes Interesse an der Bindung oder überhaupt an mir gezeigt, abgesehen davon, dass du meine beste Freundin bist.« Er starrt jetzt an mir vorbei. »Niemand erwartet von dir, wirklich etwas für mich zu empfinden.«

Maz hatte recht. Beck denkt, dass ich ihn von mir gestoßen habe, und das nicht aus Verantwortungsgefühl, sondern weil ich nicht mit ihm zusammen sein wollte.

»Du kannst meine Gefühle doch spüren. Weißt du denn nicht, was ich empfinde?«

Die Luft um uns herum ist still – die Brise ist verschwunden.

»Es war nie völlig klar.« Beck fährt sich mit zitternden Händen durch die Haare. »Aber du empfindest etwas für mich, nicht wahr?«

Tue ich das? Mein Brustkorb zieht sich zusammen. Das Brennen pulsiert tief in meinem Herzen und versucht, sich einen Weg ins Freie zu bahnen. Ein leises Summen erfüllt meine Ohren und erschwert es mir nachzudenken. Ich will Beck sagen, dass es unerträglich war, von ihm getrennt zu sein, dass alles, woran ich denken konnte, war, zu ihm zurückzugelangen. Ich will ihm sagen, dass ich ihn brauche wie die Luft zum Atmen.

Aber mein Körper lässt mich nicht. Es ist, als ob irgendjemand oder irgendetwas in meinen freien Willen eingreifen würde. Also sage ich: »Ich habe alles aufs Spiel gesetzt, um dich zu finden – meine Karriere, meine Zukunft. Um bei dir zu sein. Ist das nicht genug?«

Das ist es nicht. Beck macht ein langes Gesicht, und er schlingt sich die Arme um den Oberkörper, als ob er versuchte, sich zusammenzureißen. »Na gut. Ich glaube, du solltest dich frischmachen gehen. Bethina hat deine Kleidung in das Zimmer oben gelegt, das wir uns immer geteilt haben.« Er schlägt die Zweige auseinander und geht auf den Rasen hinaus – weg von mir und fort vom Haus.

Mein Gehirn schreit mir zu, ihm nachzulaufen, aber ich bin wie an dieser Stelle festgeleimt und kann mich nicht rühren. Becks Gestalt wird immer kleiner, bevor er schließlich zwischen den Bäumen am gegenüberliegenden Ende der Wiese verschwindet. Erst als er außer Sicht ist, weicht die Taubheit aus meinen Gliedmaßen.

Wie kommt es, dass er jeden anderen Gedanken spüren kann, der mein Innerstes durchströmt, aber nicht den wichtigsten?

Das Sonnenlicht ist jetzt sogar noch heller und scheint grell auf den Rasen. Es muss beinahe Mittag sein.

Da ich sonst nichts zu tun habe, löse ich mich aus dem kühlen Schatten des Baums und laufe auf das altmodische Haus zu.

Köpfe wenden sich mir zu, als ich vorbeikomme, und ein paar Leute überqueren sogar den Rasen, um es zu vermeiden, mir zu nahe zu kommen. Niemand sagt Hallo oder lächelt. Ich bin allein, ein von Licht umgebenes schwarzes Loch, und niemand außer Beck und vielleicht Bethina will mich hier haben.

Mein Herz sehnt sich nach Kyra. Wenn sie bei mir wäre, würde sie die ganze Sache lustig finden, lachend behaupten, dass wir lernen müssten, unsere Jungs mittels Magie zu kontrollieren, oder versprechen, alle möglichen Schrecknisse über jeden hereinbrechen zu lassen, der uns schlecht behandelt. Sie würde wahrscheinlich das ganze Anwesen in höchste Alarmbereitschaft versetzen, und ganz gleich, was sie tun würde, langweilig wäre es bestimmt nicht.

Aber sie ist nicht hier, weil sie eine Dunkelhexe und damit Becks Feindin ist, wie auch ich es sein sollte.

Aber warum? Warum müssen wir einander hassen?

Ich fahre mit den Fingern über das Holzgeländer der Veranda und spüre den Stich von Splittern, als meine Haut hängen bleibt. Ich schließe mit bebender Lunge die Augen und lasse das Kinn auf die Brust sinken.

Wie kann man jemanden hassen, mit dem man sein Leben lang gelacht hat?

Ein Atemzug, dann ein weiterer. Ich spüre, wie die Traurigkeit langsam aus meinem Körper weicht und Zorn in die Lücken einströmt, die sie hinterlassen hat.

Warum hat mir niemand etwas davon erzählt? Haben alle gehofft, dass ich eines Tages »geheilt« aufwachen würde?

Meine Wut wächst noch, als ich die Hintertür aufreiße, die in die Küche führt, und weiter ins Esszimmer marschiere. Der Boden ist immer noch von Stühlen übersät.

Was soll ich nur tun? Wenn Becks Eltern das hier sehen, werden sie mir nie verzeihen. Was, wenn sie mich zwingen abzureisen? Was, wenn sie Beck und mich voneinander trennen?

Aber vielleicht wäre das nicht das Schlechteste, wenn man bedenkt, dass ich ihren Sohn *töten* werde, wenn er in meiner Nähe bleibt.

Ein Ächzen, als ob ein Baum sich im Boden verziehen würde, gefolgt von einem lauten Knacken. Ich wende den Kopf zum Fenster, um zu sehen, ob die Trauerweide umgestürzt ist. Aber dann sorgt ein noch lauteres Knacken dafür, dass meine Aufmerksamkeit sich wieder auf das Esszimmer richtet.

Der Tisch liegt in zwei Teile zerbrochen da.

Ich starre sie an, und meine Gedanken überschlagen sich in dem Bemühen zu verstehen, was geschehen ist. Wie im Zug zittern mir die Hände.

Oh Gott. *Ich* habe das getan.

Einen Moment lang spiele ich mit dem Gedanken zu versuchen, die beschädigten Möbel zu reparieren, aber sie sind vollkommen hinüber. Und wenn ich noch nicht einmal weiß, wie ich die Möbel zerstöre, wie zur Hölle soll ich sie dann reparieren?

Ich renne die knarrende Treppe in den ersten Stock hinauf. Unser Zimmer liegt rechts auf halber Strecke des Flurs, und die Tür ist einen Spaltbreit geöffnet.

Sobald ich sicher drinnen bin, schlage ich die Tür hinter mir zu und mache einen Bogen um die beiden großen Reisekoffer, die mitten auf dem Boden liegen, bevor ich auf dem Bett zusammenbreche.

Ist das also Magie? Dinge zu zerstören und Wetteranomalien zu verursachen? Leute zu erschrecken und ein Leben im Schatten zu führen? Zu töten?

Erinnerungen an Maz und mich im Zug überfluten mein Gehirn. Wir haben geredet, und etwas, das er gesagt hat, hat mich aufgeregt. Meine Hände haben zu zittern begonnen, und dann ist alles zerbrochen. Aber das ergibt keinen Sinn! Warum sollte ich mir selbst wehtun? Mit dem Sturm ist es genauso: Warum hätte ich das tun sollen?

Ich wälze mich auf den Bauch und schüttle die Sandalen ab. Wenn meine Mutter weiß, wo ich bin, und mir wirklich Annalise und Callum nachgeschickt hat, wie lange wird es dann noch dauern, bis sie den Staat auf Summer Hill loslässt? Was wird geschehen, wenn sie Becks Eltern öffentlich beschuldigt, mich entführt zu haben? Das wäre ein hervorragender Anlass, sie als Empfindsame zu demaskieren – besonders wenn sie sie tatsächlich hasst, wie Beck behauptet.

Das bringt mich auf eine andere Frage: Warum bin ich

noch hier? Die Channings wissen, dass ich eine Bedrohung für Beck darstelle, und Eamon kann mich ganz eindeutig nicht ausstehen. Warum bin ich also nicht wieder in den Schnee hinausgeworfen worden?

Mit einem Seufzen reibe ich mir das Gesicht am Kissen. Unser Geburtstag. Mein Leben lang habe ich diesen Tag geliebt, aber jetzt hängt er über meinem Kopf wie eine Zeitbombe, die wochenlang tickt, bis ich – was? Beck töte?

Aber das ist mein Leben, also muss ich doch in der Lage sein, irgendeinen Aspekt davon zu kontrollieren, nicht wahr?

Nur dass Beck gesagt hat, dass die Erwachsenen schon jahrelang daran arbeiten und immer noch keine Lösung haben. Der Ernst der Lage belastet mich – es ist alles absolut unfair. Ich habe mir nichts von alledem ausgesucht, und ich will es auch jetzt nicht. Ich schlage mit den Fäusten auf das harte Kopfteil des Betts ein, bis die Schmerzen bis in meine Arme ausstrahlen.

Und dann wird es mir bewusst: Irgendetwas stimmt nicht.

Ich starre das Bett an. Es ist ein normales Bett mit einem blau-weißen Vogelmuster auf der Tagesdecke. Ein ganz gewöhnliches Einzelbett – aber es steht nur eines hier.

Nur eines.

Das hier ist nur mein Zimmer. Beck schläft in einem anderen Raum. Ein harter Knoten nistet sich in meinem Magen ein. Hat er seine Sachen wegbringen lassen? Oder waren sie gar nicht erst da?

Von unten ruft Bethinas Stimme nach mir: »Lark? Du musst herunterkommen.«

Ich habe keine Lust, jemanden zu sehen. Aber Gewohnheiten lassen sich schlecht abschütteln, und ich bin schon mein Leben lang gehorsam. »Ich komme gleich!«

Ich versetze dem Bett des Anstoßes einen Tritt. Das sorgt auch nicht dafür, dass ich mich besser fühle. Das Duschen kann warten, aber ich brauche etwas Sauberes zum Anziehen. Ich fühle mich ekelhaft. Im Koffer gleich neben mir finde ich ein weißes Sommerkleid mit lilafarbener Schleife und ziehe es über. Ein kurzer Blick in den Spiegel, um mir das Haar glattzustreichen, dann bin ich fertig.

Die Treppe stöhnt unter meinem Gewicht und spielt eine traurige Begleitmusik zu meiner Stimmung – jedes Knarren unterstreicht meinen immer übellaunigeren und verwirrteren Zustand.

Bethina wartet am Fuß der Treppe auf mich. Das gewohnte Leuchten ist aus ihren Augen verschwunden, so als ob es sie bekümmern würde, mich zu sehen. »Die Channings wollen mit dir sprechen.«

Ich werfe einen Blick auf die Tür des Empfangszimmers. Von der anderen Seite höre ich gedämpfte Stimmen und das Klirren von Eiswürfeln. Bethina bedeutet mir, ihr zu folgen, und das tue ich.

Wenn der Flur einer Fotogalerie gleicht, dann ähnelt dieser Raum einem Mausoleum. Die Wände sind von lebensgroßen Porträts von Menschen bedeckt, die, nach der Mode darauf zu urteilen, längst tot sind. Es ist unheimlich, so als würden sie alle auf mich herabstarren und Anstoß an dem nehmen, was sie sehen.

»Setz dich, Lark«, sagt Mrs. Channing und deutet auf einen seltsamen quadratischen Sessel gegenüber von ihrem eigenen.

Es kostet mich Mühe, eine bequeme Sitzhaltung auf dem unebenen Polster zu finden, und ich bin fast versucht, diesen Steinhaufen zugunsten des Bodens aufzugeben. Womit haben sie diese uralten Dinger nur gestopft?

Bethina stellt sich neben mich und legt mir die Hand auf die Schulter. »Möchte jemand etwas trinken?«

»Einen Scotch, bitte«, sagt Mr. Channing. Wir anderen ignorieren einander.

Bethina legt die Handflächen aneinander, und ein Serviertablett erscheint auf dem Couchtisch. Von einem Augenblick auf den anderen. Ich blinzle und verdaue die Tatsache, dass ich wirklich gerade mit angesehen habe, wie meine Hausmutter etwas aus dem Nichts herbeigezaubert hat.

»Ich lasse euch allein miteinander sprechen.« Bethina reicht Mr. Channing seinen Scotch, bevor sie das Zimmer verlässt und die Glastür hinter sich zuzieht.

In dem übergroßen Sessel komme ich mir winzig vor. Ich kann mit den Beinen nicht den Boden erreichen, und meine rechte Sandale fällt ab. Ich hebe sie nicht wieder auf, sondern falte stattdessen die Hände im Schoß und zähle, wie oft meine Beine hin und her baumeln.

Mehrere endlose Minuten lang sagt niemand etwas. Ich fühle mich ein wenig wie ein Tier im Käfig. Es liegt an der Art, wie Mrs. Channing mich anstarrt: Sie neigt den Kopf zur Seite, eine Geste, die ich mittlerweile kenne, und kneift die Augen zusammen, als ob sie sich konzentrierte.

Ich lasse den Blick durchs Zimmer schweifen, über antike Möbel und Gemälde. Es gibt einen Kamin – etwas, das der Staat missbilligt, weil es die Luft verschmutzt – und mehrere Regale, die vor altmodischen Papierbüchern überquellen. Eine gut bestückte Bar steht zu meiner Linken. Seltsamerweise befindet sich dort, wo früher immer der Wandbildschirm war, Mr. Channings Sammlung alter Münzen, perfekt angeordnet und gerahmt an der Wand.

»Wo ist der Wandbildschirm?«, frage ich und breche so das Schweigen.

Mrs. Channing öffnet die Augen und sagt ruhig: »Sie sind alle entfernt worden. Wir halten es für das Beste, dass du dich, solange du hier bist, auf deine Studien konzentrierst. Außerdem benötigen wir keine Wandbildschirme, um zu wissen, was in der Welt vorgeht. Zu dem Zweck können wir Magie einsetzen.«

»Wie?«

Mrs. Channing bedenkt mich mit einem kalten Lächeln. »Das geht dich nichts an.«

Und damit hat es sich. Sie haben mich wirkungsvoll von der Außenwelt abgeschnitten. Kein Armband. Kein Wandbildschirm. Nichts.

»Solange du hier bist, wirst du dich an ein paar Regeln halten«, sagt Mr. Channing, »und im Gegenzug werden wir dir eine Ausbildung zuteilwerden lassen, um dir zu helfen, deine Magie in angemessener Weise benutzen zu lernen.«

»Also lassen Sie mich bleiben? Obwohl es gefährlich für Beck ist, in meiner Nähe zu sein?«

»Du bist eine ungeübte Dunkelhexe. Es ist in unserem eigenen Interesse, dass du lernst, dich zu beherrschen«, antwortet Mrs. Channing.

Ein Hauch von Hoffnung regt sich in meiner Brust. Vielleicht kann ich ja *doch* geheilt werden. Warum sollten die Channings darauf bestehen, mich auszubilden, wenn nicht um ihren Sohn zu retten?

»Die Regeln sind einfach. Erstens wirst du Summer Hill nicht verlassen. Wir haben strenge Sicherheitsmaßnahmen eingerichtet, wie etwa die Kuppel, und dich allein umherstreifen zu lassen ist einfach zu gefährlich«, sagt er.

»Okay«, murmle ich. Es ist ja nicht so, dass ich eine Wahl hätte.

»Du wirst dich außerdem an einen strengen Stundenplan halten. Du hast den ganzen Tag Unterricht, mit Pausen für Mittag- und Abendessen. Du wirst diesen Unterricht nicht versäumen.«

Da ich noch nie im Leben absichtlich eine Schulstunde versäumt habe, sollte mir das nicht schwerfallen. Außerdem melde ich mich gern freiwillig für zusätzlichen Unterricht, wenn meine einzige Möglichkeit, Beck zu retten, darin besteht, den Umgang mit der Magie zu erlernen. »Natürlich.«

Ich lasse meinen Blick direkt zu dem Bild hinter Mrs. Channing wandern. Es zeigt einen Mann und eine Frau, offenbar ein Paar. Er hat den Arm um ihre Taille gelegt und sieht zu ihr hinunter, aber es sind ihre Augen, die meine Aufmerksamkeit erregen.

»Wer sind die beiden?«, frage ich und zeige auf das Bild.

Mrs. Channing zieht die Augenbrauen zusammen und wendet den Kopf. »Miles und Lucy – Patricks Ururgroßeltern und Charles Channings Eltern.«

Ich mustere das Bild mit größerem Interesse. »Ihre Augen sehen aus wie Becks – und meine. War mein Vater auch mit ihnen verwandt?«, frage ich, weil ich mich erinnere, dass Bethina gesagt hat, mein Vater würde aus einer unbedeutenden Lichthexenfamilie stammen.

Mr. Channing lacht leise. »Nun, ich nehme an, das ist möglich. Aber Sebb war höchstwahrscheinlich ein Cousin um drei Ecken herum. Er war ganz sicher kein direkter Nachfahre von Charles Channing.«

Sebb. Mein Vater hieß Sebb. Ich habe seinen Namen noch nie zuvor gehört und lasse ihn in meinem Verstand umherrollen. *Sebb.* Bis auf Bethina bei ihrer radikalen Umdeutung der Gesellschaftsgeschichte hat mir niemand je von ihm erzählt. »Ist Sebb die Kurzform von irgendetwas?«

»Sebastian«, sagt Mrs. Channing. »Und es war töricht von deinem Vater, sich an Malin zu binden, also mach dir gar nicht erst romantische Vorstellungen von ihm.«

Unter meiner ruhigen Fassade regt sich Gereiztheit. Muss sie so gehässig sein? Ich beiße mir auf die Lippen und sehe sie mit zusammengekniffenen Augen an. Ein dumpfer Aufprall an meiner Brust presst mich gegen meinen Sessel.

Niemand hat mich berührt, und doch kann ich mich anscheinend nicht bewegen oder es mir auch nur erlauben, etwas anderes als … Gleichgültigkeit zu empfinden.

»Wie wir schon sagten«, fährt Mrs. Channing fort, »wirst du zusätzlich zu deinem Unterricht die ganze Zeit über *ummantelt* sein.« Sie spricht das Wort »ummantelt« so aus, als ob es mir etwas sagen sollte. »Und wegen deines Gefühlsausbruchs vorhin und meiner Esszimmerstühle werden wir die Ummantelung enger ziehen. Wir können keine weiteren Missgeschicke zulassen.«

»Ummantelt? Ich weiß nicht, was das bedeutet.«

Ihre Lippen verziehen sich zu einem sanften Lächeln. »Du musst wissen, dass wir nie zulassen würden, dass irgendetwas Beck Schaden zufügt.«

Ich verstehe. Ich bin eine Bedrohung. Unter ihrer gefälligen Fassade hat Mrs. Channing Angst vor mir – genau wie Callum und Annalise.

»Ich will Beck nichts zuleide tun. Ich möchte niemandem etwas zuleide tun.«

»Natürlich nicht.« Ihre geschmeidige Stimme klingt herablassend. »Aber als du angekommen bist, warst du ja so aufgebracht! Du hast Fenster zerspringen lassen, ein Miniaturerdbeben ausgelöst und mein Haus verwüstet.«

Ich stammle: »Ich … habe ein Erdbeben ausgelöst?«

»Hat Beck dir das nicht erzählt?«, wirft Mr. Channing ein. »Da hat er die besten Stellen ja weggelassen, wie?« Er zwinkert mir zu.

Hier sitzt er nun mit der Partnerin seines Sohnes, die besagten Sohn vielleicht einmal töten wird, und zwinkert einfach? Das Gespräch verursacht mir eine Gänsehaut. Mein Blick huscht instinktiv zur Tür. Ich will aus diesem Zimmer flüchten. Ich möchte nicht mehr hier sein.

Mrs. Channing sieht ihren Mann finster an: »Also wirklich, Patrick, muss das sein?« Sie richtet ihre Aufmerksamkeit wieder auf mich. »Wir werden alles tun, um Beck zu beschützen. Wir müssen sichergehen, dass du, solange du hier bist und lernst, keinen Schaden mit deiner unkontrollierten Magie anrichten kannst.« Sie macht eine Pause und wählt ihre nächsten Worte sorgfältig. »Die Ummantelung wirkt sozusagen wie ein Puffer und hilft mit, deine Magie in Schach zu halten. Da du noch nie zuvor Magie eingesetzt hast, müssen wir diese Vorsichtsmaßnahme ergreifen.«

Die Ummantelung klingt angesichts dessen, was ich im Esszimmer angerichtet habe, nach einem guten Einfall. Außerdem habe ich noch keine sieben Jahre heimlich geübt, wie manche Leute, die ich kenne.

»Ich will niemandem etwas zuleide tun«, wiederhole ich.

Die andere Sandale baumelt mir am Fuß, und ich schüttle sie ab. Sie landet fast geräuschlos auf dem Boden, und ich hebe den Blick. Mr. und Mrs. Channing beobachten mich aufmerksam, als würden sie damit rechnen, dass noch mehr geschieht.

Niemand sagt etwas. Wir sitzen einfach im Schatten von Becks Ahnen, starren einander an und lauschen den Eiswürfeln, die in Mr. Channings Glas klirren. Ein Nippen. Ein Klirren. Rassel, rassel, schüttel, nipp.

Die Erinnerung, wie Beck unter dem Baum gesessen hat und wollte, dass ich ihm sage, dass ich etwas für ihn empfinde, sticht mir ins Herz. Ich habe ihn bereits verletzt, mehr als ich es je wollte. Mir kommen die Tränen, aber ich halte sie zurück. Ich reiße mich zusammen und setze eine ausdruckslose Miene auf. Ich kann nicht zulassen, dass sie mich so verstört sehen.

Mr. Channing macht eine Handbewegung, und ein Papiertuch erscheint auf meinem Schoß. »Nun komm schon, Lark. Es besteht kein Grund zur Sorge. Wir wollen dich damit ebenso schützen wie Beck.«

Ich habe die Channings immer gemocht. Meine wenigen Aufenthalte hier waren von Schnitzeljagden, lärmenden Essen im Familienkreis und Spaß geprägt. Zu sehen, dass sie sich Sorgen um ihren Sohn machen, und zu wissen, dass es meine Schuld ist, geht mir nahe. Ich will diese Bürde nicht.

»Da ist noch etwas«, sagt Mrs. Channing knapp.

Laute Rufe aus dem Flur sorgen dafür, dass wir uns alle drei umsehen. Ein Körper prallt gegen die Tür. Noch ein Stoß, und sie klafft auf, um Beck zu enthüllen, der sich mit einem anderen Mann streitet, den ich nicht sehen kann. Bei unserem Anblick hebt Beck die Hand, um den anderen Mann zum Schweigen zu ermahnen.

»Beck?«, fragt Mr. Channing. »Was tust du da?«

»Nichts.« Er verlässt das Zimmer, und die Tür fällt wieder zu.

Mr. und Mrs. Channing tauschen einen besorgten Blick. Mrs. Channing steht von ihrem Sessel auf und geht durchs Zimmer. Sie bleibt stehen, um die Blumen in einer Vase zurechtzurücken, aber ich kann an ihrer starren Körperhaltung ablesen, dass sie angespannt ist. Es ist ein Täuschungsmanöver – ein Versuch, ihre Besorgnis zu überspielen.

Ihr langsamer Spaziergang verschafft mir Zeit, die Informationen über die Ummantelung zu verarbeiten. Meine Magie ist fest eingewickelt, reagiert nicht mehr auf meine mangelnde Beherrschung und stellt daher keine Gefahr für meine Umgebung dar. Mir dämmert etwas.

Mrs. Channing hält inne, bevor sie die Tür öffnet. Der Flur ist leer. Zumindest wirkt er aus meinem Blickwinkel leer. Ich nehme an, dass sie auch nichts sieht, denn sie schließt die Tür und kehrt zu ihrem Sessel zurück.

»Mrs. Channing, bewirkt die Ummantelung noch etwas anderes?«

Sie versteift sich. »Sie hält dich ruhig.«

Ich starre sie unverwandt an. Mrs. Channing versucht, den Blick abzuwenden, und kann es nicht.

»Und?«

»Sie hindert dich daran, starke Gefühle zum Ausdruck zu bringen, da diese Gefühle in Kombination mit ungeübter Magie Schaden anrichten können.« Sie sieht beiseite.

Sie muss sich irren. Ich habe gerade heute Morgen auf dem Rasen Eamon gegenüber starke Gefühle zum Ausdruck gebracht. Natürlich habe ich eigentlich nichts getan, aber ich wollte es. Ich reiße die Augen auf, als mir klar wird, was geschehen ist. Ich *konnte* nichts tun. Genau, wie ich Beck nicht sagen konnte, was ich empfinde.

»Wie …« Ich zögere. »Liebe?«, frage ich dann, weil ich meine Theorie beweisen will.

»Die ist irrelevant. Du bist eine Dunkelhexe und damit unfähig zu lieben.«

Ein kaltes Taubheitsgefühl breitet sich in meinem Körper aus und arbeitet sich bis zu meinem Herzen empor. Ich starre sie mit aufgerissenem Mund ungläubig an. »*Unfähig zu lieben?*«

Die Taubheit weicht Zorn. Ich stelle einen Fuß auf den Boden, dann den anderen. Mein Körper zittert, als ich aufstehe. Mrs. Channing starrt mich ungläubig und panisch an. Mit kleinen, zielstrebigen Schritten gehe ich näher an ihren Sessel heran, bis ich über sie gebeugt dastehe. Mr. Channing rührt sich nicht. Seine Hand und sein Glas hängen wenige Zentimeter von seinem Mund entfernt in der Luft.

»Warum, glauben Sie, bin ich von zu Hause weggelaufen? Warum, glauben Sie, beuge ich mich Ihren Regeln?« Ich schlage mit der Faust auf die Armlehne ihres Sessels. Mein Blut rast tosend durch meinen Körper. »Weil Beck das Einzige ist, was mir wichtig ist.«

»Was dir wichtig ist – nicht, was du liebst. Behaupte nichts Unmögliches«, sagt sie.

Ich beuge mich über Mrs. Channing und stütze die Hände beiderseits von ihr auf. Mein Gesicht ist nur Zentimeter von ihrem entfernt, aber sie weicht nicht zurück.

Ihr dolchstichgleicher Blick bohrt sich in mich. »Oh, ich bin mir sicher, dass du deine eigene kleine Art zu lieben hast, aber das ist keine echte Liebe, Lark. Damit musst du dich abfinden – was du für Beck empfindest, ist keine echte Liebe und wird es auch nie sein.«

Ein leises Summen erfüllt meine Ohren. Ich möchte losschlagen, kann es aber nicht. Die Energie tobt immer heftiger in meiner Brust und versucht, daraus hervorzubrechen. Ich krümme mich keuchend.

Unter dem Baum wollte ich Beck sagen, wie viel er mir bedeutet, aber ich konnte es nicht. In unserem Zimmer wollte ich an jenem letzten Tag, dass er mich küsst. Ich weiß, dass ich es wollte. Die Art, wie er mich erröten lässt, der Frieden, den ich empfinde, wenn er in meiner Nähe ist … Ist all das keine Liebe?

Mrs. Channing atmet langsam und mit starrem Blick aus. Sie spürt meine Energie.

Wie bei meiner Ankunft in Summer Hill trifft mich ein heftiger Windstoß – wahrscheinlich magischen Ursprungs –, und die Energie verpufft. Die Geräusche des Zimmers stürzen wieder auf meine Ohren ein, und das Blut fließt langsam und stetig durch meinen Körper. Ruhig.

»Vergiss nicht, dass ich hier immer noch die Zügel in der Hand halte, kleines Mädchen.« Mrs. Channings Finger graben sich in die Armlehne ihres Sessels, und sie strafft die Schultern, als sie mich ansieht.

Mr. Channing wirft den Kopf in den Nacken und leert sein Glas. »Wir können nur für Becks Sicherheit sorgen, indem wir ihn von dir fernhalten. Wenn er an deinen Gefühlen zweifelt, wird es ihm leichter fallen, dich gehen zu lassen, wenn es an der Zeit ist.«

Ich trete von Mrs. Channings Sessel zurück, und sie läuft wie ein verängstigtes Kind zu ihrem Mann. Ihre Drohungen haben nichts zu bedeuten.

»Mich gehen zu lassen? Wohin sollte ich gehen? Ich weiß, dass ich nicht bei Beck sein kann, aber wo soll ich denn hin?« Mir versagt die Stimme. »Bethina ist hier, Beck ist hier. Ich kann nicht zurück in die Schule.«

Ich lasse den Kopf hängen und kneife die Augen zu. Bis auf das Rauschen der Energie, die meinen Körper erfüllt, ist es im Zimmer still.

Als ich schließlich die Augen wieder öffne, umklammert

Mrs. Channing den Arm ihres Mannes und stolpert nach links. »Patrick …«, beginnt sie, bricht dann aber ab.

Ich kneife die Augen zusammen und konzentriere mich darauf, wie sie mir auf den Geist geht. Warum ist sie so unfair?

Mrs. Channing drückt sich die langen Finger an die Augenbrauen und stöhnt vor Schmerz. Ihr Körper zittert. Sie wendet sich erst mir zu, dann wieder ihrem Mann, als würde sie versuchen, etwas zu verstehen.

Hitze durchflutet meinen Körper in köstlichen, tröstlichen Wellen, und Millionen kleiner Energienadelstiche prickeln in meinen Fingerspitzen.

Ich spreize die Finger und schließe sie rasch. Die Energie steigert sich. Interessant.

Mrs. Channing schnappt nach Luft. »Patrick.« Sie klingt panisch. »Sie ist bereits stärker, als wir dachten. Wir haben nicht viel Zeit.«

Wie auf ein Stichwort schwingen die Türen des Empfangszimmers auf. Bethina durchquert das Zimmer und nimmt mich schützend an die Hand.

»Patrick, Margo, Lark muss sich ausruhen. Das hier ist zu viel, als dass irgendjemand es auf einmal verdauen könnte.« Sie führt mich aus dem Raum und zur Treppe. Ich wehre mich nicht, und die Channings haben nichts dagegen einzuwenden.

»Halt dich von Beck fern«, ruft Mrs. Channing mir aus dem Empfangszimmer nach. »Bleib meinem Sohn vom Leib!«

Bethina drückt mir vertraulich die Hand. »Leg dich ein bisschen hin. Ruh dich aus. Du ruhst dich nie genug aus.«

Als ich die Treppe hinaufsteige, klingt Mrs. Channings hysterische Stimme aus dem Empfangszimmer zu mir herüber. Ein Lächeln bildet sich auf meinen Lippen, und dann entschlüpft mir ein Lachen. Ich halte mir die Hand vor den Mund, um es zu verbergen.

Ich sollte nicht lachen, aber ich komme nicht dagegen an. Das Geräusch strömt aus mir hervor und hallt auf dem Flur wider.

21

Die Morgensonne streicht über meine Augen hinweg. Wie eine Katze strecke ich mich und wälze mich an die wärmste Stelle. Ich bleibe ein paar Minuten lang so liegen, bevor ich die Daunendecke mit einem Tritt beiseite befördere.

War es die richtige Entscheidung, nach Summer Hill zu kommen? Diese Leute – Hexen – fürchten mich.

Und ich vertraue ihnen auch nicht völlig.

Aber was für eine Wahl habe ich denn? Die Schule kommt nicht infrage, denn dann lande ich doch nur bei Mutter.

Also sitze ich hier fest, in einem Haus voller Lichthexen, die mich nicht zu mögen scheinen, mich aber um ihrer eigenen Sicherheit willen hier haben wollen – und um Beck zu schützen.

Ich habe nichts. Mein Partner ist tabu, und meine Freunde sind angeblich meine Feinde. Stehen die Dunkelhexen nun auf meiner Seite oder nicht? Annalise war ja nicht gerade freundlich.

Und wer weiß, was für eine Rolle Bethina bei alledem spielt?

Ich sehe hinüber zu der Stelle, an der Becks Bett stehen sollte. Wenn wir noch in der Schule wären, würde ich Beck jetzt piesacken, bis er aufwacht. Dann würde ich mich in seine Arme kuscheln und von seinem stetigen Herzschlag die schlechten Neuigkeiten der letzten Tage übertönen lassen.

Er muss irgendwo in der Nähe schlafen. Ich kann mir nicht vorstellen, dass die Channings ihn zwingen, in einem der Nebengebäude zu schlafen, nur um uns voneinander fernzuhalten. Wenn er also im Haus ist, könnte ich den Flur entlanggehen und sein Zimmer suchen.

Nur dass ich ihm damit vielleicht schaden würde.

Ein Klopfen an der Tür reißt mich aus meinen Gedanken. Mrs. Channing steckt den Kopf ins Zimmer. »Guten Morgen, Lark«, sagt sie geschmeidig ohne jede Andeutung ihrer gestrigen Angst. »Hast du gut geschlafen?«

Ich schlucke eine sarkastische Antwort hinunter. »Ja. Danke.«

»Wunderbar. Glaubst du, dass du binnen fünfzehn Minuten beim Frühstück sein kannst? Dein Unterricht beginnt um neun – wir müssen sichergehen, dass du einen guten ersten Eindruck hinterlässt.«

Mein Kopf nickt zustimmend zu ihren Worten. »Klar. Wohin soll ich kommen?«

»Das Frühstück wird heute auf dem Rasen serviert.« Sie bedenkt mich mit einem angespannten Lächeln. »Ich warte.«

Also wird es wohl folgendermaßen laufen: Sie geben alle vor, dass sie ganz begeistert wären, mich hier zu haben, während ich so tue, als ob sie nicht in meinen freien Willen eingegriffen hätten. Kompromisse.

Ich ziehe mich schnell an, da ich es eilig habe, aus der Einzelhaft entlassen zu werden, und breche Richtung Rasen auf.

Das helle frühmorgendliche Sonnenlicht blendet mich einen Moment lang, und ich kneife die Augen zusammen. Erst spazieren nur ein paar einsame Seelen umher, aber binnen Sekunden drängt sich auf dem Rasen eine große Menschenmenge. Wie bei meinem Empfang scheinen diese Leute aus dem Nichts aufgetaucht zu sein. Die Sonne wird von ihren leuchtend bunten, schimmernden Tuniken reflektiert, so dass ein Regenbogen aus Grün, Gelb, Blau, Rot und Orange entsteht – den Erkennungsfarben der fünf Gesellschaften.

Das hier ist keine kleine regionale Versammlung. Die Channings haben Zauberer aus der ganzen Welt hergerufen, und das heißt, dass diese Hexensache etwas Größeres ist, als mir bewusst war.

Die lachenden, singenden und flüsternden Stimmen verschmelzen miteinander und bilden ein leises Summen, aber sogar darüber hinweg kann ich das Flattern von Vogelflügeln, das Zirpen von Grillen und das Rascheln des Grases hören. Alles wirkt verstärkt – lebendiger. Vielleicht hat meine ungezügelte Magie mich bis jetzt daran gehindert, wahre Schönheit zu erkennen?

Ich gehe auf die Frühstücksschlange zu, und alles kommt zum Erliegen.

Totenstille.

Jedes einzelne Augenpaar richtet sich starr auf mich, und ich weiche Richtung Küchentür zurück. Niemand muss mir sagen, dass ich hier nicht willkommen bin.

»Lark?«, ruft Mrs. Channing fröhlich vom Büfett. »Kommst du?«

Ihre Stimme durchbricht die Trance der anderen Hexen, und sie wenden sich wieder ihren Beschäftigungen zu. Vielleicht ist das hier keine gute Idee, und ich sollte im Haus bleiben. Wenigstens kann mich da niemand misstrauisch mustern.

Mrs. Channing winkt. »Jetzt oder nie, Lark.«

So unbehaglich ich mich auch fühle, Hunger habe ich doch, und sie hat Erdbeeren – die mag ich schließlich am liebsten.

Als ich mich in Bewegung setze, weichen die Hexen in meiner Nähe zurück, als wäre ich giftig. *Lass nicht zu, dass sie sehen, wie sehr dich das aufregt.* Ich stähle mich gegen ihre missbilligenden Blicke und spaziere mit zusammengebissenen Zähnen zum vorderen Ende der Schlange. Niemand sagt etwas dagegen.

Nachdem ich mir den Teller gefüllt habe, lasse ich den Blick über die Menge schweifen und halte Ausschau nach Beck. Aber ich sehe nur feindselige Gesichter, die jede meiner Bewegungen beobachten. Ich frage mich, ob er mir immer noch böse ist oder ob er von mir ferngehalten wird. Es spielt keine Rolle. Er ist jedenfalls nicht hier. Und das ist wahrscheinlich auch gut so … bis ich gelernt habe, mich zu beherrschen.

Mit hängenden Schultern bleibe ich vor einem freien Sitzplatz stehen.

»Ist der Platz schon besetzt?«, frage ich eine Gruppe junger Hexen.

Sie halten die blonden Köpfe von mir abgewandt, als sie ihre Teller einsammeln und gehen. Ich hole zitternd Luft, und meine Lippen beben leicht. Ich bin mir nur allzu bewusst, dass die Hexen um mich herum in zwei Lager gespalten sind: die, die so tun, als wäre ich gar nicht da, und die, die mich finster beäugen und mir böse Blicke zuwerfen.

Ich würde alles darum geben, jetzt Kyra bei mir zu haben. Oder Maz. Aber was sage ich da? Sogar Ryker und Lina wären besser als das hier.

Während ich einsam vor mich hin knabbere, betrachte ich die riesige Zeltstadt. Sie erstreckt sich vom Fuße des Hügels, auf dem das Haus steht, bis zum Rand des Waldes, hinter dem der See liegt. Es müssen gut tausend Zelte sein.

Nach den Flaggen zu urteilen, die auf den Zelten flattern, ist die Stadt in vier Bereiche aufgeteilt. Rot und Blau ganz hinten, Gelb und Orange näher bei mir. Grün – die Farbe unserer Gesellschaft – dominiert die Mitte, wo die vier Ecken einander berühren.

Unerwartet lässt sich Mrs. Channing auf den Sitzplatz gegenüber von mir gleiten. Das Sonnenlicht wird von ihrem smaragdgrünen Kleid reflektiert. Ein rascher Blick auf mein eigenes lavendelfarbenes Sommerkleid bestätigt mir, dass es ganz schlicht ist.

»Bist du gleich fertig? Du triffst dich in zehn Minuten auf dem Westrasen mit Dasha.« Sie deutet auf die gegenüberliegende Seite des Hauses.

Eine Gruppe Kinder steht links von uns und ist in ein lautstarkes Gespräch vertieft. Die Farben ihrer Tuniken mischen sich wie eine zerlaufende Buntstiftschachtel. Plötzlich huscht ein kleiner Junge an uns vorbei zur Schlange am Frühstücksbüfett. Die anderen feuern ihn an und jubeln ihm zu, als er an unserem Tisch vorbeikommt.

Auch sie haben Angst vor mir.

Ich sehe stirnrunzelnd meinen Teller an. »Meinen Sie, dass es ihr recht sein wird, mit mir zu arbeiten?« Die armen Erdbeeren auf meinem Teller haben keine Chance gegen die scharfen Zinken meiner Gabel. Ich steche auf sie ein, zerquetsche einige und spieße andere auf.

»Dasha ist schon ganz gespannt darauf, mit dir zu arbeiten. Das sind wir alle«, sagt Mrs. Channing.

Fast glaube ich ihr. Fast.

Ein Aufblitzen von Kupfer hinter ihrer Schulter erregt meine Aufmerksamkeit. Eine hübsche Hexe, nicht viel älter als ich, beobachtet uns. Sie versucht noch nicht einmal, es zu verbergen, als ich sie meinerseits anstarre.

Stattdessen schenkt sie mir ein breites Lächeln und hebt zum Gruß die Hand mit gespreizten Fingern.

Na, das ist … etwas Neues.

»Du wirst sie mögen. Sie ist auf ihrem Gebiet eine Expertin«, zieht Mrs. Channing mich wieder ins Gespräch.

»Toll!« Ich heuchle Begeisterung. Niemand hat mir je vorgeworfen, eine schlechte Schülerin zu sein, und ich werde ihnen auch jetzt keinen Anlass dazu geben. Ich werfe noch einen Blick über Mrs. Channings Schulter, aber die junge Hexe ist verschwunden. »Ich schätze, ich sollte losgehen.« Ohne Mrs. Channings Antwort abzuwarten, hebe ich meinen Teller hoch und stehe auf.

Sie berührt mich am Arm. »Einen Moment.«

In ihrer Stimme liegt eine Sanftheit, die gestern nicht vorhanden war.

Ich warte, setze mich aber nicht wieder hin.

Sie seufzt. »Es tut mir leid, wie ich mich gestern verhalten habe. Es war nicht fair von mir zu erwarten, dass du dich nicht aufregen würdest. Vielleicht habe ich mich von meiner Furcht übermannen lassen, aber du hast schließlich mein Zuhause zerstört.«

Ihre Worte klingen nach der Mrs. Channing, die ich immer gekannt habe, aber irgendetwas fühlt sich falsch an, gezwungen. Meine Augen verengen sich zu zwei schmalen Schlitzen.

»Ich mochte dich immer, Lark, obwohl ich vom Tag deiner Geburt an wusste, wer du in Wahrheit bist.« Sie hält inne. »Es gibt viele Leute, die dich nicht schätzen. Bitte sei vorsichtig.«

Und dann ist sie verschwunden. Der Platz, auf dem sie gesessen hat, ist leer. Ich wende den Kopf und halte nach ihr Ausschau, aber ohne Erfolg.

Nun, es war ja keine große Enthüllung. Der gewaltige

Abstand, den alle zu mir halten, ist ein guter Indikator für meine Beliebtheit.

Da ich nicht noch mehr Aufmerksamkeit auf mich ziehen möchte, schleiche ich mich am Rand des Rasens entlang, fort von dem sich teilenden Meer aus Hexen, und begebe mich auf die Rückseite des Hauses.

Ein paar fröhliche Takte *Alouette* folgen mir, während ich davongehe, mitsumme und mich an den Text zu erinnern versuche. So etwas wie: *Alouette gentille Alouette, Alouette JT plummery.* Oder irgendwie so. An viel erinnere ich mich nicht. Miss Jensen wäre verärgert.

Vielleicht bilde ich es mir nur ein, aber die Leute scheinen mir zu folgen. Sie halten Abstand, wahrscheinlich nur für den Fall, dass ich verrückt werde und sie mit dunkler Magie bewerfe oder so.

Eine hartnäckige Stimme tief in mir schreit mir zu davonzulaufen. Dass dies eine perfekte Gelegenheit für mich ist, die Flucht zu ergreifen. Dass Beck, wenn ich jetzt gehen würde, in Sicherheit wäre, und ich … was? Was wäre ich?

Immer noch allein. Das wäre ich.

Dasha, oder zumindest jemand, den ich für Dasha halte, erwartet mich mitten auf der großen Rasenfläche. Sie steht der Zeltstadt zugewandt und spielt an den Goldarmreifen herum, die ihre Arme vom Handgelenk bis zum Ellbogen einhüllen und die Ärmel ihres roten Kleids verdecken.

»Dasha?«

Sie zuckt zusammen. Und schreit auf. »Oje. Tut mir leid«, stammelt sie. »Ich … du … Ich hatte nicht damit gerechnet, dass du aus dieser Richtung kommen würdest.«

Ihre Armreifen klappern.

»Es tut mir so leid.« Das ist kein guter Anfang. »Wirklich. Ich wollte Sie nicht erschrecken. Ich wollte nur einen

Bogen um all das machen.« Ich zeige auf das Getümmel von Hexen auf dem Ostrasen.

Dasha schluckt sichtlich. Mrs. Channing hat gelogen. Dasha hat, wie alle anderen, entsetzliche Angst vor mir. Ich frage mich, wie ihr diese Aufgabe wohl aufgezwungen worden ist.

»Nun gut. Sollen wir beginnen?« Sie drückt sich förmlich aus wie eine Staatsfrau, aber sie spricht mit der leichten Andeutung eines Akzents, den ich zwar nicht einordnen kann, aber schon einmal gehört habe. Das Klappern ihrer Armreifen lässt nach; sie presst den Mund zu einer straffen Linie zusammen und wartet auf meine Antwort.

Ich will etwas lernen. Das will ich wirklich. Und ich will, dass sie mich mag. »Natürlich.« Ich schenke ihr ein strahlendes, eifriges Lächeln. »Stammen Sie aus dem Norden?«, frage ich in dem Versuch, ihr die Nervosität zu nehmen.

Dasha presst erneut die Lippen zusammen. »Das ist nicht von Bedeutung. Du bist hier, um zu lernen.«

Na gut. Da sind wir uns dann ja immerhin einig. »Was werden Sie mir beibringen?«

Ihr Körper entspannt sich, aber das Lächeln, das sie mir schenkt, ist verkniffen. »Ich bin Bewegungsexpertin. Es ist meine Aufgabe, dir beizubringen, wie du dich allein durch Gedanken von einem Ort zum anderen bewegen kannst. Das ist das Erste, was junge Hexen lernen – die Kontrolle über ihr physisches Wesen.«

»Wirklich?« Ich kann meine Begeisterung nicht verhehlen. Das klingt unglaublich!

»Ja. Würdest du dich nun bitte einfach auf dein Ziel konzentrieren?« Sie zeigt auf einen Baum jenseits des Weges. »Fangen wir mit dem Baum da an. Du musst deinen Verstand leeren und dich auf die *Bewegung* deines Körpers konzentrieren. Kannst du das?«

»Das ist alles? Keine Zaubersprüche oder so?«

»Das wäre unwürdig, Lark. Wir sprechen kein Kauderwelsch.«

Ich sauge an meinen Lippen. »Tut mir leid. Es ist ja nur, dass ich nichts über Magie weiß. Sie sind meine erste Lehrerin.«

»Das ist mir bewusst. Aber das heißt nicht, dass ich solch ein Benehmen dulde.« Sie bedenkt mich mit einem missbilligenden Blick, der mich an Mr. Proctor erinnert. »Jetzt leere deinen Verstand und konzentriere dich darauf, deinen Körper zu dem Baum dort zu bewegen.«

Das klingt nicht einfach. »Können Sie es mir erst einmal vormachen?«

Dasha neigt den Kopf und verschwindet mit einem leisen Rascheln. Eine Sekunde später steht sie neben dem Baum.

Dieses Geräusch! Es ist das gleiche, das ich an dem Tag gehört habe, als Beck und ich in der Schule den Empfindsamen begegnet sind. Kein Wunder, dass der Alarm nicht losgegangen ist – die Schulbarrikade ist nutzlos, und wenn Bethina mir die Wahrheit gesagt hat, wussten einige Mitglieder des Staats darüber Bescheid. Es war alles Augenwischerei.

»Du bist dran.«

Ich habe keine Ahnung, was sie gemacht hat. Ich schließe die Augen und verdränge alle Gedanken außer dem an den Baum aus meinem Verstand. Ich kneife die Augen immer fester zu und male mir aus, neben dem Baum zu stehen. Nichts.

Wieder dieses Rascheln. Ich öffne die Augen und stelle fest, dass eine Gruppe aus etwa zwei Dutzend Hexen zu uns gestoßen ist. Sie stehen sich in zwei Reihen rechts und links von Dasha und mir gegenüber.

Unsicher, was ich tun soll, hebe ich die Hand und sage im unbedrohlichsten Tonfall, der mir zu Gebote steht: »Hallo.«

»Mörderin«, zischt einer von ihnen, ein Junge von etwa dreizehn Jahren.

Ich erstarre mitten im Schritt und konzentriere mich auf ihn. »Sprichst du mit mir?«

Verhaltenes Gekicher. Der Junge starrt an mir vorbei und will mir nicht in die Augen sehen. »Du hast meine Mutter getötet. An deiner vornehmen Schule.«

Mir stockt der Atem, und meine Knie werden weich. Ich habe die Mutter dieses Jungen getötet, auch wenn es ein Unfall war und in Selbstverteidigung geschehen ist. »Es tut mir …«

»… leid?«, fragt er ungläubig. »Dir doch nicht. Du würdest uns alle töten, wenn du Gelegenheit dazu hättest.«

Ich schüttle den Kopf. »Nein. Du verstehst das nicht. Sie hat mich bedroht.«

Der Junge blickt auf. Unvergossene Tränen funkeln in seinen Augen. Eine ältere Frau legt ihm den Arm um die Schultern, und er birgt den Kopf in ihrer Achsel. Ein langgezogenes, leises Schluchzen erfüllt die Luft.

Ich habe seine Mutter getötet.

Ich will mehr denn je verschwinden, und Bewegungsmagie kommt mir im Moment wie meine größte Chance vor. Ich schließe die Augen und konzentriere mich darauf, mich so weit wie möglich von diesem Jungen – und den anderen Hexen – zu entfernen. Ich denke nur an den Baum und tue genau das, was Dasha mir gesagt hat. Aber nichts. Ich stehe immer noch am selben Fleck.

Dasha erscheint neben mir. »Versuchst du es überhaupt? Oder ist das alles für dich nur ein großes Spiel? Bewegung sollte dir angesichts deiner Begabungen leichtfallen.«

Jemand in der Menge versucht, sein Lachen mit einem Husten zu überdecken. Toll. Ich versage nicht nur auf der ganzen Linie, ich habe dabei auch noch ein Publikum.

»Natürlich versuche ich es! Ich habe nur keine Ahnung, wie Sie es bewerkstelligt haben. Es ist ja nicht so, dass Sie es mir überhaupt *erklärt* hätten.« Wut kocht in mir hoch.

»Versuch es noch einmal. Du darfst nicht scheitern.« Sie tritt einen Schritt von mir zurück. »Konzentrier deinen Verstand, Lark. Du kannst es schaffen.«

Die Wut sickert in mein Gehirn ein. Ich bin mir nicht sicher, ob ich zornig auf Dasha bin, weil sie mir vorwirft, mich gar nicht zu bemühen, oder mir selbst wegen meiner Unfähigkeit böse bin. Ich hole tief Luft, verscheuche alle feindseligen Gedanken und konzentriere mich auf den Baum.

Die Luft streicht über meine Haut. Eine kleine Bewegung und dann ein entsetzlicher, brennender Schmerz, als ich gegen eine unsichtbare Barriere pralle. Ich breche gute drei Meter vom Baum entfernt auf dem Boden zusammen. Blut verstopft mir die Kehle und strömt mir übers Gesicht.

»Oje!« Dasha beugt sich über mich, berührt mich aber nicht. »Was ist passiert?«

Ich versuche zu antworten, aber das Blut läuft mir die Kehle hinunter, und ich würge. Unbekannte Gesichter beugen sich über mich, um einen besseren Blick auf meine Verletzungen zu erhaschen.

Ich höre jemanden sagen: »Sie hat es nicht besser verdient.«

Niemand bietet an, mir zu helfen. Und warum auch? Sie hassen mich.

Und dann sagt die samtige Stimme eines Mannes: »Vielleicht kann ich helfen?«

»Oh, den Sternen sei Dank! Eamon.« Dashas Tonfall schwankt zwischen Furcht und Besorgnis. »Ich weiß nicht, was passiert ist. Sie schien ganz gut zurechtzukommen, und dann das!« Sie sagt »das« so, als hätte ich mir vorsätzlich körperlichen Schaden zugefügt.

»Wir sind einander noch nicht richtig vorgestellt worden«, sagt er zu mir. »Eamon Winchell, Heiler.« Er zupft an seiner roten Tunika. »Mitglied der Nördlichen Gesellschaft.«

Ein Heiler. Im Augenblick ist es mir ziemlich gleichgültig, wer er ist, solange er nur den pochenden Schmerz zum Erliegen bringen kann.

Eamon bückt sich und mustert meine Nase, ohne mich zu berühren. Die bronzenen Strähnen in seinem Haar schimmern, und ich versuche mich darauf zu konzentrieren, während er die Hand wenige Zentimeter über meinen Körper hält. »Du hast dir den Arm gebrochen. Und die Nase.«

Dasha ringt die Hände. »Kannst du es heilen? Bitte sag, dass du es heilen kannst.«

»Kein Problem.« Der Blick seiner blauen Augen ruht auf meinem Gesicht. »Ich werde dich berühren. Beweg dich nicht.«

Ich beuge mich zur Seite und spucke Blut. Brennende Tränen steigen mir in die Augen. »Ich werde es versuchen.«

»Macht Platz«, sagt er zu der Menge, und sie weicht sofort zurück. Eamon legt mir die Hand auf den Arm. Unter seiner Berührung baut sich Druck auf, bis ein Knacken ertönt. Mein Knochen vibriert und heilt. Eamon beobachtet mich genau. »Rühr dich nicht, sonst muss ich ihn dir erneut brechen.« Seine Lippen verziehen sich zu einem Lächeln, bevor er sie wieder zusammenpresst.

Ich konzentriere mich auf meine Atmung. Ein und aus. Ein und aus. Das Vibrieren lässt meinen Arm, meine Schulter und meinen Oberkörper auf unangenehme, aber nicht schmerzhafte Art erbeben. Es ist schwer stillzuhalten, während mein Körper unkontrollierbar zittert.

Eamon hebt die Hand. »Kannst du ihn beugen? Tut es weh?«

Vorsichtig hebe ich den Arm. Er fühlt sich gesund an, als ob nichts passiert wäre. Ich hebe schnell den Kopf, um Eamon zu danken, und mir wird schlecht, als mir erneut Blut in die Kehle läuft.

»Mit deiner Nase wird es schwerer.« Er beugt sich dicht über mich und legt mir die Hände auf die Wangen. »Du musst stillhalten, ganz gleich, was geschieht. Wir wollen doch dein hübsches Gesicht nicht zerstören.«

»Eamon«, unterbricht ihn Dasha. »Soll ich vielleicht Margo holen? Sie wissen lassen, was geschehen ist?«

»Ja. Aber sag ihr, dass es Lark gut geht.«

Dasha verschwindet.

»Dann lass uns mal sehen.« Eamons Augen starren mich hasserfüllt an.

Ich zucke instinktiv vor ihm zurück.

»Na, na, *Alouette*. Es besteht kein Grund, Schwierigkeiten zu machen.« Er gibt mir spöttisch einen Klaps auf die Wange. Schmerz durchzuckt meine Nase und meine Augen. Von der Gruppe um uns herum ertönt noch mehr Gelächter.

Mit zusammengebissenen Zähnen stoße ich hervor: »Ich heiße Lark!«

»*Alouette*. Lark. *C'est la même chose*«, sagt er mit honigsüßer Stimme in der Amtssprache der fast nicht mehr existenten Nördlichen Gesellschaft – ich verstehe sie nicht, erkenne sie aber. »Du musst trotzdem eine brave

Patientin sein und auf das hören, was ich dir sage. Man weiß ja nicht, was passiert, wenn du es nicht tust.«

Ich verkrampfe mich. »Sie mögen mich nicht.«

»Niemand hat gesagt, dass ich dich mögen muss. Ich muss nur meine Aufgabe erfüllen.« Seine Hand gleitet über meine Nase, und die Blutung kommt zum Stillstand. Er macht eine rasche Bewegung mit dem Handgelenk, und Schmerzen breiten sich wellenförmig durch meinen Kopf aus.

Ich schreie auf und bedecke mein Gesicht mit den Händen, um abzuwehren, was er mit mir tut.

»Nimm die Hände weg, sonst kann ich dich nicht heilen.«

Ich beiße die Zähne zusammen und senke die Hände, bereit, mein Gesicht wieder darin zu bergen, falls der Schmerz zurückkehrt. Ich kann die Augen nicht öffnen, aber ich spüre Eamons Atem, als er sich über mich beugt. Eine starke Vibration durchläuft meine Wangen und meine Nase, aber diesmal tut nichts weh.

Ich öffne die Augen, als Eamon gerade aufsteht. Hinter ihm erscheinen Dasha und Mrs. Channing. Es ist nichts mehr von den anderen Hexen zu sehen, die noch vor wenigen Momenten um uns herum gestanden haben. Und immer noch kein Beck. Es ist, als wäre er verschwunden und hätte mich hier ganz alleingelassen.

Mrs. Channing wird blass. »Wir sollten dich frischmachen. Du bist blutüberströmt.« Sie wendet sich an Eamon. »Danke, Eamon. Ich weiß nicht, was wir ohne dich tun würden.«

Er neigt den Kopf vor den Frauen und verschwindet. Bis auf ein leises Rascheln und einen kalten Kloß in meiner Brust lässt er nichts zurück.

22

Die Zeit vergeht schnell in Summer Hill. Die Tage gleiten dahin und bringen uns näher an den Oktober und meinen und Becks Geburtstag, näher an was auch immer uns erwartet. Tage, die ich nie zurückbekommen werde.

Heute Morgen soll ich mit Eloise arbeiten. Ich habe die Hoffnung aufgegeben, Beck zu sehen. Entweder halten uns die Channings wirklich voneinander fern, oder er hat Angst vor mir, wie alle anderen. Ich will glauben, dass die erste Erklärung zutrifft.

Als ich über den südlichen Rasen zu meiner nächsten Unterrichtsstunde gehe, bin ich mir nicht sicher, was ich erwarten soll. Nach meinen Erfahrungen mit Dasha und mehreren anderen Lehrern bin ich nicht mehr sehr optimistisch, was meinen Unterricht angeht. Entweder bin ich hoffnungslos unbegabt, was Magie betrifft, oder meine Lehrer haben zu große Angst vor mir. Woran es auch liegt: In Sachen Magie bin ich eine erbärmliche Versagerin.

Alles, was ich im Moment lernen möchte, ist, mich unter Kontrolle zu halten. Vielleicht reicht das aus, um Becks Sicherheit zu gewährleisten und mich davor zu bewahren, tiefer in der Dunkelheit zu versinken. Ich weiß es nicht so recht, weil niemand mir etwas darüber sagt und ich Bethina nicht habe aufstöbern können. Mein Magen verknotet sich bei dem Gedanken, dass sie mich hier im Stich gelassen haben könnte. Das würde sie doch sicher nicht tun?

Die Sonne steigt höher am Himmel empor, und ihre unbarmherzigen Strahlen brennen auf mich herab. Bis auf die Grillen und Schmetterlinge ist niemand hier.

Hm, vielleicht bin ich an der falschen Stelle? Ich lasse den Blick noch einmal langsam über die Wiese schweifen, bevor ich mich umdrehe, um zum Haus zurückzukehren. Mrs. Channing weiß sicher, wo ich eigentlich sein sollte.

Ein leises Rascheln bringt mich dazu, mich wieder umzudrehen. Ich erkenne das Geräusch: Eine Hexe materialisiert sich neben mir.

Tief unten im wogenden Gras kauert die rothaarige Hexe, die mir letzte Woche beim Frühstück zugewinkt hat. Im Sonnenlicht schimmert ihr lockiges Haar wie die antiken Pennys, die Mr. Channing sammelt und in kleinen Glaskästen an den Wänden zur Schau stellt.

»Oh, hallo, Lark.« Sie steht auf und klopft sich an ihrem kurzen – wirklich kurzen, er bedeckt sie kaum! – Rock den Staub von den Händen. Dieses Kleidungsstück würde Kyra sehr gefallen. »Tut mir leid, dass ich zu spät komme. Ich hoffe, du musstest nicht zu lange warten.«

Sie bietet mir die Hand zum Gruß.

Ich starre sie an. Ist das ein Trick? Sie kann doch in meiner Gesellschaft nicht so entspannt sein. Das ist niemand. Sie wartet mit großen, freundlichen Augen.

Alles an ihr erinnert mich an Kyra – nicht das Aussehen, aber das übersprudelnde Temperament. Die Einsamkeit nagt an mir. Was würde ich nicht darum geben, Kyra jetzt bei mir zu haben! Sie hätte sicher das ein oder andere über meine derzeitige Situation zu sagen, und ich würde gern sehen, ob Mrs. Channing mit ihr fertigwird. Kyra kann jeden kleinkriegen.

Ich nehme Eloises Begrüßung zögernd an und schüttle ihr die Hand.

»Tut mir leid, ich habe viel länger mit der Reparatur der Kuppel gebraucht, als ich im Voraus gedacht hätte.«

Sie hat den gleichen leichten Akzent wie Eamon, und ich frage mich, ob sie befreundet sind.

Eloise lässt sich hintenüber ins Gras fallen und zeigt mit den Fingern. »Siehst du, da oben?«

Ich kneife die Augen zusammen, lege den Kopf in den Nacken und halte Ausschau nach dem, was sie sieht.

»Sie hatte Schwachstellen, und die Channings hatten Angst, dass sie die Dunkelhexen vielleicht nicht länger fernhalten würde. Aber ich habe mich darum gekümmert.« In ihrer melodischen Stimme schwingt großer Stolz mit.

Meine Gedanken überschlagen sich angesichts dieser Information. Es sind also Dunkelhexen auf der anderen Seite?

Ich starre nach oben, aber ich sehe nichts bis auf den strahlend blauen Himmel. Sie sind da draußen und warten. Das verheißt nichts Gutes.

»Ja, wir dürfen doch nicht zulassen, dass Dunkelhexen mit Lichthexen verkehren, nicht wahr?«, sage ich halb im Scherz, aber ich meine es durchaus ernst.

»Du bist witzig.« Eloise lacht und schüttelt den Kopf. »Na, was willst du als Erstes tun? Schutzzauber, Wetterhexerei? Sag es einfach, dann machen wir es auch.«

Ihr Lächeln reicht von einem Ohr zum anderen und wirkt echt. Ich kann gar nicht anders, als das Lächeln zu erwidern, nicht nur weil sie so sympathisch ist, sondern weil ich es vermisse, jemanden zu haben, mit dem ich lächeln kann.

Das Herz wird mir schwer. Wenn Beck hier wäre, hätte ich jemanden. »Nun, da ich anscheinend rein gar keine Magie wirken kann, such du doch etwas aus, und ich versuche es dann.«

Eloise reibt sich die Hände, wie um sich aufzuwärmen, und schließt dann fest die Augen. Sie ist einen Moment lang still, und ich frage mich, ob ich ihr alles nachmachen soll.

»Ich hab's!«, sagt sie plötzlich. »Beck hat mir erzählt, dass du das Wetter beeinflussen kannst. Versuchen wir es doch einmal damit.«

Sie stellt sich auf die Zehenspitzen und reckt beide Hände über den Kopf. Gemessenen Schrittes dreht sie sich in einem stummen, langsamen Tanz. Ihr Gesicht ist ausdruckslos, und ihre blaugrauen Augen sind fest auf einen Punkt in der Ferne gerichtet. Eloises zierlicher Körper vibriert und verschwimmt vor meinen Augen.«

»Und *voilà*!« Sie verneigt sich mit großer Geste in meine Richtung. »Was meinst du? Willst du es versuchen?«

Ich sehe mich um und mühe mich ab herauszufinden, was sie getan hat. Die Sonne sieht aus wie vorher, obwohl sie vielleicht etwas höher am Himmel steht. Ich spüre keinen Wind und sehe keinen Schnee.

»Äh, Eloise? Was hast du getan?«

Sie lacht – ein leises, trällerndes Geräusch – und deutet hinter das Haus. In der Ferne sehe ich nicht einen, sondern zwei Regenbogen, die ineinander verflochten sind und ein »M« bilden.

»Das ist an einem sonnigen Tag wie heute keine Kleinigkeit.«

Regenbogen. Diese viel zu hübsche Hexe will, dass ich einen Regenbogen erschaffe? Was für eine Zeitverschwendung. Ich lache laut über die absurde Vorstellung. »Das ist ja ganz toll und überhaupt … aber anscheinend kann ich Erdbeben und Schneestürme verursachen – mächtige, zerstörerische Phänomene. Ich verstehe nicht, wie ein Herumspielen mit Regenbogen mir da weiterhelfen soll.«

Zu meiner Überraschung ist sie völlig perplex. »Oh, es ist durchaus relevant, Lark. Wirklich. Du musst einfach in der Lage sein zu *spüren*, woher deine Macht kommt. Sobald du das kannst, wird es dir auch leichter fallen, sie zu kontrollieren. Das haben wir dir alle beizubringen versucht.«

»Ist das nicht gefährlich?« Ich runzle die Stirn. »Beck hat mir erzählt, dass Dunkelhexen ihre Macht aus Angst und Zorn gewinnen.«

»Jeder von uns hat eine andere Art, auf seine Macht zurückzugreifen. Für mich ist es etwas Fröhliches wie das Tanzen.« Sie dreht eine Pirouette. »Weißt du, was deine Methode ist?«

»Ich glaube, das Hauptproblem besteht darin, dass ich mir gar nicht bewusst war, was ich getan habe, wenn ich meine Kräfte eingesetzt habe.«

Sie verschränkt die Arme. »Vielleicht solltest du darüber nachdenken, was jeweils geschehen ist. Das könnte dir einen Hinweis geben.«

Der Drang, mich als gute Schülerin zu erweisen, gewinnt die Oberhand. Wenn ich herausbekomme, wie ich meine Macht kontrollieren kann, werde ich vielleicht in der Lage sein, Becks Sicherheit zu gewährleisten. Ich hole tief Luft und kanalisiere meine Konzentration.

Ich habe versucht, Beck zu erreichen.

Mein Herz wirbelt.

Ich war wütend, dass sie versucht haben, mich von ihm fernzuhalten.

Ein heftiges Pulsieren durchzuckt mich.

Ich muss mich von ihm fernhalten.

Ich spüre ein intensives Reißen tief in mir – und dann ist es weg. Mein Herzschlag verlangsamt sich wieder auf Normalmaß, und ich falle vornüber und lande auf Händen und Knien. Der Atem schießt mir in einem einzigen großen Keuchen aus der Lunge – mir war gar nicht bewusst, dass ich die Luft angehalten habe.

»Interessant.« Eloise hockt sich neben mich. Sie streckt mir die Hand hin und hilft mir auf. »Woran hast du gedacht?«

Ich streiche mir das Kleid glatt und stecke mir eine Haarsträhne hinters Ohr. »An Beck. Oder eher daran, wie wütend ich bin, dass Beck von mir ferngehalten wird.«

Sie neigt den Kopf leicht zur Seite und schaut in den Himmel auf. »Hast du dir Gedanken und Sorgen um ihn gemacht?«

»Ja, wahrscheinlich. Warum?«

Ihr Blick wandert zum Ostrasen. Selbst aus dieser Entfernung kann ich sehen, dass Beck dort mit seiner kleinen Schwester, Bea, Fangen spielt. Ihre blonden Zöpfe fliegen in entgegengesetzte Richtungen, als sie sich an ihm vorbeiduckt.

Mein Puls rast, und ich beginne durchs kürzere Wiesengras auf ihn zuzugehen – ungeachtet des Versprechens, das ich den Channings gegeben habe.

Eine Gruppe aus Hexen bildet einen Kreis um Beck, und er sagt etwas, das anscheinend lustig ist, denn sie beginnen alle zu lachen. Beck schnappt sich Bea und kitzelt sie. Ihr Kreischen und Lachen übertönt alle anderen Geräusche.

Ist das nicht schön? Er hat seinen Spaß, und ich sitze hier fest, muss mir die Nase brechen lassen und werde wie eine gefährliche Kriminelle behandelt.

Ich bin schon halb über den Rasen, als etwas Unsichtbares mich zurückreißt. Ich kämpfe dagegen an und stoße es von mir, aber sein Griff verstärkt sich, bis ich mich krümme und nach Luft schnappe.

Eloise kommt zu mir gelaufen und hilft mir auf. »Alles in Ordnung?«

Ich antworte nicht. Meine Augen verengen sich zu Schlitzen. Ein Mädchen steht neben Beck. Ihr glänzendes goldblondes Haar weht in der leichten Brise.

»Wer ist das?« Ich verhehle meine Eifersucht nicht.

»Ach, die. Das ist Quinn. Sie ist eine unglaubliche Sängerin.« Eloise dreht sich die Haare zu einem lockeren Knoten zusammen.

»Wirklich?« Eine kleine, heiße Masse nistet sich in meinem Herzen ein. Dieses Mädchen, Quinn, die große Sängerin, steht zu nahe bei Beck. Ich balle die Fäuste. Quinn lacht und streckt die Hand aus, um ihn zu berühren. Als ihre Hand seinen Rücken streift, macht sie einen Satz rückwärts, als hätte sie einen elektrischen Schlag bekommen. Beck hat gar nichts bemerkt und spielt weiter mit Bea.

Eloise quietscht entzückt. »Das hast du getan, nicht wahr?«

Ich zucke mit den Schultern.

»Oh ja, das hast du!« Sie hebt die Hand und wartet darauf, dass ich sie abklatsche.

Ich ignoriere Eloise und versuche mich zu beruhigen, indem ich meinen Anhänger reibe. Der Hass auf Quinn schwelt immer noch in mir, und so wende ich der Szene am anderen Ende des Rasens den Rücken zu und stemme die geballten Fäuste auf die Oberschenkel. *Du bist stärker, Lark. Du musst diesen Gefühlen nicht nachgeben.* Beschämung durchflutet mein Gewissen. »Glaubst du, dass das etwas Gutes ist? Was für eine Lehrerin bist du bloß? Ich habe dem Mädchen wehgetan!«

Eloise zieht die Brauen zusammen, so dass sich winzige Fältchen zwischen ihren Augen bilden. »In Ordnung. Was würdest du sagen, wenn ich dir erzählen würde, dass ich Quinn erfunden habe? Dass nur wir sie sehen konnten?«

»Du … Was?« Ich sehe mich nach Beck und seinen Begleitern um. Quinn steht immer noch an derselben Stelle wie zuvor und rührt sich nicht. Niemand achtet auf sie, obwohl sie sich nun mitten in einem übermütigen Ballspiel befindet. Mir steht der Mund offen. Ich habe irgendwie auf Eloises Kräfte eingewirkt. Obwohl ich ummantelt bin und angeblich niemandem schaden kann, habe ich das getan. Oder vielleicht wirkt meine Macht auch nur bei imaginären Menschen? Hmm.

»Warum hättest du das tun sollen?«, frage ich.

»Ich musste sehen, wie du arbeitest.« Sie macht es sich im Gras bequem, die Beine zu einer Seite angezogen, und klopft auf den Boden neben sich. »Komm, setz dich zu mir.«

Ich zögere, unsicher, ob ich ihr vertrauen soll. Sie hat mich gerade dazu verleitet, jemandem wehzutun, obwohl diese Person nur eine Einbildung war.

»Hat Beck dir die geschenkt?« Bei der Erwähnung seines Namens sehe ich wieder dorthin, wo er eben noch mit Bea gespielt hat. Sie haben sich weiter in Richtung Zeltstadt entfernt, und ich beobachte, wie sie darin verschwinden.

»Was?«

Sie deutet auf ihre Brust. Meine Kette. Schon wieder die Kette! »Warum interessieren sich alle so dafür?«

»Sie ist sein Unterpfand. Das bedeutet, dass er dich mag.« Sie klopft erneut auf den Boden und wartet auf mich. Ich sehe wohl verwirrt aus, denn Eloise lacht. »Er mag dich, und wenn du herumläufst und die Kette trägst, dann weiß jeder, was das heißt – er ist dir treu ergeben.« Sie zieht verschwörerisch die Augenbrauen hoch. »Das bringt seine Eltern und ein paar andere um den Verstand.«

»Na, in dem Fall werde ich sie nie wieder abnehmen.«

Eloise kichert. »So ist es richtig.«

Ihre Freundlichkeit mir gegenüber ist seltsam, und ich fühle mich fast wieder wie ein normales Mädchen. Fast. Bevor ich mich davon abhalten kann, sprudelt es aus mir hervor: »Du hast also keine Angst vor mir?«

Eloise scheint die Frage nicht seltsam zu finden. »Natürlich nicht. Du hast viel Feuer.«

»Das meinst du aber im Guten, oder? Nicht dass ich einen Brand legen werde oder so?«

»Oh, absolut!« Eloise klopft wieder auf den Boden, und ich setze mich neben sie. Ein kleines Flattern breitet sich in meinem Bauch aus. Ich habe endlich eine Freundin.

Eloise legt sich ins Gras und sieht in den Himmel oder besser gesagt in die Kuppel auf. »Ich würde mir um Beck keine Sorgen machen. Er ist dir ergeben. Er hat uns sogar während der Ummantelung ein paar Probleme bereitet.«

»Wie meinst du das?«

Sie hält sich eine Pusteblume an die Lippen, bläst und verteilt die weißen Fädchen auf ihrem ausgestreckten Oberkörper. »An dem Abend auf dem Rasen, als du ummantelt wurdest, musste jede anwesende Lichthexe mit anpacken, um den Zauber zu wirken.«

»Tatsächlich?«

»Allerdings.« Eloise lacht leise und stützt sich dann mit funkelnden Augen auf die Ellbogen hoch. »Beck hat uns immer wieder abgewehrt. Wir haben eine Weile gebraucht, bis wir verstanden haben, was vorging – wir dachten alle, du wärst es –, aber als wir es dann wussten, waren wir in der Lage, dich recht schnell zu ummanteln.«

Sieh an, sieh an. Eloise ist eine Informationsquelle.

Vielleicht ist meine neue Freundin doch keine schlechte Lehrerin.

»Warum hätte er das tun sollen? Und wie?« Er muss schon sehr stark sein, wenn er einer Versammlung so vieler Hexen Paroli bieten kann.

»Das ›Warum‹ ist nicht so schwer. Falls es dir entgangen sein sollte: Er neigt dazu, dich zu beschützen. Ich habe eigentlich noch nie zwei Leute gesehen, die so versessen darauf sind, aufeinander aufzupassen, sogar wenn es bedeutet …« Sie zuckt die Achseln und lässt mich meine eigenen Schlüsse ziehen.

Was ich höre, ist Folgendes: Beck hat keine Angst vor mir. Er hasst mich nicht. Ich seufze erleichtert.

Eloise pflückt einen Grashalm und zerdrückt ihn zwischen ihren Fingern. Als sie die Hand wieder öffnet, hat er sich in eine kleine weiße Blume verwandelt. Sie lässt sie zu Boden fallen. »Das ›Wie‹ ist eine ganz andere Sache. Keiner von uns ist dahintergekommen, und er wollte nicht reden. Bethina hat die Puzzleteile schließlich zusammengesetzt. Anscheinend läuft da etwas ganz Komisches zwischen euch beiden.« Sie lässt sich wieder ins Gras fallen.

»Und das wäre …?«

Eloise wälzt sich auf den Bauch. Ihr Rock bedeckt sie kaum, als sie die Beine in die Luft reckt. »Ein Teil seines Lichts ist in dich eingebettet. Deshalb kann er dich so mühelos beruhigen.«

»Oh.« Wärme breitet sich in mir aus. Das klingt schön – ich trage immer ein Stück von Beck bei mir. Das gefällt mir. Es kommt mir gar nicht wie ein Fluch vor. Die Freude währt nicht lange, vielleicht drei Sekunden, bevor mir die volle Tragweite der Aussage bewusst wird. »Oh! Also heißt das …«

»Du hast es erfasst – in ihm steckt auch ein Stück deiner Dunkelheit. Warum sonst sollten auch alle so in Panik sein? Wenn er dich beeinflussen kann, was kannst du ihm dann antun?«

Meine Wirbelsäule versteift sich. »Nichts! Das würde ich nicht tun!«

»Jetzt vielleicht noch nicht. Aber später. Wann wirst du überhaupt achtzehn?«

»Am siebten Oktober.«

»Dann ist das der große Tag. Bis jetzt scheint Beck der stärkere von euch beiden zu sein. Er hat dich lange überlagert, und er ist gut darin. Aber du wirst stärker. Bethina glaubt auch nicht, dass Beck für immer in dir festsitzt. Sie glaubt, dass du dir das Stück herausreißen wirst, sobald du erwachsen bist. Aber ehrlich gesagt kann das keiner so genau einschätzen.«

Sie lässt noch eine weiße Blume zu Boden fallen, und ein Schmetterling flattert zu ihr. Eloise hebt den Schmetterling sanft hoch und pustet ihn an. Er verwandelt sich in einen kleinen roten Apfel. Sie wirft ihn mir zu, und ich fange ihn auf. Ich hoffe, sie erwartet nicht von mir, dass ich den ehemaligen Schmetterling esse.

»Eloise, was, wenn ich es mir nicht herausreiße? Was passiert dann?« Ich lege den Apfel neben mein Bein.

»Dann stehen wir vor einem Problem. Soweit ich weiß, ist es wie bei Caitlyn und Charles, abgesehen davon, dass ihr keine Zwillinge seid.« Sie schnappt sich den Apfel und beißt hinein, ohne meinen schockierten Gesichtsausdruck zu bemerken.

»Zwillinge?« Ich verarbeite das Wort, erinnere mich an das, was Bethina mir erzählt hat, und werde blass. »Sie waren Geschwister – Beck und ich sind *verwandt*?«

Ihre Augen leuchten überrascht auf. »Du meinst, das

wusstest du nicht? Was bringen sie euch auf eurer feinen Schule denn bei?«

»Anscheinend nichts Zutreffendes über unsere Geschichte.« Meine Gedanken überschlagen sich. »Bist du dir sicher, dass sie Zwillinge waren? Bruder und Schwester?« Der Geschichte, die Bethina mir an meinem ersten Tag in Summer Hill erzählt hat, fehlte ein entscheidender Teil.

»Absolut. Ich habe schließlich in der Schule aufgepasst, weißt du?« Eloise tut beleidigt. »Ihr seid entfernt verwandt, über fünf Generationen oder so. Ich bin mir nicht einmal sicher, ob das noch als verwandt zählt.«

Caitlyn und Charles waren Bruder und Schwester. Das Dunkel und das Licht. Aber sie waren beste Freunde – was also ist geschehen? Warum hassen die beiden Zweige unserer Familie einander?

»Jedenfalls«, fährt Eloise fort, »ist die Versammlung überzeugt, dass deine Magie Beck zum Verhängnis werden wird, wenn du in seiner Nähe bist, sogar ohne den Fluch.«

Ich bin mir nicht sicher, warum das eine Rolle spielt. Die Channings und Greenes sind doch ohnehin verflucht, sich auf Leben und Tod zu bekämpfen. Was macht da ein bisschen geteilte Magie aus?

Ich setze zu einer Frage an, aber Eloise unterbricht mich: »Wenn du für immer in Beck steckst, wirst du ihn entweder töten oder auch ihn Dunkel machen. Ihr werdet noch nicht einmal miteinander kämpfen müssen.« Sie erschauert. »Du wirst ihn zerstören, so wie Caitlyn es mit Charles getan hat.«

23

Ich renne mit gesenktem Kopf über den Rasen. Mir kommen nicht die Tränen – ich bin nur vor lauter Verwirrung benebelt. Obwohl ich nicht aufpasse, finden meine Füße die Stufen zur Veranda, und die Haustür fällt hinter mir zu.

Wenn ich Beck nicht aufgrund des Fluchs töte, dann wird meine dämliche Dunkelheit das für mich erledigen, ganz gleich, was ich tue. Ganz gleich, wie viel Magie ich lerne. Ich kann nichts dagegen unternehmen.

Was für ein Ungeheuer bin ich nur?

Ich schreie, rufe laut Bethinas und Mrs. Channings Namen. Ich brauche jemanden, der mir das alles erklärt.

Die harten Oberflächen der Eingangshalle werfen meine Schreie zurück, und sie hallen um mich herum wider.

Eloise ist hier. Sie geht verstört auf und ab, redet auf mich ein. »Lark, ich dachte, du wüsstest Bescheid. Es tut mir leid.«

»Du dachtest, ich wüsste Bescheid? Worüber? Dass nichts dagegen zu unternehmen ist?« Ich zeige auf mich selbst. »Warum, glaubst du, tue ich all das hier?« Meine Hände wirbeln um meinen Kopf, als wollten sie den ganzen Raum mit einbeziehen. »Weil ich dachte, wenn ich lernen würde, mich zu beherrschen, wäre dafür gesorgt, dass Beck nichts geschieht!«

Eloise kauert an der Tür, lässt mich aber nicht allein. Meine Hände vibrieren, und ich balle sie zu Fäusten, als ich in die Bibliothek stürme, weil ich hoffe, dort irgendjemanden – Mr. und Mrs. Channing oder Bethina – zu finden, der mir alles erklären kann. Nicht nur Bruchstücke, sondern das ganze Elend.

Das Zimmer ist leer. »Verdammt. Wo sind sie?«

»Lark?«, sagt Eloise sanft.

»Was?«, blaffe ich.

»Gibt es etwas, das ich für dich tun kann? Ich will dir helfen.« Die Art, wie sie mich ansieht, sorgt dafür, dass ich ihr glaube.

Meine Gedanken überschlagen sich. »Wer hat uns verflucht? Warum?«

»Caitlyn.«

Ich kneife mir in den Nasenrücken. Nichts davon ergibt einen Sinn. Caitlyn hat ihren Bruder verflucht?

Eloise durchquert das Zimmer und bleibt vor einer Bücherwand stehen. Sie fährt mit der Hand eine Reihe entlang, zieht ein übergroßes, in Leder gebundenes Buch aus dem Regal und sagt: »Warum fangen wir nicht hier an?«

Sie streckt mir das Buch entgegen, und ich lese den Titel: *Die Geschichte der Hexerei von den Hexenprozessen in Salem bis zur Gründung der Fünf Großen Gesellschaften*. Ich nehme es und lege es auf den Schreibtisch. Der Einband fühlt sich brüchig und empfindlich an, als könnte er sich jeden Moment in Luft auflösen. In meinem ganzen Leben habe ich noch nie ein antikes Buch berührt – zum Lesen und zur Recherche verwende ich überwiegend mein Armband oder mein normales Buch. Ich bin mir nicht ganz sicher, wie ich mit einer solchen Antiquität umgehen muss.

»Charles Channing«, sage ich zu dem Papierhaufen. »Ich will wissen, wie er gestorben ist.«

Eloise zieht die Augenbrauen hoch und öffnet das Buch

hinten. »Das hier ist das Stichwortverzeichnis. Darin schlägt man Begriffe nach und kann ihm die Seitenzahl entnehmen. Es spricht nicht mit einem, und man kann auch selbst nicht mit ihm sprechen.«

Sie legt den Finger auf Charles' Namen. Seite 178. Ich gehe neben dem Schreibtisch auf und ab, während Eloise die Seiten umblättert, bis sie zur richtigen gelangt.

»Hier«, sagt sie.

Ich bleibe stehen und streiche mit der Hand über das zarte Papier.

> Charles Channing *und seine Zwillingsschwester Caitlyn gründeten die Westliche Gesellschaft. Während Caitlyn gemeinhin als das erste Staatsoberhaupt gilt, war Charles derjenige, der unermüdlich im Hintergrund arbeitete, um die Grenzen der Westlichen Gesellschaft zu sichern, und als Caitlyns verlässlichster Ratgeber fungierte.*
>
> *Charles starb im Alter von 31 Jahren. Sein Gesundheitszustand verschlechterte sich in seinen letzten Lebensjahren rapide. Ob seine Zwillingsschwester Caitlyn dabei eine Rolle spielte, und wenn ja, welche, ist unbekannt, aber seine Todesumstände ähneln auf gespenstische Weise denen seines Vaters Miles Channing, der an die letzte Dunkelhexe der Familie Greene, Lucy, gebunden war. Es ist oft der Verdacht geäußert worden, dass Caitlyn und Charles im Laufe ihres Lebens mehrfach auf die Kräfte des jeweils anderen zurückgegriffen hätten, so dass Caitlyns Dunkelheit Charles nach und nach alles Licht entzogen und so seinen Tod verursacht hätte.*
>
> *Siehe* Caitlyn Greene, *S. 236.*

Einunddreißig. Dann hätte ich noch dreizehn Jahre, um mir etwas einfallen zu lassen. Noch mehr vorsichtiges Umblättern, bis ich Caitlyns Seite finde. Ich überfliege den Anfang der Informationen, bis mein Blick auf folgenden Abschnitt fällt:

Auf Charles' Drängen hin nahm Caitlyn den Mädchennamen ihrer Mutter, Greene, an, um die Einigkeit zwischen Licht- und Dunkelhexen zu symbolisieren. Dies gestattete den Channing-Zwillingen, sich gegenüber der Nichthexen-Bevölkerung als enge Freunde statt als Geschwister auszugeben – eine Notwendigkeit, damit beide in den neu gebildeten Gesellschaftsrat gewählt werden konnten, ohne bei den Menschen dadurch Argwohn hervorzurufen, dass ihre Familie den Langen Winter quasi unbeschadet überstanden hatte. In der Folgezeit behielten Caitlyns weibliche Nachkommen alle den Nachnamen Greene, sogar nach ihren Bindungen.

Hm. Darüber habe ich noch nie so richtig nachgedacht. Ich dachte, wir hätten den Namen Greene behalten, damit alle wissen, dass wir von einer Gründerin abstammen.

Ich springe zur Mitte der Seite:

Da wir Hexen unter der genetisch bedingten Unfähigkeit leiden, mehr als zwei Kinder hervorzubringen oder uns erfolgreich mit Menschen fortzupflanzen, nahm unsere Zahl nach dem Langen Winter ab. Um unser Aussterben zu verhindern, führte Caitlyn das Partnerschaftssystem ein, das sie den Menschen als Möglichkeit schmackhaft machte, der Überbevölkerung Herr zu werden und begrenzte Rohstoffvorkom-

men zu schonen. In Wirklichkeit verfolgte Caitlyn jedoch die Absicht, das Überleben der Hexenbevölkerung durch die Schaffung starker magischer Linien und die Begrenzung der menschlichen Vermehrung zu sichern.

Hexen können nur zwei Kinder bekommen? Deshalb begrenzt der Staat die Kinderzahl? Ich lese die Worte noch einmal, und das Herz sackt mir in die Hose, als ich zu verstehen beginne. Wenn die endlose Parade der vom Staat identifizierten Empfindsamen auf den Wandbildschirmen nur aus Menschen besteht, denen es untersagt wird, sich fortzupflanzen, dann wird vom Staat – oder vielmehr von den Dunkelhexen, die den Staat kontrollieren – aktiv die Anzahl der Menschen verringert.

Es ist ein langsamer Völkermord über Generationen hinweg. Und meine Mutter beaufsichtigt ihn. Ich schnappe nach Luft und schlage die Hand vor den Mund. Kein Wunder, dass die Lichthexen sie hassen – sie will ihnen wahrscheinlich dasselbe antun.

»Was ist los?«, fragt Eloise. Sie steht neben mir und liest mit.

Ich schüttle den Kopf. Wenn sie nicht Bescheid weiß, werde ich nichts sagen. Dass sie mich auch noch hasst, hat mir gerade noch gefehlt. »Nichts. Ich bin nur überrascht.«

Ich fahre mit dem Finger über das Papier. Seine trockene Oberfläche kratzt mich an der Haut. Am Ende des Abschnitts lese ich:

Kurz nach Charles' Tod zog sich Caitlyn am Boden zerstört aus der Gesellschaft zurück. Im Zuge der vom Channing-Zweig der Familie vorgebrachten Spekula-

tionen, dass sie für den Tod ihres Bruders verantwortlich sei, wurde Caitlyn immer labiler. Das Ergebnis war der Fluch, mit dem sie beide Seiten der Familie Channing-Greene belegte – sie wollte ihre Ankläger so leiden lassen, wie sie selbst litt.

Siehe Familie Channing, *S. 54.*

Caitlyn hat uns verflucht? Wut keimt in meiner Brust auf. Erst versucht sie, die Hexenbevölkerung zu retten, indem sie die Menschen kurzhält, und dann verflucht sie ihre eigene Familie, sich gegenseitig umzubringen? Wie konnte sie so egoistisch und kurzsichtig sein? War es ihr gleichgültig, dass sie damit das Leben ihrer Nachkommen zerstört hat?

Ich blättere zurück und betrachte ein Foto von Charles, das nicht lange nach der Gründung des Staats aufgenommen worden ist. Er grinst mich an; seine Augen wirken schelmisch. Er war so voller Leben, und doch war er ein paar Jahre später bereits tot.

Ich reibe mir mit der Hand die Stirn. Vielleicht ist das alles ein Irrtum – Beck und ich sind schließlich keine Zwillinge.

Aber Miles und Lucy, meine Urur-Was-auch-immer-Großeltern, waren auch keine Zwillinge, und Miles ist dennoch gestorben.

Eine Welle rollt unter meine Füße und wirft mich vornüber gegen den Schreibtisch. Ich höre Eloise aufschreien, und dann liegt sie plötzlich neben mir.

»Hast du das getan?«, fragt sie.

»Ich weiß es nicht.« Und ich weiß es wirklich nicht. Ich habe keine Ahnung, was ich bewirken kann.

Die Wände zittern, und der Wandleuchter neben uns fällt krachend zu Boden.

Von draußen schrillt ein ohrenbetäubendes Heulen durch die Luft, das mich an die Erdbebensirenen in der Schule erinnert.

»Was ist das?«, rufe ich über den Lärm hinweg.

Eloise reißt die Augen auf. Verwirrung, dann Angst und schließlich Begreifen zeigen sich auf ihrem Gesicht. Sie springt auf. »Komm, Lark. Ich muss dich an einen sicheren Ort bringen.«

Sie zerrt mich aus dem Zimmer und den Flur entlang. Die Luft um uns herum prickelt mir auf den Armen.

»Was ist los?«, rufe ich über das Sirenengeheul hinweg.

»Es ist der Alarm. Wir werden angegriffen.« Eloise stößt mich ins Empfangszimmer. »Das ist der sicherste Ort, der mir einfällt.« Sie klingt nicht zuversichtlich, und ihr Blick huscht durchs Zimmer zum Fenster auf der gegenüberliegenden Seite.

Die Gemälde von Becks Familie sind von der Wand gefallen und liegen überall verstreut. Die Umgebung der Bar ist von zerbrochenen Flaschen übersät; ihr Inhalt ist ausgelaufen. Aber der Anblick ist nichts gegen das, was auf dem Rasen vorgeht.

Dort herrscht ein Wirbel aus Panik und Entsetzen: Die Lichthexen drehen sich im Kreis, als ob sie nicht sicher wären, wohin sie ihre Zauber richten sollen. Sie wenden die Blicke nicht von der Kuppel ab – sogar wenn die Luft erzittert und die Erde unter ihnen bebt.

Aber am meisten Angst macht mir das Vibrieren der Zauber und Gegenzauber. Sie verursachen ein Getöse, das mit nichts zu vergleichen ist, was ich je gehört habe. Es ist, als ob hundert Züge durch einen Tunnel rasen und die Luft in unseren Zufluchtsort pressen würden.

Eloise rennt zum Fenster, reißt es auf und steckt

den Kopf hinaus. »Da!«, schreit sie mir zu. »Das ist die Schwachstelle, die ich heute Morgen geflickt habe. Wenn sie unbemerkt bleibt, sollte uns nichts passieren.«

Sie dreht sich zu mir um. Ein Schatten von Unsicherheit legt sich auf ihr Gesicht, als die Kuppel eine Delle bekommt und nachgibt.

»Hör zu, Lark.« Eloise geht vor dem Fenster auf und ab. »Sie würden keinen Alarm schlagen, wenn es nicht nötig wäre. Die Dunkelhexen versuchen, die Kuppel zu durchbrechen.«

Ich schlucke den Kloß, den ich in der Kehle spüre, hinunter. »Ist es meine Mutter?«

Eloise zuckt mit den Schultern und schüttelt den Kopf. »Ich weiß es nicht. Aber sie freut sich sicher nicht darüber, dass du hier bist.« Sie wirft einen Blick auf das Chaos draußen. »Ich muss ihnen helfen. *Du* musst hierbleiben, außer Sichtweite. Rühr dich nicht vom Fleck.«

Ich nicke. »Geh.«

Ohne sich noch einmal umzusehen, rennt sie zur Tür.

Ich nehme ihren Platz am Fenster ein. Auf dem Rasen wimmelt es von Hexen. Jede einzelne bebt und zittert, während sie mit ihrer Magie die einstürzende Kuppel zu stützen versucht.

Ich sollte da draußen sein und mithelfen. Die Hexen auf dem Rasen sind bereit zu kämpfen, und wenn Eloise recht hat und meine Mutter nicht erfreut ist, dass ich hier bin, dann greifen sie meinetwegen an. Und was tue ich? Ich verstecke mich im Haus und bin nicht in der Lage, ihnen zu helfen. Ich bin eher ein Problem als eine Lösung.

Ich kann nicht kämpfen. Ich kann nicht helfen. Ich bin nutzlos.

Der Boden schwankt wie ein Boot auf See. Meine Finger greifen nach etwas, irgendetwas, um das Gleichgewicht zu halten.

Grobe Hände packen mich und stoßen mich mit dem Rücken an die Wand. Das Fenster zersplittert und lässt Glas um mich herum regnen. Ich würge und bin unfähig, Luft in meine Lunge zu saugen.

»Sieh mal einer an, was ich gefunden habe. Eine Dunkelhexe, die frei herumläuft.« Eamons Gesicht ist nur Zentimeter von meinem entfernt. Sein heißer Atem streift mich. »Ich wette, du wärst gern da draußen, um ihnen dabei zu helfen, uns zu vernichten.«

Zwei starke Hände umfassen meine Handgelenke, reißen sie mir über den Kopf und nageln sie an der Wand fest. Seine Beckenknochen bohren sich mir in die Seite, als er sich gegen mich presst.

Ich wende den Kopf von ihm ab. Wenn ich ein Bein bewegen könnte, würde ich ihm das Knie in den Schritt rammen.

Eamons Lippen streifen mein Ohr. »Es ist mir egal, was Bethina und Beck sagen, *Alouette*. Du bist böse. Genau wie die anderen.«

»Hör auf, mich so zu nennen«, befehle ich. Meine Stimme klingt stark und selbstbewusst. Ich habe keine Angst vor Eamon – oder vor seinen Drohungen. Diesmal nicht. »Ich heiße Lark.«

Sein Mund ist nur Millimeter von meinem entfernt, und ich spüre die Bewegung seiner Lippen, als er singt: *»Alouette, gentille Alouette. Alouette, je te plumerai. Je te plumerai la tête.«*

Beim letzten Wort tritt er zurück und stößt mich erneut gegen die Wand. Mein Kopf zuckt nach vorn und prallt dann mit einem dumpfen Knall wieder an die Wand. Sterne tanzen vor meinen Augen.

»Was meinst du, kleine Lark? Soll ich dir den Kopf abreißen? Oder *le cou*?« Seine Finger fahren mir über den Hals und verharren in meiner Halsgrube, unmittelbar über meinem Anhänger. »Oder vielleicht *le dos*?« Er legt einen Arm um mich und packt mich mit der Hand am Rücken.

Wie kann er es wagen, mich anzurühren? Ich habe nichts getan. Energie durchströmt prickelnd meine Arme und rast auf mein Herz zu.

»Lass die Finger von mir«, huste ich. Ein Schmerz durchfährt meine Rippen, und ich zucke zusammen.

»Was? Willst du mir sonst etwas tun?« Eamon grinst hämisch. »Das kannst du nicht. Ich habe dich beim Training gesehen.« Seine Hände packen meine Schultern fester. Scharfe Fingernägel dringen durch mein dünnes Hemd – ich bin mir sicher, dass er blutige Wunden gerissen hat.

Er zerrt an meiner Halskette. Die Kettenglieder dringen mir in den Nacken, und die Reibung lässt meine Haut brennen. Als die Kette reißt, schleudert Eamon sie quer durchs Zimmer. »Du genießt es, deine Macht über ihn zur Schau zu stellen, nicht wahr?«

Ein stechender Schmerz in meiner Schläfe. Dann noch einer, intensiver als der erste. Mein Körper rührt sich einfach nicht. Er ist immun gegen meine Befehle. Energiewellen bauen sich auf und beginnen zu pulsieren, aber sie können nicht hinaus.

»Siehst du? Du kannst nichts tun. Noch nicht einmal diesen Monstern da draußen helfen. Glaubst du wirklich, dass wir das zulassen würden? Dass wir ihnen erlauben würden, eine Massenvernichtungswaffe wie dich in die Finger zu bekommen?«

Mein Körper schaudert. Die Energie hämmert hinter

meinen Augen. Sie will hinaus, sitzt aber fest. Ich kann nichts mehr sehen.

»Hör auf. Bitte.« Meine Worte sollten in dem Lärm um uns herum untergehen, aber ich weiß, dass er sie hört.

»Ich sollte dich töten. Das würde alles in Ordnung bringen.« Seine große Hand greift hinter meinen Kopf und zieht mich nahe an ihn heran. Von der Bewegung wird mir in meiner Blindheit schwindlig. »Was meinst du, sollen wir das hier zu Ende bringen? Alle retten?« Seine Worte sind kaum mehr als ein Knurren.

Ich beiße mir auf die Lippen. Der metallische Geschmack von Blut breitet sich über meine Zunge aus. Nein. Ich werde nicht zulassen, dass Eamon mir etwas antut. Ich hole tief Luft und konzentriere mich auf dieses Stück Nichts vor mir. Dieses Tier, das mich angegriffen hat.

Ich spucke ihm meine Worte entgegen: »Finger weg!«

Und dann ist er verschwunden. Ich bin frei.

Das Haus bebt nicht mehr. Alles ist gespenstisch still. Zu still.

Das Geräusch, das ich als Nächstes höre, ist keines, mit dem ich gerechnet habe.

»Ich lasse nicht zu, dass jemand ihr etwas antut. Verstehst du?«

Beck.

Das Stechen in meinen Schläfen lässt nach. Ich sehe nur verschwommen, aber ich kann sie erkennen: Vor mir steht Beck über Eamon gebeugt.

»Natürlich nicht. Du bist auch nicht besser als sie, nicht wahr?«

Becks Faust trifft Eamon am Kiefer, und er stolpert zurück, lacht aber nur. »Klar, Beck, zeig mir, wie wütend du bist. Zeig mir, wie sauer du sein kannst! Denn das ist sie, weißt du? Sie kontrolliert dich.«

Beck stürzt sich auf ihn und versetzt ihm einen Fausthieb in die Magengrube.

Eine Aufwallung von Entzücken durchläuft mich. Eamon hat es nicht besser verdient.

Beck packt Eamon an den Schultern und schleudert ihn durch den zerstörten Raum. Sein Körper prallt gegen ein umgestürztes Bücherregal.

Ein Lachen droht meinen Lippen zu entschlüpfen, aber ich schlucke es hinunter. Becks Kopf wirbelt zu mir herum. Seine Augen blitzen warnend auf. Eine kleine, missbilligende Kopfbewegung. Das ist alles, was ich brauche, um mich von der Empfindung zu lösen. Beck kann mein Vergnügen spüren – er weiß, dass ich will, dass er Eamon wehtut. Und das ist falsch.

Obwohl Eamon nun hingestreckt auf dem zerbrochenen Regal liegt, gibt er nicht auf: »Als Nächstes wirst du versuchen, uns alle zu überzeugen, dass es in unserem Interesse liegt, uns ihren Forderungen zu beugen.« Er rappelt sich auf und stellt sich Beck entgegen.

Beck greift ihn an, und die beiden stürzen in die Glassplitter. Sie wälzen sich übereinander, ringen darum, die Oberhand zu gewinnen. Beck blutet an Armen, Gesicht und Hals aus tiefen Schnitten.

»Beck«, schreie ich. »Hör auf. Das ist doch genau, was er will. Du musst aufhören.« Beck hat Eamon unter sich eingeklemmt. »Tu das nicht!«

Entsetzen und Bedauern erfüllen meinen Körper. Beck ignoriert mich und rammt die Faust immer wieder in Eamons Gesicht. Ein Übelkeit erregendes Knacken durchschneidet die Luft.

So habe ich Beck noch nie erlebt. Außer Kontrolle. Rasend vor Zorn. Ich weiß, dass Eamon recht hat – Beck lebt meine Gefühle aus, und ich muss ihn aufhalten.

Ein leuchtend roter Fleck breitet sich über Becks Hemd aus. Ich lege die Hand darauf. »Denk nach, Beck. Er ist es nicht wert.«

Sein Körper entspannt sich unter meiner Hand. Ein tiefer Atemzug, dann stößt er Eamon noch einmal kräftig zu Boden, bevor er aufsteht. Seine starken blutenden Arme greifen nach mir, und ich schmiege mich kurz an ihn.

Ein Brennen läuft über meinen Rücken. Es ist nicht dasselbe wie die schmerzhafte Energie. Es ist Erleichterung. Die Schmerzen in der Schläfe sind verschwunden.

Hinter mir steht Eamon auf. Ich vermeide es, ihn anzublicken.

»Ich sehe schon, wie es steht. Du willst lieber eine bösartige Schlampe beschützen, als darum zu kämpfen, den Rest von uns vor ihnen zu retten.« Er zeigt aus dem Fenster auf die bebende Kuppel. »Sie ist der Feind, Beck. Je eher du das begreifst, desto besser.«

Ich lege Beck die Hand auf die Brust. »Nein, nicht«, sage ich, als er sich bei Eamons Worten anspannt. »Lass ihn gehen.«

Eamon schiebt sich hinter mich und durch die Tür, während ein lautes Krachen das Haus erschüttert. Ich stolpere vornüber in Becks Arme.

Kühle, beruhigende Luft strömt mir in die Lunge. Ich lege den Kopf in den Nacken und atme noch einmal ein. »Bitte sag mir, dass das eben nicht geschehen ist. Du hast Eamon nicht zusammengeschlagen, weil du wusstest, dass ich es wollte.«

Becks Augen mustern forschend mein Gesicht. »Hör zu. Erzähl niemandem davon, verstanden? Du darfst niemandem verraten, was du vermutest.«

»Was ich vermute? Ich habe dich gesehen, Beck. Du benimmst dich doch sonst nicht so.«

Er fährt mir mit der Hand über den Hinterkopf, bis er die empfindliche, geschwollene Beule findet. »Geht es dir gut?«

»Mir? Ich bin nicht derjenige, der Schnittwunden hat und blutet. Was hast du dir nur gedacht?« Ich sehe ihn kopfschüttelnd an.

Er küsst mich auf die Stirn. »Das ist das Problem. Ich habe nicht nachgedacht.«

24

»Ich nehme an, wir können damit nicht zum Heiler gehen?« Beck dreht die Unterarme um. Aus tiefen Schnitten quillt Blut. Die kleineren Risse überziehen seine Arme und Hände mit einem Netz aus roten Linien.

Die Sirenen schweigen, und der Boden ist zur Ruhe gekommen. Die Schlacht muss vorbei sein.

»Bück dich.« Ich ziehe ihm, so sanft ich kann, das Hemd über den Kopf und sehe mir seinen Rücken an. Ein großes Stück Glas steckt in seiner Haut. Im Laufe der Jahre habe ich oft zugesehen, wenn Bethina meine Mitbewohner verarztet hat. Obwohl ich weiß, dass es das Beste ist, die Scherbe erst einmal stecken zu lassen, frage ich: »Willst du, dass ich sie herausziehe? Ich habe nichts, um die Blutung zu stillen.«

»Dann lassen wir sie besser, wo sie ist. Sie tut nicht einmal ansatzweise so weh wie meine Hand. Ich glaube, ich habe mir einen Finger gebrochen.«

Ich berühre seine Hand. Beck zuckt zusammen und reißt sie weg. »Du hast dir mehr als nur den Finger gebrochen.«

»Wahrscheinlich.«

Ich reiße sein Hemd in zwei Teile und dann noch einmal in zwei. Beck sieht mich mit hochgezogenen Augenbrauen an. »Verbände. Nicht groß genug für deinen Rücken, aber für deine Arme sollten sie reichen.«

Er nickt.

Mit einem Hemdfetzen tupfe ich einen Schnitt an seinem Arm ab. »Warum hast du keine Magie eingesetzt? Wäre es dann nicht leichter gewesen?«

»Ich bin kein Tyrann, Lark.« Er sieht meine Verwirrung. »So war es fairer.«

»Aber er hätte Magie gegen dich einsetzen können. Er hätte dich ernsthaft verletzen können.« Unterdrückte Besorgnis stiehlt sich in meine Stimme.

Beck zuckt mit den Schultern. »Er hat es versucht.«

Er muss nicht mehr als das sagen. Ich verstehe. Eamon hat versucht, Magie zu wirken, aber Beck hat ihn abgewehrt. Er ist stärker, als mir klar war, und das heißt, dass meine dunkle Macht unter der Ummantelung das vielleicht auch ist.

Als ich damit fertig bin, ihn zu verbinden, legt Beck mir beide Hände auf die Schultern. »Dir fehlt etwas.«

Ich sehe mich im Zimmer um und lasse den Blick dann über Becks nackten Oberkörper gleiten. Sogar in verwundetem und blutendem Zustand sieht er großartig aus: schlank, muskulös und ein wenig zu erheitert darüber, dass ich seinen Körperbau bewundere.

Ich versetze ihm einen spielerischen Stoß gegen den einzigen nicht verletzten Teil seines Körpers – die Brust. »Was?«

Er streicht mir mit den Fingern am Schlüsselbein entlang. Die Berührung löst eine Mischung aus Kälteschauern und Funken aus.

Becks Augen leuchten auf, als ich seufze.

»Deine Kette.«

»Eamon hat sie zerrissen.« Meine Hand umfasst seine, als er mir den Arm streichelt. »Er hat sie irgendwohin geworfen.«

Der Raum ist ein Schlachtfeld. Die Chancen, die Kette zu finden, ohne erst einmal aufzuräumen, stehen schlecht.

»Wir können sie später suchen. Lass uns nachsehen, ob jemand Hilfe braucht«, sage ich.

»Wie wär's mit jetzt?« Er streckt die Hände mit nach oben gedrehten Handflächen vor sich aus. »Wir finden sie mit Magie.«

Obwohl er von behelfsmäßigen Verbänden bedeckt ist und wahrscheinlich gebrochene Knochen hat, steht Beck vor mir, lächelt und verlangt, dass wir eine alberne Kette suchen. Wie kann ich da ablehnen?

Mühelos. Ich presse die Lippen zusammen. »Beck, ich kann keine Magie wirken. Eloise, Dasha ... sie haben es alle versucht. Es funktioniert nicht.«

Er lässt sich nicht verunsichern, sondern ergreift mit beiden Händen meine Hand. »Du hast es noch nicht mit mir versucht.« Ich setze zu einem Kopfschütteln an, aber er verlangt: »Leg die Hände auf meine. Ich will, dass du die Augen schließt und dir deine Kette wieder da vorstellst, wo sie hingehört.«

Das hat keinen Zweck, aber wenn er es erst selbst sehen muss ... Ich schließe die Augen und stelle mir den kleinen patinierten Vogel vor, wie er an meinem Hals hängt. Ich male mir das Gewicht aus, die Kühle auf meiner Haut.

Becks Lachen bringt mich dazu, die Augen aufzureißen.

Ich wusste ja, dass es nicht funktionieren würde. Außerdem sehe ich wahrscheinlich mit vor Konzentration verzerrtem Gesicht lächerlich aus. »Lach nicht. Ich weiß nicht, was ich tue.«

Er deutet auf meine Brust. »Danach sieht es aber nicht aus.«

Ich hebe die Finger an den Hals und ertaste den fliegenden Vogel. Er hängt da wie seit dem Tag, an dem Beck ihn mir geschenkt hat. Das Gewicht, die Kühle – ich habe mir beides nicht nur eingebildet.

Es war Magie.

»Ich habe das getan? Ganz allein?«

»Ich habe dir nur die Freiheit und den Spielraum verschafft, es zu tun.« Er streicht mir mit der Hand übers Haar. »Du warst das ganz allein.«

»Ich habe es getan.« Meine Finger streichen wie schon so oft über das erhabene Muster der Flügel.

»Das hast du.« Er küsst mich von oben auf den Kopf, so dass mich süßer Trost durchströmt.

»Aber die Ummantelung?«

»Die Ummantelung besteht weiterhin. Ich weiß nicht, wie man sie brechen kann. Aber ich habe schon vor langer Zeit, als wir noch Kinder waren, herausgefunden, wie wir unsere Magie kombinieren können. Und unsere gemeinsame Magie … nun ja, sie ist mächtig.« Er senkt die Stimme. »Ich glaube nicht, dass sie uns aufhalten könnten – und deshalb haben beide Seiten Angst.«

Ich schnappe nach Luft. »Glaubst du, sie lügen? Was den Fluch betrifft?«

Er fährt sich durchs Haar. »Nein. Der Fluch ist real. Aber deine Mutter scheint genauso wenig wie meine Eltern zu wollen, dass wir gegeneinander kämpfen. Ich dachte, es sei eine altbewährte Familientradition. Sollten sie uns nicht ermuntern, einander zu hassen?«

Ich hatte gehofft, dass er einen Grund für seine Vermutung hätte, aber seine Frage ist leicht zu beantworten. »Sie versuchen, uns zu beschützen – auf ihre eigene Art, nehme ich an. Das haben deine Eltern mir neulich sehr deutlich gemacht. Uns voneinander fernzuhalten ist da am sinnvollsten.«

»Aber sie haben mich in eine Schule voller Dunkelhexen gesteckt, damit ich bei dir sein konnte«, sagt er. »Und du bist hier.«

Ich lege die Stirn in Falten. »Das verstehe ich in der Tat nicht.«

Beck streicht mir eine Haarsträhne aus dem Gesicht. »Versprich mir, dass du, bis wir mehr wissen, niemandem erzählst, was wir mit unserer Magie bewirken können – auch nicht Bethina oder Eloise.«

Ich schürze die Lippen. Irgendetwas fühlt sich falsch an, aber ich komme nicht darauf, was es ist. Aber wenn ich überhaupt jemandem vertrauen kann, dann Beck. »Versprochen.«

Er tritt ein Stück zurück und lässt den Blick durchs Zimmer schweifen. »Wenn es hier drinnen schon so schlimm aussieht, muss es draußen noch schlimmer sein.« Der Boden ist mit Büchern, geborstenem Glas und umgestürzten Möbeln übersät.

»Hat meine Mutter das getan?«

»Ja.« Beck schluckt schwer und nimmt meine Hand. »Zumindest haben ihre Leute es getan. Malin macht sich nicht selbst die Hände schmutzig.« Er zeichnet mir sanft Kreise auf den Handrücken, und ich gestatte es mir, mich zu entspannen. »Ich konnte sie deinen Namen rufen hören.«

Mein Herz verkrampft sich. Sie wollten mich. Genau, wie Eamon gesagt hat. »Wenn es sie davon abhalten würde anzugreifen und so alle in Sicherheit wären, dann *sollte* ich vielleicht zu ihr gehen.«

Beck schüttelt den Kopf. »Bitte sag das nicht. Der Gedanke an ein Leben ohne dich …«

Ich drücke seine Hand. »Du und Bethina seid weit eher meine Familie als meine Mutter und Callum. Ich würde lieber bis in alle Ewigkeit hier mit dir im Verborgenen leben, als bei ihnen zu sein. Aber wenn es dich in Gefahr bringt, bei mir zu sein, dann muss ich meine Handlungsmöglichkeiten abwägen – und zwar schnell.«

Er runzelt die Stirn. Mein Handrücken kribbelt, als er die Lippen darauf drückt. Er zögert und sagt dann unvermittelt: »Sollen wir nachsehen, ob jemand unsere Hilfe braucht?«

Während wir miteinander gesprochen haben, ist der Schlachtenlärm verklungen, ohne dass ich es auch nur bemerkt habe. Hand in Hand mit Beck taste ich mich durch das verwüstete Zimmer. Seine Mutter wird außer sich sein, wenn sie sieht, was wir …

Ich erstarre. Die Wiese ist zerstört – das einst hohe, wogende Gras ist zu Boden gedrückt, und Hexen liegen überall wie vergessenes Spielzeug und stöhnen vor Schmerz. Eamon eilt, anscheinend unverletzt, übers Schlachtfeld und kümmert sich um die Verwundeten.

Ich kneife die Augen zusammen. Wenn nur etwas vom Himmel fallen und ihn zerschmettern würde!

Ein kräftiger Ruck reißt mich aus meinen Gedanken und zurück zu dem Anblick, der sich uns bietet.

Beck.

»So darfst du nicht denken«, sagt er und beugt sich zu mir.

Ich drehe mich zu ihm um und erhasche über seine Schulter einen Blick auf das Haus. Ich schlage die Hand vor den Mund, und mir kommen die Tränen. Es ist eine Ruine – viele Fenster sind geborsten, auf der rechten Seite fehlt das Dach, und das gegenüberliegende Ende der Veranda ist zusammengebrochen.

»Ach Vögelchen. Das ist nichts. Wir können es reparieren. Noch heute. Es wird wie neu aussehen.« Beck schlingt den Arm – den verletzten Arm – um mich. »Nicht weinen, in Ordnung?«

Das quälende Wissen, dass ich an allem – Becks Verletzungen, den Wunden der anderen und der Zerstörung des Hauses – schuld bin, lastet schwer auf mir. Wenn ich nicht hier wäre, hätte meine Mutter nicht angegriffen.

»Es ist zerstört«, flüstere ich, wende den Kopf hin und her und nehme noch mehr von dem Anblick, der sich mir bietet, in mich auf. Ein kleines Zittern bildet sich in meinem Innersten und gibt eine Hitzewelle ab, die sich entlang meiner Nervenbahnen ausbreitet. Wenn Bethina oder Eloise oder die kleine Bea verletzt sind, dann werde ich …

»Nun … ja. So sind Dunkelhexen eben, Lark. Sie zerstören Dinge.« Becks sachlicher Tonfall reißt mich aus meinem inneren Monolog.

»So wie ich dich zerstören werde.«

Er neigt den Kopf zur Seite. Seine Augen sind wachsam, vor mir verschlossen. »Das glaube ich nicht.«

Bevor ich widersprechen kann, schießt Becks Kopf nach links hinüber, als hätte er etwas gehört. Ich folge seinem Blick, sehe aber nur noch mehr verwundete Hexen und Verwüstung.

»Da drüben.« Er zeigt auf eine ferne Gestalt, die im hohen Gras ganz winzig wirkt. Eloise.

Sie rührt sich nicht. Sie hat die Arme um die Knie geschlungen und den Kopf in den Nacken gelegt und starrt die Kuppel an. Meine Füße tragen mich schneller an ihre Seite, als ich es für möglich gehalten hätte.

Als mir klar wird, dass Beck nicht mit mir Schritt gehalten hat, werfe ich einen Blick über die Schulter, um festzustellen, ob es ihm gut geht. Ich rechne damit, ihn hinter mir herhinken zu sehen, aber er ist von Hexen umgeben, die ihn berühren. Sich an ihn klammern. Das normalerweise schelmische Funkeln in seinen Augen ist düsterem Ernst gewichen.

Ich knie mich mit zitternden Beinen neben Eloise.

»Sie hat gehalten«, sagt sie und streckt die zitternde Hand Richtung Kuppel aus. Ich beuge mich zu ihr, um sie besser zu verstehen. »Ich habe sie halten lassen.«

Erleichtert, dass sie nicht verletzt ist, ziehe ich ihren Kopf an meine Brust.

Diese kleine Geste scheint eine Flutwelle von Emotionen auszulösen. Eloises Körper wird von Schluchzern geschüttelt, und sie schmiegt das Gesicht enger an mich.

»Sie wollen nur dich«, sprudelt es aus ihr hervor. »Sie brauchen dich.«

Das laut ausgesprochen zu hören betäubt meinen Verstand. Verhärtet ihn. Ich gehöre niemandem, und alle – Dunkel- wie Lichthexen – müssen das begreifen.

Wut keimt in meiner Brust auf, und ich atme tief ein und versuche, mich zu beruhigen. Ich zwinge mich zu tun, was ich, wie ich weiß, tun sollte: helfen.

Eloise hebt das tränennasse Gesicht. »Ich hatte solche Angst, Lark!«

»Pst. Es ist alles gut.«

Sie legt den Kopf wieder an meine Brust. Ich werfe einen Blick zu Beck hinüber. Ich brauche seine Hilfe, um Eloise zu beruhigen.

Ich bin sofort da.

Mir stockt der Atem. Er hat doch sicher nicht gerade eben in Gedanken zu mir gesprochen?

Doch, habe ich.

Der Blick unserer olivgrünen Augen, die einander entsprechen, begegnet sich. So klar wie ein heller Tag sagt er: *Sieh nicht so erstaunt drein.*

Das ganze dauert vielleicht drei Sekunden, und ich bin mir nicht sicher, ob es tatsächlich geschehen ist.

Und doch löst er sich sofort von seinen Bewunderern und kommt auf uns zu. Beim Gehen zuckt er ein bisschen zusammen. Ich bin mir nicht sicher, was mir mehr Sorgen macht: Beck in meinem Kopf reden zu hören oder zu sehen, dass er anderen zu helfen versucht, während eine große Glasscherbe in seinem Rücken steckt.

Ich richte meine Aufmerksamkeit wieder auf Eloise. Ganz gleich, wie sehr ich mich bemühe, die beruhigenden Kreise, die ich für Eloise zeichne, wirken nicht. Vielleicht bin ich immer noch zu zornig über Eamons Angriff, um sie richtig zu beruhigen?

Beck versteht. Er beugt sich mit vor Schmerz zusammengebissenen Zähnen über uns, und seine Hand nimmt den Platz meiner ein.

Nach einer Minute wird Eloises Schluchzen leiser, und ihr Zittern legt sich. Sie hebt den Kopf und sieht mir in die Augen. »Ich weiß nicht, was mit dir los ist, Lark. Ich sollte Angst vor dir haben, aber die habe ich nicht – du bist ganz und gar nicht furchteinflößend.« Ihr kupferfarbenes Haar hängt ihr ums Gesicht, und ihre geröteten Augen haben jetzt fast die gleiche Farbe. Sie drückt meine Hand. »Du bist es wert, für dich zu kämpfen.«

Ich starre sie mit offenem Mund an und versuche, ihr Geplapper zu begreifen. Ich kann nur daran denken, dass ich umgeben von Chaos und Verwüstung auf einer Wiese sitze und mein erster Gedanke nicht war, anderen zu helfen, sondern Eamon wehzutun und Rache zu nehmen.

Ich sollte nicht so denken. Ich sollte meine Unterstützung anbieten. Ich sollte versuchen zu helfen.

Nur dass ich eine Dunkelhexe bin. Eine Zerstörerin.

Es ist *wirklich* alles meine Schuld.

25

Die äußerlichen Reparaturen in Summer Hill sind in weniger als zwei Tagen abgeschlossen. Am Ende des ersten Tages ist das Dach wiederhergestellt, und neue Fenster sind eingesetzt. Bis zum folgenden Abend ist alles wieder in bester Ordnung. Das hohe Gras wogt in der Brise, und die Veranda sieht so gut wie neu aus.

Aber die Reparaturen an mir? Mich kann man nicht heil machen.

Ich bin Dunkel. Böse. Wie Annalise und meine Mutter.

Staub wirbelt um mich herum, als ich den Pfad zum See entlanggehe. Die Channings gestehen mir keine Zeit allein zu, also stehle ich sie mir. Ich lasse das Mittagessen aus. Ich muss Abstand gewinnen und meine Gedanken ordnen.

Hoch über mir kreischen Vögel und warnen so vor meiner Anwesenheit.

Schlaue Vögel. Sogar sie haben Angst vor mir.

Der glasklare See schimmert am Ende des Wegs, und ich gehe darauf zu, bis ich am Strand stehe. Jetzt ist alles still – noch nicht einmal die Vögel rufen mehr. Niemand versucht, mich zu finden.

Ich bleibe unter den Bäumen stehen und streife die Schuhe ab. Während meine Zehen im kühlen Sand versinken, sehe ich mich nach einem Sitzplatz um.

Neben mir, am oberen Ende einer sandigen Uferböschung, ist ein Schaukelseil an einen Baum gebunden.

Der Gedanke, über das Wasser hinauszufliegen und dann genau im richtigen Moment loszulassen, gefällt mir. Ich laufe über die freiliegenden Baumwurzeln und schlinge beide Hände um das Seil.

Eins. Zwei. Drei.

Luft strömt an mir vorbei, als ich über den See hinausfliege. Es bleibt keine Zeit zum Zögern. Entweder lasse ich jetzt los, oder ich schwinge zurück und pralle gegen den Baum. Als ich das Gefühl habe, so weit draußen wie nur möglich zu sein, lasse ich das Seil los und falle ins Wasser.

Es ist überhaupt nicht so warm, wie ich erwartet habe. Die Kälte entsetzt mich, und einen Moment lang weiß ich nicht, wo oben und unten ist. Dann setzt der Auftrieb ein, und ich schwimme nach oben.

Meine Lunge leert sich mit einem Keuchen, als ich die Wasseroberfläche durchbreche.

Vom Strand höre ich Klatschen. »Gut gemacht, Lark. Gut gemacht.«

Ich trete Wasser, um mich aufrecht zu halten, und reiße den Kopf zum Strand herum. Mein Lieblingslehrer steht am Ufer und beobachtet mich. »Mr. Trevern! Was machen Sie denn hier?«

Er steht in der gleißenden Sonne und beschirmt sich mit einer Hand die Augen. »Nun, nachdem ihr alle weg wart, hat mich der Staat ›beurlaubt‹.« Seine Finger zeichnen Anführungszeichen um den Ausdruck in die Luft. »Meine Dienste waren nicht länger vonnöten.«

»Sie sind also auch empfindsam?« Nicht dass es mich überrascht, da auch alle anderen in meinem Leben das zu sein scheinen, aber ich muss trotzdem fragen.

»›Hexer‹ ist mir lieber, Lark. Aber, ja.«

Ich schwimme mit langen, regelmäßigen Zügen zurück

zum Strand. Wasser tropft mir aus Haaren und Kleidern, als ich ans Ufer steige. Die warme Luft verhindert, dass mir nach dem Schwimmen kalt wird. »Also sind Sie hergekommen? Wann sind Sie eingetroffen?«

»Ich bin bereits kurz vor dir hier angekommen.«

»Oh, stimmt – *Sie* wissen ja, wie man magisch durch den Raum reist«, sage ich verbittert und lasse meine Niedergeschlagenheit durchklingen. »Ich kann nicht behaupten, dass ich die Kunst schon beherrschen würde.«

»Das schaffst du schon noch, mach dir keine Sorgen.«

Ich verkneife mir eine sarkastische Erwiderung und frage stattdessen: »Wie kommt es, dass Sie mir nicht schon früher Hallo gesagt haben?«

»Ich wollte deinen Unterricht nicht stören.«

Anscheinend weiß er nichts von der wachsenden Hexengruppe, die auch den Jungen mit den traurigen Augen umfasst und meine Unterrichtsstunden täglich beobachtet. Nichts kann einen so sehr ablenken wie Leute, die einen auslachen und verhöhnen, während man versucht, sich zu konzentrieren.

Ich wringe mir die Haare aus und lasse mich in den Sand fallen. Darüber, ihn aus all meinen Rillen wieder herauszubekommen, mache ich mir später Gedanken. »Werden Sie mich denn auch unterrichten?«

»Nein. Ich bin nur in beratender Funktion hier.«

Ich setze mich auf. Unter dem Sand, von dem ich bedeckt bin, wird meine Haut schon rosa. Ich bin fast trocken. »Sie haben Beck in der Schule unterrichtet – in Magie, nicht wahr?« Ich verberge die Eifersucht in meinem Tonfall nicht. Mr. Trevern war *mein* Lieblingslehrer, und nie hat er mir seine Dienste angetragen.

»Ja.« Mr. Trevern nickt zum Schatten der Bäume hinüber. »Setzen wir uns doch hin, ja?«

Ich folge ihm in die kühlere Luft, dankbar, die sengende Sonne hinter mir zu lassen, und suche mir ein nettes Plätzchen am Boden. »Wen beraten Sie denn? Beck?« Ich klopfe mir den Sand von der nackten Haut. »Nicht mich, hoffe ich. Ich bin hier nicht gerade eine Spitzenschülerin.«

»Du bist nicht glücklich.«

Ich sehe ihm in die Augen. »Und Sie haben keine Angst vor mir.«

Er schenkt mir ein halbes Lächeln, und um seine braunen Augen bilden sich Fältchen. »Du hast mir nie Anlass dazu gegeben.«

Ich wackle mit den geröteten Zehen und mustere sie. Aus dem Augenwinkel ertappe ich Mr. Trevern dabei, wie er mich beobachtet.

Er lächelt und zeigt auf meine Füße. »Deine Mutter hat das immer getan. Du ähnelst ihr sehr.«

Ich wende den Kopf, um Mr. Trevern anzustarren. »Sie kennen meine Mutter?«

Verwirrung steigt in mir auf. Mr. Trevern soll doch angeblich Lichthexer sein – deshalb ist er ja hier –, aber wenn er mit meiner Mutter befreundet ist, ist er vielleicht Dunkel.

Er zögert und lässt die Schultern ein wenig hängen. »Sie ist meine Schwester.«

Meine Muskeln spannen sich an. Ich springe auf, während meine Gedanken schon zwei Schritte voraus sind und einen Plan austüfteln, um alle zu warnen, dass ein Dunkelhexer die Kuppel durchbrochen hat. Ich lasse meine Schuhe zurück, als ich zum Waldrand laufe. Die abgefallenen Kiefernnadeln stechen mir in die Fußsohlen, und ich schramme mir die Zehen an Kieseln auf, aber ich kann nicht stehen bleiben.

Ich muss alle retten. Ich muss beweisen, dass ich gut bin.

»Lark, warte, so ist das nicht! Lass es mich erklären«, ruft Mr. Treverns Stimme mir nach. »Ich bin kein Dunkelhexer, versprochen!«

Ich wirble zu ihm herum. Es liegen mindestens dreißig Meter zwischen uns, aber ich kann sein Gesicht deutlich erkennen. Ich kneife die Augen zusammen und suche nach irgendeinem Anzeichen für Dunkelheit. Nicht dass ich wüsste, wonach ich Ausschau halten muss.

Mr. Trevern begegnet meinem Blick, und ich schnappe nach Luft. Seine Augen sind so olivgrün wie meine. Und Becks. Wie kommt es, dass ich das noch nie bemerkt habe? Wir haben doch so viel Zeit damit verbracht, Seite an Seite im Gewächshaus zu arbeiten, und ich bin mir vollkommen sicher, dass sie noch vor ein paar Minuten braun waren.

Ich stehe am Rande des Schattens, hin- und hergerissen, ob ich davonlaufen oder ihm zuhören soll.

»Als mir das letzte Mal jemand etwas erklärt hat, hat es mir nicht gefallen«, rufe ich.

Mr. Trevern steht mit ausgestreckten Händen am Strand. »Bitte bleib. Ich möchte mit dir reden, und du hast doch sicher viele Fragen.«

»Wie kommt es, dass jeder außer mir über mein Leben Bescheid weiß?«

»Das kann ich ändern, Lark. Ich kann dir erzählen, was du wissen willst.« Seine Augen funkeln auf eine Art, die mich an Beck erinnert. Ehrliche Augen. Ich mache einen Schritt zurück an den Strand und auf Mr. Trevern zu.

»Erzählen Sie mir von meiner Mutter?« Ich verschränke die Arme und baue mich breitbeinig vor ihm auf.

»Was willst du wissen?«

Eine Million Fragen fallen über mich her, und jede einzelne bittet mich, sie auszuwählen. Ich suche nach den lautesten. »Warum ist sie Dunkel – und Sie nicht? Warum waren Sie an meiner Schule? Warum mögen Sie sie?«, feuere ich meine Fragen auf ihn ab.

Mr. Trevern fährt sich durchs Haar. »In Ordnung, lass mal sehen ... Erstens, sie ist Dunkel und ich nicht, weil unsere Eltern, genau wie deine, eine Mischehe geführt haben.«

Ich recke den Hals und sehe zum Wasser hinüber. »Das hat Bethina mir erzählt. Weshalb kommt dabei jeweils eines von beidem heraus?«

Er bedeutet mir, näher zu kommen. Obwohl die Sonne auf mich herabbrennt, schüttle ich den Kopf. Solange ich mir über seine Motive noch nicht im Klaren bin, ist es mir lieber, einen Sonnenbrand zu riskieren.

»Anscheinend wird die Dunkelheit in unserer Familie in weiblicher Linie vererbt. Die Männer werden, wenn sie überhaupt Kräfte erkennen lassen, Lichthexer.«

»Also ist Callum Lichthexer? Warum ist er dann mit Annalise zusammen?«

»Eigentlich ist Callum gar nichts. Er ist ein ganz schwacher Lichthexer mit eingeschränkten Fähigkeiten. Er könnte genauso gut ein Mensch sein. Hast du noch nicht bemerkt, wie er sich Annalise unterordnet?«

»Ich dachte, das läge daran, dass sie ein höheres Amt innehat als er.«

Mr. Trevern zuckt mit den Schultern. »Nein, es liegt nur an den beiden. Sie haben da so ein seltsames Machtspielchen laufen.«

»Also ist er ihr Prügelknabe?« Ich lache bei dem Gedanken, der auf sonderbare, verquere Weise lustig ist.

Mr. Trevern grinst, und ich entspanne mich etwas.

»Mischehen sind aber nicht normal, oder?«

»Stimmt. Unsere Eltern – meine wie deine – haben mit der Tradition gebrochen und sich geweigert, ihre vorherbestimmten Partner zu heiraten. Das hat für einen ziemlichen Skandal gesorgt.«

»Wie sind sie sich überhaupt begegnet? Meine Eltern?«

»Sebb war ein junger Lehrer an der Schule, und Malin … Nun ja, Malin ist sehr gut darin zu bekommen, was sie will. Und sie wollte Sebb.«

»Mein Vater war alleinstehend?« Das muss er gewesen sein, wenn er keine Partnerin hatte.

Mr. Trevern tritt unbehaglich von einem Fuß auf den anderen. »Nein. Er hatte eine Partnerin, aber sie ist gestorben.«

»Wie?«

»Sie ist als Leiterin eines Segeltörns in der Bucht ertrunken«, antwortet er ausdruckslos.

Ich ziehe die Augenbrauen hoch. »Hat meine Mutter dafür gesorgt?«

Er zuckt die Achseln und verzieht die Lippen. »Malin war dabei, aber es gab keine Beweise. Es wurde als Unfall eingestuft.«

Ich schnaube. »Wie praktisch.«

»Wie ich schon sagte, Malin bekommt, was sie will.«

Ich denke darüber nach. Mein Vater ist tot, Miles und Charles offensichtlich auch. »Wie ist er gestorben? Hat sie ihm alles Licht ausgesaugt?«

Mr. Trevern wird blass. »Nein. Wie mein Vater wurde Sebb von unwissenden, verängstigten Hexen getötet, die nicht wussten, was sie taten.«

Ich gehe langsam auf ihn zu. Mit winzigen Schritten. Mein Verstand mahnt mich, wachsam zu bleiben, aber mein Herz sagt mir, dass das hier Mr. Trevern ist, mein Lieblingslehrer – und anscheinend zugleich mein Onkel. Wenn er mir etwas hätte tun wollen, hätte er längst Gelegenheit dazu gehabt.

Er neigt den Kopf in meine Richtung. Ich mache einen Sprung rückwärts.

»Ich weiß, was Sie da tun. Sie versuchen, meine Gefühle zu erspüren.« Ich gehe auf und ab, ab und auf – jeder rasche, unregelmäßige Schritt folgt dem Takt meines Herzschlags.

»Das kann ich gar nicht. Ich verfüge nicht über diese Fähigkeit.«

»Was meinen Sie damit?«

Er lacht. »Wir sind keine Götter, Lark. Wir haben jeder ein Gebiet, auf dem wir besonders gut sind. Alles andere können wir entweder nur in begrenztem Maße oder gar nicht.« Er blickt in weite Ferne. »Das gilt allerdings nicht für dich und Beck.«

»Stimmt, denn ich bin in gar nichts gut.«

Seine Augen funkeln. »Oh, da täuschst du dich. Du verfügst ganz eindeutig über Elementarkräfte, das beweist schon der Sturm, den du verursacht hast. Was die anderen Gebiete betrifft, wissen wir noch nichts Genaues.«

Der Sturm ist mir nicht neu, aber ... »Die anderen Gebiete?«

Er rasselt die Liste herunter: »Bewegung, Illusion, Verteidigung, Elementarkräfte, mit allen möglichen Unterkategorien.«

Vier Hauptkategorien mit Untergruppen, und die Hexenwelt glaubt, dass ich über Kräfte in mehr als einer davon verfüge. »Welche vermuten Sie bei mir?«

Mr. Trevern lächelt mich an. »Warum ziehen wir nicht ein paar Schlüsse?« Es ist, als ob wir wieder in der Schule wären. Er ist der Lehrer, und ich bin die eifrige Schülerin, die es ihm recht machen will. »Hast du bemerkt, dass meine Augen nicht mehr braun sind?« Ich nicke, und er sagt: »Ich bin Illusionist. Ich habe sie maskiert, um ihre echte Farbe vor dir zur verbergen.«

Ich bleibe abrupt stehen. Der Schatten der Bäume lockt mich an, und ich sperre mich nicht länger dagegen. Ich schlüpfe in seine Kühle, halte aber ungefähr sechs Meter Abstand zu Mr. Trevern.

»Und meine Mutter? Was ist ihre Begabung? Kann sie Gedanken lesen? Auf das Wetter einwirken? Leute durch Berührungen beeinflussen?«

Er streckt sich auf dem Boden aus und schweigt eine Weile, wie um seine Gedanken zu sammeln. »Es ist einfacher aufzulisten, was sie nicht kann. Malin ist sehr stark, aber alles kann sie nicht. Sie kann keine Gedanken lesen – das kann keine Hexe; sie kann nicht heilen; sie kann keine schwachen Auren spüren; und sie ist nicht besonders gut auf manchen Gebieten der Bewegung.«

Mir tun die Füße weh. Ich gebe auf und setze mich im Schneidersitz auf den Boden. »Haben Sie noch Kontakt zu ihr?«

Mr. Trevern zuckt zusammen und starrt auf seine Hände. »Nein, ich habe Malin nicht mehr gesehen, seit du ein Baby warst. Sie war ganz vernarrt in dich. Und nach dem« – er scheint nach dem richtigen Wort zu suchen – »Unfall deines Vaters war es ihr wichtiger denn je, dich zu beschützen.«

»Schon gut, Mr. Trevern. Ich weiß, dass mein Vater tot ist.« Mich durchzuckt keine Traurigkeit. Mein Vater ist gestorben, als ich erst ein paar Monate alt war. Ich kenne meine Mutter kaum, aber an meinen Vater habe ich gar keine Erinnerungen.

Mr. Trevern ringt die Hände. »Ich muss mich entschuldigen. Ich habe gelogen, es tut mir leid.«

Ich wusste es. Ich hätte meinem ersten Instinkt folgen sollen, statt ihm zu vertrauen. Natürlich arbeitet er für Mutter. Ich springe auf, und der Puls hämmert in meinen Ohren.

Ich werde ihn verletzen und dann die anderen warnen.

Ich hebe den Fuß, um ihm ins Gesicht zu treten, ihn außer Gefecht zu setzen. Als ich Anstalten mache, den Fuß herabsausen zu lassen, hebt Mr. Trevern den Blick und sieht mich mit gequälten Augen an. Er zuckt nicht zurück, um sich zu retten, sondern hebt nur den Finger, als wollte er mich um einen Augenblick Aufschub bitten. Ich halte inne. Ich kann diesem Mann vor mir – meinem Lieblingslehrer – nichts zuleide tun. Es wäre falsch, ihn zu verletzen.

»Der Tod deines Vaters war kein Unfall. Er ist gestorben, um dich und deine Mutter zu beschützen. Ich kam mit einer Gruppe Lichthexen, um Malin zu stellen. Sie entkam mit dir, aber er hat nicht überlebt. Es tut mir so leid.«

Meine Gedanken überschlagen sich, während mein Blick auf dem knienden Mann vor mir ruht. Er hat mitgeholfen, meinen Vater zu töten?

Ich weiß nicht, was ich sagen soll. Der Gedanke an mich als Baby, mit einer Mutter und einem Vater, die mich beschützt haben, kommt mir seltsam vor. Mr. Trevern könnte genauso gut über jemand anders reden, jemanden aus den Geschichtsbüchern, von dem ich zwar schon gehört, den ich aber nie getroffen habe.

»Warum hätten Sie das tun sollen?«

Mr. Trevern hebt das Gesicht. Unsere Blicke begegnen sich. »Ich werde mir nie verzeihen, dass ich deine Familie zerstört habe.«

Nichts von dem, was er sagt, ergibt einen Sinn. »Sie ist Ihre Schwester. Ich bin Ihre Familie.«

»Lark.« Er streckt die Arme aus und winkt mich zu sich, aber ich bleibe unmittelbar außerhalb seiner Reichweite stehen. »Ich habe mir von anderen Leuten törichtes Zeug in den Kopf setzen lassen. Ich war eifersüchtig auf Malin – ihre Stellung, ihre Kräfte.«

»Also haben Sie versucht, sie zu töten? Und mich?«, frage ich. Meine Gefühle sind von meinen Worten losgelöst. Ich spreche von zwei ganz anderen Personen, nicht von Mr. Trevern und mir selbst. Es ist zu surreal.

»Ja. Und es tut mir seitdem jeden Tag aufs Neue leid.« Er faltet die Hände.

»Warum war ich bei meinen Eltern? Habe ich nicht bei Bethina und mit Beck in der Schule gelebt?«

»Malin brauchte Becks Magie, um dich zu beschützen …«

»Wie?«, frage ich ungeduldig.

Mr. Trevern hebt erneut den Finger und bedeutet mir so zu warten.

Ich bekunde mein Missfallen, indem ich die Arme verschränke und schnaube.

»Bis sie ihn gefunden hatte, warst du zu Hause, wo sie dich beschützen konnte, sicherer.« Er schüttelt den Kopf. »Seine Eltern dagegen haben ihn versteckt, sobald sie von Malins Plan erfahren haben, ihn zu deinem Partner zu machen.«

»Weil ich ihn töten werde.«

»Ihr stellt *beide* eine Gefahr füreinander dar.« Sein Blick bohrt sich in mich. »Nachdem wir deinen Vater getötet hatten …« Er unterbricht sich und schluckt schwer. »Malin war verzweifelt darauf bedacht, dich zu beschützen. Es gibt so viele unter uns, die sich von Angst beherrschen lassen und die schon damals, als du noch ein kleines Kind warst, versucht hätten, dich zu vernichten. Da du eine Nachkommin von Caitlyn bist, wirst du einmal sehr stark sein. Du bist es jetzt schon.« Er zieht die Mundwinkel herab, und ein Hauch von Beschämung huscht über sein Gesicht.

Ich bedeute ihm mit einer Handbewegung fortzufahren.

»Als Malin Beck fand, überzeugte sie Margo, ihn ihr zu überlassen. Auf ein Wort von Malin hin hätten die Dunkelhexen Jagd auf ihn gemacht. Margo hatte keine Wahl. Sie musste zustimmen. Niemand dachte, dass ihr beiden euch einander annähern würdet. Ihr seid von so verschiedener Natur.« Er fährt sich mit der Hand durchs dichte Haar und blickt auf den See hinaus.

»Wie hat das die Hexen davon abgehalten, mich anzugreifen?«

»Malin hat eure Magie ineinander verschlungen, indem sie Beck ein Stück deiner Dunkelheit eingepflanzt hat und dir ein Stück seines Lichts. Es wirkt als Automatismus: Solange ihr Kinder seid, kann niemand einem von euch etwas antun, ohne zugleich dem anderen zu schaden. Deshalb geht keine der beiden Seiten gegen euch vor. Es schützt euch bis zu eurem Geburtstag.«

Zwei Herzen, zu einem verschlungen. Ihr werdet für immer ein Stück des jeweils anderen in euch tragen.

Meine Augen weiten sich vor Entsetzen. Die Ausdrücke, die er verwendet – »verschlungen«, »Stücke« -, habe ich schon einmal gehört. Die Worte beginnen einen Sinn zu ergeben. Eloise hat mir nicht alles erklärt.

Es ist alles still. Ich kämpfe gegen die Übelkeit an, die sich in mir regt.

»Sie hat uns aneinandergebunden?«, flüstere ich.

26

Mr. Trevern springt auf die Beine und packt mich; seine Finger schließen sich um meine Schultern. »Sie hat es getan, um dich zu beschützen. Du bist eine unglaublich mächtige Dunkelhexe, womöglich die stärkste aller Zeiten.«

»Was bewirkt sie?«, rufe ich. »Die Bindung?«

»Anders als bei Menschen, deren Bindungen rein zeremonieller Natur sind, tauschen wir Hexen ein Stück Magie mit unserem Partner aus und sind so zeit unseres Lebens miteinander verbunden. Und wenn wir sterben, geben wir das Stück unseres Liebsten an ihn zurück.«

Ich stoße ihn von mir. Das kann nicht wahr sein. Ich will es nicht hören.

Meine Füße trommeln über den ungepflasterten Weg. Jeder Schritt trägt mich weiter und weiter von Mr. Trevern und seinen Enthüllungen weg. Beck hat gesagt, wir könnten nicht aneinandergebunden werden, aber genau das hat meine Mutter getan.

»Nein«, rufe ich und schlage mir mit den Fäusten auf die Oberschenkel, während ich mich krümme, um meine Schreie zu unterdrücken. Alles ergibt nun einen Sinn – der Eindruck, dass wir die Gefühle des jeweils anderen beeinflussen, das Beharren darauf, dass wir zusammen aufwachsen sollten, die Tatsache, dass Beck in Gedanken zu mir gesprochen hat.

Caitlyn und Charles waren ja vielleicht Zwillinge, aber

ihre Eltern, Licht und Dunkel, waren aneinandergebunden. Sie haben einen Teil ihrer Magie miteinander geteilt, genau wie Beck und ich. Genau wie es bei Zwillingen wäre.

Deswegen werde ich Beck töten. Weil wir magisch aneinandergebunden sind.

Ich werde ihm das Licht aussaugen, genau wie Caitlyn es mit Charles getan hat und ihre Mutter bei ihrem Vater.

»Was stimmt nur nicht mit ihm?«, schreie ich in den Himmel. Es ist völlig unlogisch, dass Beck bei mir bleiben will, obwohl er weiß, dass einer von uns den anderen umbringen wird. »Was stimmt mit seinen Eltern nicht? Warum lassen sie mich hierbleiben?«

Meine Fragen werden nur vom leisen Summen der Insekten und dem ein oder anderen Vogelzwitschern beantwortet.

Ich bin eine Gefangene. Sie versuchen nicht, mir zu helfen. Sie wollen herausbekommen, was ich kann, damit sie mich aufhalten können. Damit sie mich töten können.

Jeder Teil meines Körpers rebelliert, und ich weiß nicht, ob ich über den Ernst der Lage weine oder lache.

Sie werden sich jedenfalls weitaus mehr einfallen lassen müssen als eine alberne Ummantelung, wenn sie mich hier behalten wollen.

Das leise Rascheln eines Hexers, der sich neben mir materialisiert, erregt meine Aufmerksamkeit. Ich bin doch nicht allein.

Mr. Trevern beobachtet mich aus dem tiefen Schatten des Baums heraus. »Du musst das nicht allein durchstehen, Lark. Deshalb bin ich hier. Um dir zu helfen.«

»Können Sie es ungeschehen machen?« Meine Worte sind von meinem Schluchzen verzerrt.

Er kommt langsam auf mich zu. »Wir wissen nicht, was geschehen wird.«

Ich wische mir die Nase mit dem Handrücken ab. »Natürlich wissen Sie es. Er wird ermordet werden, entweder von mir oder von irgendwelchen Idioten wie denen, die meinen Vater getötet haben.«

Mr. Trevern legt den Arm um mich und wartet. Als ich nicht protestiere, zieht er mich an seine Brust, und ich lasse mich erschlaffen. »Die Bindung ist nicht permanent. Wir hoffen, dass ihr, wenn ihr achtzehn werdet, die fremden Magiestücke abstoßt und so den Automatismus zerstört.«

Ich hole tief Luft, um mich zu sammeln. »Das ist doch gut, oder? Dann werde ich nicht in der Lage sein, Beck zu schaden. Ich fliehe, und wir werden nicht für immer aneinandergebunden.«

Mr. Trevern drückt mir ein Stück Stoff in die Hand. Ein Taschentuch. Ich tupfe mir die Augen und wische mir die Wangen ab.

»Das ist es. Aber wir sind uns nicht sicher, dass es ganz so einfach wird.« Er senkt die Stimme. »Das wahrscheinlichste Szenario, von dem alle, einschließlich Malin, ausgehen, ist, dass es bei der Rückgewinnung eurer jeweiligen Stücke zu einer Auseinandersetzung zwischen euch kommen wird.«

»Auseinandersetzung im Sinne eines Streits – oder eines Kampfes?« Meine Stimme zittert, als ich die Frage stelle.

Er fährt sich mit der Hand über die Bartstoppeln am Kinn und runzelt die Stirn. »Kampf.«

Ich will eigentlich nicht mehr wissen, aber ich muss vorbereitet sein. Ich stähle mich für die schlechten Nachrichten, indem ich mir die Fingernägel in die Handfläche bohre. »Und wenn das nicht geschieht?«

»Wenn Malin sich irrt und die Bindung nicht zeitbegrenzt ist, werdet ihr die Stücke des jeweils anderen behalten. Wann immer sich in der Vergangenheit die Magie eurer Familien vermischt hat, hat die Dunkelhexe dem Lichthexer in großem Umfang Kraft entzogen. Am Ende ist der Lichthexer jeweils gestorben.«

Gut. Weiteratmen. Du wusstest das doch schon, Lark.

Mr. Trevern fährt fort: »Eine weitere Möglichkeit ist die, dass Beck Dunkel wird.«

»Aber dann würde er überleben?«

Mr. Trevern zögert und runzelt die Stirn, als ob er versuchen würde, zu einem Schluss darüber zu gelangen, ob er meine Frage beantworten soll oder nicht. Nach langem Zögern sagt er: »Die Versammlung wird ihn als Dunkelhexer nicht am Leben lassen, Lark. Ihr beiden wärt zu mächtig. Wir wären in der Unterzahl.«

Kann alles endlich einmal aufhören, noch schlimmer zu werden?

»Ich lasse nicht zu, dass jemand ihm etwas tut.« Meine Tränen versiegen, und meine Entschlossenheit gewinnt die Oberhand. »Und ich werde Beck nicht töten.«

Er schenkt mir ein schwaches Lächeln. »Ich weiß, dass du das nicht willst.«

»Mr. Trevern …«, beginne ich.

»Nenn mich Henry.« Henry? So ein normaler Name. Seltsam.

»Okay, Henry«, sage ich und probiere so den Namen aus. »Kann ich lernen, nicht böse zu sein?«

Er zieht noch ein Taschentuch aus der Tasche und wischt sich das Gesicht ab. Mir ist nie zuvor aufgefallen, wie jung er im Vergleich zu meinen anderen Lehrern ist.

»Ich glaube nicht, dass du böse bist, Lark, und ich glaube auch nicht, dass Malin von Grund auf böse ist.«

Ich fahre mir mit der Zunge über die Zähne. »Ich verletze andere. Wenn ich Angst habe oder mich erschrecke, füge ich Leuten Schaden zu und zerstöre Gegenstände. In welcher Hinsicht ist das nicht böse?«

»Es verstört dich. Du zeigst Reue – Malin nicht. Das hat sie nie getan. Du trägst Licht in dir. Vergiss das nicht.«

Ich starre meine Fingernägel an. Sie sind mit getrocknetem Sand überzogen. »Stimmt – Beck ist Lichthexer.«

Henry erklärt: »Nein. Es hat damit noch mehr auf sich.«

»Nein, hat es nicht. Becks Einfluss ist doch der Grund dafür, dass du denkst, dass ich Dinge kann, zu denen meine Mutter nicht in der Lage ist.« Ich schnippe mir ein wenig Sand vom Arm. »Wir haben beide Lichthexerväter und Lichthexerpartner. Aber Beck ist stärker als die beiden anderen.«

Henry verzieht das Gesicht. »Ich bin absolut überzeugt, dass du dagegen ankämpfen kannst, wenn du dazu entschlossen bist.«

Ich bedenke meinen Lieblingslehrer mit einem ungläubigen Blick. »Ich bin böse, und das weißt du auch.«

»Nein. Du irrst dich.« Er setzt eine entschlossene Miene auf. »Ich habe dich beschützt. Ich habe das alles getan, weil ich weiß, dass du nicht böse bist. Ich bin vollkommen überzeugt davon, dass du niemandem absichtlich etwas antun wirst.« Bekümmerung schwingt in seinen Worten mit. »Du kannst dagegen ankämpfen.«

Er täuscht sich. Ich will Eamon zerquetschen. Ich will, dass er stirbt.

Und ich will nichts daran ändern. Überhaupt nichts.

Henry legt mir den Arm um die Schulter, und ich schüttle ihn ab. Mein Verstand konzentriert sich auf die zirpenden Grillen in der Wiese unmittelbar hinter der

Stelle zwischen den Bäumen, an der wir stehen – das Geräusch wird lauter, sobald er geendet hat. Ringsum wächst und blüht das Leben und bildet einen scharfen Kontrast zu unserem Gespräch.

Tod. Tod und Zerstörung suchen mein Leben immer wieder heim, das wird mir jetzt klar. Erst ist mein Vater gestorben, weil er mir zu nahe war. Und jetzt Beck – auch Beck wird sterben, wenn er in meiner Nähe ist. Die Leute wollen mich entweder umbringen, oder sie wollen, dass ich für sie töte.

Henry umfasst meine Hände mit seinen. Seine Augen mustern meine Finger, bevor er sagt: »Du musst mir etwas verraten, ganz gleich, wie schwer es dir fällt, das zu tun. Verstehst du?«

Die dumpfe Finsternis lastet schwer auf mir. Wie viel schlimmer soll alles denn noch werden?

»Was willst du wissen?« Mein Herz gerät ins Stocken.

»Liebst du Beck?« Seine Stimme ist leise, fast ein Flüstern.

Die Worte treffen mich tief. Mein Herz zieht sich zusammen und wirbelt dann immer schneller. Ich öffne den Mund, aber meine Zähne wirken wie Stacheldraht, und meine Worte sitzen in mir in der Falle.

Der Kampf, der in mir tobt, muss mir am Gesicht abzulesen sein, denn Henry sagt: »Ganz ruhig, Lark. Du schaffst das.«

Gefühle wallen in mir auf. Liebe ich Beck? Die Frage hüpft durch mein Gehirn. »Er ist mir wichtig. Er ist mein bester Freund. Wenn er nicht bei mir ist, bin ich ganz aufgelöst.« Die Worte purzeln aus mir hervor. »Ich will ihn beschützen, damit er in Sicherheit ist. Ich brauche ihn, damit er mich zum Lachen bringt. Ich brauche ihn.«

»Aber liebst du ihn?« Henry umklammert meine Hände fester. Ein kleines Knacken, dann öffnet sich mein Herz.

»Ja«, sprudelt es aus mir hervor. »Ja, ich liebe ihn.«

Die Öffnung schließt sich. Sie brennt und schweißt sich wieder zu.

Henry lässt meine Hände los.

Verblüfft und erschöpft lasse ich mich zu Boden sinken. Die Worte tanzen durch meinen Verstand. Ich liebe Beck. Wie kommt es, dass ich das nicht wusste? Wie konnte mir nicht auffallen, wie viel er mir mittlerweile bedeutet? Er ist nicht mehr bloß mein Partner und mein bester Freund, sondern der Junge, den ich liebe.

Henry reißt mich aus meinen Grübeleien. »Solange du lieben kannst, wirst du nie böse sein, da bin ich mir ganz sicher.«

Unter dem Hemd läuft mir der Schweiß den Rücken hinunter. Ich bin völlig erledigt. Ich habe meinem Lehrer-Bindestrich-Onkel gestanden, dass ich Beck liebe. Ich werde den Jungen töten, den ich liebe. Ich habe in der Angelegenheit kein Mitspracherecht, und es gibt keinen Ausweg.

Henry berührt mich an der Schulter. »Ganz gleich, was du denkst, du bist nicht böse. Du bist Dunkel. Das ist ein Unterschied.«

27

Ich gebe nicht viel auf Henrys Worte. Ich kehre zum Haus zurück und gehe nach oben in mein Zimmer. Den Jungen zu töten, den ich liebe, kommt mir absolut böse vor, selbst wenn es nicht das ist, was ich will.

Erregte Stimmen dringen aus der Bibliothek zu mir herauf. Statt nachzuforschen, gehe ich den bildergesäumten Flur entlang zu meinem Zimmer und lasse mir noch einmal durch den Kopf gehen, was Henry gesagt hat, bevor ich gegangen bin: »Sei nicht zu hart mit Beck. Margo hat einen Zungenlähmungszauber gegen ihn gewirkt. Er kann dir nicht so viel erzählen, wie er will.«

Noch etwas, das ich nicht völlig verstehe, aber es klingt ähnlich wie meine Ummantelung. Warum sollte seine Mutter ihm das antun?

Ich bleibe vor einer Gruppe von Fotos stehen. Die Hexen wirken alle so glücklich und unbesorgt – überhaupt nicht wie Leute, die von Dunkelhexen gejagt werden. Ich frage mich, wie viele von ihnen verflucht waren, auf Leben und Tod gegen meine Familie zu kämpfen. Wie viele sind von meiner Mutter, ihrer Mutter und all meinen Verwandten vor mir getötet worden? Ich betrachte ein Foto, auf dem mehrere Channing-Jungen zu sehen sind. Ist einer von ihnen meiner bösen Familie zum Opfer gefallen?

Furcht heftet sich an mich wie ein ungewollter Begleiter, während ich eilig dusche und in mein Zimmer zurücklaufe.

Ich sollte nicht in Becks Nähe sein, das hat Henry mir schmerzlich deutlich gemacht, aber mein Herz hört nicht darauf. Es sprudelt und wirbelt und kann es gar nicht abwarten, den Jungen zu sehen, den ich eines Tages töten werde.

Aber noch ist dieser Tag nicht gekommen, und ich bin nicht bereit, die Hoffnung aufzugeben.

Aus einem Koffer suche ich mir ein dunkelblaues Sommerkleid mit winzigen lilafarbenen Blumen heraus, bevor ich ein Paar flache Riemchensandalen anziehe.

Mein Haar fällt in natürlichen Wellen herab. Ich trage rasch Wimperntusche auf, entschließe mich aber, den Rest meines Gesichts ungeschminkt zu lassen. Ich mustere mich prüfend im Spiegel und renne dann geradewegs zum Ostrasen.

Ein erbärmlicher Tag, denke ich, als ich die Grasfläche überquere. Aber das heißt ja nicht, dass er auch erbärmlich enden muss. Und wenn das, was Henry sagt, zutrifft und ich Selbstbeherrschung lernen kann, dann besteht die größte Bedrohung nicht darin, dass ich Beck das Licht aussaugen könnte, sondern darin, dass ich Magie gegen ihn wirke. Ich plane, so viel Selbstbeherrschung wie nur irgend möglich zu üben, wenn der Automatismus und unsere Bindung erst aufgelöst sind.

Eloise winkt mir von einem langen Tisch zu und bedeutet mir, mich zu ihr zu setzen. Ringsum sitzen zahlreiche junge Hexen, die ich nicht näher kenne. Einige von ihnen kommen mir bekannt vor – ich habe sie Beck nachlaufen sehen –, aber die meisten sind Fremde.

Ich gehe zögernd zu ihr hinüber, weil ich bezweifle, dass sie erlauben werden, dass ich mich zu ihnen setze. Bis auf Bethina, Henry und Beck ist Eloise die Einzige, die nicht zurückzuckt, wenn ich mich ihr nähere.

»Du siehst hübsch aus, Lark.« Eloises Augen mustern mich, und sie streckt mir den erhobenen Daumen hin. »Das wird Beck gefallen.«

Der schlaksige Typ neben Eloise lacht leise. »Sie könnte Kleider wie im Langen Winter tragen, und er würde sie immer noch scharf finden.«

Hitze steigt mir in die Wangen. Das hat er doch wohl nicht wirklich gesagt!

»Das ist gut! So bekommst du ein bisschen Farbe ins Gesicht, bevor er auftaucht – dann siehst du gesünder aus«, neckt mich Eloise. Es wäre so typisch für Kyra, etwas Derartiges zu sagen, dass ich einen Moment lang fast vergesse, wer mit mir spricht.

»Dein Kleid gefällt mir, Lark«, sagt ein Mädchen links von mir und rückt beiseite, um mir Platz zu machen. Als ich mich nicht niederlasse, lacht sie. »Du wirkst ja wie betäubt.«

»Wo sind meine Manieren?«, sagt Eloise. Sie deutet erst auf das Mädchen, dann auf den Jungen. »Lark, das sind Julia und Kellan.«

Die beiden Hexen strecken mir die Hände entgegen, und ich starre sie an. Nachdem ich wochenlang wie eine Ausgestoßene behandelt wurde, bin ich mir nicht ganz sicher, was gerade vorgeht. Ich lasse den Blick über die etwa fünfzehn Leute am Tisch schweifen. Die meisten von ihnen sind ins Gespräch vertieft. Mich nehmen sie nur am Rande wahr – es ist das genaue Gegenteil dessen, was die Hexen tun, die meine Unterrichtsstunden beobachten, mich schikanieren und *Alouette* pfeifen, wann immer ich in ihre Nähe komme.

»Danke«, sage ich und ergreife die erste ausgestreckte Hand. Es fühlt sich so gut an. Diese Hexen schließen mich nicht aus und behandeln mich nicht, als wäre ich ein

Monster. Ich grinse Eloise an, und ein übermütiges Kichern entschlüpft meinen Lippen.

Sofort kommen alle Gespräche, die nicht an unserem Tisch stattfinden, zum Erliegen.

Ich wende den Kopf, um zu sehen, was passiert ist.

Hunderte von Augen starren uns an. Ich drehe mich um und blicke wieder zu den Hexen, die am selben Tisch wie ich sitzen. Die meisten von ihnen versuchen so zu tun, als wäre alles normal. Eloise räuspert sich.

Oh. Es liegt an mir. Alle starren mich an.

In einem schwachen Versuch, mich vor ihren missbilligenden Blicken zu verstecken, lasse ich mir die Haare ins Gesicht fallen und setze mich gegenüber von Eloise hin.

»He.« Sie beugt sich über den Tisch und stupst mein Kinn hoch. »Lass sie nicht gewinnen.« Wir sehen einander in die Augen, und ein Rauschen tost durch meine Ohren, gefolgt von einer Aufwallung von Tapferkeit. »Kopf hoch. Du hast es genau wie jeder andere verdient, glücklich zu sein.«

Sie hat recht. Ich werde mir von niemandem die halbgute Laune verderben lassen. Ich schiebe mir die Haare hinter die Ohren und lasse den Blick über den Rasen schweifen, um nach Beck Ausschau zu halten. All die anderen Hexen tun wieder so, als würde ich gar nicht existieren. Anscheinend kann ich nicht lachen, in Aufregung geraten, weinen, niesen oder sonst irgendetwas tun, ohne ein seltsames Gruppenstarren auszulösen.

»Du solltest den Kopf vielleicht lieber stillhalten, sonst bekommst du noch ein Schleudertrauma.«

Ich lächle sie an. »Oh, stimmt.« Ich habe Herzklopfen, und kleine Knoten bilden sich in meinen Eingeweiden.

Eloise weist mit einer Kinnbewegung über meine Schulter. »Da ist er.«

Ich versuche, so gefasst wie möglich zu wirken, als ich in seine Richtung sehe, aber mir stockt sofort der Atem. Beck kommt auf uns zugeglitten. Seine blonden Haare wehen im Wind, und die Erinnerung daran, mit den Fingern hindurchzufahren, lässt mir einen Schauer über den Rücken laufen. Selbst aus dieser Entfernung funkeln seine Augen. Ich konzentriere mich darauf, wie sein Hemd sich eng an die Konturen seines muskulösen Körpers schmiegt.

Eloise pfeift leise. »Wow«, flüstert sie. »Er ist ganz schön eindrucksvoll, nicht wahr?«

Ich kann den Blick nicht abwenden. Je näher er an mich herankommt, desto schneller rast mein Herz. Er bleibt ein paar Meter vom Tisch entfernt stehen, neigt den Kopf leicht zur Seite und lächelt mich an. Ich mustere verlegen meine Fingernägel, freue mich aber zugleich, dass er Bescheid weiß.

»Eloise, du siehst heute Abend beeindruckend aus.«

Ihr kupferrotes Haar ist zu einem lockeren Knoten aufgesteckt; kleine Strähnen fallen ihr über die Schultern. Ihr grasgrünes Kleid hebt sich hübsch von ihrer milchweißen Haut ab. Ich frage mich, ob ich da überhaupt mithalten kann.

Eloise sieht Beck kopfschüttelnd an. »Ich weiß nicht, wie du mich überhaupt bemerken kannst, wenn dieses wunderschöne Wesen hier sitzt.« Sie neigt den Kopf in meine Richtung. Ihr breites Lächeln lässt sie sogar noch attraktiver wirken.

Julia, das Mädchen neben mir, rutscht beiseite und macht Beck Platz, damit er eines seiner langen Beine über die Bank schwingen kann. Er setzt sich rittlings darauf, und unsere Körper sind nur Zentimeter voneinander entfernt.

»Lark ist unglaublich, nicht wahr?«, sagt er zu Eloise, aber seine Augen bleiben auf mich gerichtet.

Mein Herz macht einen Sprung.

Ich liebe ihn. Dich. Ich liebe dich.

Ich will mich zu ihm beugen und es ihm ins Ohr flüstern. Stattdessen kaue ich auf dem Daumennagel herum – eine nervöse Angewohnheit, die ich eigentlich abgelegt habe, als ich zwölf war und mir klar wurde, dass abgekaute Fingernägel ekelhaft sind.

Verdammte Ummantelung.

Fühlst du dich besser?, fragt er in meinen Gedanken.

Ich schnappe nach Luft, weil ich es immer noch nicht gewohnt bin, ihn in meinem Verstand zu hören.

Lark? Kannst du mich hören? Panik stiehlt sich in seine Stimme – oder wie auch immer man das nennt, womit er diese Gedankensprache hervorbringt.

Ja.

Lark? Es ist wie eine schlechte Armbandverbindung – ich kann ihn verstehen, aber das merkt er nicht.

Ich versuche *Ich kann dich hören* zu schreien und lege die Hand auf seine. Ein ruckartiger, schmerzhafter Stromstoß durchzuckt mich.

»Was zur Hölle war das?« Beck reißt die Hand weg.

Ich starre meine ungläubig an. »War ich das?«

Eloise räuspert sich und macht eine unmerkliche Kopfbewegung nach rechts, als Mrs. Channing an unserem Tisch vorbeikommt. Sie tut so, als würde sie uns nicht sehen.

»Entschuldigt mich für eine Minute.« Beck springt auf und geht forsch zu seiner Mutter hinüber.

Sie sind zu weit entfernt, als dass ich ihr Gespräch hören könnte, aber es ist klar zu erkennen, dass sie sich streiten und dass Mrs. Channing aufgeregt ist. Sie legt Beck abwehrend die Hand auf die Brust. Beck steht still und rührt keinen Muskel. Am Ende stürmt er Richtung Haus davon.

Ich beiße die Zähne zusammen. Eloise, die das Essen auf ihrem Teller hin- und herschiebt, kratzt mit der Gabel darauf herum und ruft ein abscheuliches Quietschen hervor. Da ich weder das Geräusch noch meinen Zorn länger ertragen kann, schlage ich so heftig mit der Faust auf den Tisch, dass mein Wasserglas umfällt und Eloise hochblickt. Sie richtet das umgefallene Glas auf und wirft eine Serviette in das ausgelaufene Wasser.

»Ach Lark, mach dir keine Gedanken darüber. Er ist dir nicht böse.« Eloise setzt sich neben mich und nimmt mich in den Arm. »Es ist nur, dass seine Mutter sich Sorgen macht, das ist alles.«

»Ich weiß.« Die Fingernägel dringen mir in die Handfläche, als ich versuche, mich zu beruhigen, aber es funktioniert nicht.

»Ehrlich gesagt ist das dumm. Wenn sie wirklich glaubt, dass es irgendjemandem hilft, euch voneinander fernzuhalten, dann bildet sie sich etwas ein oder ist blind. Alle sehen doch, was ihr einander bedeutet.«

Sie umarmt mich fest und versucht mich zu trösten, aber eigentlich ist das Einzige, was ich will, Mrs. Channing aufzustöbern und ihr zu zeigen, wie sehr sie mich verletzt hat.

»Komm, wir bringen dich ins Haus, damit du dich beruhigen kannst, ohne dass alle dich beobachten. Du hast heute Abend Unterricht. Den darfst du nicht verpassen.«

Eloise lässt mich los und schenkt mir ein hoffnungsvolles Lächeln. Über ihre Schulter hinweg mustern mich Becks übrige Freunde argwöhnisch.

»Vielleicht hat Eamon recht«, sagt einer von ihnen.

»Sei nicht dumm. Wenn Beck sagt, dass sie in Ordnung ist, dann ist sie das auch«, flüstert Julia.

»Aber sieh sie dir doch an – sie zittert! Das ist die Magie. Sie versucht, uns etwas zu tun.«

Ich starre sie böse an. »Ich kann euch hören.«

Sie halten den Mund. Bevor ich noch etwas sagen kann, beugt Eloise sich zu mir. »Kannst du dich genug sammeln, um es zurück in dein Zimmer zu schaffen?«

Ich nicke und bin dankbar, dass wenigstens einer Person meine Gefühle nicht gleichgültig sind.

Sie hakt sich bei mir unter. »Ignorier sie, Lark. Ich bringe dich zurück in dein Zimmer und gehe dann Beck suchen. Wir bekommen das schon wieder hin, versprochen.«

Mein Zorn lässt nicht nach, als wir über den Rasen zum Haus gehen. Zum Glück achtet niemand auf mich.

»Ich dachte, dass vielleicht ...« Ich ziehe die Nase hoch, und meine Nasenlöcher blähen sich. »Dass vielleicht alles besser werden würde. Dass Henry die Channings überzeugen könnte, Beck und mich etwas Zeit miteinander verbringen zu lassen.«

»Also hast du Henry gesehen, ja? Beck dachte, es würde dir gefallen, ihn hier zu haben. Er hat sich hartnäckig dafür eingesetzt, um die anderen zur Zustimmung zu bewegen.«

Ich erstarre. »Beck diskutiert mit anderen über mich?« Der Gedanke, dass er mit einer Gruppe von Lichthexen über mich reden könnte, widerstrebt mir.

»Oh, das tun wir alle. Es ist schließlich eine Versammlung. Alle sind neugierig, wozu du in der Lage bist.« Eloise wirkt heiter, aber ihr Tonfall ist nüchtern.

Ich beschleunige meine Schritte. Das vertraute Wirbeln macht sich in meinem Brustkorb breit. »Also bin ich ein Versuchskaninchen? Eine Dunkelhexe, die ihr in aller Ruhe beobachten und analysieren könnt?«

Eloise läuft los, um mich einzuholen. »Nein! So ist es wirklich nicht, Lark. Wir versuchen nur herauszubekommen, was du kannst, das ist alles.«

Leuchtend rote Blitze tanzen vor meinen Augen. »Das ist nicht alles, und das weißt du auch! Ihr versucht, vor meinem achtzehnten Geburtstag herauszufinden, wozu ich in der Lage bin. Warum wohl, Eloise, hm? Warum sollte sich irgendjemand dafür interessieren?«

Ich renne mittlerweile. Das Pulsieren in meiner Brust besteht nun aus einer Million schmerzhafter Nadelstiche.

»Ich weiß es nicht.« Sie klingt verwirrt.

»Ach, komm schon! Das glaube ich dir nicht. Du bist doch eine schlaue Hexe.«

»Wirklich, Lark. Ich habe keine Ahnung.«

Ich starre sie finster an. Eloise versucht nicht länger, in meine Nähe zu kommen. Von ihrer sonst so entspannten Art ist nichts mehr zu spüren; sie hat die Augen weit aufgerissen.

»Sie wollen wissen, wie sie mich aufhalten können, Eloise. Du weißt schon – MICH TÖTEN!«

Energie bricht aus meinem Brustkorb hervor, und der Rückstoß wirft mich hintenüber.

Eloise schreit: »Lark, beherrsch dich! Du musst damit aufhören!«

Aber das kann ich nicht. Energie sammelt sich um mich herum. In der Ferne höre ich Donnergrollen. Chaos macht sich auf dem überfüllten Rasen breit.

Eloise springt in die Luft, und binnen Sekunden bin ich von Lichthexen umgeben. Jede von ihnen steht in Verbindung mit ihrem Nebenmann. Sie umzingeln mich wie ein Tier im Käfig.

»Du hast mir das angetan!« Ich stürze mich auf Eloise. Der starke Drang, ihr wehzutun, regt sich, kann aber nicht hervorbrechen. »Du hast es ausgelöst. Ich dachte, du wärst meine Freundin!«

Ich verliere die Kontrolle über meinen schwankenden Körper. Alles verblasst, und ich spüre, wie ich ins Leere trudele.

Ein brennender Schmerz zerreißt mir das Herz und zermalmt es. Er nagt an jedem Teil meines Körpers. Wieder und wieder kehrt der Schmerz zurück. Ich kann ihn nicht länger ertragen: Die Welt um mich herum wird schwarz, und ich versinke in Bewusstlosigkeit.

28

Der Schmerz verschwindet nicht. Er lässt nur kaum merklich nach. Mein ganzer Körper brennt. Die Haare, die meinen Hals streifen, fühlen sich an wie Flammen, die wieder und wieder an meiner Haut lecken.

Ein gedämpftes Summen steigt um mich auf. Ich versuche, den Kopf zu wenden, um meine Ohren freizubekommen, aber ich bin gelähmt. Hinter meinen Augenlidern blitzen Farben auf – Rot und Orange –, gefolgt von Schwärze. Ich will die Augen öffnen, um zu sehen, was diese Blitze auslöst, aber auch dazu bin ich nicht in der Lage.

Luft streicht über mich hinweg, aber es ist keine sanfte, zärtliche Brise. Nein, es fühlt sich an, als würde Sandpapier über meine Haut gerieben und mich wundscheuern.

Jemand trägt mich – oder sind es mehrere? Nahe an meinem Ohr höre ich Eloises Stimme: »Lark, du musst stillhalten. Rühr dich einfach noch ein bisschen länger nicht. Es ist bald geschafft.«

Weiß sie nicht, dass ich mich nicht bewegen kann? Was ist los? Ich möchte fragen, kann aber nicht.

Der Schmerz lässt langsam von mir ab. Meine Lunge füllt sich mit Luft, und ich mache zwei tiefe, keuchende Atemzüge. Ich habe den Eindruck, dabei fast zu ersticken. Jetzt ertönt ein Sprechgesang.

»*Illuminae hvit*«, wiederholen sie.

Meine Augenlider sind zwar noch schwer, aber nicht

mehr zugeklebt. Ich zwinge sie auf. Um mich herum sausen und hüpfen weiße Lichter durch die Luft wie in einem Tanz.

Eines schwebt in meiner Nähe, und ich greife danach. Ohne Vorwarnung ändert der Energieball die Richtung und trifft mich mitten in die Brust. Mein Inneres steht in Flammen. Ich schreie, aber es ertönt kein Laut. Mein Körper verfällt in Krämpfe und gerät außer Kontrolle.

»Halt!«

Der Befehl kommt nicht von mir, sondern von Bethina. Ich kann sie zu meinen Füßen sehen. Sie beobachtet mich. Ihr Gesicht ist schmerzverzerrt.

»Das reicht. Lark hat genug. Wir wirken keine Magie, die andere schädigt.«

Mrs. Channings zornige Stimme ertönt: »Bethina, du machst wohl Witze. Lark hat gerade versucht, uns alle umzubringen, das hast du doch selbst gesehen.«

»Ich habe nichts dergleichen gesehen, Margo.« Bethinas kühle Hand streicht mir übers Bein. »Was ich aber in der Tat gesehen habe, ist, dass ihr dieses zerbrechliche Mädchen über die Grenze des Erträglichen hinausgetrieben habt. Dass ihr euch unvernünftig verhalten und ein noch viel größeres Problem verursacht habt.«

Henrys tiefe Stimme mischt sich ein: »Margo, Lark will das hier nicht. Sie will lernen, sich zu beherrschen, aber wenn du sie immer wieder mit diesen Ummantelungen belegen lässt, wie soll sie das dann tun?«

»Das ist nur deine Theorie, Henry. Wir wissen nicht, ob sie zutrifft oder nicht.« Mrs. Channing klingt gereizt. »Hast du vergessen, wessen Tochter sie ist?«

»Was für einen Beweis brauchst du denn?«, brüllt Henry. »Sie kann keinerlei Magie wirken, wenn du ihr Herz so eng einschließen lässt, dass es kaum schlagen kann. Wie soll sie lernen, sich zu beherrschen, wenn du ihr keine Chance dazu gibst?«

Noch eine Stimme dringt in mein Gefängnis ein, die von Patrick Channing. »Ich glaube, ich habe genug von ihrer Dunkelheit gesehen, um zu wissen, dass ich sie nicht in meiner Nähe oder in der meiner Familie haben will.«

Ich versuche, den Kopf zu heben, um zu sagen, dass ich das alles auch nicht will. Ich will nicht Dunkel sein. Ich will nur die Gelegenheit haben, das Leben zu führen, das ich einst erwartet habe. Ein Leben mit Beck. *Das ist alles, was ich will,* versuche ich zu sagen, aber ich bringe noch immer kein Wort heraus.

Bethina wiegt mich auf ihrem Schoß. »Pst, Lark, ich weiß, dass du uns hören kannst. Ich weiß, dass du etwas sagen willst, es aber nicht kannst. Bald, gedulde dich einfach eine Minute.«

Aus meinem Innersten strahlt die vertraute beruhigende Wärme in meine Gliedmaßen aus. Es ist die gleiche Art Frieden, die ich empfinde, wenn ich bei Beck bin. Er muss in der Nähe sein.

Bethina wendet sich an die Gruppe: »Wir werden Folgendes tun: Wir lassen Lark noch ein paar Tage auf diese Weise lernen. Wenn das nicht funktioniert, entfernen wir die Ummantelung.«

»Bethina, das ist unklug.« Mrs. Channings Tonfall ist schneidend genug, um Stahl zu durchtrennen. »Du kannst sie nicht einfach frei herumlaufen lassen. Außerdem wird diese Ummantelung nicht so leicht zu zerstören sein wie die letzte, dafür habe ich gesorgt.« Sie starrt Henry böse an. »Diesmal wird kein Fehler passieren.« Sie rauscht davon, gefolgt von ihrem Mann.

Henry kniet sich neben mich. »Kannst du mich hören?«

Ich bewege den Kopf.

»Gut. Kannst du sprechen?«

Ich schlucke schwer und befeuchte mir mit Speichel die Zunge. »Ja.«

»In Ordnung. Ich helfe dir aufzustehen. Bethina?«

Zwei Armpaare heben mich hoch, und ich stütze mich mit meinem kompletten Gewicht darauf. Die Wiese dreht sich, und ich stolpere vornüber, aber Bethina und Henry richten mich wieder auf.

»Wie viel hast du von alldem mitbekommen?« Bethinas Stimme ist über das Zirpen der Grillen hinweg kaum zu hören.

Ich huste trocken. »Ich erinnere mich, dass du ›Halt‹ gesagt hast.«

»Also weißt du, dass du wieder ummantelt worden bist«, sagt Henry.

»Ja. Das habe ich gehört. Aber warum? Weshalb hat die erste Ummantelung nicht funktioniert?«

Henry verlagert mein auf ihm lastendes Gewicht. »Ich habe sie aufgebrochen, als wir auf dem Waldweg waren. Als ich deine Hände genommen habe, weißt du noch?«

»Ja, ich erinnere mich.« Das Gefühl, dass etwas aufgeschlossen wird – das war es also. Henry hat die Ummantelung aufgeschlossen, damit ich meine Liebe zu Beck gestehen konnte.

Bethina zieht an meinem Arm. »Lark, die Channings und die meisten anderen Hexen sind nicht erfreut über deinen Ausbruch. Du darfst so etwas nicht noch einmal tun, verstehst du?«

Ich ringe nach Luft und räuspere mich. »Bethina, du weißt doch, dass ich das nicht mit Absicht mache! Aber niemand hat mir gezeigt, wie ich es vermeiden kann.« Ich klinge selbst in meinen eigenen Ohren weinerlich. »Mein

Unterricht ist nutzlos. Ich weiß immer noch nicht, wie ich irgendetwas tun kann. Glaubst du denn nicht, dass ich damit aufhören würde, wenn ich es könnte?« Das Reden erschöpft mich. Ich ziehe die Beine nach, um Bethina und Henry wissen zu lassen, dass ich eine Pause brauche.

Bethinas Tonfall ist sanft. »Ich glaube dir, Lark.« Sie berührt meine Stirn mit den Fingern. »Ich glaube dir.«

Wir gehen weiter. Als wir die Veranda erreichen, hebt Henry mich hoch. Laute Stimmen klingen aus einem weit entfernten Raum zu uns herüber. Ich stoße Bethina mit dem Fuß an. Sie bestätigt, was ich ohnehin weiß: Beck streitet sich mit seinen Eltern. Schon wieder.

»Mach dir keine Sorgen. Ich kümmere mich darum. Henry, kannst du sie nach oben bringen?«

»Natürlich.«

Bethina geht zu den Streitenden und lässt Henry und mich allein. Ich lege den Kopf an seine Schulter. Er trägt mich die Treppe hinauf, vorbei an den Bildern der Channings – der Guten –, mit denen die Wände gesäumt sind.

Mit dem Fuß stößt er meine Zimmertür auf. Er durchquert den Raum und legt mich aufs Bett.

»Willst du, dass ich bei dir bleibe? Dir Gesellschaft leiste, bis Bethina zurückkommt?«

Obwohl ich Henrys Gesellschaft genieße, will ich allein sein. »Nein, schon gut. Ich komme auch so zurecht.«

»In Ordnung.« Seine Finger berühren meine Stirn. »Gute Nacht, Lark. Wir sehen uns morgen.«

Als er fort ist, vergrabe ich das Gesicht im Kopfkissen. Laute, erstickende Schluchzer schütteln meinen Körper. Vor meinem Fenster lässt ein Vogel ein klagendes Trillern ertönen. Es passt perfekt zu meiner Stimmung.

Unten wird der Streit lauter, und eine Tür schlägt zu. Schritte auf der Treppe ermahnen mich, mich zusammenzureißen, aber ich habe keine Möglichkeit, meine roten Augen und mein tränenverschmiertes Gesicht zu verbergen.

Bethina macht sich nicht erst die Mühe zu klopfen, bevor sie ins Zimmer schlüpft.

»Oh«, sagt sie. »Ich dachte, du würdest schlafen.«

Ich schüttle nur den Kopf, da ich befürchte, dass mir die Tränen kommen, wenn ich etwas sage. Der Vogel stößt noch ein erbarmenswertes Zwitschern aus und ist dann still.

Bethina geht zum Stuhl neben dem Fenster und setzt sich hin. Ich lehne mich in die Kissen zurück und ziehe mir die Decke bis ans Kinn hoch.

»Was ist da unten passiert?«, frage ich.

»Du musst dich von Beck fernhalten.« Bevor ich etwas einwenden kann, hebt sie die Hand, um mich zum Schweigen zu bringen. »Die Regel stammt nicht von mir, sondern von Mr. und Mrs. Channing. Da sie deine Gastgeber sind, musst du das respektieren.« Sie schürzt die Lippen. »Wenn doch nur jemand Beck den Kopf zurechtrücken könnte.«

»Viel Glück damit«, sage ich.

Wir lachen beide. Das Geräusch wirkt angesichts meiner derzeitigen Stimmung seltsam deplatziert.

»Beck ist stur, nicht wahr? Ich dachte immer, er wäre von euch beiden leichter zu handhaben, aber mittlerweile bin ich nahe daran, diese Einschätzung zu revidieren.« Sie blickt aus dem Fenster. »Wenn du dich zusammenreißen kannst und versuchst, wirklich von deinen Lehrern zu lernen, werden die Channings dich bis zu deinem Geburtstag bleiben lassen.«

»Und danach?« Ich weiß es schon, muss aber doch danach fragen.

»Danach musst du abreisen, Lark. Wir können das Risiko nicht eingehen, dich in Becks Nähe zu lassen.« Ich verziehe das Gesicht, und sie wechselt die Stoßrichtung: »Ich weiß, wie du dazu stehst, aber was, wenn ich mitkomme und dir helfe, deinen Weg zu finden?«

Es wäre nicht Beck, aber wenigstens hätte ich jemanden, dem ich wichtig bin. »Wirklich? Ich müsste nicht allein sein?«

»Ich würde dich nie im Stich lassen.« Die Sanftheit ihrer Stimme erinnert mich an die alte Bethina – die, die meine Beulen und blauen Flecken verarztet hat, die am Freitagnachmittag immer Kekse für mich bereitstehen hatte, die sich um mich *gekümmert* hat.

»Wir sind nicht mehr in der Schule, B. Niemand zwingt dich dazu, dich um mich zu kümmern, und du bist nicht meine Mutter.« Ich schleudere ein Kissen durchs Zimmer.

»Vielleicht nicht, aber ich glaube dennoch, dass du mich brauchst.«

In dem nun folgenden unbehaglichen Schweigen kommt mir ein Gedanke. »Wer kümmert sich jetzt um den Rest des Hauses? Du bist schon lange Zeit weg. Bekommst du deswegen Ärger?« Das Letzte, was ich will, ist, dass Bethina meinetwegen ihren Arbeitsplatz verliert.

»Oh, ich bin mehr oder minder gefeuert worden. Drei Vergehen, und man ist draußen, wie es so schön heißt.«

»Drei Vergehen?«, frage ich.

»Kyra, Beck, Maz, Ryker und du.« Ihre Lippen verziehen sich zu einem angespannten Lächeln. »Also fünf Vergehen.«

»Oh«, sage ich leise. Bethina hat ihre Arbeit geliebt. »Aber was ist mit den anderen Kindern? Wer führt sie nun zu ihren Bindungen?« Das war ein wichtiger Teil der letzten paar Schulmonate und zugleich eine extrem emotionale Zeit sowohl für die Schüler als auch für die Hausmütter, die sie aufgezogen haben. Bethina nicht bei sich zu haben muss schwer für alle sein.

»Vermutlich eine Auszubildende.« An der Art, wie sich Fältchen um ihre Augen bilden, erkenne ich, dass sie zu verbergen versucht, wie verletzt sie ist.

»Na, wenn du und ich beide nirgendwohin können, können wir ja genauso gut gemeinsam dorthin gehen.« Mein Scherz zündet nicht.

»Wir müssen am Tag vor deinem Geburtstag aufbrechen, wenn du denn so lange durchhalten kannst.« Bethina verschränkt gebieterisch die Arme und setzt ihre Wehe-wenn-du-das-nicht-tust-Miene auf.

Draußen zwitschert der Vogel eine neue Reihe klagender Töne. Bethina tritt näher ans Fenster, um das Tier zu beobachten. »Seltsam, wenn ich es nicht besser wüsste, würde ich annehmen, dass dieser kleine Vogel versucht, mit uns zu sprechen.« Sie schüttelt den Kopf. »Nun ja. Gute Nacht, Lark. Heute Abend hast du keinen Unterricht. Versuch einfach, dich ein bisschen auszuruhen, und vergiss nicht: Morgen ist auch noch ein Tag. Ein Neuanfang. Mach das Beste daraus, Lark Greene.« Sie tätschelt mir den Kopf und lässt mich allein.

Ich drehe mich um und ziehe die Bettdecke eng an mich. Ein endloser Tränenstrom läuft mir über die Wangen, während ich das Gesicht tief im Kopfkissen begrabe und schreie.

29

»Lark, wach auf.«

Eine Hand streicht mir sanft die Haare aus dem schlafenden Gesicht.

Beck.

Meine Augen versuchen sich zu öffnen, aber sie sind von den Tränen zugeschwollen. Ich reibe sie kräftig und versuche, sie so zu lockern. »Stimmt etwas nicht?«

Er setzt sich auf die Bettkante. »Nein. Ich wollte dich nur sehen.«

»Du solltest nicht hier sein«, sage ich und rücke beiseite, um ihm Platz zu machen, damit er sich neben mich legen kann, aber stattdessen steht er auf.

»Hast du Lust, spazieren zu gehen?«

Das ist das Letzte, worauf ich Lust habe. Die neue Ummantelung hat mir in Verbindung mit meiner Schluchz-Orgie heftige Kopfschmerzen beschert. Ich drehe mich auf den Rücken und ziehe mir die Decke über den Kopf. »Eigentlich nicht. Ich habe Kopfschmerzen.«

»Hier.« Er schlägt die Decke zurück und berührt meine Stirn mit den Fingerspitzen. Der Schmerz lässt nach. »Ist es so besser?«

»Wo hast du den Trick gelernt?«

Er grinst. »Während du draußen mit Eloise herumläufst und mit Regenbogen spielst, lerne *ich* nützliche Dinge.«

»Eloise ist eine tolle Lehrerin – sie hat mir beigebracht, imaginäre Leute anzugreifen.«

Beck verneigt sich. »Miss Greene, ich gebe mich geschlagen.«

»Du Verrückter.« Ich trete spielerisch nach ihm, und er fängt meine Füße ein. Zum ersten Mal seit Wochen fühlt sich alles an wie in alten Zeiten. »Gut, ich gehe mit dir spazieren.«

»Treffen wir uns in zehn Minuten unter der Trauerweide?«

Ich nicke.

»Bring einen dicken Pullover mit.«

Als er weg ist, wälze ich mich aus dem Bett und auf die Knie. Ich wünschte, ich wüsste, wie spät es ist – es muss nach Mitternacht sein. Wir werden morgen früh erschöpft sein, und der Unterricht fällt mir auch so schon schwer genug.

Meine Kleider von vorhin liegen gefaltet auf dem Stuhl. Bethina muss sie eingesammelt haben. Ich ziehe sie an, suche mir eine Strickjacke – für einen dicken Pullover ist es nun wirklich zu warm – und nehme die Sandalen in die Hand. Es ist schließlich nicht sinnvoll, auf der ohnehin schon quietschenden Treppe noch zusätzlichen Lärm zu verursachen.

Ich schleiche mich auf Zehenspitzen die Stufen hinab, verlagere mein Gewicht hin und her und tue mein Bestes, dabei nicht umzufallen.

Becks heimlicher Besuch in meinem Zimmer und das nächtliche Davonschleichen sorgen unweigerlich dafür, dass ich mir vorkomme, als ob ich etwas Kriminelles tun würde. Trotzdem regt sich ein kleiner Hauch freudiger Erregung in meinem Bauch. Wir haben kaum Zeit miteinander verbracht, und obwohl ich weiß, was auf dem Spiel steht, kann ich nichts an der Tatsache ändern, dass ich mich nach Beck sehne.

Die Küchentür liegt am nächsten bei der Trauerweide, und so schleiche ich mich durchs Esszimmer und die Küche. Sobald ich zur Tür hinaus bin, streife ich die Sandalen über und laufe zum Baum.

Beck ist schon da, lehnt am Stamm und wirkt nervös.

»Du ziehst die hier vielleicht lieber an.« Er nimmt mir die Strickjacke ab, hält sie mir hin und wartet darauf, dass ich die Arme hineinstecke.

»Es ist nicht kalt«, wende ich ein.

»Das wird es aber in einer Minute sein.«

»Wirklich? Für mich fühlt sich das wie eine typische feuchtwarme Nacht an.«

Der Mondschein verleiht Becks Gesicht eine gespenstische Farbe, da er seiner Haut den gewohnten Goldton entzieht, so dass sie aschfahl wirkt.

»Nimmst du meine Hand?«

Seltsam, dass Beck das sagt – so förmlich! Aber ich lege meine Hand in seine, da ich mich danach sehne, seine Wärme zu spüren. »Wohin wollen wir ge…«

Aber bevor ich den Satz beenden kann, taumle ich schon durch einen schwarzen Abgrund.

Der Boden unter meinen Füßen ist gefroren, und der eisige Wind brennt mir an den nackten Beinen.

Eis und Schnee – ich bin nicht mehr in Summer Hill.

Wo bin ich? Außerhalb der Kuppel? Der Schneefall ist dicht – ich kann weder die schützende Hülle um Summer Hill noch sonst irgendetwas sehen.

»Beck!«

Keine Antwort. Wo steckt er? Was ist geschehen?

Ich drehe mich um mich selbst und versuche herauszufinden, wo ich bin, aber ich sehe nur blendendes Weiß.

»Beck!«

Der Wind flaut ab, und es fallen nur noch einzelne Schneeflocken vom Himmel. Anders als beim letzten Mal, als ich mich hier draußen wiedergefunden habe, spiegelt das Wetter das genaue Gegenteil meiner Gefühle wider. Ich habe keinen Einfluss darauf.

»Schon gut, Lark. Er ist in Sicherheit.«

Henry? Ich wirble herum und halte Ausschau nach ihm, aber er ist nirgendwo. Das ergibt keinen Sinn. Was tut Henry hier?

Etwas streift meinen Arm, und ich zucke zusammen. »Henry? Was ist los?«

Der Schein des Vollmonds wird vom Schnee reflektiert und taucht alles in eisblaues Licht – bis auf den grauen Schatten, der zwischen den Bäumen hervortritt.

Meine Mutter.

Bei jedem Schritt, den sie auf mich zugeht, mache ich einen rückwärts. Ich starre meine Mutter an und bewege die Augen nicht, bis irgendetwas in mir reißt und ich mich umdrehe, um davonzulaufen.

»Hallo, Lark.«

Die Furcht verfliegt. Mein Körper ist mitten im Schritt erstarrt, aber ich kann mich nicht erinnern, warum. Verwirrt setze ich den Fuß sanft auf den Boden und wende mich meiner Mutter zu, um sie angemessen zu begrüßen.

Obwohl sie wunderschöne, hochhackige Schuhe mit offener Spitze trägt, stellen die Schneewehen kein Problem für sie dar. Sie gleitet so elegant auf mich zu, dass ich mich frage, ob ihre Füße überhaupt den Boden berühren. Mit einer fließenden Bewegung schlüpft meine Mutter aus ihrem langen cremefarbenen Mantel und legt ihn mir um die Schultern.

»Ich dachte, ich hätte dir gesagt, dass du sie dazu bringen sollst, sich passend zu kleiden, Henry.«

»Ich habe ihr gesagt, dass sie einen warmen Pullover mitbringen soll, aber das wollte sie ja nicht.« Henry erscheint neben meiner Mutter und zeigt auf die Sandalen an meinen Füßen. »Und Schuhe. Ich habe dir doch gesagt, dass du Schuhe anziehen sollst, nicht wahr?«

Henry soll mir das gesagt haben? Nein, Beck hat das getan.

»Sie ist verwirrt.« Meine Mutter mustert mich mit besorgter Miene.

»Ich musste sie betäuben.«

Sie seufzt. »Vollkommen unnötig. Sie würde dir nie etwas zuleide tun.«

Meine Mutter berührt meine Stirn. Der Nebel löst sich auf, und mein Verstand ist wieder klar. Henry hat sich für Beck ausgegeben. Er hat mich zu meiner Mutter gebracht. Er hat mich verraten.

Adrenalin pumpt heftig durch meine Adern. Ich muss hier weg, bevor sie mich fortbringt. Bevor sie mich gegen Beck einnimmt.

»Ah, ah, ah!« Meine Mutter schnalzt mit der Zunge. »Nichts da. Anders als die anderen bin ich immer noch viel, viel stärker als du, und das ganz allein.«

Mein Puls kommt zur Ruhe. Sie hat recht – und wohin sollte ich auch gehen? Ich habe keine Ahnung, wo ich bin.

Obwohl ich in ihren schweren Mantel gehüllt bin, klappern mir die Zähne. »Warum hast du mich holen lassen?«

»Um sicherzugehen, dass du unversehrt bist. Ich mache mir Sorgen um dich, Liebes.« Sie presst mir den Handrücken an die Wange. Ihre Stimme ist hoch und klar – und beruhigend. Oh, so beruhigend. »Du erfrierst ja! Bringen wir dich doch ins Haus.«

Sie klatscht in die Hände, und ein Bauernhaus mit Strohdach erscheint aus dem Nichts. Die Fenster leuchten vor Wärme, und ich will unbedingt hineingehen und aus der eiskalten Luft herauskommen.

»Es ist ja so ein Genuss, offen Magie zu wirken. Ich kann den Reiz eines solchen Ortes beinahe verstehen.« Sie lächelt breit, so dass sich Fältchen um ihre Augenwinkel bilden, und zeigt in die Schatten. Zwischen den Bäumen ist die leuchtende Kuppel von Summer Hill zu erkennen. Wir sind nur ein paar Meter von der Barriere entfernt.

»Sind noch andere bei dir? Außer Henry?«

»Henry ist nicht bei mir, aber ja, es sind noch andere hier. Ich kann nicht mehr ohne Gefolge auf Reisen gehen. Zu viele Gefahren.« Sie winkt verächtlich ab. »Aber du musst dir keine Sorgen machen, und meine Leibwache wird uns nicht stören. Es sei denn, du würdest Annalise gern sehen? Oder vielleicht Kyra? Sie behalten dich schließlich im Auge.« Meine Mutter sieht mich mit hochgezogener Augenbraue an und wartet auf eine Antwort.

Kyra ist hier? Und sie beobachtet mich zusammen mit Annalise? Von der anderen Seite der Kuppel aus? Das hier ist etwas, das nur den engsten Kreis etwas angeht – kein Wunder, dass Annalise und Callum auf die Suche nach mir geschickt worden sind. Aber Kyra?

Ich reiße den Kopf hoch, als ich das vertraute Rascheln einer Hexe höre, die Gestalt annimmt.

»Lark!« Kyras dünner Körper prallt gegen meinen und zieht mich in eine feste Umarmung.

Verblüfft stehe ich still da, während mein Verstand versucht, die surreale Szene um mich herum zu verstehen. Mutter, Henry, Kyra – die Kälte. Nichts davon wirkt echt, aber Kyra drückt mich so kräftig an sich, dass ich kaum Luft bekomme, also muss sie wirklich hier sein.

»Kyra?«, keuche ich. »Was machst du hier?«

Sie presst mir ein letztes Mal die Luft aus der Lunge, bevor sie mich loslässt und sich in ein für sie typisches, ebenso blitzschnelles wie einseitiges Gespräch stürzt: »Ich arbeite! Kommst du mit uns nach Hause? Es ist so langweilig ohne dich – nichts außer trainieren, trainieren, trainieren.« Sie schmollt, wie ich es sie schon millionenfach habe tun sehen, wenn sie ihren Willen durchsetzen wollte. »Und ich bin so traurig, dass ich außer Maz und Ryker keine nette Gesellschaft habe – die älteren Leute sind nicht so lustig, weißt du? Die Zeit mit dir hat Maz wirklich gefallen. Er hat gesagt, dass er dich jetzt viel lieber mag als früher!« Sie wirft die Locken zurück und strahlt mich an. »Außerdem vermisse ich dich so sehr!«

Der Gedanke, nach Hause zu kommen, zu Leuten, die mich mögen, spricht mein Sicherheitsbedürfnis an. Es wäre so einfach – Mutter und Kyra könnten mich unterrichten, und ich wäre von Menschen umgeben, die mich nicht fürchten. Ich wäre nicht ummantelt. Ich könnte lernen.

Aber ich würde Beck nicht haben. Und sie würden wollen, dass ich ihn töte.

»Ich weiß nicht …« Es ist eine ehrliche Antwort.

Kyra reißt ungläubig die Augen auf. »Du würdest ihn uns vorziehen?« Sie stapft zu meiner Mutter hinüber. »Kann sie das tun?«

Zu meiner Überraschung sagt meine Mutter nichts.

Kyra berührt sie am Arm und schreit: »Aber das darf sie nicht! Sie kann ihn uns nicht vorziehen! Es ist nicht richtig.«

Mutter lächelt sie an, hebt Kyras Hand hoch und lässt sie fallen. Kyras Brustkorb bebt vor Wut.

Zu sehen, wie unglücklich Kyra ist, tut mir körperlich

weh. Die längste Woche meines Lebens (abgesehen von meinem derzeitigen Aufenthalt in Summer Hill) war die, in der Kyra sich geweigert hat, mit mir zu sprechen, weil ich ihr die Geburtstagsüberraschung für Maz verdorben hatte. Aber jetzt fühlen sich ihr Zorn und ihre Verwirrung noch hundertmal schlimmer an. Sie strahlen von ihr aus, nagen an meiner erstaunlichen Ruhe und drohen meine unkontrollierbaren Kräfte wachzurufen.

Aber Kyras Gefühlsausbrüche zu entschärfen ist schon seit meiner Kindheit meine Spezialität, und ich zögere nicht lange, es auch jetzt zu tun. Am liebsten spricht sie über sich selbst – und so wechsle ich das Thema zu einem, von dem ich weiß, dass es ihr besser gefallen wird. »Wofür trainierst du denn?«

Verstehen huscht über ihr Gesicht. Sie weiß, was ich tue, wehrt sich aber nicht dagegen. »Innere Leibwache«, flüstert sie hinter vorgehaltener Hand. Ihr breites Grinsen droht ihr Gesicht zu verschlucken – das ist die Arbeit, von der sie immer geträumt hat. Kyra hat kein Interesse an Politik, Landwirtschaft oder überhaupt einem der Fächer, die wir in der Schule hatten – sie wollte schon immer im Sicherheitsdienst arbeiten oder Spionin werden, was ich ehrlich gesagt komisch finde. Aber nun steht sie hier und bewacht anscheinend meine Mutter.

Korrektur: Sie bewacht *mich*.

»Du arbeitest also mit Annalise zusammen?« Ich spucke ihren Namen aus, und es ist mir gleichgültig, ob jemand bemerkt, wie sehr ich sie verabscheue.

Meine Mutter beugt sich näher zu mir. »Gibt es einen Grund dafür, dass du deine Schwägerin nicht magst?«

Die Worte sprudeln ungehemmt aus mir hervor: »Sie war gemein zu mir. Und zu Beck. Und sie hat mich in eine sonderbare, schwere Luft eingewickelt.« Kyra kichert, und ich zögere, weil ich weiß, dass ich wie eine Dreijährige klinge, die jemanden verpetzt, aber ich kann nicht aufhören: »Sie macht mir Angst.«

Die Luft um uns herum vibriert. Ich fühle mich an den Angriff auf Summer Hill erinnert, ducke mich, beschirme den Kopf mit den Armen und kneife die Augen zu. Ich hätte wissen sollen, dass die Lichthexen mich nicht kampflos gehen lassen würden.

Aber statt Schlachtenlärm herrscht tiefes Schweigen, bis meine Mutter in eisigem, harschem Ton blafft: »Annalise!«

Ich öffne halb die Augen, verharre aber in meiner Kauerstellung. Die Augen meiner Mutter blitzen vor Wut.

»Ja, Malin?« Annalise erscheint links von mir und verneigt sich leicht.

»Hast du absichtlich *meiner Tochter* Angst gemacht?«

»Ich …« Annalise hält sich vor Schmerzen den Kopf. »Es tut mir leid«, schreit sie auf und krümmt sich. Ihr rabenschwarzes Haar fällt ihr ins Gesicht und verdeckt es. »Das war keine Absicht – wir wollten nur Beck erschrecken.«

»Habe ich dich angewiesen, auch nur einem von beiden Angst einzujagen?« Mutter starrt Annalise böse an. »Habe ich das getan?«

Ein Lächeln lässt meine Mundwinkel zucken. Nach allem, was sie mir – und Beck – angetan hat, verdient Annalise alles, was sie jetzt abbekommt.

Immer noch gekrümmt, zuckt Annalise zurück. »Nein, Malin. Das hast du nicht.«

Mit einer schnellen, ruckartigen Kopfbewegung entlässt meine Mutter Annalise, die sofort verschwindet. Ich starre die Stelle an, an der sie eben noch gestanden hat, und tiefe Befriedigung durchströmt mich. Es freut mich,

Annalise bestraft zu sehen. Wenn ich nur auch solchen Respekt von anderen einfordern könnte!

Kyra zwinkert, wirft mir eine Kusshand zu und folgt Annalise ins Nichts. Eine gewisse Leere macht sich in meinem Herzen breit, sobald sie verschwunden ist. Bis zu diesem Augenblick war mir gar nicht klar, wie sehr ich meine Freundin vermisst habe. Sosehr ich Eloises Gesellschaft auch genieße, sie wird nie einen Ersatz für Kyra darstellen.

Mutter streicht sich mit den Händen das Kleid glatt und rückt ihre Halsketten zurecht, damit sie gleichmäßig anliegen. »Siehst du, Liebes? Ich werde nie zulassen, dass dir jemand schadet.« Ihre Stimme ist wieder sanft und klingt wie Glockengeläut. »Wollen wir?« Sie nimmt meine Hand und führt mich zu dem Bauernhaus. Obwohl ich sie fürchten sollte, macht mir nichts an meiner Mutter Angst.

Das Bauernhaus ist rustikal, wie ich es auf Bildern aus der Zeit vor mehreren hundert Jahren in Schulbüchern gesehen habe. Ein Feuer prasselt in einer Ecke, wärmt den Raum und verbreitet einen sanften Schein. Ein grober Holztisch, auf dem ein beeindruckendes Festmahl steht, dominiert das Zimmer, und die gegenüberliegende Wand wird von bis zur Decke reichenden Bücherregalen voller Merkwürdigkeiten eingenommen. Im Hintergrund läuft leise Cellomusik.

»Iss, was du willst.« Mutter hilft mir aus dem Mantel. »Ich bin sicher, dass die Channings versucht haben, dir ihre abscheulichen Essgewohnheiten aufzuzwingen.«

Henry sieht sie kopfschüttelnd an. »Ich werde nie verstehen, warum es für dich in Ordnung ist, Leute zu töten, aber keine Tiere.«

»Tiere sind unschuldig, Henry. Das kann man von Leuten nicht unbedingt behaupten.«

Er zuckt die Achseln, füllt drei Gläser mit funkelndem Rotwein und reicht mir eines davon. Ich habe noch nie Wein getrunken – aber ich bin auch noch nie mit meiner Mutter in einem Bauernhaus gewesen, um über Hexen zu reden. Der säuerliche Duft kribbelt mir in der Nase, während das bittersüße Aroma des Weins einen Schock für meine Geschmacksknospen darstellt. Ich zwinge mich, ihn hinunterzuschlucken, trinke dann aber sofort etwas aus einem großen Glas Wasser, das vor mir erschienen ist.

Mutter lacht, und ihre blauen Augen funkeln im Kerzenschein. Ich bin überzeugt, dass die Leute ihr auch dann in Scharen nachlaufen würden, wenn sie keine Hexe wäre. Sie ist großartig.

»Warum bin ich hier?«, frage ich.

»Trotz ihres vorherigen Ungehorsams hat Annalise mir von dem berichtet, was heute Abend geschehen ist. Ich wollte dich selbst sehen und sichergehen, dass du unversehrt bist.«

»Aber wie bin ich hergekommen? Ich bin ummantelt.«

Mutter seufzt und nimmt einen winzigen Bissen von einem Gebäckstück. »Du bist nicht zufällig nach Summer Hill gelangt, Lark, und ich kann dich holen kommen, wann immer ich will.«

Es verschlägt mir den Atem. »Du … lässt mich freiwillig hierbleiben? Aber Callum und Annalise …«

»Haben genau das getan, was ich ihnen befohlen habe. Wir konnten es nicht so aussehen lassen, als hätte ich dich hier abgeliefert – du musstest dich dafür anstrengen.«

Genau wie Bethina wollte Mutter, dass ich nach Summer Hill gehe – aber warum? »Bethina hat gesagt …«

»Bethina.« Mutter seufzt und legt das Gebäck auf ihrem Teller ab. »Ja, ich nehme an, sie hat dich ganz ordentlich großgezogen. Aber vergiss nicht, dass sie eine Lichthexe ist. Sie wird nur ihresgleichen beschützen.«

»Und doch sitzt du mit Henry hier.« Ich starre Henry, den Verräter, finster an.

Mutter klimpert mit den Wimpern ihrer großen blauen Augen, bevor sie die Hände aneinanderpresst und den Kopf senkt. Die Musik spielt weiter, und das Feuer prasselt. Henry nimmt einen tiefen Zug aus seinem Glas.

Trotz der friedlichen Umgebung entschlüpft mir die entsetzlichste Frage: »Warum hast du uns aneinandergebunden?«

Die Cellomusik bricht abrupt ab und hinterlässt eine Geräuschleere, die über uns hängt und darauf wartet, dass meine Mutter zu mir spricht. Sie dreht sich von mir weg, wendet sich an Henry und nickt ihm zu. Er geht um den Tisch herum und streicht ihr mit der Hand übers Gesicht. Zufrieden mit dem, was er getan hat – was auch immer es war! –, lächelt Mutter ihn an, und er kehrt zu seinem Platz zurück.

»Setzt du dich zu mir?« Sie streckt mir beide Hände entgegen.

Selbst wenn ich wollte, könnte ich es ihr nicht abschlagen. Ihr Lächeln zieht mich an, und ich möchte nichts lieber, als ihr zu gefallen. Ich erlaube Mutter, mich zu der Chaiselongue am Feuer zu führen. Ihr glänzendes auberginefarbenes Kleid umspielt ihre Beine, als sie sich hinlegt. Ich setze mich auf den Rand der Chaiselongue, den Körper leicht meiner Mutter zugewandt.

»Gebunden?« Mutter nimmt einen großen Schluck von ihrem Getränk und stellt das Glas dann auf den Tisch. »Ist es das, was sie dir erzählt haben?«

»Henry hat es mir gesagt.«

Mutter sieht Henry mit hochgezogener Augenbraue

an, bevor ihr Lachen ertönt, ein süßer, melodischer Klang. »Nein, Liebes, ich habe euch nicht aneinandergebunden, das kann niemand bis auf euch selbst wirklich tun. Ich habe dich mit einem Schutzzauber belegt, um die Lichthexen daran zu hindern, dir Schaden zuzufügen.«

»Malin«, knurrt Henry und schmettert sein Glas so heftig auf die Tischplatte, dass es zersplittert. Die Scherben fliegen über den Tisch und werfen Lichtschimmer des Feuers in den ganzen Raum zurück.

Mutter seufzt. »Oh, na gut.« Ihre langen Finger trommeln gegen ihr Knie, und Henrys Glas fügt sich von selbst wieder zusammen. »Es ist eine Art Bindung. Aber ich würde dir nie mit Absicht Schaden zufügen, das musst du wissen. Du bist meine Tochter, und wenn nur einer von euch überleben kann, dann werde ich mein Bestes tun, um sicherzustellen, dass du es bist.«

Ich sehe sie mit zusammengekniffenen Augen an und versuche, ihre Worte zu verstehen.

»Hör auf, das Gesicht so zu verziehen, Liebes, das steht dir nicht.« Sie macht eine Handbewegung, und Henrys Glas füllt sich erneut. »Ich wollte dir die Chance verschaffen, erwachsen zu werden und dich zu verteidigen. Das hier war die beste Lösung. Und der Zauber hat doch wunderbar gewirkt, nicht wahr? Du bist fast erwachsen und womöglich stärker als Beck, zumindest unter diesem *Ding*, mit dem sie dich belegt haben.« Sie betastet die zarten Goldketten, die um ihren Hals hängen. »Dafür, dass er Lichthexer ist, ist er solch ein netter Junge und so gutaussehend.« Sie seufzt. »Es ist so schade.«

Sie spricht über Beck, als wäre er bloß irgendein *Gegenstand* und nicht der Junge, den ich liebe – niemand von Bedeutung. »Was, wenn ich gar nichts tue und einfach davonlaufe?«

Ihr strahlendes Lächeln weicht einer verzerrten Grimasse. »Nichts zu tun kommt nicht infrage. Außerdem hättet ihr früher oder später gekämpft, wenn ich den Zauber nicht gewirkt hätte.«

Henry räuspert sich.

Mutter wirft daraufhin die Arme in die Luft und starrt ihn böse an. »Das hätten sie getan, Henry, das weißt du doch. Caitlyns Fluch sorgt dafür.«

»Hat sie Charles wirklich getötet und uns verflucht?«, frage ich, während ich meine Sandalen abstreife und die Füße unter mich ziehe.

Mutter lässt den Inhalt ihres Glases kreisen und mustert ihn. »Ja und ja.« Sie tätschelt mir die Hand.

Ich mustere ihr Kleid, das im Feuerschein schimmert. »Du musstest meinen Vater nicht töten. Warum muss ich Beck töten?«

»Dein Vater war kein direkter Nachfahre von Charles, deshalb hatte Caitlyns Fluch keine Auswirkung auf ihn.«

»Ich *will* Beck aber gar keinen Schaden zufügen.«

»Es trifft zwar zu, dass du ihn jetzt noch nicht töten willst, aber du wirst es wollen, das versichere ich dir. Das wollen unsere Anführerinnen immer.« Sie spricht emotionslos, wie beim täglichen Morgenbericht, und streichelt mir den Arm. »Ihr seid nicht füreinander bestimmt. Wenn Margo und ich nicht eingegriffen hätten, hättet ihr einander verabscheut, genau wie Patrick Channing und ich es tun – so soll es einfach sein.«

Ich zucke vor ihr zurück. »Dein Fluch … oder Zauber, was auch immer du getan hast … Hält er mich davon ab, ihn zu lieben?«

Ihre Worte werden sanfter. »Ich wollte dir den Herzschmerz ersparen, den ich durchgemacht habe. Ich dachte, wenn du ihn nie lieben könntest, würde es dir auch nicht viel ausmachen, ihn zu verlieren. Im Erwachsenenalter würdest du dann zu mir nach Hause kommen und Beck vergessen.« Mutter neigt mein Kinn zu sich herüber. »Ihn zu töten hätte dir wenig ausgemacht. Mein Schutz hätte dich davon abhalten sollen, dich in ihn zu verlieben. Stattdessen fühlt ihr euch aus irgendeinem seltsamen Grund zueinander hingezogen.«

Ein Schrei bleibt mir in der Kehle stecken. »Du wusstest, dass die Möglichkeit bestand? Du wusstest, dass ich mich in ihn verlieben könnte, und nun erwartest du von mir, ihn zu töten?«

Mutter seufzt. »Natürlich tue ich das. Es ist meine Aufgabe als deine Mutter, dafür zu sorgen, dass dir nichts zustößt. Aber es hat nicht gut funktioniert, nicht wahr? Dein Herz ist bereits gebrochen.«

Ihre Arme umfangen mich, und ich lege ihr den Kopf auf die Brust und lasse mich von ihrem Heben und Senken einlullen. Ich weiß, dass ich sie eigentlich hassen müsste, dass ich zuschlagen und vor meiner Mutter davonlaufen sollte, aber ich habe ihrer Logik nichts entgegenzusetzen. Machen sich denn die Channings nicht dieselben Hoffnungen für Beck?

Läuft alles darauf hinaus, wer stärker ist, wer mehr Magie auf seiner Seite hat, wer den ersten Spielzug macht?

Ich setze mich auf, schaue in ihre klaren blauen Augen und wünsche mir ungeachtet dessen, was mein Herz will, dass ihr Zauber gewirkt hätte. Wenn ich Beck nicht lieben würde, könnte ich ihn dann ohne Reue töten? Wäre es wirklich so einfach?

Henry gießt Mutter noch ein Glas Wein ein. Sie starrt hinein und lässt den Wein kreisen. »Ich habe nur eine einzige Person mehr geliebt als dich, Lark.« Ihre Augen wenden sich nicht vom Glas ab. »Dein Vater hat mir alles bedeutet. Als man ihn mir genommen hat, als die Lichthexen uns gestellt und ihn getötet haben, weil er mich liebte, wurde mir klar, dass es meine Schuld war. Ich habe zwar nicht den tödlichen Zauber gewirkt, aber er ist meinetwegen gestorben. Das will ich dir ersparen. Mein Schmerz ist endlos. Jeden Tag wache ich in dem Wissen auf, dass Sebastian immer noch hier wäre, wenn ich nicht gewesen wäre.« Mutter steckt mir die Haare hinter dem Ohr fest. »Deshalb habe ich dich mit dem Schutzzauber belegt. Ich dachte, ich würde verhindern, dass es dir das Herz bricht.«

»Gibt es denn nichts, was du tun kannst?« Heiße Tränen laufen mir über die Wangen.

»Du bist bereits auf vielerlei Weise an Beck gebunden. Außerdem bist du allein aus dem Grund, weil du eine Dunkelhexe bist, schon eine Zielscheibe. Weil du meine Tochter bist.« Sie umfasst meine Hände und küsst sie. »Es gibt nichts, was ich tun kann, um das zu verhindern. Wir müssen einfach abwarten und sehen, was passiert.«

»Wenn wir jetzt noch keine Bedrohung füreinander darstellen, warum hast du uns dann voneinander getrennt? Hättest du nicht bis kurz vor unserem Geburtstag warten können?«

Zu meiner Überraschung antwortet Henry: »Es ist ein politischer Winkelzug, Lark. Wir brauchen eine plausible Erklärung dafür, dass ihr beiden kein Paar mehr werden sollt. Zu irgendeinem Zeitpunkt vor eurem Geburtstag werden wir Beck öffentlich als Empfindsamen enttarnen.« Ich setze zu einem Widerspruch an, aber Henry hebt die Hand und bringt mich zum Schweigen. »Er hat bereits zugestimmt. Es ist die einzige Erklärung, die die Nichthexen-Bevölkerung hinnehmen wird – sowohl dafür, dass ihr kein Paar mehr seid, als auch für seinen möglichen

Tod. Die Enttarnung der Schüler diente dazu, Verdacht zu schüren.« Er starrt ins Feuer, während er das sagt.

Mutter küsst mir noch einmal die Hände, bevor sie sie loslässt. Mit dem Daumen tupft sie sich die Augenwinkel. »Beck wird in deiner Nähe nie sicher sein, so wie dein Vater in meiner Nähe nie sicher war.« Sie sieht mir tief in die Augen, und ich lasse mich von ihrer Gegenwart verschlingen. »Ich konnte deinen Vater nicht beschützen. Ich dachte, ich könnte es, aber ich konnte es nicht. Unsere Magie war nicht dazu bestimmt, vereint zu sein. Auch deine und Becks ist das nicht.« Sie küsst mich auf die Wange. »Geh jetzt. Genieße die Zeit, die dir mit ihm noch bleibt. Liebe ihn für den Augenblick. Mehr kann ich nicht tun.«

30

Ich bin zerschlagen und kann mich nur mühsam aufrappeln, als Mrs. Channing den Kopf in mein Zimmer steckt.

»Es wird Zeit aufzuwachen.«

Ich stöhne und spiele mit dem Gedanken, eine Krankheit vorzutäuschen, um im Bett bleiben zu können, bis mir wieder einfällt, dass das einen Besuch von Eamon nach sich ziehen würde.

Aufzustehen ist da noch die angenehmere Alternative, und so schleppe ich mich aus meinem Rückzugsort hervor.

Was für einen seltsamen Traum ich in der Nacht hatte! Irgendetwas über meine Mutter, Henry und mich in einem Bauernhaus. Ich glaube, Kyra ist auch vorgekommen – wie üblich ist sie herumgestapft und hat über alles Mögliche geredet.

Als ich vor dem Spiegel stehe, schließe ich die Augen in dem Versuch, mir den Traum ins Gedächtnis zu rufen. Er war nicht erschreckend, sondern überwiegend schön. Mutter hat mich so stolz angesehen. Und Kyra zu treffen war toll – obwohl sie wütend auf mich geworden ist.

Ich hebe die Bürste und beginne, meine Haare zu einem Pferdeschwanz zurückzubinden. Als ich mit beiden Händen nach oben greife, um ihn festzuziehen, öffne ich die Augen, um meine Fortschritte zu überprüfen.

Mein blaues Armband liegt um meinen Unterarm. Bild

um Bild überflutet meinen Verstand: Henry und meine Mutter beim Weintrinken, ihr Mantel um meine Schultern, die Art, wie sie meine Hände in ihren gehalten hat. Ihre seidige Stimme, die mich ermuntert hat, Zeit mit Beck zu verbringen und ihn zu lieben. Entsetzt reiße ich mir das Armband ab und stopfe es in die Schublade.

Ich muss Henry suchen. Er hat mich überlistet. Er muss mir alles erklären.

Adrenalin schießt durch meinen Körper, als ich die Treppe hinunter und nach draußen auf den Rasen sprinte. Ich suche die riesige Fläche ab und renne, als ich Henry nicht sehe, am Rande der Zeltstadt entlang, um in die Zeltgassen zu spähen.

»Lark, was tust du da? Du trägst noch deine Nachtwäsche!« Bethina verstellt mir den Weg.

Ich bleibe vor ihr stehen, hüpfe aber auf und ab, da ich erpicht darauf bin, in Bewegung zu bleiben. Mein Blick schweift über den Rasen. »Hast du Henry gesehen?«

Bethina stemmt die Hände in die Hüften. »Er ist unterwegs, um etwas zu erledigen. Brauchst du etwas?«

»Wann kommt er zurück?«

»Das weiß ich nicht. Aber ich weiß sehr wohl, dass du dich anständig anziehen musst, bevor du in aller Öffentlichkeit herumläufst.«

Bevor ich protestieren kann, packt sie mich am Arm und führt mich zurück zum Haus. Wir kommen an Beck vorbei, der mit den Hexen frühstückt, in deren Begleitung er ständig ist. Als er mich bemerkt, steht er von seinem Platz auf, aber Bethina sieht ihn kopfschüttelnd an. Mit bemitleidenswerter Miene lässt er sich wieder auf seinen Stuhl sinken.

Ich versuche, mich von Bethina loszureißen.

»Was tust du?«, fragt sie und dreht mich herum, fort

von Beck. »Du musst dich von diesem Jungen fernhalten, schon vergessen?«

Ich kneife die Augen zu und schreie im Kopf *Beck!*, aber ich erhalte keine Antwort. Warum konnte er mich früher hören, jetzt aber nicht mehr?

Ein Kribbeln läuft über meine Arme, und ich schlage die Augen auf. Ein paar Tische weiter rechts sitzt Eamon und beobachtet mich. Er reißt mit den Zähnen ein Stück Brot ab. Der Vorgang wirkt vollkommen animalisch. Meine Atmung beschleunigt sich, als wir einander in die Augen sehen, und ich weigere mich, als Erste den Blick abzuwenden. Ich werde den ganzen Tag hier stehen bleiben, wenn es sein muss.

Eamon starrt mich weiter böse an und beißt noch ein Stück Brot ab. Ich gestatte es meinem Körper, sich mit Hass zu füllen. Es würde Spaß machen, ihm wehzutun – nur eine Sekunde lang. Nichts allzu Ernstes. Vielleicht ein elektrischer Schlag oder so.

Als ich mit dem Gedanken spiele, das zu wiederholen, was ich mit Quinn gemacht habe – dem imaginären Mädchen, das Eloise erschaffen hat, als wir zum ersten Mal miteinander gearbeitet haben –, erscheint Dasha neben Eamon und flüstert ihm etwas ins Ohr. Endlich wendet er den Blick ab, um mit ihr zu sprechen. Mit einer raschen Bewegung springt er auf und packt sie am Arm. Ich rechne damit, dass sie sich wehren wird, aber nein: Sie klimpert mit den Wimpern und sieht ihn an.

Oh, wie ekelhaft. Ich gebe ja zu, dass er äußerst gutaussehend ist, aber trotzdem! Sie mag ihn?

Kaum dass Eamon auf die Zeltstadt zugeht, beginnt jemand, *Alouette* zu pfeifen, und jeder einzelne Tisch um seinen herum leert sich, so dass ihm ein ganzer Zug von Hexen folgt.

»Sieh an, sieh an. Da hat jemand mittlerweile ein größeres Gefolge«, murmelt Bethina, während wir den Exodus beobachten. Das Lied wird lauter, als Eamons Begleitmannschaft weiter wächst.

»Ich hasse dieses Lied«, sage ich und stürme die Stufen zur Veranda hinauf. Ich habe mich damit abgefunden, dass ich Henry nicht mehr finden werde, bevor mein Unterricht beginnt. »Es ist mir unheimlich.«

Bethina bleibt ein Stück hinter mir und beobachtet, wie Eamon und sein Freunde in der ständig wachsenden Zeltstadt verschwinden. »Es scheint ihnen allzu gut zu gefallen, nicht wahr? Ich höre es jeden Tag häufiger.«

Ich öffne die Tür und warte darauf, dass Bethina hereinkommt. »Eamon nennt mich so – *Alouette.*«

»*Alouette* bedeutet dasselbe wie ›Lark‹: ›Lerche‹. Und es ist kein nettes Lied.«

Ich drehe mich um und sehe nach, wer gesprochen hat. Becks Freund Kellan steht neben der Treppe, den Arm um Julias Taille gelegt.

»Das hätte ich dir auch sagen können«, erwidere ich, da ich mich daran erinnere, wie Eamon seine Worte unterstrichen hat, indem er mir mit der Hand an der Kehle entlang und über den Rücken gefahren ist.

»Was meinst du?«, fragt Bethina, allerdings nicht mich, sondern Kellan.

Kellan reißt die Augen auf. »Ich bin überrascht, dass die Versammlung darüber nicht Bescheid weiß. *Alouette* ist ein altes französisches Lied darüber, Lerchen zu rupfen und zu töten.«

Alle Farbe schwindet aus Bethinas Gesicht, und sie kehrt eilig um. Über die Schulter sagt sie: »Du hast heute Morgen Illusionskunst, nach der Pause Elementarkontrolle und heute Abend Bewegung.«

»B?«, frage ich. »Ist alles in Ordnung?«

Bethina blinzelt, als ob sie in Gedanken woanders wäre. »Ja, natürlich. Beeil dich jetzt, sonst kommst du zu spät«, sagt sie, bevor sie mich davonscheucht. Mit der anderen Hand bedeutet sie Kellan und Julia, ihr zu folgen.

Irgendetwas daran, dass Eamon mich hasst, hat Bethina erstaunt. Aber was?

»Du wirkst erschöpft.« Eloise erwartet mich wie üblich an unserem Tisch. Sie taucht eine Fritte in Ketchup und winkt damit, als ich näher komme. »Hast du gut geschlafen, nachdem … Na, du weißt schon.«

Ich wische mir den Schweiß ab, der mir den Hals hinunter bis in den Ausschnitt läuft. Ich bin die ganze Strecke vom See, wo mein Illusionsunterricht stattfindet, bis zum Ostrasen gelaufen. Normalerweise setze ich mich Eloise gegenüber hin, aber wenn ich Henry nicht bald finde, implodiere ich vielleicht und erspare den Lichthexen so die Mühe herauszufinden, was sie mit mir anstellen sollen.

Aber zunächst einmal hat Eloise eine Entschuldigung verdient. Ich zupfe am Saum meines Rocks und bin mir nicht ganz sicher, wie ich anfangen soll. Am besten bin ich direkt: »Es tut mir leid, dass ich dich angegriffen habe, Eloise. Das weißt du doch, oder?«

Sie kaut zu Ende und lächelt. »Jetzt weiß ich es. Setzt du dich zu mir?«

»Tut mir leid, ich kann nicht. Ich suche nach Henry. Weißt du, wo sein Zelt steht?«

Wie Bethina beäugt sie mich misstrauisch. »Du willst Henry besuchen? In seinem Zelt?«

Ich hebe die leeren Hände, um zu zeigen, dass das nicht viel zu bedeuten hat. »Ich möchte ihm ein paar Fragen über meine Familie stellen. Über meine Mutter.«

Eloise knabbert an einer Art Fleischsandwich und sagt nichts. Sie nippt an ihrem Getränk und schluckt. »Sein Zelt ist in der Mitte der Zeltstadt, im Westviertel. Zweiter Gang, zehntes Zelt links.«

Was für eine detaillierte Wegbeschreibung. Ich frage mich, wie oft sie wohl schon in Henrys Zelt war, und ziehe die Augenbrauen hoch.

»Sag nichts, denn es stimmt nicht. Er ist nicht mein Lebenspartner oder wie auch immer ihr Dunkelhexen das nennt.«

»Oh, ich sage ja gar nichts. Nur, dass das eine sehr detaillierte Wegbeschreibung ist.« Ich kichere und ducke mich, um dem Brotstück zu entgehen, mit dem sie meinen Kopf bewirft.

»Wir sitzen beide im Versammlungsrat. Natürlich weiß ich, wo er lebt.« Sie wirft mit einem weiteren Brotstück nach mir, aber ich bin schon auf dem Weg zur Zeltstadt. »Außerdem ist er über dreißig. Ich bin keinen Tag älter als dreiundzwanzig.«

»Wenn du es sagst«, ziehe ich sie auf. Diesmal trifft Eloises Wurfgeschoss mich am Rücken. Ich lache leise – sie leugnet etwas zu hartnäckig.

Obwohl ich es kaum erwarten kann, Henry zu finden, gehe ich langsam und brauche so jedes bisschen meiner begrenzten Selbstbeherrschung auf. Unnötig, Aufmerksamkeit auf mich zu ziehen – besonders nach meinem Ausbruch gestern Abend.

Im Mittelgang bleibe ich stehen und sehe mich um. Kinder huschen zwischen den Zeltbahnen hindurch und jagen schwebenden Gegenständen nach. Über ihnen flattern bunte Banner im Wind, die anzeigen, welcher Gesellschaft der jeweilige Zeltbewohner angehört.

Die Nackenhaare stellen sich mir auf. Vielleicht bilde

ich es mir nur ein, aber ich spüre, dass mich Augen beobachten. Ein Schauer läuft mir über den Rücken. Ich blicke mich rasch um und wage es, da ich nichts Ungewöhnliches sehe, tiefer in die lärmende Zeltstadt vor.

Ich finde Henrys Zelt mühelos – Eloises Wegbeschreibung war absolut zutreffend.

»Henry?« Ich hebe die Leinwandklappe an, die den Blick auf ein höhlenartiges Zeltinneres freigibt, das wie … Nun ja, es sieht wie sein Labor in der Schule aus. Arbeitstische, Mikroskope, ein Schrank mit Proben.

»Guten Morgen, Lark«, sagt Henry hinter mir.

Ich wirble herum und lasse die Zeltklappe fallen. »Tut mir leid, ich wusste nicht genau, wie ich anklopfen soll.«

Er greift um mich herum und zieht die Klappe wieder auf. »Das muss dir nicht leidtun. Ich habe schon mit dir gerechnet.« Er nickt ins Zeltinnere und wartet darauf, dass ich hineingehe.

Ich richte den Blick wieder ins Zelt, und mir sackt vor Erstaunen der Unterkiefer herunter. Das Labor, das eben noch da war, ist verschwunden. An seine Stelle ist ein gemütliches Wohnzimmer nebst einer einfachen Küche und einem kleinen Büro getreten.

Henry berührt mich an der Schulter. »Nach dir.«

Ich gehe durch die Öffnung und setze mich auf ein niedriges Sofa. »Warum hast du den Raum verändert?«

»Es ist unmöglich, all meine Habseligkeiten in ein einzelnes winziges Zelt zu quetschen, also tausche ich die Räume nach Bedarf aus.« Er reicht mir ein Glas mit etwas Sprudelndem.

Ich drehe das Glas zwischen den Händen und beobachte, wie die Flüssigkeit sich darin bewegt. Die Erinnerung an den Rotwein kehrt in meinen Verstand zurück. Ich hoffe, das hier schmeckt nicht ganz so schlecht.

»Du erinnerst dich an gestern Abend«, sagt Henry.

Ich kann nicht einschätzen, ob das eine Feststellung oder eine Frage ist. Ich lehne mich auf dem Sofa zurück. »Ja und nein. An die Einzelheiten erinnere ich mich nur noch verschwommen. Ich war mir nicht ganz sicher, ob es wirklich passiert ist, aber es ist mir so echt vorgekommen.«

Henry nickt. »Es ist wirklich passiert.«

»Ich weiß. Ich hatte heute Morgen mein Armband am Handgelenk.«

Ein Luftstoß entweicht Henrys Lunge. »Ja. Nun, Malin wollte, dass du weißt, dass sie mit dir gesprochen hat.«

»Du stehst immer noch in Kontakt mit ihr«, sage ich in sachlichem Ton. Nach den Ereignissen der letzten Nacht besteht für mich kein Zweifel mehr daran, dass Henry und Mutter sich nahestehen.

»Ich weiß, wie es aussieht, aber gestern Abend habe ich Malin zum ersten Mal seit über sechzehn Jahren persönlich getroffen.«

Ich richte den Blick auf ihn – soll er es nur wagen, mich anzulügen!

»Aber um deine Frage zu beantworten, ja, ich stehe in Kontakt mit Malin. Deshalb hat der Rat mich hergebracht – damit ich als Verbindungsmann fungiere.«

»Und du dachtest, mich aus Summer Hill hinaus zu meiner Mutter zu schmuggeln, wäre die beste Art, deinen Pflichten zu genügen?«

Henry reibt sich den Oberarm. »Sie wollte dich sehen und hätte keine Ruhe gegeben, bis es ihr gelungen wäre. Wenn ich dich nicht zu ihr gebracht hätte, hätte sie einen weiteren Angriff befohlen. Es kam mir wie die beste Lösung vor.«

Vielleicht, aber es ergibt keinen Sinn. »Warum hat sie

mich dann zurückgeschickt? War es nicht Sinn und Zweck ihres Angriffs, mich zu holen? Versucht sie nicht, mich zu entführen?«

Henry faltet die Hände und wirft einen Blick nach links. Ich kann ihm ansehen, dass er mit sich ringt.

»Was?«, frage ich.

»Die Channings beschützen dich auf Malins Befehl hin.«

Eine Erinnerung blitzt in mir auf – meine Mutter, die sagt, dass sie und Patrick einander verabscheuen. Das kann nicht stimmen. Die Channings arbeiten für meine Mutter? Sie sind Lichthexen, während sie eine Dunkelhexe ist. Ich schüttle leicht den Kopf und beiße mir auf die Lippen. »Nein, sie haben Angst vor mir. Sie versuchen, alles über meine Kräfte herauszufinden, um Beck beschützen zu können.«

»Das mag ja der Fall sein, aber deine Mutter zwingt sie, dich hierzubehalten.«

»Warum sollte sie das tun? Hier bin ich doch wohl kaum sicherer als bei ihr.«

Henry setzt sich aufrechter hin und fährt sich mit der Hand durchs Haar. »Die Attentate auf Malin sind in den letzten paar Monaten häufiger geworden. Niemand weiß genau, wer dahintersteckt, aber wir verdächtigen eine Splittergruppe von Lichthexen. Und wir nehmen an, dass Eamon ihr Anführer ist.«

Ein Zittern schüttelt meinen Körper, und das Zelt dreht sich.

»Er hasst mich«, kann ich gerade noch hervorstoßen.

»Ja, das tut er.« Henry geht um den Tisch herum und setzt sich neben mich. Er löst meine Finger und zeichnet die beruhigenden Kreise.

Das Wirbeln lässt so weit nach, dass meine verkrampften Muskeln sich etwas entspannen können. Beherrschung tritt nach und nach an die Stelle des Zorns.

»Und doch will meine Mutter, dass ich hierbleibe, bei der Gruppe, von der sie annimmt, dass sie ihr Schaden zufügen will.« Irgendetwas, das mir erlauben würde, das Gesamtbild zu sehen, entgeht mir. »Ist es ihr gleichgültig, dass er mich bedroht hat?«

Henry sackt der Unterkiefer herunter. »Was?«

»Eamon hat mich angegriffen, während die Dunkelhexen über Summer Hill hergefallen sind. Er hat nur wegen Beck aufgehört.« Ich entreiße Henry meine Hand. »Und in dem Lied, das er alle singen lässt, geht es darum, Lerchen zu töten. Kellan hat es uns erzählt.«

Henry atmet hörbar aus. »Eamon würde es nicht riskieren, hier gegen dich vorzugehen. Das würde zu viel Aufmerksamkeit auf ihn lenken – selbst wenn er es als Unfall tarnen würde.« Er sagt das mehr zu sich selbst als zu mir. Seine Augen sind dunkel vor Besorgnis.

Ich behalte den Überblick über die vergehenden Sekunden, indem ich die Schläge von Henrys Fingern zähle, die auf seinen Oberschenkel trommeln. Als ich bei zweiundfünfzig bin, steht er auf und geht zur Zeltöffnung. Er steckt den Kopf hinaus und bewegt ihn von links nach rechts, als wollte er überprüfen, ob irgendjemand uns belauscht.

Als er mich dann direkt ansieht, fallen mir die dunklen Ringe unter seinen Augen auf, und ich bemerke zum ersten Mal seine zerknitterten Kleider. Henry hat nicht gut geschlafen.

»Es geht hier um mehr als um die Sache zwischen dir und Beck. Malin macht sich auch wegen der Splittergruppe Gedanken. Statt sich der normalen diplomatischen Vorgehensweise zu bedienen, haben sie gegen Malin und andere hochrangige Staatsfunktionäre Gewalt angewandt. Sie sind erzürnt über die Beschränkungen, die der Staat uns auferlegt hat, und machen sich Sorgen wegen der häufigeren Festnahmen tatsächlicher Lichthexen. Manche glauben, dass Malin unsere Zahl mit Absicht verringert, wie der Staat es seit langem mit den Menschen tut.«

Seine Worte lassen mir das Herz schwer werden. Ich hatte recht. Der Staat, das Ideal des Friedens und des Wohlstands, hat langsam die Zahl der Menschen verringert.

»Tut sie das?«

Henry geht vor dem Schreibtisch auf und ab. Der kunstvolle Teppich auf dem Boden dämpft jeden seiner Schritte. »Ich weiß es nicht. Aber ich weiß, dass wir eine diplomatische Lösung finden müssen – eine, bei der so wenige Hexen wie nur möglich ums Leben kommen. Sonst ist die Magie dem Untergang geweiht.«

»Wegen der erblich bedingten Einschränkungen?«

»Ja. Wir werden nie zahlreicher sein, als wir es jetzt sind.«

»Aber was hat das damit zu tun, mich hierzubehalten?«, frage ich.

Sorgfältig darauf bedacht, mir nicht in die Augen zu sehen, stellt Henry einige Gegenstände auf seinem Schreibtisch um. »Es ist Politik – davon verstehst du nichts.«

Der brüchige Waffenstillstand zwischen Ruhe und Zorn hält nicht länger. »Hör auf, mir zu erzählen, dass ich von irgendetwas nichts verstehe! Natürlich nicht – niemand erklärt mir etwas! Ich muss in alten Büchern herumwühlen und Eloise mit Fragen behelligen, um überhaupt an Informationen zu gelangen. Aber es ist mein Leben. Meins.« Ich schlage mit der Faust auf die Couch, um meine Worte zu unterstreichen.

Henry beißt die Zähne zusammen, und seine Halsmuskulatur spannt sich an. »Du willst die Wahrheit? Wie wär's damit?« Seine Stimme wird lauter und trotziger. »Ich glaube, dass Malin einen öffentlichkeitswirksamen Vorwand sucht, entweder gegen die Splittergruppe vorzugehen oder aber gegen die Lichthexen, von denen sie annimmt, dass sie die Splittergruppe unterstützen. Und welcher Grund wäre besser als der, dass sie offen Privatpersonen angreifen – wie ihre Tochter?« Er senkt die zitternde Stimme. »Ich glaube, dass meine Schwester nicht allein Patrick und Beck Channing tot sehen will – sie will sämtliche Lichthexen ausrotten.«

Alles fügt sich zusammen.

Ich bin eine Waffe, aber nicht in der Hinsicht, wie ich dachte. Sie wartet nicht darauf, dass ich Beck töte, obwohl ihr das nichts ausmachen würde.

»Sie will einen Krieg vom Zaun brechen«, flüstere ich. Das Zelt wankt, und rote Blitze lassen alles vor meinen Augen verschwimmen.

»Ja.«

Meine Atmung und mein Puls rasen.

»Malin wird jeden vernichten, den sie in Verdacht hat, dir schaden zu wollen, das musst du mir glauben, Lark. Sie liebt dich, aber sie liebt die Macht noch mehr. Jenseits der Kuppel befindet sich ein Kontingent von Dunkelhexen, das nur auf ein Wort von ihr wartet, um anzugreifen. Sie werden Summer Hill binnen Sekunden in Schutt und Asche legen, wenn Malin es wünscht. Was sie neulich getan haben, war nur eine Warnung. Eamon hat keine Chance gegen sie. Aber sie braucht einen unwiderlegbaren Beweis.«

Es ist zu heiß in dem kleinen Zelt. Schweißperlen bilden sich an meinem Hals, unter den Armen und auf meiner Oberlippe. Ich fahre mir mit der Hand übers Gesicht, um den Schweiß abzuwischen. Das vertraute Summen des Zorns vibriert in meinem Blut, und Druck baut sich hinter meinen Augen auf.

»Lark, sieh mich an. Du musst dich konzentrieren, sonst tust du am Ende noch etwas Übereiltes.«

Aber ich will mich nicht konzentrieren. Ich will handeln. Ich will um mich schlagen und Eamon verletzen; ich will Mutter dafür anschreien, dass sie mich einer Gefahr aussetzt, nachdem sie gerade erst behauptet hat, ich wäre ihr wichtig; ich will allen verkünden, dass ich genug davon habe, ausgenutzt und im Dunkeln gelassen zu werden.

Aber vor allem will ich loslaufen und Beck suchen – um seine Arme um mich herum zu spüren, die mir Bodenhaftung verleihen und mich aus meinem Zorn herausziehen. Verzweifelt greife ich in Gedanken nach ihm und rufe: *Beck? Bitte. Ich brauche dich.*

Eine verzerrte, gedämpfte Antwort dringt zu mir durch, aber ich kann nicht verstehen, was er sagt. Es klingt, als wäre er unter Wasser oder sehr weit weg.

Ich bin allein. Losgelöst.

Die Wut droht mich zu übermannen. Ich stehe auf und gehe auf die gegenüberliegende Seite des Zelts. Meine Schritte passen sich dem Takt meines Herzens an. Je schneller es schlägt, desto schneller gehe ich auf und ab, bis meine Bewegungen wohl vor den Augen verschwimmen. Zu meiner Überraschung beruhigt die gleichförmige Bewegung mich: Mein Herzschlag wird langsamer, und meine Gedanken klären sich.

»Wir dürfen meine Mutter nicht wissen lassen, dass Eamon mich angegriffen hat.« Meine Stimme ist jetzt emotionslos. Ich bin sachlich und distanziert, genau, wie ich es in der Schule gelernt habe.

Henry nickt. »Ganz meine Meinung. Und wir müssen

dich von Eamon fernhalten. Ich werde den Channings von deinem Zusammenstoß mit ihm berichten.«

Eine Frage liegt mir auf der Zunge. Wenn ich weglaufen würde, wäre die Gefahr vielleicht für alle gebannt. »Wenn die Dunkelhexen hereinkönnen, wann immer sie wollen, kann ich dann gehen? Mit Bethina?«

Der Gedanke, der Auslöser für einen drohenden Krieg zu sein, belastet mein Gewissen. Wenn ich nicht hier bin, dann wird niemand zu Schaden kommen. Und ehrlich gesagt ist Eamon der Einzige, den ich bestraft sehen will, auch wenn ein Großteil der Lichthexen mich entweder hasst oder fürchtet.

»Nein. Deine Mutter wird das nicht zulassen. Bethina kann dich nicht beschützen. Wenn du gehst, musst du zu Malin gehen.«

31

Tod. Krieg. Zerstörung. Das ist meine Zukunft – und alles, was mich davon noch trennt, sind einundzwanzig Tage.

Meine Finger tauchen auf der Suche nach einer Bresche in der Oberfläche in die dichte Barriere ein, die Summer Hills Kuppel bildet. Selbst wenn ich einen Weg finde, sie zu öffnen, werde ich nicht weit kommen – nicht wenn Analise und die anderen Wachen meiner Mutter da draußen sind und mich beobachten. Mich beschützen und zugleich dafür sorgen, dass ich in Summer Hill gefangen bleibe.

Die schwüle Sommerluft lastet schwer auf mir, als ich vom Rand der Kuppel wegschlendere und langsam durch die Abenddämmerung zur Nordwiese gehe. Obwohl die Tage mittlerweile kürzer werden, erfüllen tagsüber immer noch Sonnenschein und Wärme die Luft, während feuchte Hitze die Nächte prägt. Die Jahreszeiten hier unten scheinen zwischen unangenehm heiß und erträglich zu schwanken.

Ein Teil von mir würde gern den Unterricht schwänzen. Was für einen Zweck hat er schon? Ich kann weder lernen noch etwas an dem ändern, was geschehen wird. Aber der andere, dominante Teil zwingt mich weiterzugehen. Wenn es auch nur die geringste Möglichkeit gibt – ganz gleich, wie klein –, dass ich Selbstbeherrschung lernen kann und Beck dann nicht mehr schade, werde ich es tun.

Am Ende des Pfads liegt im Mondschein eine ausgedehnte Wiese, und Eloise steht in der Mitte. Sie dreht sich um sich selbst, so dass ihre winzige Gestalt verschwimmt, und wickelt durchscheinende Lichtschichten um ihren Körper, bis sie leuchtet und außer Atem ist.

Es ist schön auf eine Art, wie ich es nie sein werde. Rein und gut.

»Hallo, Eloise«, begrüße ich sie halbherzig. Wir sind allein. Ich weiß nicht, wie es ihr gelungen ist, die anderen zu verscheuchen, aber das Publikum, das sonst immer auf den billigen Plätzen herumlungert, lässt ihren Unterricht aus.

»Hallo, Miss Trübsal.«

Mit einem Sprung überwindet sie den Abstand zwischen uns, und das Licht, von dem sie umgeben ist, verteilt sich und verblasst.

»Was war das?«, frage ich und hebe die Stimme, um weniger verdrossen zu klingen.

Eloise strahlt. »Ein neuer Zauber. Ich nutze dabei die Energie des Mondlichts.«

»Das kannst du?«

»Natürlich. Alle Magie besteht darin, Energie einzuspannen, die uns in unterschiedlicher Form umgibt. Hat dir das noch niemand beigebracht?«

Ich schüttle den Kopf. »Ich fürchte, ich bin noch nicht über die praktische Magie hinausgekommen.«

»Tut mir leid, meine Liebe, ich fürchte, du musst heute Abend noch einmal dasselbe über dich ergehen lassen. Ich soll dir beibringen, jemanden mit einem Zauber zu belegen.«

Eine gute Stunde lang gehe ich wiederholt drei Schritte, drehe mich um und schleudere meine Zaubersprüche gegen Eloise.

»So«, demonstriert Eloise es noch einmal. Ihre Schritte sind schnell und leichtfüßig.

Eins, zwei, drei, umdrehen und … nichts. Schon wieder.

»Es nützt nichts, Eloise. Ich kann niemanden mit einem Zauber belegen, das wissen wir doch beide.«

»Das liegt nur an der Ummantelung.«

»Henry hat dich also auch davon überzeugt?«

»Ich bin mir sicher. Wenn die Channings nur zulassen würden, dass wir die Ummantelung entfernen, würden wir schon einige Magie zu sehen bekommen.« Der Blick, den sie mir zuwirft, verrät, dass sie sie für Spielverderber hält.

Ich lasse mich ins Gras fallen. Das wird nie geschehen. Jetzt, da ich weiß, dass die Channings mich nur hierbehalten, weil meine Mutter sie dazu zwingt, verstehe ich besser, warum sie sich vor mir fürchten. Ich stelle nicht nur eine Bedrohung für Beck dar, meine Mutter wird auch jeden vernichten, der mir etwas zuleide tut. Selbst wenn die Aggression von mir ausgeht. Angesichts meines unberechenbaren Temperaments ist es auch meiner Meinung nach das Beste, die Ummantelung bestehen zu lassen.

Ich seufze und lege den Kopf in den Nacken. Über mir funkeln Millionen Sterne am tintenschwarzen Himmel. Perfekt. Wie ein Gemälde.

Mir kommt ein Gedanke. »Eloise?«

»Ja?«

»Sind das wirklich die Sterne, oder ist das nur ein Teil eurer Kuppel?«

Sie grinst. »Schön wär's! Wenn ich nur den Himmel kontrollieren könnte!«

»Also sind sie wirklich da oben?«

»Sind sie.« Sie neigt den Kopf zurück und lässt den Anblick auf sich wirken. »Wunderschön, nicht wahr?«

Das ist es. Abgesehen davon, dass die Dunkelhexen hereinspähen, mich auf Schritt und Tritt beobachten und meiner Mutter Bericht erstatten.

Wir bewundern die Sterne ein paar Minuten lang, bis Eloise aufspringt. »Komm, Lark. Das hier hat doch keinen Zweck, nicht mit der Ummantelung um dein Herz.«

»Also sind wir fertig?«

»Ja.« Eloise dreht sich mit ausgestreckten Armen im Kreis. »Außerdem habe ich eine Verabredung.«

»Eine Verabredung?«

»Na, weißt du, eine so große Versammlung kommt schließlich nicht alle Tage zusammen. Das will ich ausnutzen!« Sie lacht.

»Vielleicht bin ich da etwas langsam, aber was genau ist eine Verabredung?«

»Oh.« Sie hört auf, sich zu drehen. »Das weißt du wirklich nicht, oder? Du bist ja auch Dunkelhexe und hast dein ganzes Leben an der Schule verbracht.«

»Äh, nein, ich weiß es wohl nicht.« Was hat das damit zu tun?

»Okay, es ist folgendermaßen: Anders als die Dunkelhexen, denen es nur um Abstammung, Etikette und Partnerschaften um der Stärke willen geht, haben wir Lichthexen die freie Wahl. Wir dürfen uns aussuchen, an wen wir gebunden werden. Das ist eine Verabredung – eine Art Testlauf, um festzustellen, mit wem man für immer zusammen sein will.«

»Ihr dürft es euch aussuchen?«, frage ich zögerlich, da ich mir nicht sicher bin, ob das klug ist. »Ihr sucht euch einfach eine beliebige Person, die ihr kaum kennt, und hofft, dass sie gut zu euch passt?« Das hat bei meinen Eltern ja anscheinend nicht funktioniert. Und auch nicht bei meinen Großeltern. Oder bei meinen … Na, was auch immer die Eltern von Caitlyn und Charles für mich sind.

»Ja. Und ich habe eine Verabredung. Heute Abend.« Ihr betörendes Lächeln erhellt die Nacht.

»Oh, ich verstehe«, necke ich sie. »Du lässt also deine Verantwortung als Lehrerin fahren, weil du eine Verabredung hast?«

»Genau!«

Mein Blick wandert über den Himmel, während ich über alles nachdenke. »Eloise, wenn Lichthexen die freie Wahl haben, heißt das dann, dass Beck nicht gezwungen ist, mit mir zusammen zu sein?«

»Ich bezweifle es. Zwischen euch beiden läuft doch etwas ganz Merkwürdiges.« Sie wirft sich die Haare über die Schulter.

»Aber könnte er mit jemand anders zusammen sein? Wenn ich nicht wäre?« Eifersucht nagt an mir. Beck und ein anderes Mädchen … Das kommt mir undenkbar vor.

»Vermutlich. Aber das will er nicht – ich habe den Streit zwischen ihm und seiner Mutter gehört. Außerdem trägst du doch sein Unterpfand.«

Ich presse die Lippen in dem Bemühen aufeinander, mein Lächeln zu verbergen. »Das hast du schon einmal gesagt. Was hat das zu bedeuten, abgesehen davon, dass er mich mag und dass es seine Eltern ärgert?«

Sie wird ernst. »Er will niemand anderen als dich. Wenn wir Lichthexen uns einen Partner aussuchen, tauschen wir ein Unterpfand aus, um unserer Hingabe Ausdruck zu verleihen. Beck hat dir sein Unterpfand gegeben, obwohl er wusste, dass du Dunkel bist.«

»Mrs. Channing trägt keine Halskette.«

»Jedes Unterpfand ist anders – es soll für den Empfänger etwas Besonderes sein. Ich nehme an, er hat dir dieses hier geschenkt, weil er dich ›Vögelchen‹ nennt.«

Ich reibe den Vogel zwischen den Fingern und versuche

zu spüren, ob er magisch ist oder nicht. »Ist es mit einem Zauber belegt oder so?«

»Wir erfüllen unser Unterpfand mit Liebe. Also, ja, ich schätze, es ist magisch.«

An dem Tag, als Beck mir die Kette geschenkt hat, hat er mir das Versprechen abgenommen, sie niemals abzulegen. Er hat geradezu gestrahlt, als ich sie umgebunden habe. Kein Wunder, dass er darauf bestanden hat, sie sofort zu suchen, nachdem Eamon sie mir vom Hals gerissen hatte. Meine Kette bedeutet ihm viel mehr, als ich je geahnt hätte.

Er hat mich erwählt, obwohl er weiß, dass er mich nicht bekommen kann. Er hätte sich jemand anders aussuchen können, jemanden, der weniger gefährlich ist. Für Beck gelten nicht dieselben Regeln wie für Menschen und Dunkelhexen. Ist es das, was man dank solcher Verabredungen tun kann? Sich Leute aussuchen, die man nicht bekommen kann – oder gar niemanden?

Eloise fährt sich mit den Fingern durchs lange Haar, bis sie eine Klette findet, und beginnt, sie zu lösen. Sie ist zappelig und nervös.

»Wer ist der mysteriöse Kerl denn?«, frage ich, da ich neugierig bin, welcher Mann das Interesse meiner Freundin geweckt hat.

»Eigentlich niemand.« Der Mondschein verbirgt ihr Erröten nicht.

»Und hat dieser Niemand auch einen Namen?«

Sie presst die Lippen zusammen und zögert.

»Komm schon. Erzähl's mir. Du weißt doch selbst, dass du es willst«, sage ich in einem Singsang.

»Na gut. Es ist Rorik.«

Hm. Ich hätte gedacht, dass sie Henry nennen würde. »Rorik? Mein Illusionslehrer? Wirklich?« Ich lache leise.

Die extrovertierte, lebhafte Eloise hat also eine Verabredung mit dem schüchternen, zurückhaltenden Rorik.

»Lach nicht!« Sie schlägt spielerisch nach mir.

Ich sammle mich. »Gut. Wann ist die Verabredung?«

»Jetzt?«

Ich mache ein langes Gesicht. Ich genieße die Zeit, in der wir über normale Dinge reden, da sie mich daran erinnert, dass wir eher Freundinnen als Schülerin und Lehrerin sind.

Sie spricht eilig weiter: »Wenn es dir recht ist.«

»Natürlich!«, lüge ich. »Ich finde den Weg nach Hause auch allein.«

Am Rande der Wiese erscheint Rorik. Eloise richtet sich auf, grinst und läuft zu ihm hinüber.

»Danke, Lark!«, ruft sie mir über die Schulter zu. »Wir sehen uns morgen!«

»Einzelheiten!«, schreie ich ihr nach. »Ich will alle Einzelheiten hören!«

Eloise und Rorik verschwinden im Wald, und ich lasse mich dann wieder auf meinem Platz auf der Wiese nieder.

Bis auf das Zirpen der Grillen ist alles still. Ich würde gern länger hier liegen und meine Einsamkeit auskosten, aber da ich mir nicht sicher bin, wie spät es ist, beschließe ich, zum Haus zurückzukehren. Wenn ich bis Mitternacht nicht zurück bin, werden die Channings einen Suchtrupp losschicken.

Der Waldweg endet am Ostrasen. Im Laufe der letzten Woche ist die Anzahl der Zelte noch gewachsen. Eloise hat mir erzählt, dass jeden Tag mehr Lichthexen eintreffen, um sich auf meinen Geburtstag vorzubereiten.

Ich habe mir noch nicht einmal die Mühe gemacht zu fragen, womit sie rechnen, denn ehrlich gesagt will ich das gar nicht wissen.

Die Nacht verbirgt mich, als ich in Schlangenlinien durch die Zeltstadt spaziere, und niemand achtet auf mich. Allerdings rechnen die Leute auch sicher nicht damit, dass ich hier unten allein herumlaufe.

Der Rauch der Feuer und der Geruch des Abendessens liegen in der Luft. Es ist wohl doch noch nicht so spät, wie ich dachte.

Ich weiche zur Seite aus, um einen Bogen um eine Gruppe von Kindern zu machen, und lande in einer Zeltgasse, in der einige Hexen etwa in meinem Alter mit einem erbitterten Lacrosse-Wettkampf beschäftigt sind. Der Ball zischt, von Magie erhellt, durch die Luft. Ich beobachte die Spieler und hoffe, Beck mitten unter ihnen zu erspähen. Als ich einen großen blonden Hexer entdecke, macht mein Herz einen Satz, aber als er den Ball fallen lässt, erkenne ich, dass es nicht Beck ist.

Um mich herum geht das Leben weiter – Spiele, Gelächter, Spaß. Ich wünschte, ich könnte auch daran teilhaben, aber das kann ich nicht. Jeder Augenblick meines Lebens wird von dem Wissen verzehrt, dass ich eine Bedrohung bin.

Ich biege in einen anderen Gang ab, und ein großes, kreisrundes Zelt ragt vor mir auf. Banner aus jeder der fünf Gesellschaften hängen in seiner Umgebung. Das Zelt des Versammlungsrats, wo offizielle Amtshandlungen vorgenommen werden. Eloise hat es mir gegenüber ein oder zwei Mal erwähnt, aber ich habe nicht das Bedürfnis, es aufzusuchen. Ich biege nach links ab, fort von dem Zelt, und mache mir Sorgen, dass ich Ärger bekomme, wenn ich dabei erwischt werde, wie ich hier herumspaziere.

»Lark …« Die übrigen Worte gehen unter, aber ich bin überzeugt, dass ich meinen Namen gehört habe.

Ich gehe langsam zum Zelt zurück.

»Es ist hoffnungslos. Sie wird nie in der Lage sein, sich zu beherrschen.«

»Ich weiß nicht, warum wir es überhaupt noch versuchen.«

»Sie ist zu gefährlich, als dass wir die Ummantelung entfernen könnten.«

Die Worte brennen mir in den Ohren. Ich sollte nicht lauschen, aber ich kann einfach nicht anders. Um festzustellen, ob mich auch niemand beobachtet, sehe ich mich rasch um und stelle mich dann neben das Zelt.

Die Stimmen sind nun deutlicher zu hören.

»Ihr habt keinen Beweis dafür, dass Lark auch nur einem von euch Schaden zufügen will. Keinen.« Ich schlage die Hand vor den Mund, um meine Überraschung zu bezähmen.

Es ist Bethinas Stimme.

Eine Welle von Schuldgefühlen brandet über mich hinweg. Ich sollte nicht lauschen. Bethina wird mit mir schimpfen, wenn ich erwischt werde.

Als ich mich gerade umdrehen will, um zum Haus zurückzukehren, lässt eine weitere Stimme mich stehen bleiben.

»Beweise?«, knurrt Eamon. »Hast du ihren Ausbruch auf dem Rasen nicht miterlebt? Was willst du denn noch? Dass sie wirklich jemanden tötet? Oder vielleicht wärst du erst zufrieden, wenn Lark eine Naturkatastrophe auslöst, die schlimmer als jede andere ist, die wir je erlebt haben?«

»Mach dich nicht lächerlich«, sagt Beck in ruhigem, festem Ton. Ich schließe die Augen und konzentriere mich darauf, meinen Herzschlag langsam und stetig zu halten. Ich werde ihn nicht wieder beeinflussen.

»Wir sind nicht diejenigen, die sich dafür aussprechen,

eine Dunkelhexe von ihrer Ummantelung zu befreien, damit sie ihre Kräfte auf uns loslassen kann.« Eamons Worte triefen vor Bosheit.

»Wenn ihr wollt, dass Lark sich beherrschen kann oder zumindest eine gewisse Chance bekommt, diese Fähigkeit zu entwickeln, müsst ihr uns erlauben, die Ummantelung zu entfernen. Sonst können wir sie nicht unterrichten.« Mein Herz macht einen Sprung. Es ist Henry.

Eamon ruft: »Ich will nicht, dass sie eine Chance bekommt! Ich will die Schlampe tot sehen!«

Niemand sagt etwas. Eamon hat offen zugegeben, dass er mich töten will, und kein Einziger, nicht einmal Henry oder Bethina, hat protestiert. Mir dreht sich der Magen um.

Die Luft lastet schwer auf mir, wie niedergedrückt von Zorn und Furcht. Es herrscht Stille. Niemand spricht. Kein Geräusch ist zu hören.

Dann bricht im Zelt plötzlich ein misstönendes Lärmen los. Schreie, Rufe und das Splittern von Holz erfüllen die Luft. Zorn durchströmt meine Adern, pumpt kräftig und verscheucht meine Angst. Er erstickt mich und schnürt mir das Herz ein. Dieser Zorn ist nicht meiner, sondern Becks. Wie damals, als er mit Eamon gekämpft hat, überwältigen seine Gefühle mich, bis ich zittere.

Bitte nicht – hoffentlich verliere ich nicht die Fassung, damit Eamon nicht den Beweis bekommt, den er braucht. Ich konzentriere mich mit aller Macht darauf, meine Atmung zu beruhigen, und versuche, die Kontrolle über Becks Gefühle zu gewinnen. Bei jedem Ausatmen legt sich sein Zorn ein wenig, bis er aus meinem Körper gleitet und mich erschöpft zurücklässt.

Schweigen senkt sich über die Gruppe, bis eine Frau, deren Stimme ich nicht kenne, sich zu Wort meldet. Ihr trillernder Akzent verrät mir, dass sie aus der Östlichen Gesellschaft stammt. »Sag so etwas nicht, Eamon. Wir sind keine Mörder. Wir kämpfen nicht, solange wir nicht angegriffen werden.«

Obwohl ich Eamon nicht sehen kann, ist seiner Stimme das hämische Grinsen deutlich anzuhören. »Ein Präventivschlag, Akari.« Er macht eine Pause. »Das hier ist nur ein Beispiel dafür, was sie mit Beck anrichten kann.«

»Lark ist nicht einmal hier. Ich allein bin derjenige, der sich gegen dich stellt.« Beck klingt zornig.

Ich presse mir die Hand fester auf den Mund. Mein Herz gerät beim Klang von Becks atemloser Stimme ins Stolpern.

Mrs. Channing mischt sich ein. Ihre Stimme ist heiser, als ob sie geweint hätte. »Eamon hat recht. Wir haben schon viel über ihre Fähigkeiten in Erfahrung gebracht. Vielleicht wird es Zeit, dass sie geht.«

Können sie das tun? Mich hinauswerfen? Wird das meine Mutter nicht erzürnen?

»Nein, wir haben es versprochen.« Wieder Beck. Er klingt nicht länger selbstbewusst, sondern spricht so schleppend, dass er müde wirkt. »Wir haben versprochen, dass sie bis zum sechsten Oktober bleiben kann.«

»Beck, warum das Unvermeidliche hinauszögern?«, mischt Mr. Channing sich ein. »Ist es nicht das Beste, einen sauberen Schlussstrich zu ziehen?«

Und dann höre ich die eine Stimme, mit der ich nicht gerechnet habe: Eloise.

»Du wirst sie gehen lassen müssen, Beck. Das weißt du.«

Ich wanke und falle beinahe gegen die Wand des Nachbarzelts. Eloise hat mich angelogen. Ich packe ein Seil, das von der Seite des Zelts hängt, um mich festzuhalten.

»Um wieder aufs Thema zurückzukommen …« Das ist Mrs. Channing. »Sprechen wir doch über Larks bekannte Fähigkeiten.«

Stimmen rufen verschiedene Antworten. Es müssen über zwanzig Leute im Zelt sein. Ich höre Gesprächsfetzen – Molekularverbrennung, Pyrokinese, Beschwörung, Elementarmagie – und kann nicht glauben, dass sie von mir reden. Ich weiß nicht, was die Worte bedeuten oder wie ich auch nur eines dieser Dinge tun soll. Das macht mein Unterricht doch deutlich!

Auf den Aufruhr folgt neuerliches Schweigen.

Dann spricht Henry: »Ich muss darauf hinweisen, dass sie über eine Kraft verfügt, die größer als alle anderen ist: Lark kann lieben. Genauer gesagt: Sie liebt.«

Mir tönen die Ohren. Henry sagt ihnen, dass ich Beck liebe. Er erzählt es einem ganzen Zelt voller Fremder! Und weit wichtiger noch: Er sagt es Beck.

»Das behauptest du, Henry. Aber ich finde nicht nur die Methoden fragwürdig, mit denen du an diese Information gelangt bist, sondern ich zweifle auch an deiner Objektivität.« Wieder Eamon.

»Es stimmt«, sagt Bethina. »Die Liebe, die Lark für Beck empfindet, ist rein und ehrlich. Sie liebt diesen Jungen schon länger, als ihr selbst bewusst ist.«

Eamons Stimme erhebt sich über die anderen. »Lark verfügt über die Fähigkeit zu *töten*. Sie hat es in der Schule getan, wisst ihr nicht mehr? Und sie wird es wieder tun, wenn sie Gelegenheit dazu bekommt. Sie wird Beck zerstören. Und wenn sie mit ihm fertig ist, wird sie tun, was Malin allein nicht kann – den Rest von uns töten.«

Ich bekomme keine Luft; sie ist mir aus der Lunge entwichen. Das Wort »töten« bleibt in meinem Verstand haften, und ein Schrei baut sich in meiner Kehle auf.

Noch ein Tumult. Ich zwinge mich, darauf zu achten.

»Nein, Beck, du hörst auf mich. Auf uns alle. Wir wissen, wovon wir sprechen. Sie wird dir allen Frohsinn entziehen und dich zerstört zurücklassen. Du wirst nur noch die leere Hülle einer Person sein.«

»Ich glaube euch nicht. Ich kenne Lark besser als jeder andere. Das würde sie nicht tun.« Becks Stimme verrät Anspannung.

Ich will durchs Zelt laufen und ihm sagen, dass er recht hat. Ich will ihm die Arme um den Hals schlingen und seinen Duft einatmen. Ich will, dass er glaubt, dass ich nichts von alledem bin, sondern nur Lark, dieselbe, die ich immer war.

Er muss für mich kämpfen. Bitte, Beck. Bitte kämpfe für mich.

»Sie sagen die Wahrheit, Beck. Das wird sie dir antun – und sie tut es dir jetzt schon an.« Mrs. Channings Stimme zittert. »Jedes Mal, wenn du sie beruhigst, entzieht dir das etwas und schwächt dich.«

Es folgt ein leises Gespräch. Ich strenge mich an, es zu hören, aber es besteht nur aus unverständlichem Flüstern.

»Beck«, sagt Bethina leise, »wir haben uns geirrt. Du überlagerst Larks Dunkelheit nicht. Ihr gleicht einander aus. Das ist etwas ganz anderes.«

»Warum? Wieso ist das anders? Sie ist immer noch Lark.« Becks Stimme bricht.

»In euch steckt für einen gewissen Zeitraum ein Teil der Kräfte des jeweils anderen.« Bethina klingt erschöpft. »Ihr greift auf einander zurück, aber Lark entzieht dir mehr als du ihr. Dein Licht sorgt dafür, dass sie ruhig bleiben kann.«

»Was heißt das?«

»Das heißt, dass Lark gefährlich sein wird, sobald die zeitbegrenzte Bindung gelöst ist, denn dann wird sie nichts mehr in sich tragen, was ihre Kräfte ausgleichen kann.«

»Dann lasst mein Stück doch für immer in ihr.«

»Das könnte dich töten. Und du musst für uns stark sein. Vollständig. Die Versammlung will, dass du dir dein Stück als Erster zurückholst. Wenn du es kannst, wirst du stärker sein, und Lark ...« Bethina versagt die Stimme, und sie kann den Satz nicht beenden.

»Was? Was wird aus Lark werden?« Besorgnis verdrängt den dünnen Hauch von Beherrschung aus Becks Stimme.

Mrs. Channing beendet den Satz an Bethinas Stelle: »Sie wird höchstwahrscheinlich sterben.«

»*Unter keinen Umständen!*«

Etwas erschüttert das Zelt und bringt es ins Wanken.

Ich unterdrücke einen neuerlichen Aufschrei. Sie wollen, dass ich sterbe. Bethina, Eloise, sie alle. Sie planen meinen Tod. Erbrochenes steigt in meiner Kehle auf, und ich schlucke es wieder hinunter, während sich intensive Energie in mir aufbaut, wie eine Million Spinnen, die mir über Arme, Gesicht und Rücken krabbeln. Die Luft um mich herum bebt.

»Wir sind keine Mörder. Das werde ich nicht tun.« Beck klingt unerschütterlich.

»Nun mach kein Theater. Wir verlangen nicht von dir, Lark zu ermorden«, entgegnet Mrs. Channing. »Wir bitten dich nur, dich selbst stark zu machen. Stark genug, um uns zu helfen, das zu besiegen, was auf uns zukommt. Um uns vor den Dunkelhexen zu schützen. Wir brauchen dich.«

»Das kann ich nicht, und das werde ich auch nicht tun. Ich kann ihr nichts antun.«

»Beck«, fleht seine Mutter, »wenn Lark die stärkere von

euch beiden ist, weiß keiner, ob die Lichthexen überleben können. Denk an Bea. Denk an deine Freunde hier. Ist es das, was du willst?« Ein kurzes Schluchzen entringt sich Mrs. Channing.

Mr. Channing fährt anstelle seiner Frau fort: »Es erfordert schon die Kraft von tausend Hexen, sie in Schach zu halten, und sie ist noch nicht einmal erwachsen. Sie hat keine Ahnung, wie sie ihre Kräfte unter Kontrolle halten kann.«

»Ihr verlangt von mir, die Person von mir zu stoßen, von der mir immer gesagt wurde, dass sie mir nahestehen sollte!« Jetzt ist er fuchsteufelswild. »Was für ein perverses Spielchen habt ihr da mit uns gespielt? Ich liebe sie! Was daran versteht ihr nicht? Ich liebe sie aufgrund dessen, was ihr – ihr alle – getan habt.«

»Beck, du musst wie ein Anführer denken, nicht wie ein Junge«, dröhnt Eamons tiefe Stimme.

»Wie ein Anführer? Hast du dich wie einer verhalten, als du ihr gedroht hast, sie zu töten? Denn wenn das so ist, *will* ich gar nicht euer Anführer sein. Ich habe mir das alles nicht ausgesucht. Und Lark auch nicht.«

Beck nähert sich der Stelle, an der ich mich zwischen die Zelte gezwängt habe; er weiß, dass ich hier bin, und spürt meine Panik. Er ist so nahe, dass seine Wärme durch die Zeltbahn ausstrahlt, und ich rücke enger an ihn heran.

Eamon herrscht ihn an: »Du weißt ja nicht, was du sagst!«

»Vielleicht liegt das daran, dass ihr mir seit Wochen nur erzählt, was ich nicht tun darf: Ich darf nicht mit Lark reden, ich darf sie nicht lieben, ich darf sie nicht beschützen. Warum hat niemand versucht, mir beizubringen, was ich tun kann? Was für einen Zauber habt ihr zu dem Zweck?« Beck versagt die Stimme.

Ich male mir die Verzweiflung in seinem Gesicht aus, und Tränen rollen mir über die Wangen. Ich wünschte, ich könnte ihm sagen, dass alles wieder gut wird, aber das kann ich nicht. Ich weiß nicht, ob es gut wird.

»Du brauchst keinen Zauber, Beck. Du brauchst ein Wunder«, antwortet Eloises klare Stimme.

Im Zelt wird es still.

Ich ducke mich noch tiefer und warte darauf, dass jemand etwas sagt – irgendetwas. Aber das tut niemand.

In dem Schweigen wird mir alles klar. Ich war egoistisch und habe mir nur um mich und meine Taten Gedanken gemacht.

Aber Beck – Beck liebt die Person, die ihn töten wird, wenn sie die Gelegenheit dazu bekommt. Er muss tatenlos zusehen, wie ich mich von dem Mädchen, das er geliebt hat, in ein Ungeheuer verwandle. Er muss sich entscheiden, ob er versuchen soll, sich, seine Familie und seine Freunde zu verteidigen. Wenn er es nicht kann, wenn er irgendetwas für mich und das, was einmal zwischen uns war, empfindet, wird das tödliche Folgen für ihn haben.

Ich kann mich nicht länger beherrschen, stoße einen erstickten Schrei aus und dränge mich zwischen den Zelten hervor. In der Ferne zucken Blitze über den Himmel, und Donner grollt.

Eloise ruft meinen Namen.

»Lark! Warte!«, schreit Beck.

Aber ich kann nicht stehen bleiben. Ich muss ihn retten. Ich muss weit weg von ihm sein. Ich renne zum Rand des Rasens und verschwinde zwischen den Bäumen.

32

Ich bin ein Ungeheuer. Oder zumindest werde ich bald eines sein. Ich weiß, dass Henry und meine Mutter mir alles erklärt haben, aber es von den Leuten zu hören, die mir wichtig sind – und die mich als Monster und als Gefahr betrachten –, lässt es wahr werden.

Traurigkeit übermannt mich, aber ich kann nicht weinen. Die Zeit dafür ist vorbei. Jetzt ist es an der Zeit, alles in Ordnung zu bringen.

Wenn mir nur jemand zeigen könnte, wie ich meine Kräfte kontrollieren kann, damit ich nicht völlig Dunkel werden muss – oder dabei zumindest nicht unberechenbar und launisch! Das wäre doch schon etwas wert, nicht wahr? Meine Mutter hat mir geraten, Beck zu lieben – wenn wir keine Bedrohung füreinander darstellen würden, würde sie uns vielleicht zusammenbleiben lassen.

Aber ich weiß, dass diese Phantasievorstellung niemals Wirklichkeit werden kann. Ich habe meine Lehrer und die anderen gehört. Es ist hoffnungslos.

Der Vollmond bescheint den Pfad. Glühwürmchen huschen zwischen den tiefhängenden Zweigen hin und her, und das Zirpen der Grillen erfüllt die warme, stickige Luft. Vor mir schimmert der See im Mondschein. Donner grollt, aber die Blitze sind verschwunden.

Ich lasse den Blick über das Seeufer schweifen, um sicherzugehen, dass es verlassen daliegt. Dieser Platz ist so gut wie jeder andere, um Halt zu machen. Außerdem ist es ja nicht so, dass ich Summer Hills schützende Kuppel verlassen könnte, ohne verfolgt zu werden. Ich sitze hier fest, bis sie mich hinauswerfen.

Ich gehe am Ufer entlang, bis ich eine passende Stelle finde. Das eisige Wasser führt mich in Versuchung – ich sehne mich danach, Schmerz zu empfinden, etwas Körperliches, um meine Gedanken von dem Aufruhr in meinem Herzen abzulenken –, und so streife ich die Schuhe ab und tauche die Zehen in die sanften Wellen.

Kleinere Wellen breiten sich kreisförmig um mich herum aus, werden größer und verschlingen mit jedem Ring mehr vom See. Wie passend – alles strebt dieser Tage von mir fort.

Meine Wahlmöglichkeiten sind begrenzt. Bis jetzt habe ich gehofft und geglaubt, dass alles doch noch ein gutes Ende nehmen würde, aber nun weiß ich, dass es nur ein Traum war. Ein unmöglicher Traum. Selbst wenn ich meine Fähigkeiten beherrschen und gegen Caitlyns Fluch ankämpfen kann, dürfen Beck und ich nicht zusammen sein. An mich gebunden zu sein wird ihn töten.

In der Stille stürmen unbeantwortete Fragen auf mich ein. Wenn ich von hier weggehe, werden die Dunkelhexen dann über mich herfallen und mich zu Mutter bringen? Werde ich die Lichthexen vergessen, die mir mittlerweile wichtig sind? Werde ich wahnsinnig werden, wie Caitlyn, und überall, wohin ich mich wende, Verwüstung hinterlassen?

Wenn jemand mir nur sagen könnte, womit ich rechnen muss, wäre es vielleicht nicht mehr so schlimm.

Das Zirpen der Grillen wird lauter, und ich erlaube es dem Geräusch, die schwierigen Fragen zu verdrängen. Ich schließe die Augen und wünsche mir, empfindungslos zu sein.

Die Luft verschiebt sich, und eine sachte Brise streicht über meine Haut. Mein Herzschlag beschleunigt sich, und ich weiß schon, dass Beck in der Nähe ist, bevor er auch nur ein Wort sagt.

»Lark? Ist alles in Ordnung?« Er steht im Schatten der Bäume, vor meinen Blicken verborgen.

Ich schüttle den Kopf und hoffe, dass er weggehen wird. Ich will nicht, dass er mich so sieht. »Du musst gehen, Beck. Du darfst nicht in meiner Nähe sein.«

Er ignoriert meinen Befehl und überquert die Sandfläche. »Ich muss mit dir reden.«

»Ich glaube nicht, dass das eine gute Idee ist. Sie suchen wahrscheinlich schon nach dir.« Ich verberge das Gesicht vor ihm.

»Ich bezweifle, dass irgendjemand nach mir sucht«, sagt er. »Sie haben mich losgeschickt, um dich zu suchen.«

So stehen die Dinge also. Beck ist hier, um zu tun, was er, wie ich weiß, tun muss. Um mich wegzuschicken. Mir zu sagen, dass er mich nicht will.

Er ist hier, um mir Dinge zu sagen, von denen wir beide wissen, dass sie gelogen sind.

Ich schlinge mir meine Kette um die Finger und wünsche diesen Moment weit fort. Obwohl ich weiß, dass Beck es nicht ernst meint, will ich diese Worte doch nicht hören. Ich hole tief Atem und bereite mich darauf vor, mir das Herz herausreißen zu lassen.

Aber statt zu tun, was er tun muss, setzt Beck sich neben mich. Seine Wärme umfängt mich und verdrängt einen Teil der Traurigkeit und Besorgnis.

»Es ist kein besonders guter Tag, oder?« Sein Tonfall ist ernst, aber es liegt keine Spur von Kummer darin.

»Das könnte man so sagen.« Ich starre in die Nacht hinaus. Meine Wangen sind tränenüberströmt, und ich bete, dass er es nicht bemerkt. Ich ziehe die Knie an die Brust und lasse den Kopf auf ihnen ruhen.

Becks Hand streichelt mir übers Haar. Er zupft an den Spitzen und schlingt sie sich um die Finger. Ich schließe die Augen und koste das Gefühl aus, wieder bei ihm zu sein.

Dank dieser einen Geste begreife ich, dass er es nicht tun wird. Beck wird mich nicht auffordern zu gehen. Er wird mich nicht belügen.

Ich wende ihm den Kopf zu, und das Haar fällt mir ins Gesicht. Durch die Strähnen hindurch mustere ich ihn und versuche festzustellen, ob er es wirklich ist, oder wieder Henry. Seine Augen blicken hoffnungsvoll, nicht traurig. Überhaupt nicht besorgt. Ich seufze. Nur Beck kann noch optimistisch sein, wenn die Lage hoffnungslos wirkt.

Er macht alles nur noch schlimmer.

Mein Leben lang habe ich mich immer an ihn gewandt, wenn ich nicht wusste, was ich tun sollte. Aber jetzt bin ich damit an der Reihe, ihn zu führen. Ich muss stark sein und das Richtige tun. Wenn Beck mich nicht gehen lässt, werde ich ihn dazu bringen müssen, mich nicht mehr zu wollen. Ich werde ihn zwingen müssen, mich zu verlassen.

Ich taste am Verschluss meiner Halskette herum. Als sie sich löst, sammle ich sie in einer Hand und zwinge sie in seine. Ein leichtes Kribbeln läuft mir über die Haut, als meine Hand seine streift.

Beck starrt die Kette an, bevor er die Faust darum ballt. Er hält sie einen Moment lang fest, schließt die Augen und steckt sie dann in die Tasche.

Ich spüre, wie meine Lippen zittern, und mir wird klar, dass ich gehofft habe, dass er die Kette zurückweisen oder sie mir vielleicht sogar wieder umlegen würde.

»Was willst du, Beck?« Meine ausdruckslose Stimme klingt so leer, wie ich mich fühle.

»Dich.«

Als ich zum Widerspruch ansetze, erklärt er: »Wir müssen nicht tun, was sie sagen. Ich bin es leid, nur eine Spielfigur in ihrem perversen Spiel zu sein.« Ein rauer, entschlossener Unterton hat sich in seine samtige Stimme geschlichen.

»Was sagst du da?« Ich versuche, distanziert und sachlich zu bleiben, aber meine Entschlossenheit löst sich in Luft auf. Denn ich will ihn auch, mehr als alles andere. Ich will unser gemeinsames Leben.

»Ich glaube nicht, dass sie mich aufhalten können, wenn ich mich entschließe, mit dir wegzugehen.«

Ich hätte es kommen sehen sollen, ich hätte es nach dem, was ich im Zelt belauscht habe, wissen sollen, aber es überrumpelt mich dennoch.

»Warum solltest du mit mir kommen wollen? Bist du verrückt?«

»Warum?« Er streicht sich mit meinen Haarspitzen übers Gesicht. »Musst du die Frage überhaupt stellen?«

Beck hat scharfe Augen. Er meint es ernst.

Warum muss er es mir so schwer machen? Hart bleiben. Ihn nicht sehen lassen, wie zerrissen ich innerlich bin.

»Du kannst nicht mitkommen! Ich werde dich töten! Was daran verstehst du nicht?«

Er streicht mir die Haare aus dem Gesicht. »Ich kenne dich so gut, wie ich mich selbst kenne – habe ich dich das nicht auch schon sagen hören?«

Ich schließe die Augen, weil ich unfähig bin, ihn gerade jetzt anzusehen. Ich weiß nicht, ob ich heimlich erfreut oder sehr wütend sein soll.

»Ich glaube nicht, dass du mir etwas zuleide tun wirst, Lark.«

»Beck!« Ich reiße den Kopf hoch. »Ich kann mich nicht beherrschen. Das weißt du. Ich bin wie …« Ich versuche, die richtigen Worte zu finden. »Ich bin wie ein gewaltiges schwarzes Loch, das dich einsaugt und vernichtet.«

Er schüttelt den Kopf. »Das stimmt nicht. Ich habe mit Henry darüber gesprochen. Er glaubt, dass es eine Möglichkeit gibt …«

»Henry sagt dir nicht die ganze Wahrheit, Beck. Es geht hier um mehr als nur um dich und mich.«

Beck legt mir die Hände um die Wangen und starrt mir in die Augen. »Was weiß ich nicht?«

Ich entziehe ihm meinen Kopf. »Ich habe mich mit meiner Mutter getroffen.«

»Du hast was?« Seine Hand umfasst meinen Arm.

»Es ist eine lange Geschichte. Aber es gibt mehrere Lichthexen – eine Splittergruppe –, die meine Mutter töten wollen. Sie sucht nach einem Vorwand, um sie anzugreifen – deshalb lässt sie auch zu, dass ich hierbleibe. Du und ich«, fahre ich fort, während ich auf uns beide deute, »sind nur ein kleines Teil des Puzzles.«

Beck packt meinen anderen Arm und zieht mich ruckartig an sich. »Und du glaubst ihr? Sie ist böse, Lark. Du kannst ihr nicht vertrauen.«

Ich stoße ihn von mir. »Hast du heute Abend überhaupt aufgepasst? Eamon will mich *töten*, Beck. Töten. Bevor er auch nur einen Grund dazu hat.« Ich sehe ihn finster an. »Was für einen Beweis brauchst du noch?«

Er lässt den Kopf vornübersinken und schlägt die Hände vors Gesicht. »Ich hatte gehofft, es wäre nicht wahr. Ich dachte, dass vielleicht …«

»Du wusstest über Eamon Bescheid?«

»Ich hatte den Verdacht.«

Er muss nicht mehr sagen. Ich verstehe schon – Beck wollte noch nie das Schlimmste von anderen annehmen, auch nicht von mir.

Ich verschränke die Finger mit seinen und lasse den Kopf auf seiner Schulter ruhen.

»Was, wenn wir fliehen?«, sagt er noch einmal. Die Worte sprudeln schnell aus ihm hervor. »Nur wir zwei. Wir müssen uns daran nicht beteiligen, Lark. Außerdem hat Henry mir gesagt, dass ich in deiner Nähe sicher sein würde.«

»Weil ich lieben kann, nicht wahr? Das ist dein Schutz?«, frage ich und spreche schon weiter, bevor Beck antworten kann: »Wenn du glaubst, dass sie dich einfach mit mir davonspazieren lassen werden, hast du den Verstand verloren.«

»Sie können uns nicht aufhalten.«

»Oh doch, das können sie sehr wohl. Wie sollen wir daran vorbeikommen?« Ich zeige auf die Kuppel. »Und was ist mit den über tausend Hexen, die auf eurem Rasen hocken? Gar nicht zu reden von den Dunkelhexen jenseits der Kuppel.«

So lächerlich dieses Gespräch auch ist, in mir keimt wieder Hoffnung auf. Ich will, dass Beck eine vernünftige Antwort darauf hat.

»Ganz einfach. Du bist die Lösung.«

»Ich?« Ich blicke finster drein. »Das ist dein Plan?«

»Vögelchen, keiner hat je so etwas wie uns beide gesehen. Wenn wir zusammen sind, dann kann uns, glaube ich, niemand davon abhalten zu tun, was wir wollen.«

»Du scheinst einiges vergessen zu haben. Erstens«, ich hebe einen Finger, »habe ich, obwohl alle so besorgt sind, keinerlei magisches Talent. Zweitens bin ich ummantelt und könnte keinen Zauber wirken, selbst wenn ich wüsste, wie. Und drittens wird es dich umbringen, in meiner Nähe zu sein.«

»Du wirst mich nicht töten, und du hast schon Magie gewirkt, das haben wir alle gesehen.«

Ich stöhne entnervt. Warum ist er nur so schwierig? »Nein. Nein, habe ich nicht. Was ich getan habe, sind nur kleine Funken von nichts. Ich habe *dich* gebraucht, um meine Kette zu finden, schon vergessen?«

Er neigt den Kopf zur Seite und lauscht meinen Gefühlen. »Aber du würdest es in Erwägung ziehen? Wenn du nicht ummantelt wärst und Magie wirken könntest?«

Vernunft und Verzweiflung spielen Tauziehen mit mir. Ich will mit jeder Faser meines Wesens an seinen Plan glauben, aber ich kann es nicht. Beck setzt zu viel Vertrauen in mich. Er verlangt zu viel von mir. Ich kann eine solche Entscheidung nicht allein aufgrund von Möglichkeiten treffen. Ich brauche Beweise.

»Nein.« Ich versuche, mein inneres Ringen zu verbergen. Er muss mir glauben. »Ich würde es nicht tun. Ich werde nicht das Risiko eingehen, dir zu schaden.«

»Sieh mich an.« Seine tiefe, sanfte Stimme umfängt mich.

Ich kneife die Augen zu.

»Lark, bitte. Sieh mich an.«

Sein Atem streichelt mein Gesicht. Meine Lider öffnen sich flatternd. Becks Mund ist nur Zentimeter von meinem entfernt.

»Ob nun gebunden oder nicht, du bist mein Herz. Ein Stück von dir steckt tief in mir, und ich werde es nicht kampflos hergeben.«

»Aber genau das ist es!« Die Tränen kommen nun ungehindert. »Das ist genau das, was geschehen wird. Ich werde mit dir darum kämpfen. Ich werde dich dafür töten. Bitte.« Ich verschränke die Finger aufs Neue mit seinen und küsse jeden einzelnen. »Tu es für mich. Lass nicht zu, dass ich dir etwas antue. Du musst mich gehen lassen.«

»Was sagen sie doch gleich? Dass es mein Tod sein wird, dich zu lieben?« Er lacht, aber es klingt falsch.

»Beck«, sage ich tadelnd, »das ist *nicht* witzig.«

»Ich weiß«, erwidert er, »aber wenn ich nicht darüber lachen kann …«

Wir sind in einer ausweglosen Situation. Ich muss das tun, wovon ich weiß, dass es das Richtige ist. Aber mein Herz stemmt sich mit aller Kraft dagegen.

Ich gebe den Versuch auf, Beck gut zuzureden, und starre auf den tintenschwarzen See hinaus. Die Glühwürmchen umschwirren uns. Mehrere Minuten vergehen, während wir schweigend dasitzen.

Schließlich spricht Beck wieder: »Weißt du, woran ich glaube? Ich glaube an uns. Wir sind alles, woran ich überhaupt noch glaube. Du musst stark für mich sein, Lark. Du musst es weiter versuchen. Gib nicht auf.«

Ein intensives Begehren übermannt mich. Ich muss nahe bei Beck sein, und so ignoriere ich mein vernünftigeres Selbst und schmiege mich an seine Seite. »Was sollen wir tun?«

»Wir haben drei Wochen.« Es liegt kein Humor in seinem sanften Tonfall. »Lass uns jeden einzelnen Augenblick miteinander verbringen. Lass uns mit dem nutzlosen Unterricht aufhören – du kannst ummantelt ohnehin nichts ausrichten – und einfach zusammen sein. Wie klingt das?«

Ich wünschte, es wäre so einfach.

Ein Geräusch schreckt mich auf. Musik. Die rauchige Stimme einer Frau schwebt durch die Luft und umfängt uns. Ich suche den Strand und die Bäume ab, kann aber nicht sehen, woher die Musik kommt. Die Quelle scheint rings um uns zu sein. Ich sehe Beck verwirrt an, und er lächelt.

»Darf ich?« Er steht auf und bietet mir die Hand.

»Du?«

»Ich weiß, es ist kein zerstörerischer Sturm oder dergleichen, aber ich dachte, ich sollte dir einmal eines meiner vielen absolut nützlichen Talente demonstrieren.« Seine Arme liegen um meine Taille, und wir drehen uns langsam zur Musik im Kreis.

Eine Erinnerung kommt mir in den Sinn. »Am letzten Tag in der Schule, im Schnee … Warst du das?«

»Nur teilweise. Ich habe das Lied gespielt. Du dagegen hast den Schnee beherrscht. Ich habe gesehen, wie du ihn hast tanzen und wirbeln lassen, und ich dachte, es würde dich freuen, wenn die Musik dazu passen würde.«

Ich nicke und erinnere mich daran, wie schön es war. »Was ist das für ein Lied?«

»Eines, das ich in der Sammlung meiner Mutter gefunden habe. Du weißt doch, wie sehr sie Antiquitäten mag.« Er lässt die Wange auf meinem Kopf ruhen und beginnt zu singen. Seine tiefe Stimme ergänzt die Musik gut.

Wir sind in einer ganz eigenen Welt. Ein paar Minuten lang gibt es nichts als Beck, die funkelnden Sterne und das leise Plätschern des Wassers. Wenn ich diesen Moment nur für immer festhalten könnte!

Die Musik endet. Ich wirble von Beck weg und falle in den weichen Sand. Im Mondschein strahlen Becks Augen vor Glück, und ich bin mir sicher, dass meine genauso aussehen.

Er landet neben mir im Sand, die Hände hinter dem Kopf verschränkt. Die schwüle Luft lastet auf uns. Wenn ich meinen Verstand abschirme, kann ich fast so tun, als hätte sich nichts geändert. Wir sind noch immer in der Schule, versuchen noch immer, einander gegenseitig zu überbieten, und kommen noch immer zu spät zum Mittagessen. Wir befinden uns noch immer in seliger Unkenntnis der Ereignisse, die um uns herumwirbeln.

Ich stütze mich auf den Ellbogen und rücke näher an Beck heran, bis wir einander berühren. Mein dünnes Kleid klebt aufgrund der Feuchtigkeit an meinem Körper.

Ich lege Beck den Kopf auf die Brust und lausche dem beruhigenden Pochen seines Herzens. Seines guten, lichten Herzens, das immer für mich da ist, wenn ich es brauche.

»Sag mir, Lark, wenn ich doch angeblich so gut bin, warum sollte ich mir dann so verzweifelt etwas derart Böses wünschen?«

»Ich weiß es nicht«, necke ich ihn. Meine deprimierte Stimmung ist verflogen. »Vielleicht hat die Ummantelung nicht funktioniert, und ich lasse meine dunklen Kräfte auf dich wirken.« Ich lächle und fahre Beck mit einer Haarsträhne am Kiefer entlang. Er stöhnt vor Genuss. »Wir wissen nicht über alles Bescheid, wozu ich in der Lage bin, schon vergessen? Vielleicht bin ich wie meine Mutter, und du kannst gar nicht anders, als mich zu begehren.«

Seine Hand greift nach meinem Arm und zeichnet ein kleines Muster auf die Rückseite. Donner grollt in der Ferne.

»Siehst du? Wir wissen noch nicht einmal, ob das an mir liegt oder bloß normaler Donner ist«, sage ich und stemme mich hoch, so dass wir einander ins Gesicht blicken.

»Ich weiß einen Weg, das herauszufinden.« Beck greift nach meinem Gesicht und umfasst mein Kinn. Mit zitternden Händen zieht er mich zu sich hinab. Unsere Gesichter sind nur noch Zentimeter voneinander entfernt. Seine Stirn berührt meine, und ich sehe zu, wie er eine Grimasse schneidet, als ob er mit sich ringen würde. An jeder Stelle, an der wir uns berühren, prickelt das leichte Vibrieren von Magie in meiner Haut. Unsere Magie arbeitet zusammen, wie damals, als wir nach dem Angriff die Kette gesucht haben.

»Lark, ich liebe dich. Ich liebe dich wirklich.« Sein angestrengtes Atmen streicht über mein Gesicht hinweg. Der Donner wird lauter.

Mein Herz macht einen Sprung und lässt mir elektrischen Strom durch die Wirbelsäule laufen. Jede Warnung, jede Vorschrift ist aus meinem Verstand verbannt.

»Dann küss mich«, flüstere ich.

Seine Lippen berühren meine. Siebzehn Jahre des Begehrens durchpulsen mich. Ich spüre ein Knacken. Das Schloss um mein Herz lockert und öffnet sich.

Beck spannt sich an, aber seine Lippen lösen sich nicht von meinen. Er hat es auch gespürt. Blitze zucken über den Himmel.

»Eindeutig natürlich«, murmelt er.

»Eindeutig.« Ich greife wieder nach ihm. Mein Herz wirbelt immer stärker.

Wir bleiben so im Sand liegen, starren zu den Sternen empor und küssen einander. Die Zeit ist stehengeblieben – wir leben ganz in diesem Augenblick, und ich habe es nicht eilig damit, ihn vergehen zu lassen.

Wenn ich gewusst hätte, wie unglaublich es sich anfühlt, Beck zu küssen, ihn wirklich zu küssen, hätte ich alle Regeln gebrochen, und das schon viel früher. Aber jetzt bleiben uns nur noch drei Wochen.

Ich darf nicht so denken. Ich muss innehalten und den Moment genießen, bevor mir alles genommen wird.

33

Beck bringt mich zurück in mein Zimmer.

»Lark?«, beginnt er. »Darf ich heute Nacht bei dir bleiben?«

Ich verdrehe die Augen. »Du sagst das, als ob du nicht, abgesehen von den letzten paar Wochen, jede Nacht deines Lebens neben mir geschlafen hättest.«

Ein Grinsen breitet sich über sein Gesicht aus. Er scharrt mit dem Fuß auf dem Boden. »Ja, nun, also … Das hier … ist etwas anderes. Jetzt, weißt du?«

Ein Hauch von Röte steigt ihm in die Wangen.

Ich stoße die Tür auf und knickse. »Nach dir.«

Er nimmt meine Hand und zieht mich hinter sich ins Zimmer. »Komm schnell rein, bevor jemand mich sieht.«

Er schließt sanft die Tür und achtet darauf, keinen Lärm zu machen. Warum benimmt er sich so seltsam? Es ist doch nicht so, als ob sich das nicht gehörte! Wir sind schließlich so aufgewachsen. Außerdem weiß jeder, dass er bei mir ist – sie haben ihn schließlich auf die Suche nach mir geschickt. Es ist kein Geheimnis.

Beck lässt sich auf mein Bett fallen und stützt sich auf einen Arm. »Sei nicht wütend auf Eloise. Sie hatte wirklich eine Verabredung, bis Eamon alle zusammengerufen hat.«

Eloise hat mich nicht angelogen. Allein dieses Wissen hebt meine ohnehin schon gute Laune noch ein Stück, und ich hüpfe zu meinem Kleiderkoffer hinüber.

»Gefällt dir die hier?« Beck streicht mit der Hand über die mit einem Vogelmuster verzierte Tagesdecke des Betts.

»Ja. Ich finde sie schön.«

»Typisch. Sie ist sehr mädchenhaft. Genau wie du.«

»Na, dann ist es ja gut, dass du nicht für immer an mich und meine mädchenhaften Einrichtungsvorlieben gebunden sein wirst«, scherze ich und klappe den Koffer auf. »Du kannst dein Haus einrichten, wie es dir gefällt.«

»Du meinst, dass ich für immer zu Hause bei meinen Eltern leben kann? Da habe ich aber Glück.« Er setzt sich auf die Bettkante.

Ich stöbere im Koffer herum und finde ein sauberes Nachthemd. Anders als in der Schule gibt es keinen Wandschirm, und ich weiß, dass Beck zusieht. Ich hole tief Luft, streife mir das feuchte Kleid ab und werfe es auf den Boden.

Er seufzt.

In all den Jahren, die wir nun schon zusammenleben, hat Beck mir immer meine Privatsphäre gelassen oder zumindest höflich den Blick abgewandt, wenn ich mich umgezogen habe. Aber heute Abend nicht. Ich spüre, wie er mich mit Blicken verschlingt, und höre, dass sein angestrengtes Atmen schneller geht.

Ich wirble herum, nehme rasch den BH ab und ziehe mir das dünne Nachthemd über den Kopf. Es verbirgt nicht viel.

Er streckt mir die Arme entgegen. »Komm her, Vögelchen.«

Ich gehe langsam auf ihn zu. Meine Beine drohen unter mir nachzugeben. Jahrelange Vertrautheit – und doch fühlt es sich an, als wären wir zum ersten Mal miteinander allein.

Als ich ihn erreiche, zieht er mich sanft an sich und streichelt mir den Nacken. »Ich habe dich noch nie gefragt, aber jetzt frage ich dich: Möchtest du mein Unterpfand tragen?«

Mein Herz macht einen Sprung. Ich verstehe, was seine Frage zu bedeuten hat – er will mit mir zusammen sein, obwohl wir nie für immer aneinandergebunden werden können, zumindest nicht offiziell. Er will mich so sehr, wie ich ihn will. Und ich kann es ihm sagen. Ich kann es ihm endlich sagen. Mein Lächeln wird immer breiter, bis ich Angst bekomme, dass ich das Wort nicht werde aussprechen können, weil ich einfach nicht aufhören kann zu lächeln. »Ja.«

Auf meiner warmen Haut fühlt sich das Metall kühl an. Beck schließt die Kette in meinem Nacken, beugt sich dann vor und küsst sie. Sein Atem breitet sich über meine Brust aus, und ich bekomme keine Luft mehr.

Als er sich reckt, um die Arme um mich zu schlingen, verweigere ich mich. Stattdessen greife ich nach unten und ziehe ihm das nasse Hemd aus. Seine glatte gebräunte Haut glänzt in der Hitze.

Meine Lippen streifen seinen Kiefer, und ich stoße ihn aufs Bett. Ich lasse die Hände über seine Brust gleiten, und kleine Funken stieben von meinen Fingerspitzen. »Lass uns so tun, als wäre es Oktober – so als ob alles normal wäre und wir für immer aneinandergebunden wären. Du und ich, und nichts anderes spielt eine Rolle.«

Beck küsst mich leidenschaftlich. Seine Hände gleiten über meinen Rücken und ziehen eine Spur aus Elektrizität hinter sich her. »Meinst du das ernst? Willst du immer noch auf ewig an mich gebunden sein?« Seine Worte kitzeln mich an den Lippen.

»Ja. Mehr als alles andere wünsche ich mir, dass wir aneinandergebunden sein könnten.« Ich löse mich von ihm und rolle von ihm herunter, auf meine Seite.

Beck umschlingt mich und begräbt das Gesicht in meinem Haar. Ihn so nahe bei mir zu haben und seinen Körper an meinem zu spüren fühlt sich richtig an. So sollte der Rest unseres Lebens aussehen.

Für eine Minute steigt Bitterkeit in mir auf. Die Ungerechtigkeit der Situation wird Wirklichkeit. Beck spürt, wie sich meine Stimmung verändert, und küsst mich erst auf die Schulter, dann auf die Wange und schließlich auf den Hals. Die Intensität seiner Lippen kann mit meinem sich beschleunigenden Herzschlag mithalten, und die negativen Gefühle schmelzen dahin.

»Bist du glücklich?« Er streift mir den Spaghettiträger des Nachthemds von der Schulter und knabbert an meiner nackten Haut.

Mein Herz gerät ins Stolpern und setzt einen Schlag aus. Beck mag zwar aussehen wie ein Engel, aber er ist kein Heiliger.

Als ich den Kopf drehe, bewegen sich seine Lippen zu meinem Schlüsselbein weiter. »Ja. Aber das wusstest du doch schon, nicht wahr?«

Er stößt einen kleinen zustimmenden Laut aus und schubst mich dann flach auf den Rücken. Seine Augen starren in meine, und die Pünktchen darin sind genau spiegelbildlich angeordnet.

»Ich liebe dich, Lark.«

Mein Herz hämmert noch schneller. Mein Puls pocht in meinem Kopf. »Ich weiß.«

Er wendet den Blick nicht ab. »Ich weiß, was du sagen willst. Du kannst es. Sag es mir einfach.« Seine Atmung beschleunigt sich, während er auf meine Antwort wartet.

Ich bewege mich unter ihm. Meine Lippen bewegen

sich, und ich begreife, dass es nichts mehr gibt, was mich davon abhält, ihm all die Dinge zu sagen, die ich ihm schon unter der Trauerweide mitteilen wollte. Die Ummantelung wirkt nicht mehr.

»Lark? Liebst du mich? Sag es mir. Sprich die Worte aus.« Seine Stimme ist drängend, sein Blick ernst.

Ich schlinge die Arme um seinen Nacken und ziehe sein Gesicht zu mir herab. Meine Finger zeichnen den Rand seiner Lippen nach und halten in der Mitte inne. Mein Herz pocht so schnell, dass ich den Eindruck habe, dass es gleich platzen wird. »Ich liebe dich, Beck Channing.«

Ein starker Ruck und etwas, das sich tief in mir regt. Ich fühle mich, als ob ich hochgehoben würde.

Beck spürt es auch. Sein Atem geht flach und rasch.

Und dann ist das Gefühl verschwunden. An seiner Stelle empfinde ich überwältigende Seligkeit.

Alles ist perfekt.

Es ist früh am Morgen. Im Zimmer ist es bis auf leises Atmen still. Durch einen winzigen Spalt zwischen den Vorhängen verdrängt das Sonnenlicht die Dunkelheit und besiegt sie wieder einmal.

Mein Blick folgt dem gleichförmigen Lichtstrahl zu dem Jungen, der neben mir liegt. Sein schönes Gesicht strahlt vor Triumph.

Ich beuge mich über ihn, und mein langes kastanienbraunes Haar bildet einen Vorhang um uns. Ich streife ihn mit den Lippen. Beck wacht nicht auf, aber sein Mund verzieht sich zu einem entspannten Lächeln.

Ein Klopfen an der Tür reißt mich aus meiner Seligkeit.

»Auf, auf, Lark. Es wird Zeit für deinen Unterr…«

Ein ohrenbetäubender Schrei durchbricht meine Ruhe.

Mrs. Channing steht in der Tür und starrt uns mit aufgerissenem Mund an. Ihre Fingerknöchel werden weiß, als sie den Türrahmen umklammert, um sich abzustützen. Zorn brandet über ihr Gesicht hinweg.

»Warten Sie«, versuche ich zu sagen, »es ist nicht so, wie es aussieht …« Aber ich bringe kein Wort heraus.

Binnen Sekunden sehe ich hinter ihr Bethina, Henry, Eloise und ein paar andere Gesichter, die alle ins Zimmer spähen.

Beck, der jetzt völlig wach ist, zieht das dünne Bettlaken über mich und beschirmt mich vor dem Flur voller Leute. Ich weiß, dass es nicht gut aussieht – seine Kleider und Schuhe liegen auf dem Boden verstreut, ich habe nur ein winziges Nachthemd an, und wir liegen miteinander im Bett. Ich lasse mich in die Kissen sinken und versuche, mich darin zu verstecken.

Mrs. Channing kommt ins Zimmer gestürmt. »Was hast du getan?« Mit überraschender Kraft reißt sie Beck aus dem Bett. Er trägt nur Unterwäsche und hebt schnell seine Hose vom Boden auf.

»Beck, wie konntest du nur?« Alle Farbe weicht aus Mrs. Channings sonst so rosigem Teint, als Beck sich die Hose überzieht. Hinter den beiden wippt Bethina mit weit aufgerissenen Augen auf den Füßen vor und zurück.

Mrs. Channing wirbelt zu Henry herum und lässt ihren Zorn über ihn hereinbrechen. »Das ist alles deine Schuld! Du hast das getan! Du hast es ihm erzählt!«

»Er hat danach gefragt.«

»Wie konntest du nur?« Mrs. Channing ist außer sich. »Nein, antworte nicht. Ich weiß, wem deine Loyalität gilt!«

»Margo, Lark ist meine Nichte. Ich möchte sie genauso unbedingt beschützen wie du deinerseits Beck.« Alle Farbe ist aus Henrys Gesicht gewichen, und seine Augen sind jetzt schwarz. Als er sich breitschultrig vor Mrs. Channing aufbaut, verschwimmt seine Gestalt an den Rändern und erbebt.

»Und was ist mit Malin? Hat deine Schwester dich dazu ermuntert?«, schleudert sie Henry entgegen, während sie auf mich zustürmt.

»Warum sollte sie das tun? Sie will nicht, dass Lark so leidet wie sie.« Er hebt die Hand, und Mrs. Channings Körper erzittert. »Du wirst ihr nichts antun.«

Beck ragt drohend über seiner Mutter auf und wirft sich zwischen uns.

Er hat keine Angst. Im Gegenteil, er wirkt selbstbewusst.

Mein Blick huscht zwischen den beiden hin und her – dem ruhigen und heiteren Beck und der hysterischen Mrs. Channing. Was ich sehe, ergibt keinen Sinn. Wir haben bei unseren früheren Besuchen hier immer im selben Zimmer geschlafen, gut, nicht im selben Bett und beinahe nackt, aber dennoch ... sie übertreibt.

Ohne Vorwarnung schlägt Mrs. Channing mit den Fäusten auf Becks nackten Oberkörper ein. Ihre Schreie durchbrechen das verblüffte Schweigen der anderen. »Du wusstest es! Beck, du dummer, törichter Junge! Wie konntest du nur?«

Mit einer Hand packt Beck die Fäuste seiner Mutter. »Mom, hör auf. Du musst dich beruhigen.«

Eine Energiewelle strömt durch den Raum. Trotz des Durcheinanders vor mir habe ich Auftrieb.

Bethina, die noch immer in der Tür steht, fängt sich. »Beck, hast du das freiwillig getan?«

»Natürlich! Es musste sein, und das hier ist die einzige Möglichkeit.« Beck verschränkt die Arme vor der Brust und baut sich breitbeinig auf, als ob er allen sagen wollte, dass sie es nur wagen sollten, ihn herauszufordern.

Mein Blick huscht immer schneller zwischen Bethina, Beck und Mrs. Channing hin und her. Es ist, als würde ich eine Szene beobachten, mit der ich nichts zu tun habe. Mein benebelter Verstand begreift nicht, was er sieht.

Ein leiser Sprechgesang erfüllt den Flur. Eloise wiegt sich mit geschlossenen Augen neben Mr. Channing im Takt dazu. Sie wirken einen Zauber. Aber warum? Die Frage wiederholt sich in meinem Verstand, ärgert mich und zwingt mich, in die Gegenwart zurückzukehren.

Ein Luftstoß. Ich kehre ruckartig in meinen Körper zurück.

Mrs. Channing stürmt in die Arme ihres Mannes. »Malin hat sie dazu angestiftet. Um uns zu bestrafen! Wir hätten ihre Tochter niemals einlassen sollen. Niemals!«

Ihre Emotionen fallen über mich her. Jedes Heben ihrer Stimme dringt tiefer in mich ein, jeder Schrei sorgt dafür, dass mir ein Schauer über den Rücken läuft. Es ist lästig.

Ich kneife die Augen zusammen und konzentriere mich auf ihre zierliche Gestalt. Mrs. Channings Körper verkrampft sich, als meine Gedanken sich in sie bohren. »Wovon reden Sie da? Meine Mutter hat nichts getan.« Der zornige Unterton in meiner Stimme ist nicht zu überhören. »Nichts!«

Bethina sieht Beck streng an. »Erklär es ihr, Beck.« Sie spricht in ruhigem Ton, aber mit Nachdruck. »Sag Lark, was du getan hast.«

Beck zögert.

Bethina ist nicht bereit, auf ihn zu warten; sie drängt sich an ihm vorbei und packt mich an der Schulter. »Wusstest du es?« Sie schüttelt mich so kräftig, dass mir der

Kopf in den Nacken fliegt. Es ähnelt zu sehr dem, was Eamon am Tag des Kampfes getan hat.

Das Kribbeln breitet sich meine Arme hinauf aus. Ich beiße die Zähne zusammen und presse die Lippen aufeinander. Ich werde mich weder von Bethina noch von sonst jemandem herumkommandieren lassen.

»Sag es mir, Lark. Sag es mir sofort«, fordert sie.

Ich versteife mich. Die winzigen Spinnen sammeln sich in meiner Mitte und drehen sich um sich selbst. Ich sehe Bethina mit gebleckten Zähnen an, und ein kehliger Laut entfährt meinen Lippen – ein Knurren.

Ein Schatten huscht über Bethinas Gesicht, bevor sie sich erholt. »Das führt zu nichts, junge Lady.«

Die Spinnen machen Halt. Ein Summen, das sich langsam aufbaut, tritt an ihre Stelle, und der Nebel legt sich wieder um mein Gehirn.

Becks gebieterische Stimme unterbricht uns. »Hör auf, Bethina. Du tust ihr weh.«

Zufrieden mit dem, was sie getan hat, lässt Bethina mich los und weicht einen Schritt zurück.

Trotz meines benebelten Verstands sehe ich, wie Beck mit ausgestreckten, nach oben gewandten Händen auf mich zugeht. Sein Licht breitet sich durch mich aus, und ich komme ihm entgegen.

Er berührt mich am Arm. »Lark?«

Ich lächle ihn an. Sein Gesicht ist ruhig und heiter – kein Hauch von Besorgnis. Ich lecke mir die Lippen. Mein Mund bewegt sich, um ihm zu antworten. »Ja?«

Beck streichelt mir mit dem Handrücken die Wange. »Als wir uns geküsst haben, hat das die Ummantelung gebrochen.«

Trotz meiner Benommenheit tanzt die Erinnerung an unseren ersten echten Kuss durch mein Gedächtnis – nicht an das flüchtige Streifen unserer Lippen in der Schule, sondern an den süßen, leidenschaftlichen Kuss am Strand –, gefolgt von der, wie mein Herz sich aufgeschlossen hat. Ich wusste, was vorging, hätte aber nicht gedacht, dass Beck es auch bemerken würde.

Verwirrt frage ich: »Du wusstest Bescheid?«

Beck antwortete mir nicht, sondern sagt zu Bethina und den anderen: »Lark wusste nichts. *Ich* habe das getan. Ich habe die Ummantelung wissentlich aufgebrochen.«

Gemurmel aus dem Flur.

»Ich wollte, dass sie ganz sie selbst ist, keine zensierte Version, die ihr alle geschaffen habt – keine leere Hülle, die sich nicht offen äußern konnte. Ich wollte, dass sie wieder so wird, wie sie früher war.«

Schmerz durchzuckt meine Schläfen. Ich reibe sie mir und konzentriere mich auf die Worte, die um mich herum brodeln. Der ständige Sprechgesang ist ohrenbetäubend für mich und sorgt dafür, dass ich mich aus dem Gleichgewicht gebracht fühle. Weihrauch weht in den Raum und brennt mir in der Nase.

»Was heißt das?«, frage ich.

Niemand hört mich.

»Bethina«, sage ich lauter, »was hat das zu bedeuten?«

Der Sprechgesang hämmert auf mich ein. Ich halte mir die Ohren zu. Der Lärm ist unerträglich. Er kommt nicht allein aus dem Flur, sondern tönt auch zum Fenster herein. Ein heftiger, pochender Schmerz zwingt mich in die Knie. Ich sinke gequält vornüber.

»Bitte lass doch jemand all das aufhören!«, flehe ich.

Bethina hebt die Hand, und der Sprechgesang kommt zum Erliegen. Der Schmerz lässt nach, aber die Benommenheit um mein Gehirn ist noch vorhanden. Ich nehme alles wie aus weiter Ferne und verlangsamt wahr.

»Es heißt, dass deine Dunkelheit nicht länger gebändigt ist. Beck wusste, dass er durch den Kuss die Ummantelung aufbrechen würde.« Sie legt Mrs. Channing die Hand auf den Rücken. »Verzeih mir, Margo. Ich hätte ihn niemals hinter Lark herschicken sollen. Ich hätte nicht gedacht, dass sie sich so verhalten würden.«

Mrs. Channings Augen blicken hart und kalt. »Da hast du dich geirrt, nicht wahr? Und jetzt sieh doch!« Sie starrt mich böse an. »Sieh dir die beiden nur an! Es ist nicht zu leugnen, was sie getan haben.«

Zum ersten Mal bemerke ich ein schwaches gelbes Leuchten um Beck herum. Seine Augen strahlen, sein lockiges Haar ist in Unordnung, und mit der Schönheit seines Gesichts kann kein anderes mithalten. Mrs. Channing durchquert das Zimmer schneller, als mein Verstand es wahrnehmen kann, und packt mich am Ellbogen. Ihre Nägel dringen in meine nackten Arme ein, als sie mich zum Spiegel stößt.

»Sieh dich doch nur an!«

Als ich mein Spiegelbild erblicke, schnappe ich nach Luft. Das gleiche gelbe Leuchten umgibt mich. Meine Augen sind so strahlend wie Becks.

Ich drehe mich zu ihm um. »Was hast du *noch* getan?«

Er hebt meine Hand hoch. Mit dem Finger zeichnet er mir das vertraute Muster auf den Handrücken und küsst mich dann. Ich versuche, mich dagegen zu sperren, aber seine weichen Lippen legen sich entschlossen auf meine.

Mein Körper schmiegt sich an ihn, als er mich hochzieht. Meine Füße schweben über dem Boden. Eine Hitzewelle durchströmt meinen Körper, und ich erwidere seinen Kuss mit größerer Leidenschaft als jeden Kuss aus der vorangegangenen Nacht.

Er lässt mich wieder zu Boden sinken und eine Hand meinen Rücken hinabgleiten, während er mir die andere in den Nacken legt. Instinktiv trete ich näher an ihn heran und schlinge die Arme enger um ihn. Ich will ihn nie mehr loslassen. Es gibt im Zimmer nichts außer uns beiden.

Ein nachdrückliches Räuspern bricht den Bann. Beck küsst mich unsanft und löst sich aus meiner Umarmung. Ich lehne mich außer Atem an ihn, das Gesicht nach oben gewandt.

Seine leuchtenden Augen mustern mich. »Als du gestern Abend gesagt hast, dass du mich liebst, hat uns das für immer aneinandergebunden. Jetzt wirst du mich nie mehr los.«

Ich stolpere zurück, als hätten seine Worte mich von ihm gestoßen. Meine benebelten Gedanken überschlagen sich. Er hat uns aneinandergebunden? Für immer?

Der Ernst der Lage wird mir schlagartig bewusst. »Nein!«

Das Zimmer neigt sich unter mir, aber ich stürze nicht. Starke Arme halten mich. Becks Arme. Der Sprechgesang setzt wieder ein, diesmal donnernd.

»Das kann nicht sein.« Ich sehe Bethina an, aber ihr Gesicht ist ausdruckslos und verrät mir nichts. »Wir sind nicht alt genug. Es ist unmöglich.«

Mrs. Channing begräbt das Gesicht im Hemd ihres Mannes. In der Ecke schüttelt Eloise den Kopf und wendet mir den Rücken zu.

»Beck, geh für eine Weile in dein eigenes Zimmer. Lass uns ein wenig Zeit, die Sache zu klären.« Mr. Channing macht keinen Vorschlag – er gibt einen Befehl.

Beck lässt sich nicht einschüchtern. »Nein«, sagt er entschieden. »Lark ist meine Partnerin. Ich bin an sie gebunden, und ich lasse sie unter keinen Umständen mit euch allein.«

Mein Verstand müht sich ab, dieses ganze Durcheinander zu verarbeiten. Beck gehört mir, für immer. Mir. Niemand kann uns trennen, und niemand kann ihn je wieder von mir fernhalten. Mein Herz macht bei dem Gedanken einen Freudensprung. Das muss er von Anfang an geplant haben!

Aber er hat es mir nicht gesagt.

Durch die Schichten von Nebel wird mir langsam alles klar. Ich hätte nicht zugestimmt, das wusste er. Mein Glück löst sich in Luft auf. Wir können nicht für immer aneinandergebunden sein – ich werde ihn töten. Ich werde sein Licht ersticken oder ihn geradewegs umbringen.

Kein Wunder, dass die Channings und die anderen Lichthexen wütend sind.

»Beck«, schreie ich, »wie konntest du nur so egoistisch sein?« Verzweiflung verdrängt unvermittelt mein Hochgefühl, während mein Blick im Zimmer umherhuscht und nach Eamon Ausschau hält. Noch hat uns niemand angegriffen. Ein Hauch von Erleichterung erfüllt mein Herz. Anders als mein Vater ist Beck wichtig für die Lichthexen – sie werden ihm nichts zuleide tun und ihm vergeben. Er muss sich nur Sorgen machen, dass ich ihn angreifen könnte.

Beck macht ein langes Gesicht. »Egoistisch? Ich habe es für dich getan, für uns. Ich werde dir helfen, ausgeglichen zu bleiben, so dass wir zusammen sein können.«

»Hast du überhaupt an die Dunkelmagie gedacht, die in dir steckt?«

»Das wird schon gut gehen. Ich hatte sie immer, und sieh mich doch an.«

»Nein, wird es nicht. Es hat noch nie bei jemand anders funktioniert. Bei uns wird es auch nicht funktionieren.«

Er greift wieder nach meiner Hand, aber ich zucke zurück. Er zieht die Augenbrauen zusammen. »Ich will, dass du du selbst bist. Die, die du wirklich bist. Das ist das Mädchen, das ich liebe und für das ich fünfzig Jahre meines Lebens aufgeben würde.«

»Und was ist mit mir?«, schreie ich; unter meiner Oberfläche kocht Zorn hoch. »Wie, glaubst du, werde ich mich wohl fühlen, wenn ich weiß, dass ich dich getötet habe? Hast du darüber auch einmal nachgedacht?« Ich verschränke wütend die Arme. »Ich würde lieber ohne dich leben, als an dich gebunden zu sein und dich zu töten.«

Beck starrt Bethina böse an. »Hast du es ihr nicht erzählt?«

»Mir was erzählt?«, blaffe ich.

»Pst, Beck. Ich glaube nicht, dass jetzt der richtige Zeitpunkt dafür ist.«

Er ignoriert sie. »Dass du dich, wenn du erst erwachsen bist, gar nicht mehr daran erinnern wirst, dass du mich einmal geliebt hast. Es wird dir nichts ausmachen, mich zu töten.«

Zum zweiten Mal greift die Schwärze nach mir. Ich verwandle mich in ein Ungeheuer, und niemand kann die Entwicklung aufhalten. Ich werde mich nicht daran erinnern, dass ich Beck einmal geliebt habe. Sie glauben, dass ich den Verstand verlieren werde, wie Caitlyn.

Unfähig, mich noch länger auf den Beinen zu halten, sinke ich zu Boden. »Warum dann? Warum hast du das getan?«

»Weil ich, wenn ich schon sterben muss – und die Tatsache scheint ja für alle festzustehen –, wenigstens glücklich sterben werde, weil ich das wunderbarste Mädchen auf der ganzen Welt geliebt habe und sie meine Liebe erwidert hat.« Er kniet sich neben mich und flüstert so leise, dass nur ich es hören kann: »Wenn ich dich schon nicht für immer haben kann, lass mir doch wenigstens das.«

34

Ein Herzschlag, dann ein zweiter. Niemand sagt etwas. Nichts rührt sich. Die Zeit ist stehen geblieben.

Es ist, als würde ich wieder in Annalises schwerer Luft festsitzen, nur dass ich diesmal nicht um mich selbst Angst habe. Stattdessen übermannt mich Angst um Beck.

Das Summen in meinem Kopf wird wieder lauter. Unerträglich. Ich presse mir die Handballen auf die Ohren, aber das Geräusch ist beharrlich, und die Vibrationen lassen mir die Zähne klappern. Es kommt aus meinem Innern.

Eine sanfte Berührung an meinem Arm. Ich umklammere meinen Kopf noch fester, weil ich Angst habe, dass ich schreien könnte, wenn ich loslasse. Zwei starke Hände ziehen an meinen und lösen sie von meinem Kopf. Ein Rauschen umgibt mich, und ich wanke, da mir durch den Angriff auf meinen Gleichgewichtssinn schwindlig wird.

»Lark, kannst du mich hören?« Becks Worte klingen gedämpft.

Das Summen bringt mich völlig durcheinander. Ich kann nicht denken. Ich verdrehe die Handgelenke, um mich von ihm loszureißen. Ich muss weg aus diesem Zimmer. Weg von diesem Lärm. Aber je mehr ich mich winde, desto fester wird sein Griff.

»Lark, du musst mir zuhören. Du musst dich konzentrieren. Kannst du das?«

Ich höre seine Worte, aber der Drang zu fliehen ist überwältigend. Ich wehre mich weiter.

»Du musst deinen Verstand klären und an den See denken. Denk an die Musik und daran, wie glücklich du warst. Bitte, Vögelchen. Bitte versuch es.«

Über das hartnäckige, quälende Getöse hinweg erreicht mich Becks Flehen, und ich höre auf, mich zu wehren. Das Summen wird so langsam, dass ich mich auf meine Gedanken konzentrieren kann. Ich spüre Becks Wange auf meinem Kopf, und die Erinnerung daran, wie seine tiefe Stimme mir etwas vorgesungen hat, durchströmt mich. Der Lärm verklingt.

Ich öffne die Augen. Zuerst sehe ich nur Beck, der mich anstrahlt, doch dann nehme ich aus dem Augenwinkel wahr, dass Mrs. Channing, Eloise und alle anderen bis auf Beck und Bethina sich wiegen und einen Sprechgesang angestimmt haben. Aber ich kann sie nicht hören.

»Was ist passiert?« Ich richte die Frage an Beck. Niemand achtet auf uns.

»Sie versuchen, deine Magie in Schach zu halten, weil du nicht mehr ummantelt werden kannst. Das lasse ich nicht zu.« Er grinst selbstzufrieden. »Das ist ein Vorteil davon, dass du nun an mich gebunden bist.«

»Was stimmt nicht mit ihnen?« Die Körper der stummen Sänger bewegen sich im Gleichtakt.

»Wir haben sie mit einem Zauber belegt. Ich war in der Lage, dich so weit zu beruhigen, dass du dich konzentrieren konntest, und so haben wir uns gemeinsam abgeschirmt. Sie haben keine Ahnung davon.« Die Gestalten fassen sich an den Händen und erzittern leicht.

»Wie? Ich weiß nicht, wie man Zauber wirkt.«

»Alles, was du tun musstest, war, an etwas zu denken, das dich glücklich macht. Ich habe mich deiner Gefühle bedient und den Rest erledigt.«

Ich neige den Kopf leicht zur Seite und verarbeite Becks

Antwort. Wie damals, als ich meine Kette wiedergefunden habe – ich kann also Magie wirken oder zumindest dabei helfen. Interessant.

»Was ist mit Bethina?« Sie ist sehr still.

»Mir geht es gut, Lark.« Ihre Stimme überrascht mich. »Beck hat den Zauber nicht gegen mich gewirkt.«

»Oh. Ich wusste nicht, dass du mich hören kannst.«

»Ich höre euch beide glasklar.« Sie verschränkt die Arme. »Da schmiedet ihr nun Pläne und stürzt euch selbst noch tiefer ins Unglück. Von dir« – sie zeigt auf Beck – »erwarte ich ein solches Verhalten ja schon. Aber von dir …« Sie richtet ihre Aufmerksamkeit auf mich. »Von dir erwarte ich mehr, Lark.«

»Von mir?«, fahre ich auf, weil ich immer noch verärgert darüber bin, dass sie mich vorhin geschüttelt hat. »Wirklich? Ich bin doch die Dunkelhexe, schon vergessen? Soll ich nicht völlig unberechenbar, launisch und böse sein?«

»Du bist vielleicht eine Dunkelhexe, aber du hast eine Vorliebe für Regeln«, knurrt Bethina. »Jetzt zieh dir gefälligst etwas an, junge Lady.«

Ich werfe einen Blick auf mein durchscheinendes Baumwollnachthemd. Hitze breitet sich über mein Gesicht aus. Ich laufe zu meinem Koffer hinüber und nehme ein frisches Kleid daraus hervor. Da ich weiß, dass nur Beck und Bethina mich sehen können, ziehe ich mich nackt aus. Beck grinst und senkt dann höflich den Blick, bevor Bethina ihm eine Kopfnuss versetzt.

Als ich mir das Kleid über die Arme ziehe, sagt Bethina: »Ich glaube, du solltest etwas Wärmeres tragen, Lark. Warum ziehst du nicht eine Hose und einen Pullover an?«

»Warum?« Ich halte mit über dem Kopf gekrümmten Armen inne.

»Weil du nicht hierbleibst.«

»Natürlich tut sie das. Lark bleibt bis zum sechsten Oktober. Es ist alles geregelt. Wir reisen danach ab«, sagt Beck.

»Nein, Beck.« Bethinas Mund ist verkniffen. »Ihr geht beide. Wenn ihr euch retten wollt, müsst ihr jetzt abreisen. Sofort.«

Ich ignoriere Bethinas Kleidungstipp und streife mir das Kleid über. Dann hake ich mich bei Beck ein. Er lehnt sich mit seinem ganzen Gewicht auf mich. Dieses eine Mal stütze ich ihn.

Mein Verstand ist jetzt scharf und nicht mehr benebelt. »Was geht hier vor?«

»Sie haben Beck gestern Abend hinter dir hergeschickt, um darüber diskutieren zu können, was mit dir geschehen soll.« Bethinas beherrschte Fassade bekommt Risse. »Lark, sie haben gestern Abend beschlossen, dich für immer gefangen zu halten. Aber jetzt ...«

»Was?«, schreien Beck und ich gleichzeitig.

»Jetzt seid ihr hingegangen und habt alles nur noch schlimmer gemacht. Viel, viel schlimmer.« Ihre Augen glänzen vor Tränen. »Ihr habt euch aneinandergebunden. Und die einzige Art, eine Bindung aufzulösen, ist der Tod.« Sie bricht ab und kann nicht weitersprechen.

Ich verstehe schneller als Beck, was sie meint. Die Splittergruppe. Wir haben unser Todesurteil unterzeichnet, als wir uns aneinandergebunden haben.

Mein Ton ist drängend und verängstigt. »Glaubst du, sie werden Beck töten?«

»Ich glaube nicht, dass es eine Rolle spielt, wen von euch sie töten«, flüstert Bethina. Es ist kaum mehr als ein Seufzen. Sie zeigt auf mich. »Du bist eine Dunkelhexe. Und du«, fährt sie fort, indem sie Beck zunickt, »bist an eine Dunkelhexe gebunden. Dafür hat man Larks Vater getötet.«

Ich bin unfähig, mich zu rühren. Sie wollen uns töten? Diese Lichthexen wollen mich umbringen? Und Beck? Ich weiß, dass Eamon dafür ist, aber die anderen? Das ergibt keinen Sinn, Beck soll doch schließlich ihr Anführer werden. Er sollte nicht in Gefahr sein.

Wellen der Verzweiflung branden gegen mich an, bis mein Körper, unsicher, ob er kämpfen oder fliehen soll, vollkommen gelähmt ist. Erstarrt bin ich gezwungen zuzusehen, wie Beck in hektische Betriebsamkeit ausbricht. Seine Bewegungen verschwimmen. Er wirft mir einen Pullover zu.

Meine Arme sind taub und zu schwer, um sie zu heben. Der Pullover fällt zu Boden. Bethina hebt ihn auf und zieht ihn mir über den Kopf. Ich wehre mich nicht. Mein Körper und mein Verstand sind wieder von Nebel umfangen. Eine Hose wird mir über die Beine gezogen, und Beck zwängt meine Füße in meine Stiefel.

Überall im Zimmer setzen die stummen Sänger ihren Zauber fort. Mein Blick bleibt an Henry und Eloise hängen. Ich öffne den Mund, um etwas zu sagen, aber es dringt kein Laut daraus hervor.

Bethina erkennt, was ich meine. »Sie nicht, Lark. Sie haben dagegen gestimmt.«

Ich nicke mit schwindeligem Kopf, um ihr zu zeigen, dass ich verstehe. Meine Freunde haben für mich gekämpft.

Wenn ich mich nicht rühren kann, bin ich zu nichts nütze. Ich konzentriere mich, fokussiere meine Energie und entziehe den anderen in meiner Umgebung Kraft, die sich immer stärker aufbaut, bis ich die Lähmung abschütteln kann. Sie weicht dem Drang zu kämpfen.

»Die anderen?«

»Eamon hat hier keine Zeit verschwendet. Er hat einen harten Kern von Anhängern, die bereit sind, seinen Befehlen zu gehorchen«, antwortet Bethina.

Bilder von Eamon und seinem wachsenden Gefolge blitzen vor meinem inneren Auge auf. Sie waren jeden Tag da, haben mich während des Unterrichts verhöhnt, mich in meiner Freizeit beobachtet und dieses verdammte Lied gesungen.

»Wie viel Zeit bleibt uns?«, frage ich.

Bethina zuckt mit den Schultern. »Nicht viel, wenn du dich weiter wie ein Zombie benimmst. Beck kann sie allein nicht aufhalten.«

Das dringt zu mir durch. Beck braucht mich. Ein Brennen baut sich in meinem Herzen auf. Das Kribbeln entlang meiner Wirbelsäule wird stärker. Draußen verdüstert sich der Himmel, und Regen peitscht gegen das Fenster. Am Rande des Rasens knicken Windböen Bäume um.

Ich werde kämpfen. Ich muss kämpfen.

»Hast du einen Plan?«

»Eine Eskorte aus Dunkelhexen wartet jenseits der Kuppel.«

Wenn wir entkommen, bevor der Zauber nachlässt, können wir vielleicht einen Angriff der Dunkelhexen verhindern. Um Henrys und Eloises willen.

In meiner Brust baut sich neuerliche Panik auf. »Und Beck? Kann Mutter mich davon abhalten, ihm etwas anzutun?«

Bethina neigt den Kopf. Tränen glänzen in ihren Augen. »Ich weiß es nicht. Wenn es einen anderen Weg gäbe …«

Becks Licht berührt mich. »Es ist ein Risiko, das ich gern eingehe.« Er küsst mich auf die Stirn. »Wir müssen jetzt los. Ich weiß nicht, wie lange unser Zauber noch wirkt.«

»Aber du kannst nicht mitkommen!« Ich starre ihn ungläubig an. »Hast du nicht zugehört?«

Beck wirft einen Blick auf Bethina, als würde er darauf warten, dass sie sich einmischt. Als sie es nicht tut, sagt er: »Henry hat mir von dem Schutzzauber erzählt. Sie können keinem von uns etwas anhaben, ohne zugleich dem anderen zu schaden.« Er drückt mir die Hand. »Sie kann mir nichts tun.«

Der Sturm trifft auf das Haus. Es schwankt, und die Bilder auf dem Flur klappern. »Du musst Angst vor mir haben! Nicht vor meiner Mutter. Vor mir!«

Er verzieht das Gesicht. »Ich kann nicht hierbleiben, Lark. Sie werden mich töten.«

Von der anderen Seite des Zimmers her sagt Bethina: »Als du euch aneinandergebunden hast, hast du den Schutzzauber zerstört, Beck.« Ihr angespannter Ton verrät, wie viel ihr das alles abverlangt. »Malin kann dich niederstrecken, sobald sie dich sieht.«

Was haben wir getan? Meine Hände zittern. Magie strömt in meinen Körper und erfüllt ihn bis in den letzten Winkel mit einem Kribbeln. Ich hebe die Hand, um nach den Sängern zu schlagen. Ich werde jeden einzelnen von ihnen vernichten, bevor er Gelegenheit hat, Beck wehzutun.

Er schlingt die Arme um mich und verstellt mir die Sicht auf sie. »Es ist nicht ihre Schuld. Bestrafe sie nicht für etwas, das ich getan habe.«

Die Luft um uns herum schimmert und wird ruhig. Die Hexen setzen ihren stummen Sprechgesang fort, aber jetzt wirken sie lebhafter.

Wir haben keine Wahl mehr.

»Wir müssen weg.« Beck ergreift meine Hand. Er führt mich durch die Menschenmenge, die die Tür versperrt.

Ich folge ihm, obwohl ich immer noch verärgert über ihn und erzürnt über unsere Situation bin und nicht weiß, was wir als Nächstes tun sollen. Es wäre alles so viel leichter, wenn es nur um mich ginge! Aber jetzt hat Beck sich selbst ebenfalls zur Zielscheibe gemacht, und anders als ich muss er befürchten, dass sich auch noch seine eigenen Leute gegen ihn wenden könnten.

Beck führt uns so schnell wie möglich die Treppe hinunter und durch die Haustür. Obwohl es früh am Morgen ist, ist es stockdunkel. Der Regen prasselt von der Seite auf uns ein und brennt auf meiner Haut wie die Stiche von tausend zornigen Wespen. Ein unheimliches Heulen umtost uns.

»Kannst du dem Einhalt gebieten?« Beck zeigt auf den Sturm.

»Nein. Ich weiß nicht, wie.«

Über das Heulen hinweg höre ich einen Sprechgesang. Ich reiße die Augen auf und starre Beck und Bethina mit offenem Mund an.

Sie hören es auch.

Ein langer gezackter Blitz durchzuckt den Himmel. Jeder Teil meines Körpers rät mir, hierzubleiben und zu kämpfen. Wenn wir jetzt fliehen, werden wir für immer auf der Flucht bleiben müssen. Diese sogenannten Lichthexen – die Splittergruppe – werden Jagd auf uns machen, bis sie uns vernichtet haben, das haben sie deutlich gezeigt.

»Wir sollten dem jetzt ein Ende setzen«, schreie ich in den Sturm.

»Nein. Du musst weg.« Bethina stößt mich von der Veranda auf den Rasen. Vor mir sehe ich nichts als Regen. Der Waldrand ist völlig verschwunden. Ich zögere und mache einen Schritt zurück zum Haus. Verwirrung verzehrt mich – ich weiß nicht ein noch aus. Ich muss jetzt stark sein und gegen den wachsenden Drang ankämpfen, um mich zu schlagen, aber die Versuchung, ihm nachzugeben, ist groß.

Energie sticht auf mich ein. Ich balle die Faust und öffne dann langsam die Finger.

»Lark, hör auf. Das lasse ich nicht zu.« Beck packt meine Hand. »Das bist nicht du.«

Wärme und Klarheit durchströmen mich. Beck hat recht. Wenn ich ihnen etwas antue, auch nur einem von ihnen absichtlich Schaden zufüge, dann bin ich alles, wofür sie mich halten – böse, außer Kontrolle, ein Monster. Und genau dagegen kämpfe ich an.

Ich halte mir die Hände wie ein Visier vor die Augen, um den Regen abzuhalten, aber das funktioniert nicht.

»Wohin?«, rufe ich.

Zur Antwort packt Beck mich an der Hand und läuft in den Sturm. Ich kann nichts sehen, bis auf ein schwaches Leuchten seitlich von mir. Ich kneife die Augen zusammen, um das seltsame Objekt zu identifizieren.

Ein zweites Licht scheint daneben auf.

»Lauf!«, schreie ich.

Vom Ostrasen stürmt eine wachsende Gruppe Lichthexen auf uns zu. An vorderster Linie führt Eamon den Angriff an. Auf der offenen Wiese bieten wir ein leichtes Ziel, selbst im strömenden Regen.

Ich renne hinter Beck her, aber er ist mir gute drei Meter voraus. Hinter mir kämpft sich Bethina durch den Regen. Der durchweichte Rasen bietet keine Trittsicherheit, und ich rutsche aus und lande auf Händen und Knien. Bethina erreicht mich, bevor ich mich wieder aufrappeln kann.

»Ruf Beck. Sag ihm, dass er herkommen soll. Ich brauche ihn«, befiehlt sie.

»Aber wir können nicht stehen bleiben! Sie sind fast schon hier!« Die Luft um uns herum bebt und zuckt.

Bethina streckt die Hand aus, als wollte sie etwas fangen. »Wir haben keine Zeit mehr! Ihr werdet es nicht schaffen. Ruf Beck. *Sofort*!« Sie zieht sich Richtung Ostrasen zurück.

Durch den heftigen Regen sehe ich Beck schemenhaft auf mich zurennen.

»Was ist los?«, ruft er. Als er in meine Nähe kommt, erzittert die Luft erneut. Beck sprintet auf mich zu und wirft sich vor mich, als wäre sein Körper ein Schutzschild.

Ein Blitz erhellt den Himmel und schlägt nahe beim Ostrasen ein. Ein Klagelaut durchdringt den heulenden Wind. Becks Gesicht spiegelt eine Mischung aus Ehrfurcht und Entsetzen wider.

»Bethina braucht dich!«, brülle ich über den Lärm hinweg.

»Kannst du das noch einmal tun? Kannst du auf deine Angst zurückgreifen und es noch einmal tun?« Becks Augen blitzen in der Nacht auf.

Ich zögere. Wenn ich Magie einsetze, werde ich dann in der Lage sein, damit auch wieder aufzuhören? Es spielt keine Rolle, ich habe keine Wahl. »Ich weiß nicht, wie zielgerichtet ich Magie wirken kann, aber ich glaube, ich kann den Blitz noch einmal einschlagen lassen.«

Die Luft schimmert erneut, und Beck dreht sich um sich selbst. Er streckt die Hände in einer Art Zeitlupentempo aus. »Gut. Tu das, Vögelchen. Schick ein, zwei Blitze los, während du zum Rand der Kuppel läufst. Ziel auf Eamon.« Sein Blick bleibt auf mir ruhen, als ob er versuchte, sich mein Gesicht einzuprägen. »Bethina und ich werden dich vor den Zaubern beschirmen.«

»Was ist mit euch beiden?«

»Wir holen dich schon ein.« Er küsst mich schnell und rennt davon, auf Bethina zu.

Ich habe keine Wahl, als zur Barriere zu laufen. Durch den heftigen Regen halte ich Ausschau nach irgendeinem Anzeichen für eine Schwachstelle in der Kuppel, aber es ist nur eine ungebrochene Linie zu sehen. Hinter mir tobt die Luft, aber kein Zauber trifft mich. Beck und Bethina müssen unglaublich stark sein, wenn es ihnen gelingt, diesen Ansturm von Hexen aufzuhalten.

Als ich mich dem Waldrand nähere, beginnt ein quälendes Gefühl an mir zu nagen, und ich erstarre.

Beck muss aus Summer Hill fliehen. Wenn er hier zurückbleibt, tötet Eamon ihn vielleicht.

Panik und Zorn überkommen mich. Ich werde nicht zulassen, dass Beck sich für mich opfert, wenn es das ist, was er geplant hat. Ich fahre herum, so dass ich der Schlacht zugewandt stehe. Hunderte von schwirrenden Lichtern beleuchten Bethina und Beck. Der Angriff erfolgt von allen Seiten. Aber sie scheinen unversehrt zu sein – für den Augenblick.

Während ich ihre aufeinander abgestimmten Bewegungen beobachte, baut sich die Wut in mir auf, bis ein Blitz den Himmel durchzuckt. Wenn ich die Hexen lange genug aufhalte, kann Beck fliehen. Er wird bei mir sein.

Ein Blitzstrahl zuckt herab, und eine Feuerfront breitet sich von der Einschlagstelle aus, unberührt vom Regen.

Beck wendet sich zur Flucht, aber Bethina hält ihn am Arm fest und deutet auf etwas, das ich nicht sehen kann. Beck beginnt erneut Zauber zu wirken.

Ich brauche noch einen Blitzschlag, einen größeren, um ihm mehr Zeit zu erkaufen. Ich konzentriere meine Gedanken und greife auf jedes Gefühl von Zorn und Hass zurück, das ich je empfunden habe.

Diese Hexen wollen Beck töten. Ich kneife die Augen zu und …

Ein ohrenbetäubendes Kreischen übertönt den Schlachtenlärm. Die Kuppel erzittert und stürzt zusammen. Schnee dringt aus allen Richtungen ein, vermischt sich mit dem Regen und bringt Eiseskälte mit. Dunkelhexen strömen durch die Öffnung und richten ihre Magie gegen die vorrückenden Lichthexen.

Entsetzt wirble ich zu Bethina und Beck herum – fort vom Rand der Kuppel und mitten ins Kampfgetümmel hinein. Helle Energieblitze zischen aus allen Richtungen an mir vorbei. Unsicher, wohin ich mich wenden soll, bleibe ich abrupt stehen. Ich sitze in der Falle.

Ein grober Ruck an meinem Arm lässt mich wieder zu mir kommen.

»Komm schon, Lark! Du musst hier weg!«, ruft Kyra über den Donner hinweg. Ich sehe meine Freundin blinzelnd an und versuche zu begreifen, wie es kommt, dass sie jetzt neben mir steht.

»Du musst dich bewegen! Sie werden dir etwas antun!« Sie zerrt noch kräftiger an meinem Arm.

Ich bin hin- und hergerissen. Ich möchte fliehen und mich in Sicherheit bringen. Ich will darauf vertrauen, dass meine Mutter und ihre Anhänger das kleine bisschen Güte, das mir innewohnt, nicht zerstören werden. Aber Beck ist hier, und ich kann ihn all das hier nicht allein bewältigen lassen. Ich weiß schließlich, was meinem Vater zugestoßen ist. Ich darf nicht zulassen, dass die Geschichte sich wiederholt.

Durch den strömenden Regen und Schnee sehe ich Eamon und sein Gefolge auf Beck eindringen. Er und Bethina sind bei weitem in der Unterzahl. Das darf ich nicht zulassen. Ich muss Beck beschützen.

Ich strecke ruckartig die Hand aus, und ein weiterer Blitz reißt den Himmel auf, bevor er nahe beim Haus in den Boden einschlägt. Ich spähe mit zusammengekniffenen Augen durch den Regen, um zu sehen, wie gut der Blitz getroffen hat.

Bethinas Körper liegt zusammengesunken am Boden. Beck wiegt sie auf seinem Schoß. Die Luft um mich herum bebt und zuckt.

Ein Feuerring breitet sich langsam um Beck und Bethina aus.

Mein Schrei durchzuckt die Luft: »Nein!«

Ich war das. Meine außer Kontrolle geratene Magie hat Bethina getroffen. *Ich* war das, nicht Eamon, nicht die Dunkelhexen. Ich. Zorn erfüllt mich und lässt noch die feinste Verästelung meiner Nerven erzittern. Wie konnte ich das nur zulassen? Wie?

Erneut schlägt ein Blitz ein, diesmal noch näher am Haus. Das Feuer schlängelt sich auf die vordere Veranda zu und sucht hungrig nach Nahrung.

»Lark!« Annalises eiskalte Stimme klingt eindringlich, ja sogar panisch. »Du musst mitkommen.«

Ich bin von dem Anblick, der sich mir bietet, wie gebannt. Beck drückt sich Bethinas schlaffen Körper eng ans Herz und wiegt sich vor und zurück. Dunkelhexen schwärmen an ihm vorbei, ignorieren ihn und legen Summer Hill in Schutt und Asche. Eine Explosion von tief innen im Haus lässt mich auf die Fersen zurückwanken. Orangefarbene Flammen verschlingen das obere Stockwerk, und Schreie erfüllen die Luft, als Lichthexen vor der heranrückenden dunklen Armee fliehen.

Das ist alles meine Schuld.

Ohne Vorwarnung richten sich Becks Augen auf mich, zwei leuchtende Kugeln voller Entsetzen. Tausend Messer durchdringen mich und zerreißen mir das Herz. Becks Gefühle übermannen meine eigenen.

Er wusste, wozu ich in der Lage bin. Er wusste es und hat doch nicht daran geglaubt.

Wir sehen einander in die Augen, und im Kopf höre ich seine zitternde Stimme: *Es ist nicht deine Schuld. Es ist nicht deine Schuld.* Er schreit es wieder und wieder.

Ich konzentriere mich und verschließe meinen Verstand vor ihm. Sein verzweifeltes Wehklagen verklingt. Zum ersten Mal in meinem Leben schließe ich Beck aus. Das Gold in seinen Augen glänzt heller und fordert mich heraus, als Erste den Blick abzuwenden. Sein Blick verrät im Gegensatz zu seinen Worten, wie verletzt er ist.

Ich falle schluchzend auf die Knie. Der Regen brennt in meinem Gesicht, aber das ist mir gleichgültig – der körperliche Schmerz ist im Vergleich zu dem in meinem Herzen nur ein lästiges Ärgernis. Ich stütze mich auf die Hände und schreie. Der Sturm verschluckt das Geräusch und peitscht noch heftiger auf mich ein.

Zwei Füße erscheinen neben meinem Kopf, und eine Hand streckt sich zu mir herunter. Kyra.

»Rühr mich nicht an! Ich will nicht, dass du mich manipulierst!«, kreische ich.

Sie zuckt zurück. »Ich kann dich nicht manipulieren, Lark. Das kann niemand außer ihm.«

Ihm. Beck. Mein Dunkles Herz, eine bebende Masse der Zerstörungswut, wirbelt unter der Belastung des ständigen stechenden Drucks.

»Ich kann Beck nicht im Stich lassen«, schreie ich. »Sie werden ihn töten!«

Annalise packt mich am Arm und reißt mich auf die Beine. Sie starrt mir in die Augen. »Was habt ihr beiden getan?«

»Wir haben uns aneinandergebunden.«

Annalise schüttelt den Kopf, und ein Luftstoß entfährt ihren Lippen. »Ich kann mir jetzt keine Gedanken um ihn machen. Nur um dich.«

»Aber …«

»Hör auf zu widersprechen und tu, was man dir sagt.«

Ich zögere. Henry hat gesagt, ich müsste mit ihnen gehen. Bethina hat es auch gesagt. Aber jede Faser meines Körpers schreit mir zu, so schnell wegzurennen, wie ich nur kann.

Und dennoch tue ich es nicht.

Kyra steht vor mir, die Hände in die Hüften gestemmt. »Wenn er in deiner Nähe ist, wirst du ihn töten, und wer weiß, was Malin tun wird, jetzt, da ihr für immer aneinandergebunden seid? So hat er wenigstens eine Chance. Wir haben den Befehl, Eamon zu töten. Beck ist hier sicherer.«

Sie wollen, dass ich Beck verlasse. Es bricht mir das Herz. Wie soll es ohne ihn schlagen? Ich kann ihn nicht verlassen. Ich kann mich nicht einfach so von ihm abwenden.

Aber ich kann auch nicht bei ihm bleiben. Ich bin zu gefährlich.

Das eine, das niemand je bezweifelt hat, ist, dass ich versuchen werde, ihn zu töten. Meine Liebe reicht nicht aus, Beck zu beschützen. Genau, wie die Liebe meiner Mutter nicht genug war, um meinen Vater zu behüten. Genau, wie Liebe allein Bethina nicht retten konnte. Beck wird sterben, wenn er in meiner Nähe ist.

Wenn die Armee meiner Mutter sich durchsetzt und Eamon tötet, dann ist Beck bei den Lichthexen sicherer, bei seinen eigenen Leuten, weit weg von mir. Sie tun ihm vielleicht nichts an, aber ich werde es tun.

Lark? Becks Stimme überwältigt meine Beherrschung. *Warte auf mich.*

Tränen vermischen sich mit Schnee und Regen und laufen mir übers Gesicht. *Ich will dir keinen Schaden zufügen.* Ich versuche, entschlossen zu klingen – ich will, dass der harte Unterton in meiner Stimme ihn von mir fernhält. Er muss sich von mir fernhalten!

Warte, fleht er.

Ich blinzle. Bethinas Körper liegt reglos am Boden. Beck wiegt sie nicht mehr. Er rennt auf mich zu.

Ja. Das müssen wir tun. Wir müssen es gemeinsam in Ordnung bringen. Wenn ich seine Arme um mich spüren kann, wird alles besser werden. Mutter wird Eamon töten lassen, und er wird keine Bedrohung mehr für uns darstellen. Alles wird besser werden.

Der Regen vermindert sich zu einem bloßen Nieseln, und der Sturm kommt zum Erliegen.

Jetzt kann ich alles klar sehen: Eamon und die vorrückenden Hexen, Beck, der auf Kyra, Annalise und mich zuläuft – auf das Mädchen, das ihn töten wird. Auf die eine Person, die ihn ohne jeden Zweifel vernichten wird.

Auf mich.

Mein Herz krampft sich zusammen. Ich wusste es schon die ganze Zeit. Er kann nicht mit mir kommen. Ich werde nie mehr seine Arme spüren. Ich kann nicht bei ihm sein. Das Einzige, was uns bleibt, ist die Hoffnung, dass seine eigenen Leute ihm vergeben werden.

Ich umklammere meinen Anhänger und erlaube es meinem Herzen, sich mit Liebe zu füllen. Beck muss spüren, wie sehr ich ihn liebe. Meine Worte vermischen sich mit meinen Schluchzern. *Ich liebe dich. Ich werde nie aufhören, dich zu lieben.*

Der Anhänger fällt zu Boden, während meine nasse

Hand in Annalises gleitet. Kyra stellt sich neben mich und hakt sich in meinen freien Arm ein. Sie strahlt mich an.

Lark – nein! Tu das nicht. Warte. Du musst das nicht tun.

Ich reiße den Kopf herum, um einen Blick über die Schulter zu werfen. Beck ist stehen geblieben, nur sechs Meter von uns entfernt.

Du kannst mich nicht vor mir selbst retten.

Kyra hält meine Hand fest umklammert. »Wir müssen los. Bitte, Lark. Wir haben kaum noch Zeit.«

Aber meine Augen sind fest auf Beck gerichtet. Sein Brustkorb hebt sich mit jedem Atemzug, und er hat die Hände neben sich zu Fäusten geballt, aber er wagt sich nicht näher an uns heran. Regen strömt ihm über die Stirn und die Wangen – ich kann seine Tränen nicht sehen, aber ich weiß, dass sie da sind.

»Du musst ihn verlassen, es sei denn, du *willst*, dass Malin ihn tötet«, zischt Annalise mir ins Ohr. Ich setze zu einem Protest an, aber Annalise fällt mir ins Wort: »Dann verlass ihn. Seine eigenen Eltern würden nie zulassen, dass ihm etwas zustößt.«

Ein leichtes Kopfschütteln sorgt dafür, dass ich von Becks Gefühlen durchströmt werde, während er verzweifelt das Gesicht verzieht.

»Gehen wir.« Meine Stimme zittert, als ich mich von ihm abwende. Ich muss es schnell hinter mich bringen, bevor ich mich gar nicht mehr zusammenreißen kann. Bevor ich eine Entscheidung fälle, die allem widerspricht, wofür ich schon die ganze Zeit kämpfe – ich selbst zu bleiben. Weder völlig Dunkel noch Licht. Nur Lark, ein Mädchen, um das es sich zu kämpfen lohnt.

Obwohl ich mich nicht noch einmal umsehe, spüre ich, wie Becks verzweifelter Blick mich durchdringt.

Ich liebe dich. Ich liebe dich. Ich liebe dich. Seine Stimme hallt in meinem Verstand wider.

Annalises Finger umschlingen meine, und ich wirble in einen schwarzen Abgrund.

Mein Herz zerbricht. Die Stücke verstreuen sich in alle Winde.

Ich bin Dunkel.

Aber Becks Licht scheint noch immer.

Danksagung

Ich könnte so tun, als wäre *Larkstorm* nur ein Produkt meiner eigenen Fähigkeiten, aber das wäre gelogen. Jedes Wort, das Sie auf diesen Seiten lesen, ist das Ergebnis der harten Arbeit vieler Menschen. Die meisten Leser machen sich nicht bewusst, was für einen Aderlass Bücher über sich ergehen lassen müssen. Wenn ich Ihnen alle dreiundzwanzig Versionen von *Larkstorm* zeigen könnte, wäre das zugegebenermaßen nicht schön: Massen von roter Tinte!

Die erste Person, die den ersten Entwurf zu *Larkstorm* gelesen hat, war Veronique Launier. Sie sagte mir, dass es zwar eine gute, aber keine tolle Geschichte wäre. Sie ließ meine Seiten bluten. Ich habe vielleicht ein wenig geweint, aber ich bin sehr froh, dass sie sich nicht zurückgehalten hat.

Ich kann keine Danksagung schreiben, ohne meinen *Write Nighters* zu danken: Kathy Bradey, Summayah Dawd, Laurie Devore, Deborah Driza, Sarah Enni, Rachael Kirkendall, Stephanie Kuehn, Cory Jackson, Veronique Launier, Kara Mufasa, Vahini Naidoo, Veronica Roth, Jennifer Walkup, Kaitlin Ward und Margo West.

Ohne euch alle hätte ich womöglich die Achterbahnfahrt der Veröffentlichung nicht überstanden. Ich glaube, die meisten von euch haben *Larkstorm* mindestens einmal, wenn nicht gar mehrfach gelesen, und mit jeder neuen Anmerkung wurde es stärker zu einem echten

Buch. Ein Hoch auf Elefantenrüsselmuscheln und Pädowölfe!

Jenn Walkup verdient es, besonders hervorgehoben zu werden – ich glaube, sie hat dieses Buch häufiger als irgendjemand sonst gelesen. Sie hat mir auch mehr als jeder andere die Hand gehalten. Überhaupt ist sie eine wunderbare Schreibfreundin.

Den Damen bei den *LitBitches* danke ich fürs Anfeuern und dafür, dass sie mich an ihren jeweiligen Veröffentlichungsreisen teilhaben lassen.

Ich habe die besten Agentenkumpel überhaupt: Jaime Reed (Du bist immer bereit, bei allem zu helfen, wenn ich Hilfe brauche. Danke!), Dan Haring (Dir sollte ich wahrscheinlich gar nicht danken, weil du mich ständig auf Twitter ablenkst – grrr!) und Sarah Fine (Cheerleaderin, Vertraute und Korrektur-Guru).

Diejenigen, die mir auf Twitter folgen, haben vielleicht schon von #evilintern gehört. Sie hat einen echten Namen, und der lautet Rebecca Yeager. Becky hat die Ehre, Larks und Becks erster Superfan zu sein. Sie ist zu zwei Dritteln bösartiger Lektoratsninja und zu einem die unglaubliche Finderin aller möglichen Ablenkungen im Internet.

Ich müsste mir Vorwürfe machen, wenn ich Terra Layton und ihre detaillierten Anmerkungen nicht erwähnen würde. Ihre Vorschläge haben der Geschichte eine zusätzliche Schicht Tiefe verliehen, und ich bin ihr auf ewig dankbar.

Jeder weiß, dass ein Bild mehr sagt als tausend Worte. Sarah Marino, die Buchdesignerin von *Larkstorm*, hat ein schönes Bild geschaffen, das meine Erwartungen übertroffen hat.

Ein RIESIGER Dank gilt allen bei *Nancy Coffey Literary*

and Media Management dafür, dass ihr mich Teil eurer wunderbaren Agentur habt werden lassen. Nancy Coffey und Jo Volpe, ohne eure Unterstützung würde ich meinen Traum nicht verwirklichen. Sara Kendall – guter Gott, wo fange ich da an? Du hast etwas in die Hand genommen, von dem ich dachte, dass es schon sehr gut wäre, und hast etwas Phantastisches daraus gemacht. Du hast mich gedrängt, neue Optionen und Variablen in Betracht zu ziehen. Ich stehe auf ewig in deiner Schuld.

Ich kann mir keine bessere Begleiterin auf dieser Reise vorstellen als meine Agentin, Kathleen Ortiz. Ohne ihre Ermutigung wäre *Larkstorm* noch immer in den Tiefen meines Computers versteckt. Als ich das Buch schon beinahe aufgegeben hatte, sagte sie mir, dass sie immer noch daran glauben würde. Das war alles, was ich brauchte – dass jemand noch daran glaubte. Sie hat mich aufgerichtet, hat mich meine Wunden lecken lassen, mir dann einen Tritt in den Hintern verpasst und mir befohlen, mich an die Arbeit zu machen.

Nicht zuletzt muss ich meinem Mann, David, danken. Trotz seines Wahnsinnsreisepensums hat er immer dafür gesorgt, dass ich Zeit zum Schreiben hatte. An manchen Tagen ist er direkt von seinem Flugzeug aus Asien zum Fußballspiel unseres Sohnes gefahren, um als Trainer zu fungieren, und hat mir dann, obwohl er nur noch ins Bett kriechen und schlafen wollte, gesagt, dass ich schreiben sollte. Er hat mich sogar dazu gezwungen. Er setzt mich immer an die erste Stelle und behandelt mich, als wäre ich der wichtigste Mensch auf seiner Welt. Ich hoffe, er weiß, dass er der wichtigste Mensch auf meiner ist.

Zwei Männer.
Zwei Welten.
Eine Entscheidung.

416 Seiten. ISBN 978-3-442-26870-2

Mo Fitzgerald wollte nur ein normales Leben führen. Aber als ihre beste Freundin ermordet und sie selbst von mysteriösen Kreaturen gejagt wird, ist nichts mehr, wie es war. Mo lernt eine Welt kennen, an deren Existenz sie nie glaubte. Plötzlich befindet sich die junge Frau mitten in einem Krieg geheimnisvoller magischer Kräfte. Jetzt muss sie sich entscheiden – zwischen zwei Welten, zwei Schicksalen und zwei ebenso faszinierenden wie gefährlichen Männern …

Lesen Sie mehr unter: **www.blanvalet.de**